George MacDonald gehört zu den englischen Kinderbuchklassikern. Seine Bücher wurden immer wieder neu verlegt und illustriert. C. S. Lewis zählt MacDonald neben Tolkien, Edith Nesbit und Kenneth Grahame zu den großen englischen Kinderbuchautoren. Doch in Deutschland wurde er mit seinen Märchenromanen ›Der goldene Schlüssel‹ und ›Die Lachprinzessin‹ erst bekannt, als sie von Maurice Sendak (›Wo die wilden Kerle wohnen‹) bebildert wurden.

MacDonald wurde 1824 in Schottland als Sohn eines Webers geboren. Nach seinem Studium war er zunächst einige Zeit Privatlehrer, studierte dann noch Theologie und wurde Geistlicher der Trinity Congregational Church. Nach seiner Hochzeit zog er nach Manchester und arbeitete als Lehrer und Prediger, bis er sich schließlich ganz der Schriftstellerei widmete.

Sein erstes Buch erschien 1855, und anschließend veröffentlichte MacDonald beinahe jedes Jahr ein weiteres. 1862 wurde er als Professor für Literatur ans Londoner Bedford-Institut berufen. Seine Märchen vom goldenen Schlüssel und der Lachprinzessin erschienen erstmals 1867 in England.

Zwischen 1869 und 1872 war MacDonald Herausgeber der Jugendzeitschrift ›Good Words for the Young‹, in der zuvor schon sein Buch ›At the Back of the Northwind‹ (›Hinter dem Nordwind‹) als Fortsetzungsroman veröffentlicht worden war.
George MacDonald starb am 18. September 1905 an Tuberkulose.

In der Reihe ›Fischer Schatzinsel‹ ist bisher ›Der goldene Schlüssel‹ (Bd. 80118) erschienen.

Hinter dem Nordwind liegt ein Land, in dem das Goldene Zeitalter noch nicht zu Ende gegangen ist und von dem schon die Alten erzählten. Doch wer hat dieses Land je besucht und wußte nach seiner Rückkehr noch davon zu berichten?

Der kleine Diamant war mehrmals dort. Den Weg dorthin weist ihm die Dame Nordwind, der er eines Nachts begegnet. Durch die morschen Bretter des Dachbodens, auf dem er schläft, findet sie Einlaß. Der kleine Diamant ist ganz verzaubert von ihrer großartigen Schönheit und dem wilden Haar. Meist erscheint sie ihm als mächtige Dame, die ihm jedoch stets mütterlich zugetan ist. In ihrer gewaltigen Haartracht geborgen, fliegt er mit ihr dahin, durch Fenster und Türen oder über das tosende Meer. Der kleine Diamant erlebt, wie sie in das Leben der Menschen eingreift – auch in das eigene, als sie ihn in das Land hinter dem Nordwind trägt.

George MacDonalds Geschichte ist längst zu einem Kinderbuchklassiker in England und Amerika geworden. Das Buch mit seinen vielen kleinen Geschichten, die sich zu einer großen fügen, lädt ein zum Träumen.

Es ist die erste vollständige, neu übersetzte und mit den Illustrationen der Erstausgabe von Arthur Hughes bebilderte deutsche Taschenbuchausgabe.

»Es ist geradlinig, aber vielschichtig geschrieben, düster, aufregend und zärtlich; ein Roman, in dem zwei Wirklichkeiten ineinander übergehen.«
Klaus Seehofer, Frankfurter Allgemeine Zeitung

George MacDonald

Hinter dem Nordwind

Aus dem Englischen
von Brigitte Elbe

Mit Bildern von
Arthur Hughes

Fischer Taschenbuch Verlag

Fischer Schatzinsel
Herausgegeben von Klaus Humann

Veröffentlicht im Fischer Taschenbuch Verlag GmbH,
Frankfurt am Main, Oktober 1996

Die englische Originalausgabe
erschien 1871 unter dem Titel
›At the Back of the North Wind‹
Lizenzausgabe mit freundlicher Genehmigung
des Verlags Freies Geistesleben, Stuttgart
Für die deutsche Übersetzung:

Gesamtherstellung: Clausen & Bosse, Leck
Printed in Germany
ISBN 3-596-80158-3

Gedruckt auf chlor- und säurefreiem Papier

Hinter dem Nordwind

Inhalt

1
Der Heuboden

Ich soll euch von dem Land hinter dem Nordwind erzählen. Ein alter griechischer Schriftsteller erwähnt ein Volk, das dort lebte und dem es so gutging, daß die Menschen es nicht mehr ertragen konnten und sich ertränkten. Meine Geschichte stimmt nicht mit der seinen überein. Ich glaube, daß die Beschreibung, die Herodot von diesem Land erhalten hatte, nicht richtig ist. Ich will euch erzählen, wie es einem Jungen ergangen ist, der dort war.

Er lebte in einem niedrigen Zimmer über einer Remise, und das lag ganz und gar nicht hinter dem Nordwind, wie seine Mutter sehr wohl wußte. Denn eine Seite des Zimmers bestand nur aus Holzplanken, und die Bretter waren so alt, daß man mit einem Taschenmesser geradewegs hindurch in den Nordwind hineinstoßen konnte. Und dann hätten die beiden untereinander ausmachen mögen, wer der schärfere sei. Ich weiß, daß der Wind, wenn man das Messer wieder herausgezogen hätte, hinter ihm her gewesen wäre wie die Katze hinter der Maus, und dann hätte man sehr schnell gemerkt, daß man sich *nicht* hinter dem Nordwind befand. Trotzdem war es in diesem Zimmer nicht allzu kalt, wenn der Nordwind nicht gerade stärker als gewöhnlich blies. Doch kalt war es immer, außer im

Sommer, wenn die Sonne selbst die Sache in die Hand nahm. Ich bin nicht einmal sicher, ob ich von einem Zimmer sprechen soll, denn es war nur ein Dachboden, auf dem Heu, Stroh und Hafer für die Pferde gelagert wurden. Und wenn der kleine Diamant – aber halt: Ich muß euch erzählen, daß sein Vater, der Kutscher war, ihm den Namen seines Lieblingspferdes gegeben hatte, und seine Mutter war damit einverstanden gewesen. Wenn der kleine Diamant dann dort im Bett lag, konnte er hören, wie die Pferde unter ihm im Dunkeln kauten oder sich schlaftrunken im Traum bewegten. Denn Diamants Vater hatte ihm auf dem Dachboden ein Bett mit Brettern rundherum gebaut, weil sie auf ihrer eigenen Seite über der Remise so wenig Platz hatten; und Diamants Vater stellte den alten Diamant im Stall unter dem Bett ein, weil er ein ruhiges Pferd war und nicht im Stehen

schlief, sondern sich wie ein vernünftiges Wesen hinlegte. Aber obwohl er ein erstaunlich vernünftiges Wesen war, fragte sich der junge Diamant immer, wenn er nachts aufwachte und spürte, wie der Wind an dem Bett rüttelte, ob der alte Diamant ihn nicht auffressen würde, bevor er ihn in seinem Nachthemd erkannte, falls der Wind einmal das Haus umblasen und er in die Futterkrippe hinunterfallen würde. Zwar war der alte Diamant die ganze Nacht über sehr ruhig, aber wenn er aufwachte und sich aufrappelte, war es wie ein Erdbeben, und dann wußte der junge Diamant, welche Stunde es geschlagen hatte oder zumindest, was er als nächstes tun sollte – nämlich so schnell wie möglich wieder einschlafen.

An seinem Fuß- und Kopfende war das Heu in großen Bündeln bis zum Dach hinauf geschichtet. Manchmal konnte er sein Bett sogar nur auf einem schmalen, gewundenen Weg erreichen, der aus dem Heu für ihn herausgesägt zu sein schien. Denn natürlich war der Heuvorrat beständig im Fluß, nahm entweder langsam ab oder stieg rasch an. Manchmal lag der ganze Heuboden mit seinen kleinen Dachfenstern, durch die die Sterne hereinschauen konnten, frei vor seinen offenen Augen, wenn er im Bett lag, manchmal versperrte ihm schon nach einem halben Meter eine gelbe Wand aus süß duftenden Halmen die Sicht. Manchmal, wenn seine Mutter ihn in ihrem Zimmer ausgezogen hatte und allein ins Bett schickte, kroch er mitten ins Heu hinein und stellte sich vor, wie kalt es draußen im Wind war und wie warm drinnen in seinem Bett, und daß er hineinschlüpfen konnte, wann er wollte – aber das wollte er jetzt noch nicht, er wollte noch warten, bis ihm ein bißchen kälter geworden wäre. Und je kälter ihm wurde, desto wärmer wurde sein Bett, bis er schließlich aus dem Heu herauskrabbelte und wie ein Pfeil ins Bett schoß, sich zudeckte, zusammenrollte und dachte, was für ein glücklicher Junge er doch sei. Er hatte nicht die leiseste Ahnung, daß der Wind durch einen Spalt in der Wand hereinkam und die ganze Nacht um ihn herumblies. Denn die Wandseite seines Bettes bestand nur aus daumenbreiten Brettern, und auf der anderen Seite davon war der Nordwind.

Nun waren diese Bretter, wie ich schon erzählt habe, weich und morsch. Natürlich waren sie auf der Außenseite geteert, doch inzwischen an einigen Stellen trocken wie Zunder und taugten nicht mehr für Zimmerwände. Die morschen Stellen waren ausgehöhlt, und eines Abends, als er sich schon hingelegt hatte, entdeckte der kleine Diamant, daß aus einem Brett ein Astloch herausgefallen war und der Wind an dieser Stelle kalt und recht gebieterisch zu ihm hereinblies. Nun kam es ihm gar nicht in den Sinn, was in Unordnung geraten war, nicht wieder in Ordnung zu bringen; also sprang er noch einmal aus dem Bett, nahm ein paar Strohhalme, drehte sie zusammen, knickte sie in der Mitte, und nachdem er auf diese Weise einen Stopfen daraus gemacht hatte, steckte er ihn in das Loch in der Wand. Aber da begann der Wind laut und böse zu heulen, und als Diamant dabei war einzuschlafen, flog sein Stopfen heraus und traf ihn auf die Nase, gerade so fest, daß er ganz aufwachte und den Wind heftig durch das Loch hereinpfeifen hörte. Er suchte seinen Heustopfen, fand ihn, steckte ihn fester hinein und wollte eben wieder einschlafen, als ihn der

Stopfen – plopp – unter bösem Pfeifen wieder traf, diesmal auf die Backe. Wieder stand er auf, machte einen neuen Stopfen aus Heu und verstopfte das Loch fest. Aber kaum hatte er sich hingelegt, als der Stopfen – plopp – an seine Stirne flog. Er gab es auf, zog die Decke über den Kopf und war bald fest eingeschlafen.

Obwohl es am nächsten Tag stürmte, hatte Diamant die Geschichte mit dem Loch ganz vergessen, denn er war damit beschäftigt, neben dem Kamin bei seiner Mutter aus einem kaputten Stuhl, einem dreibeinigen Hocker und einer Decke eine Höhle zu bauen und darin zu sitzen. Aber seine Mutter entdeckte das Loch und klebte ein Stück braunes Papier darüber, so daß Diamant, als er sich am nächsten Abend ins Bett gekuschelt hatte, nicht daran erinnert wurde.

Aber schon bald hob er seinen Kopf und horchte. Wer mochte da mit ihm sprechen? Der Wind erhob sich wieder und wurde sehr laut und sauste und brauste. Diamant war sicher, daß da jemand sprach – und sogar dicht neben ihm. Doch er hatte keine Angst, denn er hatte noch nicht gelernt, Angst zu haben, also richtete er sich

auf und horchte. Zuletzt schien die Stimme, die ein bißchen ärgerlich klang, obwohl sie ganz sanft war, hinter dem Bett zu sein. Er kroch näher heran und preßte sein Ohr gegen die Wand. Jetzt hörte er nur den Wind, der allerdings sehr laut war. Aber sobald er den Kopf von der Wand wegnahm, hörte er die Stimme wieder, ganz dicht an seinem Ohr. Er streckte seine Hand tastend aus und fand das Papier, das seine Mutter über das Loch geklebt hatte. Als er sein Ohr dagegenlegte, hörte er die Stimme ganz deutlich. Tatsächlich hatte sich eine kleine Ecke von dem Papier abgelöst, und an dieser Stelle kam die Stimme wie durch einen Mund in der Wand.

»Was denkst du dir dabei, kleiner Junge, mein Fenster einfach zuzumachen?«

»Was für ein Fenster?« fragte Diamant.

»Gestern nacht hast du dreimal Heu hineingestopft. Ich mußte es dreimal wieder herausblasen.«

»Du meinst doch wohl nicht dieses kleine Loch! Das ist kein Fenster, das ist ein Loch in meinem Bett.«

»Ich habe nicht gesagt, daß das *ein* Fenster ist; ich habe gesagt, daß es *mein* Fenster ist.«

»Aber es kann kein Fenster sein, denn Fenster sind Löcher, durch die man hinausguckt.«

»Und genau dazu habe ich mir dieses Fenster gemacht.«

»Aber du bist draußen, du brauchst kein Fenster.«

»Da irrst du dich sehr. Du sagst, daß Fenster zum Hinausgucken sind. Nun, ich bin eben in meinem Haus und brauche Fenster, um hinauszugucken.«

»Aber du hast ein Fenster in mein Bett gemacht.«

»Und deine Mutter hat drei Fenster zu meinem Tanzsaal, und du hast drei Fenster zu meinem Dachboden.«

»Aber als Mutter Vater gebeten hat, ein Fenster in die Wand zu machen, habe ich gehört, wie Vater sagte, das wäre gegen das Gesetz, denn es würde in Herrn Dyves' Garten schauen.«

Die Stimme lachte.

»Das Gesetz hätte einiges zu tun, wenn es mich fangen wollte«, sagte sie.

»Aber das spielt keine Rolle, wenn es nicht richtig ist«, sagte Diamant. »Du solltest es nicht tun.«

»Ich bin so groß, daß ich über diesem Gesetz stehe«, sagte die Stimme.

»Dann mußt du ein großes Haus haben«, sagte Diamant.

»Jawohl, ein großes Haus: die Wolken sind darin.«

»Meine Güte!« sagte Diamant und überlegte einen Moment. »Ich glaube, dann kannst du kaum von mir erwarten, daß ich in meinem Bett ein Fenster für dich habe. Warum machst du dir kein Fenster in das Bett von Herrn Dyves?«

»Niemand macht sich ein Fenster, um in eine Aschengrube zu schauen«, sagte die Stimme etwas traurig. »Ich möchte schöne Dinge aus meinem Fenster sehen.«

»Aber er muß ein schöneres Bett haben als ich, obwohl meins *sehr* schön ist – so schön, daß ich mir kein anderes wünschen würde.«

»Mir geht es nicht um das Bett, sondern um das, was darin ist. – Aber mach du nur dieses Fenster auf.«

»Nun ja, Mutter sagt, ich soll nicht unfreundlich sein, aber das ist ziemlich schwer. Weißt du, wenn ich das tue, wird mir der Nordwind geradewegs ins Gesicht blasen.«

»Ich bin der Nordwind.«

»Oh!« sagte Diamant nachdenklich. »Versprichst du dann, mir nicht ins Gesicht zu blasen, wenn ich dein Fenster aufmache?«

»Das kann ich nicht versprechen.«

»Aber davon bekomme ich Zahnschmerzen. Mutter hat schon welche.«

»Aber was soll aus mir werden, wenn ich kein Fenster habe?«

»Das weiß ich wirklich nicht. Ich sage nur, daß es für mich schlimmer ist als für dich.«

»Nein, das wird es nicht sein. Du sollst keinen Schaden davon haben, das verspreche ich dir. Dir wird es viel bessergehen davon. Glaub mir nur, und tu, was ich dir sage.«

»Na ja, ich kann die Decke über meinen Kopf ziehen«, sagte Diamant und tastete mit seinen kleinen scharfen Nägeln umher, bekam die abgelöste Ecke von dem Papier zu fassen und zog es sogleich ab.

Pfeifend fuhr ein langer, eiskalter Pfeil herein und traf auf seine kleine nackte Brust. Diamant stürzte sich Hals über Kopf in seine Bettdecke und zog sie über den Kopf. Jetzt gab es zwischen ihm und der Stimme kein Papier mehr, und er fühlte sich ein bißchen – nicht wirklich ängstlich, denn das hatte er, wie ich schon gesagt habe, noch nicht gelernt – aber doch ziemlich merkwürdig; denn was für eine seltsame Person mußte dieser Nordwind sein, der in dem großen Haus wohnte – »wahrscheinlich heißt es ›Draußen‹«, dachte Diamant – und Fenster machte, die in die Betten anderer Leute hineinblickten. Aber die Stimme begann wieder zu sprechen, und er konnte sie sogar mit dem Kopf unter der Bettdecke ganz deutlich hören. Sie war jetzt noch viel sanfter, obwohl sie ungefähr sechsmal so mächtig und laut war wie vorher, und er fand, daß sie ein bißchen wie die Stimme seiner Mutter klang.

»Wie heißt du, kleiner Junge?« fragte sie.

»Diamant«, antwortete Diamant unter der Bettdecke.

»Was für ein komischer Name!«

»Es ist ein sehr schöner Name«, erwiderte sein Besitzer.

»Da bin ich nicht so sicher«, sagte die Stimme.

»Ich aber schon«, antwortete Diamant ein bißchen unwirsch.

»Weißt du, mit wem du sprichst?«

»Nein«, sagte Diamant.

Und er wußte es wirklich nicht. Denn den Namen von einem Menschen zu wissen ist etwas anderes, als den Menschen selbst zu kennen.

»Dann darf ich dir nicht böse sein. – Aber trotzdem solltest du lieber hinschauen.«

»Diamant ist ein sehr schöner Name«, wiederholte der Junge hartnäckig, aufgebracht darüber, daß der Name jemand nicht gefiel.

»Ein Diamant ist ein ziemlich nutzloses Ding«, sagte die Stimme.

»Das stimmt nicht. Diamant ist sehr schön – so groß wie zwei – und so ruhig die ganze Nacht! Und morgens macht er einen großen Spektakel, wenn er sich auf seine vier großen Beine stellt! Es ist wie Donner.«

»Du scheinst nicht zu wissen, was ein Diamant ist.«

»Und ob ich das weiß! Diamant ist ein großes und gutes Pferd, und er schläft genau unter mir. Er ist der alte Diamant, und ich bin der junge Diamant oder, wenn dir das besser gefällt, denn du nimmst es sehr genau, Herr Nordwind, er ist der große Diamant, und ich bin der kleine Diamant, und ich weiß nicht, welchen von uns beiden mein Vater lieber hat.«

Ein wundervolles Lachen, mächtig und doch ganz sanft und klingend, ertönte irgendwo neben ihm, aber Diamant blieb mit seinem Kopf unter der Bettdecke.

»Ich bin nicht Herr Nordwind«, sagte die Stimme.

»Du hast mir gesagt, daß du der Nordwind bist«, beharrte Diamant.

»Ich habe nicht *Herr* Nordwind gesagt«, sagte die Stimme.

»Nun gut, aber ich tue es, denn Mutter sagt, daß ich höflich sein soll.«

»Dann laß dir gesagt sein, daß ich es ganz und gar nicht höflich finde, wenn du *Herr* zu mir sagst.«

»Dann habe ich es nicht besser gewußt. Es tut mir leid.«

»Aber du solltest es besser wissen.«

»Da bin ich nicht so sicher.«

»Aber ich. Du kannst nicht behaupten, daß es höflich sei, dort zu liegen und dich zu unterhalten, wenn du den Kopf unter der Bettdecke hast und noch nicht einmal schaust, was für eine Person das ist, mit der du sprichst. – Du sollst mit mir nach draußen gehen.«

»Ich will schlafen«, sagte Diamant, den Tränen nahe, denn er wurde nicht gerne ausgeschimpft, selbst wenn er es verdient hatte.

»Du wirst morgen um so besser schlafen.«

»Außerdem«, sagte Diamant, »bist du draußen in Herrn Dyves' Garten, und dorthin kann ich nicht gehen. Ich kann nur in unseren eigenen Hof.«

»Wirst du nun unter der Decke hervorkommen?« sagte die Stimme ein kleines bißchen böse.

»Nein!« antwortete Diamant halb trotzig, halb erschrocken.

Im selben Moment drückte ein gewaltiger Windstoß ein Brett in der Wand ein und blies Diamant die Decke weg. Er fuhr erschrocken hoch. Ein großes, schönes, blasses Frauengesicht blickte auf ihn herunter. Die dunklen Augen der Frau sahen ein wenig böse aus, denn sie funkelten schon leicht, aber ihre schöne Oberlippe zitterte, und es sah aus, als wollte sie gleich weinen. Das Merkwürdigste war, daß ihre schwarzen Haare sich von ihrem Kopf aus in alle Richtungen ausbreiteten, und die

Dunkelheit auf dem Heuboden schien von ihnen herzurühren. Aber als Diamant sie mit sprachlosem Staunen, doch wachsendem Zutrauen ansah – denn der Junge war von ihrer großartigen Schönheit bezaubert –, strömte ihr Haar aus der Dunkelheit zurück und legte sich wieder um sie herum, bis ihr Gesicht wie der Mond aus einer Wolke daraus hervorblickte. Das Licht, in dem Diamant ihr Gesicht und ihr Haar sah, kam aus ihren Augen, und das war zunächst alles, was er von ihr sah. Der Wind hatte sich ganz gelegt.

»Willst du jetzt mit mir gehen, du kleiner Diamant? Es tut mir leid, daß ich so grob zu dir sein mußte«, sagte die Dame.

»Ja, ja, das will ich«, antwortete Diamant und streckte beide Arme aus. »Aber«, fügte er hinzu und ließ die Arme wieder sinken, »wie soll ich meine Sachen holen? Sie sind in Mutters Zimmer, und die Tür ist abgeschlossen.«

»Ach, laß deine Sachen nur. Du wirst nicht frieren. Dafür werde ich schon sorgen. Niemand friert, wenn der Nordwind bei ihm ist.«

»Ich dachte, jeder friert dann«, sagte Diamant.

»Das ist ein großer Irrtum. Aber die meisten Leute meinen das. Sie frieren, nicht weil der Wind bei ihnen ist, sondern weil er ihnen fehlt.«

Wäre Diamant ein bißchen älter gewesen und hätte er sich sehr viel klüger gefühlt, dann hätte er das für einen Scherz gehalten. Aber er war nicht älter, und er fühlte sich nicht klüger, und deshalb verstand er sie gut genug. Wieder streckte er seine Arme aus. Das Gesicht der Dame wich ein wenig zurück.

»Folge mir, Diamant«, sagte sie.

»Ja«, sagte Diamant, aber es klang etwas jämmerlich.

»Du hast keine Angst?« sagte Nordwind.

»Nein, gnädige Frau, aber Mutter würde mich niemals ohne Schuhe nach draußen lassen. Von den Kleidern hat sie nie etwas gesagt, das wäre ihr vielleicht egal.«

»Ich kenne deine Mutter genau«, sagte die Dame. »Sie ist eine gute Frau. Ich habe sie oft besucht. Ich war bei ihr, als du auf die Welt gekommen bist. Ich habe gesehen, wie sie lachte und weinte zugleich. Ich habe deine Mutter lieb, Diamant.«

»Warum hast du dann meinen Namen nicht gewußt, gnädige Frau? Bitte – soll ich *gnädige Frau* zu dir sagen?«

»Eine Frage nach der anderen, mein Junge. Ich wußte deinen Namen sehr wohl, aber ich wollte hören, was du selber dazu zu sagen hast. Kannst du dich nicht an den Tag erinnern, als dieser Mann etwas an deinem Namen auszusetzen hatte – wie ich da das Fenster aufgeblasen habe?«

»Ja, ja«, sagte Diamant eifrig. »Unser Fenster geht wie eine Türe auf, genau über der Remisentür. Und der Wind – du, gnädige Frau – kam herein und blies dem Mann die Bibel aus der Hand, und die Blätter sind alle auf den Boden geflattert, und meine Mutter hat sie aufgehoben und zurückgegeben, und da …«

»War dein Name in der Bibel – der sechste Stein im Brustschild des Hohenpriesters.«

»Ach! Ein Stein war es?« sagte Diamant. »Ich dachte, es sei ein Pferd gewesen – wirklich.«

»Das macht nichts. Ein Pferd ist auf jeden Fall besser als ein Stein. Siehst du, ich weiß alles von dir und deiner Mutter.«

»Ja. Ich will mit dir gehen.«

»Und jetzt zu der anderen Frage: Du sollst nicht *gnädige Frau* zu mir sagen. Du sollst mich nur bei meinem eigenen Namen nennen, nur Nordwind – aber mit Respekt, verstehst du.«

»Gut, bitte, Nordwind, du bist so schön, daß ich gerne mit dir gehen möchte.«

»Du sollst nicht sofort mitgehen wollen, wenn etwas schön aussieht, Diamant.«

»Aber wenn etwas schön ist, kann es nicht schlecht sein. Du bist doch nicht schlecht, Nordwind?«

»Nein, ich bin nicht schlecht. Aber manchmal werden schöne Wesen schlecht, wenn sie etwas Schlechtes tun, und es dauert eine ganze Zeit, bis ihre Schönheit durch das Schlechte zerstört wird. Deshalb kann es ein Fehler sein, wenn kleine Jungen hinter allem herlaufen, nur weil es schön ist.«

»Nun, ich will mit dir gehen, weil du schön und gut bist.«

»Ah, aber da ist noch etwas, Diamant: Was ist, wenn ich einmal häßlich aussehe und nicht schlecht bin – wenn ich selbst häßlich aussehe, weil ich Häßliches schön mache? Was dann?«

»Ich verstehe dich nicht genau, Nordwind. Sag du mir, was dann ist.«

»Gut, ich werde es dir sagen. Wenn du mich siehst und mein Gesicht ist ganz schwarz, dann hab keine Angst. Wenn du mich mit Flügeln schlagen siehst wie Fledermausflügel, die den ganzen Himmel bedecken, dann hab keine Angst. Wenn du mich zehnmal ärger herumwüten hörst als Frau Bill, die Frau des Schmiedes – selbst wenn du mich bei anderen Leuten zum Fenster hereinschauen siehst wie Frau Eva Lauscher, die Frau des Gärtners –, mußt du daran glauben, daß ich meine Arbeit tue. Ja, Diamant, selbst wenn ich mich in eine Schlange oder einen Tiger verwandle, sollst du mich nicht loslassen, denn wenn du mich gut festhältst, wird meine Hand in deiner immer dieselbe bleiben. Wenn du mich festhältst, wirst du immer wissen, wer ich bin, sogar wenn du mich anschaust und ich gar nicht wie Nordwind aussehe. Es kann passieren, daß ich ganz furchtbar aussehe. Verstehst du das, Diamant?«

»Ganz gut«, sagte der kleine Diamant.

»Dann komm mit«, sagte Nordwind und verschwand hinter dem Heuberg.

Diamant krabbelte aus dem Bett und folgte ihr.

2
Der Rasen

Als Diamant um das Heu herumgegangen war, zögerte er einen Augenblick. Die Treppe, die er normalerweise zur Tür hinuntergegangen wäre, lag auf der anderen Seite des Heubodens und sah wirklich sehr schwarz aus, denn ihr Raum war ganz mit Nordwinds Haar ausgefüllt, während sie vor ihm hinabstieg. Und genau neben ihm war die Leiter, die geradewegs in den Stall hinunterführte und die sein Vater immer benutzte, wenn er das Heu für Diamants Abendbrot holte. Der schwache Schein der Stallaterne kam einladend durch eine Öffnung im Boden, und Diamant dachte, daß er lieber dort hinunterlaufen wollte.

Die Treppe führte dicht an der Laufbox vorbei, in der das Pferd Diamant zu Hause war. Auf halbem Weg fiel dem jungen Diamant ein, daß es keinen Zweck hatte, dort entlangzugehen, weil die Stalltür abgeschlossen war. Aber gerade in diesem Augenblick streckte das Pferd Diamant seinen großen Kopf aus seiner Box hervor und auf die Leiter, denn es erkannte den jungen Diamant, obwohl der im Nachthemd war, und wollte die Ohren gestreichelt bekommen. Das tat Diamant eine Weile ganz sanft, und er klopfte und streichelte ihm auch noch den Hals und küßte das große Pferd und fing gerade an, Heu und Strohhalme aus seiner Mähne zu zupfen, als er sich plötzlich daran erinnerte, daß die Dame Nordwind im Hof auf ihn wartete.

»Gute Nacht, Diamant«, sagte er und schoß die Leiter hoch, quer über den Boden und die Treppe zur Tür hinab. Aber als er auf den Hof hinaustrat, war da keine Dame.

Es ist immer schlimm, wenn man glaubt, daß jemand da sei, dann aber niemanden findet. Gerade Kinder wissen nicht, was sie dann tun sollen; meistens schreien sie einfach drauflos, vor allem wenn sie nachts aufwachen. Aber für Diamant war es eine besonders große Enttäuschung, denn sein kleines Herz hatte so froh geklopft: Nordwinds Gesicht war so großartig gewesen! Solch eine Dame als Freundin zu haben – und dann hatte sie auch noch so langes Haar! Es war mindestens zwanzigmal so lang wie Diamants Schwanz. Sie war weg. Und da stand er nun mit seinen bloßen Füßen auf den Steinen des gepflasterten Hofs.

Der klare Nachthimmel wölbte sich über ihm, und die Sterne funkelten. Allen voran hatte Orion seinen gleißenden Gürtel und sein goldenes Schwert ins beste Licht gerückt. Aber der Mond war nur eine armselige, dünne Sichel. Am ganzen Himmel war nur eine einzige große, grau-schwarze, zerklüftete Wolke, die an einer Seite wie ein steiler Abgrund aussah. Und an dieser Seite stand der Mond, und es schien, als wäre er von der Spitze des Wolkenberges in den Abgrund heruntergepurzelt und dabei kaputtgegangen. Ihm war bestimmt nicht wohl zumute, denn er blickte in die tiefe Grube, die dort auf ihn wartete. So jedenfalls dachte Diamant, als er dort stand und ihn eine Weile anstarrte. Aber das war ganz falsch, denn der Mond hatte keine Angst, und da war auch keine Grube, in die er hineinrollen würde, denn es gab keine Seitenwände dazu, und eine Grube ohne Seitenwände ist gar keine Grube. Aber Diamant war noch nie in seinem ganzen Leben so spät draußen gewesen, und alles um ihn herum sah so fremd aus – gerade so, als wäre er ins Märchenland gekommen, von dem er genausowenig wußte wie andere auch; denn seine Mutter hatte kein Geld, um Bücher zu kaufen, die ihm eine falsche Vorstellung davon gegeben hätten. Ein paarmal, aber nicht oft, ist mir diese Welt schon so fremdartig vor Augen getreten, als wäre sie das Märchenland. Aber ich muß gestehen, daß ich das Märchenland bisher noch nicht in seinem besten Licht gesehen habe. Es ist nur immer so, als ob ich es *irgendwann einmal* so sehen werde. Aber wenn ihr in einer kalten, ziemlich frostigen Nacht im Nachthemd dort draußen vor dem Nordwind und nicht hinter dem Nordwind gewesen wärt, dann wäre euch alles genauso fremdartig erschienen wie Diamant. Er weinte ein bißchen, nur ein bißchen, er war so enttäuscht, daß er die Dame nicht gefunden hatte. Natürlich hättet ihr das nicht getan. Aber ich für mein Teil finde es nicht schlimm, wenn jemand weint. Mir ist es wichtiger, warum die Leute weinen und wie sie weinen – ob sie still weinen wie Damen und Herren oder ob sie losschreien wie pöbelhafte Kaiser oder boshafte Köchinnen; denn nicht alle Kaiser sind Herren, und nicht alle Köchinnen sind Damen – nicht einmal alle Königinnen und Prinzessinnen.

Doch niemand wird bestreiten wollen, daß es guttun kann, ein bißchen still zu weinen. Diamant tat es gut; denn als er aufhörte zu weinen, war er wieder ein mutiger Junge.

»Sie soll auf jeden Fall nicht sagen, daß es meine Schuld war!« dachte Diamant. »Ich möchte wetten, daß sie sich irgendwo versteckt hat, um zu sehen, was ich tue. Ich will sie suchen.«

Also bog er um die Stallecke und ging zum Küchengarten. Aber sobald er aus dem Schutz des Stalls heraustrat, traf der Wind wie ein scharfes Messer auf seine kleine Brust und seine nackten Beine. Trotzdem wollte er im Küchengarten nachsehen und ging weiter. Doch als er um die Traueresche, die an der Ecke stand, herumging, blies der Wind viel stärker, und er wurde immer stärker, bis Diamant kaum noch gegen ihn ankämpfen konnte. Und er war so kalt! Irgendwie schienen alle glitzernden Sternspitzen in diesen Wind geraten zu sein. Da erinnerte sich Diamant daran, was die Dame über Menschen gesagt hatte, die frieren, weil der Nordwind nicht bei ihnen ist. Ich weiß nicht, wie es kam, daß er gerade in diesem Augenblick erahnte, was sie damit meinte, aber ich habe beobachtet, daß die Art und Weise, in der die Menschen etwas verstehen lernen, eines der größten Wunder auf dieser Welt ist. Als Diamant dem Wind den Rücken zukehrte und wieder zum Hof zurücktrottete, blies der Wind seltsamerweise so viel sanfter gegen seine Waden als vorher gegen seine Schienbeine, daß ihm fast warm wurde.

Ihr sollt nicht meinen, daß Diamant feig war, weil er dem Wind den Rücken kehrte: Das tat er nur, weil die Dame Nordwind so etwas gesagt hatte, und er dachte, daß er das tun sollte. Wenn sie ihm gesagt hätte, er solle sein Gesicht in den Wind halten, dann hätte Diamant sein Gesicht in den Wind gehalten. Aber für nichts und niemanden zu kämpfen ist das Dümmste, was man nur tun kann.

Es war gerade so, als schöbe der Wind Diamant vor sich her. Wenn er sich umdrehte, wurde der Wind sehr scharf, besonders um seine Beine herum, und deshalb dachte er, daß der Wind wirklich die Dame Nordwind sei, obwohl er sie nicht sehen konnte, und daß er sich besser von ihr dorthin blasen ließe, wohin es ihr gefiel.

Also blies sie immer weiter, und er ging immer weiter, bis er vor einer Mauer mit einer Tür darin stand, die vom Hof zu einem Beet mit Sträuchern führte, das Herrn Colemans Haus umgab. Herr Coleman war der Dienstherr seines Vaters und der Besitzer von Diamant. Der Junge öffnete die Tür und ging zwischen den Sträuchern hindurch bis zur Rasenmitte und hoffte immer noch, Nordwind zu finden. Das weiche Gras war sehr angenehm an seinen nackten Füßen und fühlte sich nach den Steinen im Hof warm an, doch die Dame war nirgends zu sehen. Da dachte er endlich, daß er wohl doch etwas falsch gemacht habe und sie ihm böse sei, weil er

nicht gleich mit ihr mitgegangen, sondern dageblieben war, um dem Pferd etwas zu erzählen, und das war gewiß weder klug noch höflich gewesen.

So stand er dort mitten auf dem Rasen, und der Wind blies in sein Nachthemd, bis es wie ein loses Segel flatterte. Über ihm funkelten die Sterne sehr hell, doch ihr Licht reichte nicht aus, um sichtbar zu machen, daß das Gras grün war; und Diamant stand allein in der seltsamen Nacht, die beinahe wie etwas Festes um ihn herum aussah. Er fragte sich verwundert, ob er träume oder nicht. Es war wichtig, das herauszufinden: »Denn«, dachte Diamant, »wenn dies ein Traum ist, dann bin ich in meinem Bett, und mir kann nichts passieren, und ich brauche nicht zu weinen. Aber wenn es kein Traum ist, dann bin ich hier draußen, und vielleicht wäre es besser zu weinen, denn wahrscheinlich kann ich doch bald nicht anders.« Er kam jedoch zu dem Schluß, daß es – Traum hin oder her – nicht schaden konnte, das Weinen noch ein bißchen aufzuschieben: Er konnte ja jederzeit damit anfangen, wenn er wollte.

Die Hinterseite von Herrn Colemans Haus grenzte an den Rasen, und von einem Wohnzimmerfenster aus blickte man direkt darauf. Die Damen waren noch nicht zu Bett gegangen; hinter dem Fenster schien noch immer Licht. Aber sie ahnten nicht, daß dort ein kleiner Junge in seinem Nachthemd auf dem Rasen stand, sonst wären sie sofort hinausgerannt. Solange Diamant das Licht sah, konnte er sich nicht ganz verlassen fühlen. Wie er dort stand, starrte er nicht auf den großen Krieger Orion am Himmel, auch nicht auf den traurigen Mond, der unbeachtet im Westen unterging, sondern auf das Wohnzimmerfenster und das Licht, das durch die grünen Vorhänge schimmerte. Er konnte sich daran erinnern, daß er in der Weihnachtszeit schon ein- oder zweimal in diesem Zimmer gewesen war, denn die Colemans waren freundliche Leute, auch wenn sie sich nicht viel aus Kindern machten.

Plötzlich ging das Licht fast ganz aus: Er konnte den Umriß des Fensters gerade noch in einem schwachen Schein sehen. Jetzt fühlte er sich wirklich verlassen. Es war so furchtbar, draußen in der Nacht zu sein, nachdem *alle anderen* ins Bett gegangen waren! Das war mehr, als er ertragen konnte. Er begann ernstlich zu weinen und stieß zuerst ein Heulen aus, das wie ein frisch aufkommender Wind klang.

Vielleicht denkt ihr, daß das sehr dumm war. Hätte er denn nicht jederzeit nach Hause in sein Bett gehen können? Ja, aber es war eine schreckliche Vorstellung für ihn, diese Treppe wieder hochzuschleichen und sich wieder in sein Bett zu legen und zu wissen, daß Nordwinds Fenster neben ihm offenstand und sie fort war und er sie vielleicht nie wiedersehen würde. Er wäre dort genauso verlassen wie hier. Nein, wenn er denken müßte, daß das Fenster nur ein Loch in der Wand war, wäre es dort noch viel schlimmer.

Gerade als er anfing zu weinen, kam die alte Amme, die bei der Familie geblieben war, als das Fräulein keine Amme mehr brauchte, zu der hinteren Glastüre, um die Fensterläden zu schließen. Sie meinte, einen Schrei zu hören, und als sie die Hände wie Diamants Scheuklappen an die Augen legte und nach draußen spähte, sah sie etwas Weißes auf dem Rasen. Sie war zu alt und zu klug, um Angst zu haben, und so öffnete sie die Tür und ging geradewegs auf das weiße Ding zu, um herauszufinden, was es war. Und Diamant hatte auch keine Angst, als er sie kommen sah, obwohl Frau Crump manchmal ein bißchen rauh war; denn es gibt eine gute Art von Rauheit, die nur unangenehm ist, und eine schlechte, die wirklich abschreckend sein kann. So kam sie, den Hals vorgereckt und den Kopf mit den Augen zuvorderst wie bei einer Schnecke, und spähte in die Nacht, um herauszufinden, was da immer noch weiß vor ihr schimmerte. Als sie es erkannte, stieß sie einen lauten Schrei aus und warf die Arme in die Luft. Dann packte sie Diamant und führte ihn, ohne ein Wort zu sagen, zum Haus. Sie dachte nämlich, er würde schlafwandeln. Er sträubte sich nicht, denn inzwischen war er für jede Art von Aufmerksamkeit dankbar, und Frau Crump führte ihn geradewegs ins Wohnzimmer.

Nun war durch eine Unachtsamkeit des neuen Hausmädchens das Feuer in Fräulein Colemans Schlafzimmer ausgegangen, und Fräulein Colemans Mutter hatte gesagt, sie solle ihr Haar vor dem Kamin im Wohnzimmer bürsten, was nicht der Ordnung entsprach, aber durch den Wunsch der Mutter gerechtfertigt wurde. Die junge Dame war sehr schön, wenn auch bei weitem nicht so schön wie Nordwind, und ihr Haar war sehr lang, es reichte ihr bis an die Knie – wenn dies auch im Vergleich zu Nordwinds Haar gar nichts war. Aber als sie sich bei

Diamants Eintreten umwandte und ihr Haar um sie herumlag, dachte er für einen Augenblick, sie wäre Nordwind, und riß sich von Frau Crumps Hand los, streckte seine Arme aus und rannte zu Fräulein Coleman. Die freute sich so sehr, daß sie ihre Bürste fallen ließ und sich fast auf den Boden kniete, um Diamant aufzufangen. Da wußte er gleich, daß sie nicht die Dame Nordwind war, aber sie sah ihr so ähnlich, daß er in ihre Arme laufen und wieder weinen mußte. Frau Crump sagte, das arme Kind sei im Schlaf umhergewandelt, und Diamant dachte, daß sie es wissen müsse, und widersprach ihr nicht. Soviel er wußte, konnte es tatsächlich so gewesen sein. Er ließ sie weitersprechen und sagte nichts; und nachdem sich ihre Verwunderung gelegt hatte und Fräulein Coleman ihm ein Stück Kuchen gegeben hatte, hatte er nichts dagegen, von Frau Crump zu seiner Mutter gebracht zu werden.

Als Frau Crump klopfte, mußte seine Mutter aus dem Bett aufstehen, um die Tür zu öffnen. Sie war sehr überrascht, ihren Jungen zu sehen, und nachdem sie ihn in die Arme genommen und ins Bett getragen hatte, kam sie zurück und hatte eine lange Unterredung mit Frau Crump. Sie unterhielten sich immer noch, als Diamant schon fest eingeschlafen war und nichts mehr hören konnte.

3
Der alte Diamant

Am nächsten Morgen wachte Diamant sehr früh auf und dachte darüber nach, was für einen merkwürdigen Traum er gehabt hatte. Aber die Erinnerung daran wurde immer klarer in seinem Kopf, bis sie ihm gar nicht mehr wie ein Traum erschien und er sich fragte, ob er in der vergangenen Nacht nicht wirklich draußen im Wind gewesen sei. Er kam zu dem Schluß, daß seine Mutter etwas darüber sagen würde, falls er wirklich von Frau Crump zu ihr gebracht worden war, und dann wüßte er Bescheid. Hierauf stand er auf und zog sich an. Aber da seine Eltern sich noch nicht rührten, stieg er über die Leiter in den Stall hinunter. Dort sah er, daß sogar der alte Diamant noch schlief, denn wenn er aufwachte, stand er, genau wie der junge Diamant, immer sofort auf, und jetzt lag er, so flach wie ein Pferd nur liegen kann, auf seinem schönen, ordentlich zurechtgemachten Strohbett.

»Ich werde den alten Diamant überraschen«, dachte der Junge; er schlich sich ganz leise an, und bevor das Pferd etwas merkte, saß er auf seinem Rücken. Aber da erlebte der junge Diamant selbst eine Überraschung, denn unter Rumpeln und Schwanken wie bei einem Erdbeben streckten sich die Beine und hob sich gewaltig der Rücken, und der junge Diamant, beide Hände fest in die Pferdemähne gegraben, fühlte sich in die Luft emporgehoben. Sogleich schlug der alte Diamant mit beiden Hinterbeinen aus, und mit einem Schreckensschrei fand sich der junge Diamant auf dem Pferdehals wieder, die Arme, so weit es ging, darumgeschlungen. Aber dann stand das Pferd stockstill und hob nur sachte den Kopf, so daß der Junge auf den Rücken zurückrutschen konnte. Als es nämlich den jungen Diamant schreien hörte, wußte es, daß es keinen Grund zum Ausschlagen gab, denn der junge Diamant war ein guter Junge, und der alte Diamant war ein gutes Pferd, und dem Jungen passierte nichts, wenn er auf dem Rücken des Pferdes saß.

Sobald Diamant sich auf dem Sattel bequem zurechtgesetzt hatte, begann das Pferd, Heu zu rupfen und der Junge nachzudenken. Er hatte Diamant noch nie allein bestiegen, und er war immer heruntergehoben worden. Und so saß er, und während das Pferd fraß, fragte er sich, wie er herunterkommen könne.

Doch während er nachdachte, wachte seine Mutter auf, und ihr erster Gedanke war es, nach ihrem Jungen zu sehen. Sie war in der Nacht zweimal bei ihm gewesen, und er hatte ruhig geschlafen. Jetzt war sein Bett leer, und sie bekam einen Schreck.

»Diamant! Diamant! Wo bist du, Diamant?« rief sie.

Diamant, der wie ein Ritter in einem verzauberten Stall auf seinem Roß saß, drehte sich um und rief laut: »Hier, Mutter!«

»Wo, Diamant?« fragte sie zurück.

»Hier, Mutter, auf Diamants Rücken.«

Sie lief zu der Leiter, und als sie hinabschaute, sah sie ihn hoch oben auf dem großen Pferd sitzen.

»Komm herunter, Diamant«, sagte sie.

»Das kann ich nicht«, antwortete Diamant.

»Wie bist du hinaufgekommen?« fragte seine Mutter.

»Ganz einfach«, antwortete er. »Aber als ich aufgestiegen bin, wollte auch Diamant aufstehen, und deshalb sitze ich hier.«

Seine Mutter dachte, daß er wieder im Schlaf umhergegangen sei, und eilte die Leiter hinunter. Es war ihr nicht ganz geheuer, nahe an das Pferd heranzugehen, denn sie kannte sich mit Pferden nicht aus; aber um ihrem Jungen zu helfen, wäre sie in die Höhle des Löwen gegangen, und erst recht in einen Pferdestall. Also hob sie ihn von Diamants Rücken herunter und fühlte sich danach für ihr ganzes Leben ein Stück mutiger geworden. Sie nahm ihn auf den Arm und trug ihn in ihr Zimmer. Aber sie sagte nichts über die vergangene Nacht, weil sie Angst hatte, daß die Geschichte von sei-

nem mutmaßlichen Schlafwandeln ihm angst machen würde. Und so war der nächste Tag noch nicht vorüber, da hielt Diamant das ganze Abenteuer schon fast für einen Traum.

Eine Woche lang beobachtete seine Mutter ihn sorgfältig und ging nachts mehrmals – das heißt immer, wenn sie wach wurde – auf den Boden. Jedesmal schlief er fest.

Die ganze Woche über herrschte stürmisches Wetter. Am Morgen war das Gras weiß vom Rauhreif, der wie Zuckerguß um jeden Halm lag. Und weil Diamants Schuhe schlecht waren und seine Mutter noch nicht genug Geld für die neuen Schuhe gespart hatte, die sie ihm so gerne kaufen wollte, ließ sie ihn nicht nach draußen. Immer wieder spielte er drinnen alle seine Spiele, besonders das mit den zwei Stühlen, die zum Fahren vor die Wiege gespannt waren, und wenn sie

auch nicht gerade schnell fuhren, waren sie doch so schnell, wie man es von den besten Stühlen der Welt erwarten konnte, obwohl der eine nur drei Beine und der andere nur eine halbe Rückenlehne hatte.

Endlich brachte seine Mutter die neuen Schuhe mit nach Hause, und sobald sie gesehen hatte, daß sie paßten, erlaubte sie ihm, in den Hof hinauszulaufen und sich dort eine Stunde lang zu vergnügen.

Die Sonne ging gerade unter, als er wie ein Vogel aus seinem Käfig durch die Tür ins Freie flog. Er sah die Welt mit neuen Augen. Ein feuerroter Sonnenuntergang glühte über der Spitze des Tores, das vom Stall zum Haus führte; über dem Feuer am Himmel lag ein großer See aus grünem Licht, darüber eine goldene Wolke und darüber das Blau des Winterhimmels. Und Diamant dachte, daß er noch nie einen Ort gesehen hatte, wo er so gerne leben würde wie in diesem Himmel – außer seinem eigenen Zuhause. Denn es sind nicht die vornehmen Dinge, die ein Zuhause schön machen, sondern Vater und Mutter.

Während er noch immer zu den schönen Farben hinsah, wurde das Tor weit geöffnet, und da standen der alte Diamant und sein Freund eingespannt vor dem Wagen und tänzelten vor Ungeduld, um in ihre Boxen und zu ihrem Hafer zu kommen. Und dann kamen sie herein. Diamant hatte kein bißchen Angst, daß sein Vater ihn überfahren könne, aber weil er ihm den großartigen Auftritt mit seinen edlen Pferden und dem großen, rundherum rot eingefaßten Umhang nicht verderben wollte, schlüpfte er zur Seite und ließ ihn geradewegs zum Stall vorpreschen. Um sich ganz in Sicherheit zu bringen, mußte er in die Nische der Tür treten, die vom Hof auf das Beet führte.

Während er dort stand, erinnerte er sich, wie ihn der Wind in der Nacht, als er seinen Traum gehabt hatte, an genau dieselbe Stelle getrieben hatte. Und jetzt war er sich fast wieder sicher, daß es kein Traum gewesen war. Auf jeden Fall wollte er hineingehen und nachschauen, ob jetzt alles genauso aussah wie damals. Er öffnete die Tür und trat zwischen den Sträuchern hindurch in den Garten. Keine einzige Blume war auf den Blumenbeeten im Rasen zu sehen. Sogar die tapferen alten Chrysanthemen und Christrosen waren dem Frost gewichen. Was? Doch! Dort war eine Blume! Er rannte und kniete nieder, um sie sich anzusehen.

Es war ein Himmelsschlüssel – ein winziges Ding, doch vollkommen geformt –, ein kleines Wunder. Als er sein Gesicht hinunterbeugte, um ihn genau zu betrachten, kam ein leiser Wind auf, und zwei oder drei lange Blätter, die hinter der Blume hochragten, erbebten und neigten und wiegten sich, aber der Himmelsschlüssel lag ruhig in seiner grünen Höhle, sah in den Himmel und schien gar nicht zu wissen, daß der Wind wehte. Es war nur ein einziges Blütenauge, das die schwere, schwarze Wintererde herausgelassen hatte, um den Himmel anzusehen. Auf einmal kam Diamant der Gedanke, daß der Himmelsschlüssel bete und er ihn nicht so anstarren sollte. Er rannte zum Stall, um seinem Vater dabei zuzusehen, wie er Diamants Strohbett herrichtete. Dann nahm der Vater ihn auf den Arm, trug ihn die Leiter hinauf und setzte ihn an den Abendbrottisch.

»Dem Fräulein geht es sehr schlecht«, sagte Diamants Vater. »Die gnädige Frau war heute mit ihr beim Arzt, und sie sah sehr düster aus, als sie wieder herauskam. Ich habe sie genau angeschaut, um herauszubekommen, was der Arzt gesagt hat.«

»Und hat das Fräulein auch düster ausgesehen?« fragte seine Mutter.

»Nicht halb so düster wie die gnädige Frau«, erwiderte der Kutscher. »Weißt du ...«

Aber dann senkte er die Stimme, und Diamant konnte nur noch ab und zu ein einzelnes Wort verstehen. Diamants Vater war nämlich nicht nur ein besonders schmucker Kutscher und guter Fahrer, sondern auch ein besonders taktvoller Diener. Deshalb erzählte er niemandem etwas von den Familienangelegenheiten, außer seiner Frau, die besser war als er selbst, wie er seit Jahren wußte. Und er achtete sorgfältig darauf, daß nicht einmal Diamant etwas über seinen Dienstherrn und dessen Familie hörte, was er hätte weitererzählen können.

Bald war es Zeit, ins Bett zu gehen, und Diamant legte sich hin und schlief fest ein.

Plötzlich wachte er im Dunkeln auf.

»Mach das Fenster auf, Diamant«, sagte eine Stimme.

Diamants Mutter hatte inzwischen Nordwinds Fenster wieder zugeklebt.

»Bist du es, Nordwind?« fragte Diamant. »Ich höre dich nicht blasen.«

»Nein, aber du hörst mich sprechen. Mach das Fenster auf, ich habe nicht viel Zeit.«

»Ja«, erwiderte Diamant. »Aber bitte, Nordwind, warum eigentlich? Letztes Mal hast du mich allein gelassen.«

Er hatte sich hingekniet und machte sich mit seinen Fingernägeln wieder an dem Papier über dem Loch in der Wand zu schaffen. Denn als Nordwind jetzt sprach, erinnerte er sich so genau an alles, als wäre es erst in der Nacht zuvor gewesen.

»Ja, aber das war deine Schuld«, antwortete Nordwind. »Ich mußte meine Arbeit tun, und außerdem sollte ein Herr eine Dame nicht warten lassen.«

»Aber ich bin kein Herr«, sagte Diamant und kratzte an dem Papier herum.

»Ich hoffe, daß du in zehn Jahren etwas anderes sagen wirst.«

»Ich werde Kutscher, und ein Kutscher ist kein Herr«, beharrte Diamant.

»In unserem Haus ist dein Vater ein Herr«, sagte Nordwind.

»Er nennt sich selbst nicht so«, sagte Diamant.

»Das spielt keine Rolle: Jeder Mann sollte ein Herr sein, und dein Vater ist einer.«

Diamant freute sich so sehr darüber, daß er wie zehn Mäuse an dem Papier herumkratzte, und als er eine Ecke zu fassen kriegte, zog er es ab. Gleich darauf schwebte ein kleines Mädchen über sein Bett und landete auf dem Boden.

»Du meine Güte!« sagte Diamant recht bestürzt. »Das habe ich nicht geahnt – wer bist du, bitte?«

»Ich bin Nordwind.«

»Ist das auch wirklich wahr?«

»Ja. Beeile dich.«

»Aber du bist nicht größer als ich.«

»Glaubst du, ich kümmere mich darum, wie groß oder

klein ich bin? Hast du mich heute abend nicht gesehen? Da war ich noch kleiner.«

»Nein. Wo warst du?«

»Hinter den Blättern bei dem Himmelsschlüssel. Hast du sie nicht im Wind wehen sehen?«

»Doch.«

»Dann beeil dich, wenn du mitkommen willst.«

»Aber du bist nicht groß genug, um auf mich aufzupassen. Ich glaube, du bist nur Fräulein Nordwind.«

»Ich bin auf jeden Fall groß genug, um dir den Weg zu zeigen. Aber wenn du nicht mitkommen willst, dann mußt du eben dableiben.«

»Ich muß mich anziehen. Bei einer großen Dame ist es mir egal, aber mit einem kleinen Mädchen kann ich nicht im Nachthemd gehen.«

»Nun gut. Ich habe es nicht so eilig wie neulich. Zieh dich ganz schnell an, und ich gehe inzwischen die Himmelsschlüsselblätter durchpusten, bis du kommst.«

»Tu ihm nicht weh«, sagte Diamant.

Nordwind brach in ein leises Lachen aus, das klang, als würden Silberblasen zerplatzen, und augenblicklich war sie verschwunden. Die Nacht war sternenhell, und der Heuberg hatte gerade seinen Tiefstand erreicht; so konnte Diamant sehen, wie etwas Schimmerndes die Stufen hinunter verschwand. Er sprang aus dem Bett und zog sich, so schnell er konnte, an. Dann schlich er hinaus in den Hof und durch die Tür in der Mauer zu dem Himmelsschlüssel. Nordwind stand hinter der Blume, beugte sich über sie und betrachtete sie, als wäre sie ihre Mutter.

»Komm mit«, sagte sie und streckte die Hand aus.

Diamant nahm ihre Hand. Sie fühlte sich kalt an, aber angenehm und ganz lebendig, besser, als wenn sie warm gewesen wäre. Nordwind führte ihn durch den Garten. Mit einem Satz war sie auf die Mauer gesprungen. Diamant blieb unten am Fuß der Mauer zurück.

»Halt, halt!« rief er. »Bitte, ich kann nicht so springen.«

»Du versuchst es nicht«, sagte Nordwind, die auf ihrem Platz dort oben ein Stück größer aussah als vorher.

»Gib mir noch einmal deine Hand, dann will ich es versuchen«, sagte Diamant.

Sie reichte ihre Hand hinunter, Diamant nahm sie, machte einen großen Satz und stand neben ihr.

»Wie schön das ist!« sagte er.

Noch ein Satz, und sie standen auf der Straße am Fluß. Es war Flut, und die Sterne leuchteten klar tief unten im

Fluß, denn er lag ganz ruhig da und wartete darauf, mit der Ebbe ins Meer zurückzuströmen. Sie gingen am Fluß entlang. Aber sie waren noch nicht weit gegangen, als sich das Wasser an der Oberfläche zu kräuseln begann und die Sterne aus seiner Tiefe verschwanden.

Und Nordwind war jetzt so groß wie ein erwachsenes Mädchen. Das Haar wehte ihr um den Kopf, und eine Brise strich über den Fluß. Aber Nordwind bog ab und folgte einem schmalen, ansteigenden Weg, und während sie ging, fiel ihr Haar wieder auf sie herab.

»Ich muß heute nacht, bevor ich aufs Meer hinausgehe, noch eine unangenehme Arbeit erledigen«, sagte sie, »und ich muß sofort damit anfangen. Die schlimme Arbeit muß zuerst getan werden.«

Während sie so sprach, faßte sie Diamant ganz fest und begann zu laufen, glitt schneller und schneller dahin. Diamant versuchte, so gut er konnte, mitzuhalten. Sie lief um viele Ecken und Winkel, offensichtlich weil es nicht ganz einfach war, ihn über Mauern und Häuser hinüberzubekommen. Als sie einmal eine Haustür und Hintertür offenstehen sahen, rannten sie durch den Hausflur. Am Fuß der Treppe blieb Nordwind stehen, und als Diamant ein lautes Knurren hörte, fuhr er erschrocken hoch, und da stand anstelle von Nordwind ein großer Wolf neben ihm. Erschrocken ließ er die Hand los, und der Wolf sprang die Treppe hoch. Die Fenster im Haus klapperten und knatterten wie Gewehrfeuer, und von oben hörte man, wie etwas mit lautem Krachen zu Boden fiel. Diamant stand still und starrte mit bleichem Gesicht zum Treppenabsatz hinauf.

»Wahrhaftig«, dachte er, »Nordwind wird doch nicht

etwa ein Kind verschlingen!« Er besann sich sofort und rannte mit geballter Faust hinter ihr her. Damen mit langen Schleppen an den Kleidern gingen die Treppe hinauf und hinunter, und Herren in weißen Halsbinden begleiteten sie und starrten ihn an, doch es waren keine Hausbewohner, und sie sagten nichts. Aber bevor Diamant das obere Ende der Treppe erreicht hatte, kam Nordwind ihm entgegen, nahm ihn bei der Hand und eilte hinunter und aus dem Haus.

»Ich hoffe, du hast kein Kind verschlungen, Nordwind«, sagte Diamant sehr ernst.

Nordwind lachte munter und lief schneller weiter. Ihr grasartiges Kleid wischte und wirbelte um ihre Füße, und überall, wo es vertrocknete Blätter berührte, flogen und stoben sie im Kreis hoch und tanzten auf ihren Blatträndern wie Räder rund um ihre Füße herum.

»Nein«, sagte sie schließlich, »ich habe kein Kind verschlungen. Wenn du mich nicht losgelassen hättest, müßtest du nicht so dumm fragen. Dann hättest du gesehen, was ich mit einer Amme gemacht habe, die ein Kind beschimpfte und ihm sagte, daß es böse sei. Sie hatte getrunken. Ich habe eine scheußliche Schnapsflasche in einem Schrank gesehen.«

»Und du hast sie erschreckt?« sagte Diamant.

»Ich glaube schon!« antwortete Nordwind und lachte lustig. »Ich bin ihr an den Hals gesprungen, und sie ist mit einem solchen Krach auf den Boden gefallen, daß alle hereingerannt kamen. Sie wird morgen entlassen werden – und es ist auch höchste Zeit dafür, wenn sie wüßten, was ich alles weiß.«

»Aber hast du das kleine Kind nicht erschreckt?«

»Es hat mich nicht gesehen. Die Frau hätte mich auch nicht gesehen, wenn sie nicht böse gewesen wäre.«

»Oh!« sagte Diamant unsicher.

»Warum«, erwiderte Nordwind, »solltest du etwas sehen, was du nicht verstehst oder womit du nichts anfangen könntest? Gute Menschen sehen gute Dinge, schlechte Menschen schlechte Dinge.«

»Dann bist du etwas Böses?«

»Nein. Denn *du* siehst mich doch, Diamant, Schatz«, sagte das Mädchen, und es blickte zu ihm hinunter, und Diamant sah die liebevollen Augen der großen Dame aus dem herabfallenden Haar hervorleuchten.

»Ich mußte mich in etwas Böses verwandeln, damit sie mich sehen konnte. Wenn ich mich nicht in einen Wolf verwandelt hätte, dann hätte sie mich nicht gesehen, denn das ist die Gestalt, die in ihr selber wächst.«

»Ich weiß nicht, was du meinst«, sagte Diamant, »aber es wird schon richtig sein.«

Sie kletterten gerade einen Grashügel hinauf. Er hieß tatsächlich Himmelsschlüsselhügel, auch wenn Diamant nie davon gehört hatte. Als sie oben ankamen, blieb Nordwind stehen und wandte ihr Gesicht in die Richtung, in der London lag. Die Sterne schienen noch immer hell und kalt über ihnen. Keine Wolke war zu sehen. Die Luft war scharf, aber Diamant fand es nicht kalt.

»Und was immer du jetzt tust«, sagte die Dame, »laß mich nicht los. Ich hätte dich vorhin verlieren können, aber da hatte ich es nicht eilig, jetzt muß ich mich beeilen.«

Trotzdem blieb sie einen Moment still stehen.

4
Nordwind

Und wie sie so stand und nach London schaute, sah Diamant, daß sie zitterte.

»Ist dir kalt, Nordwind?« fragte er.

»Nein, Diamant«, antwortete sie und sah lächelnd zu ihm hinab, »ich bereite mich nur darauf vor, eins von meinen Zimmern zu kehren. Diese achtlosen, habgierigen, unordentlichen Kinder bringen alles ganz durcheinander.«

Hätte Diamant sie nicht mit eigenen Augen gesehen, so hätte er an ihrer Stimme gehört, daß sie größer und größer wurde. Ihr Kopf stieg immer höher, bis zu den Sternen hinauf, und während sie wuchs und dabei am ganzen Körper zitterte, wuchs auch ihr Haar und wurde länger und immer länger und breitete sich in schwarzen Wellen von ihrem Kopf aus. Aber gleich darauf fiel es wieder um sie herum, und sie wurde kleiner und kleiner, bis sie nur noch eine große Frau war. Dann hob sie die Hände hinter ihren Kopf, faßte ein paar Haare zusammen und begann, sie zusammenzuflechten und zu knoten. Als sie fertig war, neigte sie ihr schönes Gesicht ganz zu seinem herab und sagte: »Diamant, ich habe Angst, daß du mich losläßt, und ich weiß nicht, was passieren würde, wenn ich dich fallen ließe, deshalb habe ich dir einen Platz in meinem Haar gemacht. Komm.«

Diamant streckte seine Arme aus, denn wenn dieses

großartige Gesicht ihn anschaute, hatte er Vertrauen wie ein ganz kleines Kind. Sie nahm ihn in ihre Hände, warf ihn über ihre Schulter und sagte: »Geh hinein, Diamant.«

Und Diamant teilte ihr Haar mit den Händen, kroch hinein, und als er umherfühlte, hatte er das geflochtene Nest bald gefunden. Es war wie eine Tasche oder die Umhängetücher, in denen Zigeunerfrauen ihre Kinder tragen. Nordwinds Hände griffen nach hinten, befühlten das Nest, und als sie es für sicher befunden hatte, sagte sie: »Sitzt du gut, Diamant?«

»Ja, sehr gut«, antwortete Diamant.

Gleich darauf wurde er in die Luft emporgehoben. Nordwind wuchs turmhoch zu den Wolken auf. Ihr Haar breitete sich in alle Richtungen aus, bis es wie ein Schleier über die Sterne ausgebreitet lag. Sie warf sich in die Luft.

Diamant hielt sich an zwei Flechten fest, die, geteilt und ineinandergeschlungen, seinen Schutzraum bildeten, denn er fürchtete sich doch. Sobald er seinen Schrecken überwunden hatte, spähte er durch das ineinandergewobene Haarnetz, denn er traute sich nicht, über den Rand seines Nestes zu schauen. Die Erde schoß wie ein Fluß oder Meer unter ihm dahin. Bäume und Wasser und grünes Gras wirbelten unten vorbei. Als sie über den Zoo hinwegrasten, stieg das laute Brüllen von wilden Tieren zu ihnen hoch, in das sich Affengeschnatter und Vogelkreischen mischten, aber es verlor sich sogleich hinter ihnen. Und jetzt waren nur noch Dächer zu sehen, die wie ein großer Sturzbach aus Felsen und Steinen an ihnen vorbeirauschten. Schornsteinkappen fielen herab, und Ziegel flogen von den Dächern; aber Diamant kam es so vor, als ob die davonjagenden Dächer und Schornsteine sie hinter sich liegenließen. Es war ein gewaltiges Tosen, denn der Wind warf sich wie das Meer der Stadt entgegen, aber auf Nordwinds Rücken merkte Diamant natürlich nichts davon.

Um ihn herum war es vollkommen ruhig. Er hörte nur den Lärm, das war alles.

Nach und nach richtete er sich auf und schaute über den Rand seines Nests. Unter ihm rasten die Häuser heran und schossen wie ein reißender Strom aus Felsen statt Wasser vorbei. Dann sah er zum Himmel hinauf, aber er konnte keine Sterne erblicken, sie wurden von den umherwehenden Haaren der Dame verdeckt. Er fragte sich verwundert, ob sie ihn hören würde, wenn er sprach. Er wollte es versuchen.

»Bitte, Nordwind«, sagte er, »was für ein Lärm ist das?«

Hoch über seinem Kopf antwortete Nordwinds Stimme freundlich: »Der Lärm von meinem Besen. Ich bin die alte Frau, die die Spinnweben vom Himmel fegt, aber im Moment bin ich mit dem Boden beschäftigt.«

»Warum sehen die Häuser so aus, als würden sie davonlaufen?«

»Weil ich so schnell über sie hinwegfege.«

»Bitte, Nordwind, ich wußte, daß London sehr groß ist, aber ich habe nicht gewußt, daß es so groß ist. Es sieht so aus, als würden wir überhaupt nicht mehr aus der Stadt herauskommen.«

»Wir gehen unentwegt im Kreis herum, sonst hätten wir sie schon lange hinter uns gelassen.«

»Fegst du immer so, Nordwind?«

»Ja, ich gehe mit meinem großen Besen immer im Kreis herum.«

»Könntest du bitte ein bißchen langsamer gehen, ich würde so gerne die Straßen sehen.«

»Da ist jetzt nicht viel zu sehen.«

»Warum?«

»Weil ich fast alle Leute nach Hause gefegt habe.«

»Oh, daran habe ich nicht gedacht«, sagte Diamant, und dann war er still, denn er wollte nicht lästig fallen.

Doch sie senkte sich ein wenig zu den Hausdächern herunter, und Diamant konnte in die Straßen sehen. Aber es waren nur sehr wenige Leute unterwegs. Die Lampen flammten wieder auf und flackerten, aber niemand achtete auf sie.

Plötzlich erblickte Diamant ein kleines Mädchen, das eine Straße herunterkam. Sie wurde schrecklich vom Wind gebeutelt, und ein Besen, den sie hinter sich herzog, machte ihr zu schaffen. Es sah aus, als ob der Wind einen Groll gegen sie hegte. Wie ein wildes Tier ließ er sie nicht in Ruhe und zerrte an ihren zerlumpten Kleidern. Sie war so ganz allein dort!

»O bitte, Nordwind!« rief Diamant. »Willst du diesem kleinen Mädchen nicht helfen?«

»Nein, Diamant, ich darf nicht von meiner Arbeit weglaufen.«

»Aber warum solltest du nicht freundlich zu ihr sein?«

»Ich bin gut zu ihr: ich blase die ganze schlechte Luft weg.«

»Aber zu mir bist du freundlicher, liebe Nordwind.

Warum solltest du zu ihr nicht genauso gut sein wie zu mir?«

»Dafür gibt es Gründe, Diamant. Es können nicht alle gleich behandelt werden. Es ist nicht jeder für das gleiche bereit.«

»Aber ich verstehe nicht, warum ich besser behandelt werden soll als sie.«

»Meinst du, daß nur das geschieht, was du sehen kannst, Diamant, kleiner Dummkopf! Es ist schon gut so. Natürlich kannst du ihr helfen, wenn du willst. Du hast gerade nichts Besonderes zu tun, aber ich habe meine Arbeit.«

»Oh! Dann laß mich ihr helfen. Aber vielleicht kannst du nicht warten?«

»Nein, ich kann nicht warten, du mußt es selbst tun. Und überleg es dir gut, der Wind wird auch dich packen.«

»Willst du ihr nicht helfen, Nordwind?«

»Nicht, solange ich nicht weiß, was dabei herauskommt. Wenn du es nicht schaffst und weinst, wird ihr das nicht besonders viel nützen, und dann steht der kleine Diamant wie ein Esel da.«

»Ich will es tun«, sagte Diamant. »Da ist nur noch eine Sache – wie komme ich wieder nach Hause?«

»Wenn dich das beunruhigt, dann solltest du vielleicht lieber bei mir bleiben. Wenn du mit mir kommst, muß ich dich auf jeden Fall wieder nach Hause bringen.«

»Da!« rief Diamant, der noch immer zu dem kleinen Mädchen hinsah, »der Wind wird sie gewiß umblasen und vielleicht sogar töten. Laß mich bitte gehen.«

Sie waren langsamer über die Häuserreihe hinweggeglitten. Das Brausen hörte für einen Moment auf.

»Nun, ich kann dir zwar nicht versprechen, dich nach Hause zu bringen«, sagte Nordwind, während sie sich näher und näher zu den Dächern herabsenkte, »aber ich kann dir doch versprechen, daß alles gut wird. Irgendwie wirst du nach Hause kommen. Hast du dich nun entschieden?«

»Ja, ich will dem kleinen Mädchen helfen«, sagte Diamant fest.

Im gleichen Moment sank Nordwind auf die Straße herunter und stand als große Dame dort, doch ihre Haare flogen hoch über den Dächern. Ihre Hände langten nach hinten, ergriffen Diamant und stellten ihn auf die Straße. Sogleich packte ihn ein wilder Wirbelwind und hätte ihn beinahe fortgeweht. Nordwind trat einen Schritt zurück und türmte sich schon wieder zu Haushöhe auf. Ein Schornsteindeckel flog Diamant knallend vor die Füße. Erschrocken drehte er sich um, aber nur um nach dem Mädchen Ausschau zu halten, und als er sich wieder zurückwandte, war die Dame verschwunden, und der Wind toste über die Straße hin, als wäre sie das Bett eines unsichtbaren Stroms. Der Sturm trieb das kleine Mädchen vor sich her. Ihre Haare wehten auch, und ihren Besen zog sie hinter sich her. Ihre kleinen Beine liefen so schnell sie konnten, damit sie nicht hinfiel. Diamant schlüpfte in den Schutz eines Türeingangs und wollte sie anhalten, aber sie zog wie ein Vogel an ihm vorbei und weinte leise und kläglich.

»Halt! Bleib stehen, kleines Mädchen!« rief Diamant und lief hinter ihr her.

»Das kann ich nicht«, jammerte das Mädchen, »der Wind läßt mich nicht los.«

Diamant konnte schneller laufen als sie, und er hatte keinen Besen. Bald bekam er ihren Kittel zu fassen. Aber der riß in seiner Hand entzwei, und das kleine Mädchen lief weiter. So mußte er wieder laufen. Doch diesmal lief er so schnell, daß er einen Vorsprung bekam, und als er sich umdrehte und sie in seinen Armen auffing, fielen sie zusammen hin, worüber das Mädchen unter Tränen lachen mußte.

»Wohin gehst du?« fragte Diamant und rieb sich den Ellenbogen, der am weitesten herausgestanden hatte. Den dazugehörigen Arm hatte er um einen Laternenpfahl geschlungen, während er zwischen dem Mädchen und dem Wind stand.

»Nach Hause«, keuchte sie atemlos.

»Dann gehe ich mit dir«, sagte Diamant.

Und dann sagten sie eine Weile gar nichts, denn der Wind blies schlimmer denn je, und sie mußten sich beide an dem Laternenpfahl festhalten.

»Wo ist dein Straßenüberweg?« fragte das Mädchen schließlich.

»Ich kehre nicht«, antwortete Diamant.

»Was machst du dann?« fragte sie. »Für die meisten anderen Arbeiten bist du zu klein.«

»Ich weiß nicht, was ich eigentlich tue«, antwortete er ziemlich beschämt. »Ich glaube, gar nichts. Mein Vater ist der Kutscher von Herrn Coleman.«

»Hast du einen Vater?« sagte sie und starrte ihn an, als wäre ein Junge, der einen Vater hat, ein Naturwunder.

»Ja, du nicht?« erwiderte Diamant.

»Nein, und eine Mutter auch nicht. Ich habe nur die alte Sal.«

Und sie fing wieder an zu weinen.

»Wenn sie nicht gut zu mir wäre, würde ich nicht zu ihr gehen«, sagte Diamant.

»Aber irgendwohin muß man gehen.«

»Geht weiter«, sagte eine Polizistenstimme hinter ihnen.

»Hab ich's nicht gesagt«, sagte das Mädchen. »Irgendwohin muß man gehen. Sie sind immer hinter einem her.«

»Aber die alte Sal schlägt dich nicht, oder doch?«

»Ich wünschte, sie würde es tun.«

»Was meinst du damit?« fragte Diamant ziemlich verwirrt.

»Wenn sie meine Mutter wäre, würde sie es tun. Aber sie würde nicht im Bett liegen und ihre häßlichen alten Knochen hätscheln und lachen, wenn sie mich vor der Türe weinen hört.«

»Glaubst du etwa, daß sie dich heute nacht nicht reinläßt?«

»Wenn sie es tut, habe ich Glück.«

»Warum bist du dann so spät draußen?« fragte Diamant.

»Mein Überweg ist weit weg, im Westend, und ich habe mir ein paar Pausen gegönnt und in Einfahrten und bei den Pferdeunterständen verschnauft.«

»Wir sollten es auf jeden Fall versuchen«, sagte Diamant. »Komm weiter.«

Während Diamant sprach, glaubte er, Nordwind gerade vor ihnen um eine Ecke biegen zu sehen, und als sie an dieser Ecke ankamen, war es dort ganz still, aber von der Dame war keine Spur zu sehen.

»Du führst mich jetzt«, sagte er und nahm ihre Hand, »und ich passe auf dich auf.«

Das Mädchen zog die Hand weg, aber nur, um sich mit ihrem Kittel die Augen abzuwischen, denn die andere Hand hatte mit dem Besen genug zu tun. Dann faßte sie ihn wieder an und führte ihn durch viele Sei-

tenstraßen, bis sie in einer sehr schmutzigen Gasse vor einer Kellertür anhielten. Dort klopfte sie.

»Hier wollte ich nicht wohnen«, sagte Diamant.

»O doch, das wolltest du wohl, wenn du sonst nirgendwohin könntest«, antwortete das Mädchen. »Wenn wir nur hineinkämen.«

»Ich will nicht hineingehen«, sagte Diamant.

»Wohin willst du dann?«

»Zu mir nach Hause.«

»Wo ist das?«

»Das weiß ich nicht genau.«

»Dann bist du schlechter dran als ich.«

»O nein, denn Nordwind ... « begann Diamant und brach ab, ohne recht zu wissen, warum.

»Was?« sagte das Mädchen, während es sein Ohr an die Tür legte und horchte.

Aber Diamant antwortete nicht. Die alte Sal auch nicht.

»Hab ich's dir nicht gesagt«, sagte das Mädchen. »Sie ist hellwach und horcht. Aber wir kommen nicht rein.«

»Was willst du jetzt tun?« fragte Diamant.

»Weitergehen«, antwortete sie.

»Wohin?«

»Oh, irgendwohin. Meine Güte, das bin ich gewöhnt.«

»Willst du dann nicht lieber mit mir nach Hause gehen?«

»Das ist ein guter Witz, wenn du nicht weißt, wo das ist. Komm mit.«

»Aber wohin?«

»Ach, an keinen bestimmten Ort. Komm.«

Diamant folgte ihr. Der Wind hatte inzwischen sehr nachgelassen. Sie wanderten immer weiter, mal in die eine, mal in die andere Richtung, ohne zu wissen warum, bis sie aus dem Häuserdickicht heraus zu einer verwilderten Stelle kamen. Inzwischen waren sie beide sehr müde. Diamant war den Tränen nahe, und er dachte, daß es sehr dumm von ihm gewesen war, von Nordwinds Rücken herunterzusteigen; wenn er dem Mädchen damit irgendwie geholfen hätte, hätte es ihm nichts ausgemacht, aber er dachte, daß er überhaupt nichts für sie getan habe. Doch da irrte er sich, denn sie war froh über seine Begleitung, und es ging ihr so viel besser, als wenn sie allein umhergegangen wäre. Sie schien nicht so müde zu sein wie er.

»Laß uns ein bißchen ausruhen«, sagte Diamant.

»Mal seh'n«, antwortete sie. »Da ist so etwas Ähnliches wie eine Eisenbahn. Vielleicht gibt es dort einen Brückenbogen.«

Sie gingen darauf zu und fanden auch einen, und zu ihrem Glück lag unter dem Bogen noch ein leeres Faß.

»Na bitte, da haben wir's!« sagte das Mädchen. »Ein Faß ist das beste Bett überhaupt, jedenfalls wenn man unterwegs ist. Wir können ein Nickerchen halten und dann weitergehen.«

Sie kroch in das Faß hinein, und Diamant kroch neben sie. Sie legten die Arme umeinander, und als es Diamant warm wurde, schöpfte er neuen Mut.

»Das ist lustig!« sagte er. »Ich bin so froh!«

»Ich finde es nicht so besonders«, sagte das Mädchen.

»Wahrscheinlich, weil ich daran gewöhnt bin. Aber ich verstehe nicht, warum so ein Kind wie du nachts um diese Zeit ganz allein draußen ist.«

Sie sagte *Kind*, obwohl sie kaum einen Monat älter war als er, aber sie mußte für ihr Essen arbeiten, und davon werden die Menschen schnell alt.

»Aber ich wäre nicht so spät unterwegs, wenn ich nicht heruntergestiegen wäre, um dir zu helfen«, sagte Diamant. »Nordwind ist schon lange heimgegangen.«

»Ich glaub, du bist aus einer Anstalt für Geistesgestörte weggelaufen«, sagte das Mädchen. »Du hast vorhin schon mal was über den Nordwind gesagt, was ich mir nicht zusammenreimen konnte.«

Um sich zu rechtfertigen, mußte Diamant ihr also jetzt die ganze Geschichte erzählen.

Sie glaubte kein Wort davon. Sie sagte, sie sei kein solcher Knallkopf, daß sie den ganzen Quatsch glauben würde. Aber gerade, als sie das sagte, fuhr ein gewaltiger Windstoß durch den Torbogen und setzte das Faß in Bewegung. Also beeilten sie sich, dort herauszukommen, denn sie wollten sich nicht herumrollen lassen, als wären sie wie Heringe in einem Faß so dicht gepackt, daß sie sich nicht weh tun könnten.

»Ich dachte, wir wollten ein wenig schlafen«, sagte Diamant. »Aber jetzt bin ich gar nicht mehr so müde. Komm, laß uns weitergehen.«

Sie wanderten immer weiter. Manchmal setzten sie sich vor einer Haustür hin. Aber wenn es ging, hielten sie sich an kleine Seitenstraßen und Feldwege.

Schließlich befanden sie sich auf einem ansteigenden Gelände, das auf der anderen Seite ziemlich steil abfiel.

Unten lag ein verwilderter Platz, der von einer ungleichmäßigen Mauer mit mehreren Türen umgeben war. Davor lagen alle möglichen kaputten Dinge, von Rasenwalzen über Blumentöpfe bis hin zu Weinflaschen. Aber gerade als sie an den Rand des Abhangs kamen, wurden sie von einem Windstoß gepackt und, so schnell ihre Beine sie trugen, den Hügel hinuntergeblasen. Diamant konnte nicht einmal anhalten, bevor er gegen eine der Türen prallte. Zu seinem Entsetzen sprang sie auf. Als sie sich von ihrem Schrecken erholt hatten, sahen sie hinein. Es war die Hintertür zu einem Garten.

»Oh, oh!« rief Diamant, nachdem er eine Weile hineingestarrt hatte, »das habe ich mir gedacht! Nordwind führt einen nicht an der Nase herum. Das ist Herrn Colemans Garten! Weißt du was, kleines Mädchen, du bohrst einfach ein Loch in die Wand bei der alten Sal und legst deinen Mund daran und sagst: ›Bitte, Nordwind, darf ich nicht mit dir hinausgehen?‹, und dann wirst du schon sehen, was passiert.«

»Das will ich wohl meinen. Aber ich bin schon mehr als genug draußen im Wind und kann gerne darauf verzichten.«

»Ich habe gesagt, *mit* dem Nordwind, nicht *in* ihm.«

»Das ist dasselbe.«

»Es ist *nicht* dasselbe.«

»Es *ist* dasselbe.«

»Aber ich weiß es besser.«

»Und ich weiß es besser. Ich hau dir gleich eine runter«, sagte das Mädchen.

Diamant wurde sehr böse. Er wußte, daß er sie nicht schlagen durfte, selbst wenn sie ihm eine Ohrfeige gab, denn sie war ein Mädchen, und wenn ein Mädchen grob ist, dann darf ein Junge es nur stehenlassen und selber weggehen. Also ging er durch die Tür.

»Auf Wiedersehen, Herr«, sagte das Mädchen.

Das brachte Diamant zur Besinnung.

»Es tut mir leid, daß ich böse war«, sagte er. »Komm herein, dann wird meine Mutter dir Frühstück geben.«

»Danke. Ich muß zu meinem Überweg. Es ist schon Morgen.«

»Das tut mir sehr leid für dich«, sagte Diamant.

»Ach, man kann dieses Leben schon leid haben – mit so jemandem wie der alten Sal und so vielen Löchern in den Schuhen.«

»Ich verstehe nicht, wie du so gut sein kannst. Ich würde mich umbringen.«

»O nein, das würdest du nicht. Wenn mir das in den Kopf kommt, dann will ich immer wissen, was als nächstes kommt, und so warte ich immer, bis das nächste vorbei ist. Irgendwo wird schon jemand glücklich sein. Aber nicht in diesen Kutschen. Du meine Güte! Wie die manchmal gucken – als wollten sie einem den Kopf abbeißen! Auf Wiedersehen!«

Sie rannte den Hügel hoch und verschwand dahinter. Dann schloß Diamant, so gut er konnte, die Tür und rannte durch den Küchengarten zum Stall. Und wie froh war er, als er wieder glücklich in seinem eigenen Bett lag.

5
Das Sommerhaus

Diamant erzählte seiner Mutter nichts von seinen Abenteuern. Ihm schien es so, als sei Nordwind eine Freundin seiner Mutter, und daß diese, selbst wenn sie nicht alles darüber wußte, zumindest nichts dagegen hatte, wenn die Winddame ihn mitnahm. Dabei war er sich auch nicht sicher, ob sie es nicht als erfundene Geschichten ansehen würde, wenn er alles erzählte, gerade weil er es selbst kaum glauben konnte, wenn er am hellichten Tage daran dachte. Aber wenn die Dämmerung langsam in die Nacht überging, waren seine Zweifel wie weggeblasen, wenigstens an den ersten Tagen, nachdem er mit ihr weg gewesen war. Das Mädchen, das den Überweg kehrte, hatte sich jedenfalls strikt geweigert, ihm zu glauben. Außerdem war er sicher, daß Nordwind es ihm sagen würde, wenn er davon erzählen sollte.

Es verging einige Zeit, bis er die Winddame wiedersah. Tatsächlich ereignete sich bis zur Woche darauf nichts Besonderes in Diamants Geschichte. Und dann geschah folgendes. Das Pferd Diamant brauchte neue Hufeisen, und Diamants Vater führte es aus dem Stall und wollte gerade aufsteigen, um mit ihm zum Schmied zu reiten, als er seinen kleinen Jungen sehnsüchtig von der Pumpe zu sich herüberschauen sah. Da nahm der Kutscher seinen Fuß aus dem Steigbügel, ließ Mähne und Zügel los, ging zu seinem Jungen hinüber, hob ihn hoch, und als er ihn auf den Pferderücken setzte, sagte er ihm, er solle aufrecht wie ein Mann sitzen. Dann führte er die beiden Diamanten zusammen weg.

Dem Jungen wurde dort oben angst und bange, als seine Beine die schweren Muskeln fühlten, die die Pferdebeine hoben und dabei hart wurden und sich wieder lösten, und er beugte sich auf den Widerrist herunter, und seine Hände faßten den Teil der Mähne, der von dem Pferdegeschirr kurzgescheuert war; doch als sein Vater sich zu ihm umdrehte und noch einmal sagte: »Sitz aufrecht, Diamant«, ließ er die Mähne los und richtete sich auf, obwohl das Pferd, das wohl meinte, sein Herr hätte »Komm lauf, Diamant» zu ihm gesagt, schneller ausschritt. Denn beide Diamanten gehorchten aufs Wort. Und Diamant fand bald heraus, daß das Pferd ihm genauso gehorchte wie er seinem Vater. Denn er war noch nicht

weit geritten, als er sich ein Herz faßte und seine Hand nach den Zügeln ausstreckte, und sein Vater, der die Zügel in der Hand hielt, sah mit einem Lächeln auf, als er merkte, daß der Junge sie zu sich hinzog, ließ sie erfreut los und überließ Diamant die Führung von Diamant. Der Junge merkte schnell, daß ihm dies sehr gut gelang. Es war großartig, ein so gewaltiges Tier führen zu können. Und er fand auch heraus, daß er gewissermaßen erst dem Pferd folgen mußte, um es führen zu können.

Der Schmied wohnte ein gutes Stück entfernt, der Stadtmitte zu. Als sie an der Ecke eines Platzes vorbeikamen und Diamant, der jetzt sehr bequem auf seinem lebendigen Thron saß, ein bißchen stolz hierhin und dorthin blickte, sah er plötzlich, wie ein Mädchen eilig einen Überweg für eine Dame kehrte. Die Dame war Frau Coleman, die Dienstherrin seines Vaters, und das kleine Mädchen war dasselbe, für das er von Nordwinds Rücken heruntergestiegen war. Aufgeregt zog er an Diamants Zügel, um zu sehen, ob Frau Coleman eine Münze in die ausgestreckte Hand legen würde. Aber sie hatte an dem Überweg davor etwas gegeben, und die Hand kehrte leer zum Besen zurück. Das konnte Diamant nicht mit ansehen. Er hatte ein paar Pennies in seiner Tasche, die er erst tags zuvor von dieser Dame bekommen hatte, und er purzelte von seinem Pferd herunter, um sie dem Mädchen zu geben. Er purzelte herunter, sage ich, denn als er am Boden ankam, fiel er hin. Aber er stand sofort wieder auf, rannte los und durchsuchte dabei seine Tasche. Das Mädchen machte einen artigen Knicks, als er ihm seinen Schatz hinhielt, aber es guckte ziemlich verwundert dabei. Zuerst dachte sie:

»Dann war er neulich doch auf dem Rücken des Nordwinds gewesen!«, aber als sie die Pferdehufe auf dem gepflasterten Überweg hörte, blickte sie hoch und änderte ihre Meinung und sagte vor sich hin: »Nordwind ist das Pferd seines Vaters! Das steckt also dahinter. Warum konnte er das nicht sagen?« Und sie hatte große Lust, das Geld zurückzuweisen. Aber Diamants Lachen versöhnte sie, und als sie es nahm und in den Mund steckte, sagte sie sogar: »Vielen Dank, Herr. Haben sie dich verhauen?«

»O nein!« antwortete Diamant. »Ich werde nie verhauen.«

»Jesses!« sagte das kleine Mädchen und war sprachlos.

Unterdessen hatte sein Vater einen gewaltigen Schrecken bekommen, als er hinaufschaute und den Pferderücken leer fand; aber im nächsten Augenblick sah er Diamant, hob ihn wieder in den Sattel und sagte: »Steig nicht noch einmal ab, Diamant. Das Pferd hätte dich treten können.«

»Nein, Vater«, antwortete der Junge und ritt sicher wie ein König weiter.

Der Sommer kam heran, prächtig und warm. Fräulein Coleman ging es etwas besser, und sie saß oft draußen im Garten. Eines Tages sah sie Diamant durch die Sträucher lugen und rief ihn herbei. Er erzählte ihr so freimütig, daß sie ihn danach oft holen ließ, und mit der Zeit durfte er in dem Garten herumlaufen, wann immer er wollte. Nie rührte er die Blumen oder eine Blüte an, denn er war anders als manche Jungen, die nur das schön finden können, was sie so gründlich auseinandergenommen haben, daß sich kein anderer mehr daran erfreuen kann.

Eine einzige Woche ist eine sehr lange Zeit in einem Kinderleben, und Diamant hatte langsam wieder das Gefühl, Nordwind gehöre einem lange Jahre zurückliegenden Traum an.

An einem heißen Abend hatte er mit der jungen Herrin, wie sie genannt wurde, am hinteren Ende des Rasens in einem kleinen Sommerhaus gesessen, dessen Schönheit der Junge sehr bewunderte, denn es hatte an der Seite ein kleines Fenster aus farbigem Glas. Es wurde dämmrig, und die Dame fing an zu frösteln; sie ging hinein und ließ den Jungen im Sommerhaus. Er saß dort und betrachtete ein Beet mit Tulpen, die die Blüten schon für die Nacht geschlossen hatten, aber nicht richtig einschlafen konnten, weil der Wind sie hin und her schaukelte. Plötzlich sah er eine große Hummel aus einer Tulpe herausfliegen.

»So! Das wäre geschafft«, sagte eine Stimme – eine sanfte, fröhliche Kinderstimme, aber sie war *ganz* zart. »Endlich! Ich dachte schon, sie würde die ganze Nacht dort drin bleiben müssen, die Ärmste! Wahrhaftig.«

Diamant konnte nicht sagen, ob die Stimme nah oder fern war, sie war so zart und doch ganz klar. Er hatte schon von Feen gehört, aber noch nie eine gesehen, und nun hielt er nach einer Ausschau. Und dort rutschte ein winzig kleines Wesen an einem Tulpenstengel herunter!

»Bist du die Fee, die auf die Bienen aufpaßt?« fragte er, trat aus dem Sommerhaus und kniete an dem grünen Rand des Tulpenbeets nieder.

»Ich bin keine Fee«, antwortete das kleine Wesen.

»Woher weißt du das?«

»Es würde dir besser anstehen zu fragen, woher *du* das wissen kannst.«

»Du hast es mir gerade gesagt.«

»Ja. Aber was hat man schon davon, wenn man etwas nur weiß, weil man es gesagt bekommt!«

»Nun, woher soll ich dann wissen, daß du keine Fee bist? Du siehst ganz danach aus.«

»Erstens sind Feen viel größer, als du mich jetzt siehst.«

»Oh!« sagte Diamant nachdenklich. »Ich dachte, sie wären sehr klein.«

»Aber sie könnten erheblich größer sein als ich, und das wäre nicht einmal besonders groß. Selbst wenn ich sechsmal so groß wäre, wäre das noch nicht besonders groß. Außerdem kann eine Fee nicht nach Belieben groß und klein werden, selbst wenn das in den Kinderbüchern so steht: Sie wissen es nicht besser. Du dummer Diamant! Hast du mich noch nie gesehen?«

Und während sie sprach, beugte ein Windhauch die Tulpen beinahe bis zum Boden, und das Wesen legte seine Hand auf Diamants Schulter. Da wußte er sofort, daß es Nordwind war.

»Ich bin wirklich dumm«, sagte er, »aber ich habe dich noch nie so klein gesehen, nicht einmal, als du den Himmelsschlüssel gewiegt hast.«

»Mußt du mich denn in jeder meßbaren Größe gesehen haben, um mich zu erkennen, Diamant?«

»Aber wie konnte ich ahnen, daß ausgerechnet du eine große dumme Hummel hütest?«

»Wenn sie dumm war, dann war es um so nötiger, daß sich jemand um sie gekümmert hat. Sie war schon ganz benommen, weil sie so viel Honig gesaugt und so lange versucht hatte, die Tür aufzustoßen. Und was hätte die Sonne wohl gedacht, wenn die Tür am Morgen aufgegangen wäre, um ihr das Tulpenherz zu zeigen, und dann hätte so ein dummes Ding darin gelegen – noch dazu mit Flügeln?«

»Aber wie kommt es, daß du Zeit hast, auf Bienen aufzupassen?«

»Ich passe nicht auf Bienen auf. Ich sollte mich um diese eine kümmern. Aber das war schwere Arbeit.«

»Was! Schwere Arbeit! Du könntest einen Schornstein umblasen – oder – oder – einem Jungen die Kappe wegpusten.«

»Das ist beides leichter, als eine Tulpenblüte offenzublasen. Aber ich weiß kaum, was schwer und was leicht ist. Das, was ich tun soll, vermag ich immer zu tun.

Wenn ich meine Arbeit sehe, dann stürze ich mich einfach darauf – und dann ist sie getan. Aber ich soll nicht schwätzen. Ich muß heute nacht ein Schiff versenken.«

»Was? Ein Schiff versenken! Mit Männern drin?«

»Ja, und Frauen auch.«

»Wie schrecklich. Ich wünschte, du würdest so etwas nicht sagen.«

»Es ist sehr schrecklich. Aber es ist meine Arbeit. Ich muß es tun.«

»Ich hoffe, du wirst mich nicht fragen, ob ich mitgehe.«

»Nein, ich werde dich nicht fragen. Aber du mußt trotzdem mitkommen.«

»Das tue ich nicht.«

»Nicht?«

Nordwind wuchs zu einer großen Dame empor und sah ihm in die Augen, und Diamant sagte: »Bitte, nimm mich mit. Du kannst nicht grausam sein.«

»Nein, ich könnte nicht einmal grausam sein, wenn ich es wollte. Ich kann nichts Grausames tun, obwohl ich oft etwas tue, was in den Augen anderer grausam erscheint, aber sie wissen nicht, was ich wirklich tue. Die Leute sagen, daß ich Menschen ertränke, aber ich trage sie nur zum – zum – zum – nun, in das Land hinter dem Nordwind – so haben sie es vor langer Zeit einmal genannt, nur habe *ich* dieses Land noch nie gesehen.«

»Wie kannst du sie dorthin bringen, wenn du es nie gesehen hast?«

»Ich weiß den Weg.«

»Aber warum hast du es nie gesehen?«

»Weil es hinter mir liegt.«

»Aber du kannst dich umdrehen.«

»Nicht so weit, daß ich meinen eigenen Rücken sehen kann. Nein, ich blicke immer vor mich. Ich werde sogar ganz blind und taub, wenn ich versuche, meinen Rücken zu sehen. Ich kümmere mich nur um meine Arbeit.«

»Aber warum ist das deine Arbeit?«

»Ach, das kann ich dir nicht sagen. Ich weiß nur, daß es so ist, denn wenn ich sie tue, dann geht es mir gut, und wenn ich sie nicht tue, geht es mir ganz schlecht. Ostwind sagt – aber man weiß nie so genau, wieviel man davon glauben soll, denn sie ist manchmal sehr ungezogen –, sie sagt, daß das alles von einem Baby so eingerichtet wird, aber ob sie gut oder ungezogen ist, wenn sie das sagt, weiß ich nicht. Ich halte mich nur an meine Arbeit. Mir ist es gleich, ob ich eine Biene aus einer Tulpe herauslasse oder die Spinnweben vom Himmel fege. Du würdest gerne mitkommen heute nacht?«

»Ich möchte nicht sehen, wie ein Schiff versenkt wird.«

»Aber wenn ich dich nun mitnehmen soll?«

»Dann muß ich natürlich gehen.«

»Jetzt bist du ein braver Diamant. – Ich glaube, ich sollte lieber ein bißchen wachsen. Aber du mußt erst ins Bett gehen. Ich kann dich erst holen, wenn du im Bett bist. Das ist bei Kindern so vorgeschrieben. Also sollte ich lieber gehen und vorher noch etwas anderes tun.«

»Gut, Nordwind«, sagte Diamant. »Kannst du mir bitte sagen, was du als erstes tun wirst?«

»Ich denke, das darf ich dir sagen. Spring auf die Mauer dort.«

»Das kann ich nicht.«

»Ach, und ich kann dir nicht helfen – du bist noch nicht im Bett gewesen, weißt du. Komm mit auf die Straße, nur bis vor die Remise, dann zeige ich es dir.«

Nordwind wurde winzig klein, so klein, daß sie noch nicht einmal den Staub von einem »staubigen Müller» hätte blasen können – so heißen die gelben Primeln bei den Kindern in Schottland. Diamant konnte nicht eine Bewegung in den Grashalmen sehen, als sie zu seinen Füßen dahinhuschte. Sie gingen über den Rasen durch die kleine Tür im Remisentor hinaus und über die Straße bis zu der niedrigen Mauer, die auf der anderen Seite zwischen dem Fluß und der Straße stand.

»Du kannst auf diese Mauer steigen, Diamant«, sagte Nordwind.

»Ja, aber meine Mutter hat es mir verboten.«

»Dann laß es sein«, sagte Nordwind.

»Aber ich kann darübergucken«, sagte Diamant.

»Ach, natürlich! Ich nicht.«

Während sie sprach, machte Nordwind einen kleinen Satz und stand oben auf der Mauer. Sie war gerade so groß wie eine Libelle, die sich auf ihrem Schwanz aufrichtet.

»Du kleiner Schatz!« sagte Diamant, als er sah, was für eine hübsche kleine Puppenfrau sie war.

»Sei nicht ungehörig, junger Herr«, sagte Nordwind. »Es gibt nichts, was mich so ärgert wie die Art und Weise, in der ihr Menschen alles nach seiner Größe bewertet. Ich bin jetzt genauso bedeutend wie in sechs Stunden, wenn ich einen Ostindiensegler am Hauptmast packe, herumdrehe und unter Wasser drücke. Du hast kein Recht, so mit mir zu sprechen.«

Doch während sie sprach, lag auf ihrem winzigen Gesicht das Lächeln einer großartigen, wunderbaren Frau. Sie scherzte nur auf ihre Weise mit Diamant, und das Scherzen einer wahren Frau ist niemals verletzend.

»Aber schau einmal dorthin!« fing sie wieder an. »Siehst du ein Boot mit einem Mann darin – ein grün-weißes Boot?«

»Ja, ich kann es gut sehen.«

»Das ist ein Poet.«

»Ich dachte, du sagtest, es sei ein Boot.«

»Dummerchen, weißt du nicht, was ein Poet ist?«

»Man segelt damit über das Wasser.«

»Nun ja, das ist vielleicht gar nicht so falsch. Manche Poeten tragen tatsächlich Menschen über das Meer. Aber ich darf nicht soviel schwatzen. Der Mann ist ein Poet.«

»Das Boot ist ein Boot«, sagte Diamant.

»Kannst du nicht buchstabieren?« fragte Nordwind.

»Nicht besonders gut.«

»Das sieht ganz so aus. Ein Poet ist kein Boot, wie du das nennst. Ein Poet ist jemand, der über irgend etwas glücklich ist und versucht, auch andere damit glücklich zu machen.«

»Ach, jetzt verstehe ich. So wie der Mann im Süßigkeitengeschäft.«

»Nicht gerade so. Aber ich sehe schon, es hat keinen Sinn. Ich habe keinen Auftrag, dir das zu erklären, und deshalb kann ich es nicht tun. Ich muß gehen. Aber sieh dir erst noch den Mann an.«

»Er ist kein besonders guter Ruderer«, sagte Diamant. »Er rudert zuerst auf der einen und dann auf der anderen Seite.«

»Jetzt paß auf!« sagte Nordwind.

Und sie schoß wie eine Libelle über das Wasser, das sich unter ihr furchte und kräuselte. Sogleich schaute der Mann um sich und beugte sich über seine Riemen. Das Boot flog über das leise Wellen schlagende Wasser. Mann, Boot und Fluß waren hellwach. Beinahe im selben Moment hockte Nordwind wieder auf der Flußmauer.

»Wie hast du das gemacht?« fragte Diamant.

»Ich habe ihm ins Gesicht geblasen«, antwortete Nordwind.

»Ich verstehe nicht, wie es davon kommen konnte«, sagte Diamant.

»Das kann ich mir denken. Und das heißt soviel wie, daß du es nicht glauben kannst.«

»Nein, nein, liebe Nordwind. Ich kenne dich zu gut, um dir nicht zu glauben.«

»Nun, ich habe ihm ins Gesicht geblasen, und das hat ihn aufgeweckt.«

»Aber wozu ist das gut?«

»Wie – siehst du das etwa nicht? Schau ihn an, wie er sich ins Zeug legt. Ich habe den Nebel aus ihm herausgeblasen.«

»Wie ist das geschehen?«

»Genau das kann ich dir nicht sagen.«

»Aber du hast es getan.«

»Ja. Ich tue tausenderlei Dinge und kann sie nicht erklären.«

»Das gefällt mir nicht«, sagte Diamant.

Er starrte dem Boot nach. Als er keine Antwort hörte, sah er auf die Mauer hinunter.

Nordwind war fort. In der Ferne zog eine lange Welle über den Fluß, eine Katzenpfote, wie die Seeleute dazu sagen. Der Mann in dem Boot setzte das Segel. Der Mond zeigte sich in vollem Glanz am Rand einer großen Wolke, und das Segel leuchtete weiß auf. Diamant rieb sich die Augen und fragte sich, was das alles zu bedeuten

habe. Um ihn herum regte es sich, und alles schien aus einem geheimen Einverständnis herzurühren, doch er konnte sich keinen Reim darauf machen. So steckte er seine Hände in die Taschen und ging Abendbrot essen. Der Abend war sehr heiß, denn der Wind hatte sich wieder gelegt.

»Du scheinst heute abend nicht ganz in Ordnung zu sein, Diamant«, sagte seine Mutter.

»Mir geht es ganz gut, Mutter«, antwortete Diamant, der nur verwirrt war.

»Ich glaube, du solltest lieber ins Bett gehen«, fügte sie hinzu.

»Gut, Mutter«, antwortete er.

Er hielt einen Moment inne, um aus dem Fenster zu gucken. Über dem Mond zogen die Wolken in verschiedene Richtungen. Irgend etwas daran beunruhigte ihn, trotzdem war er bald fest eingeschlafen.

Mitten in der Nacht wachte er im Dunkeln auf. Ein schrecklicher Lärm polterte über ihm wie das Echo gewaltiger Trommelschläge in einem ehernen Gewölbe. Das Dach des Heubodens, auf dem er lag, hatte keine Decke, nur die Dachziegel waren zwischen ihm und dem Himmel. Eine ganze Weile konnte er nicht richtig wach werden, denn der Lärm bedrückte ihn, so daß sein Herz angstvoll schlug. Ein zweiter Donnerschlag krachte über seinem Kopf, und er erstickte beinahe vor Angst. Er kam erst wieder zu sich, als mit dem nachfolgenden

Windstoß ein paar Ziegel vom Dach geweht wurden und eine kleine Windzunge in sein Bett und über sein Gesicht fuhr, die ihn hellwach machte und ihm seinen Mut zurückgab. Im selben Augenblick hörte er, wie eine mächtige, aber klangvolle Stimme ihn rief.

»Steh auf, Diamant!« sagte sie. »Es ist soweit. Ich warte auf dich.«

Er schaute aus seinem Bett heraus und sah einen riesigen, kraftvollen und doch wunderschönen Arm durch ein großes Loch im Dach sich ihm entgegenstrecken, und die Finger an dieser Hand waren die einer Dame, auch wenn sie stark genug gewesen wären, eine Boa Konstriktor zu erwürgen oder eine Tigerin von ihrer Beute wegzudrücken. Ohne eine Sekunde zu zögern, streckte er seine winzige Hand aus und legte sie in die große Hand vor ihm.

6
Im Sturm

Die Hand fuhr ihm tastend den Arm hinauf, faßte ihn behutsam, aber fest über dem Ellbogen und hob Diamant aus dem Bett. Sobald er durch das Loch im Dach herauskam, schienen ihn die Winde des Himmels zu packen und hierhin und dorthin zu stoßen. Sein Haar flog in eine Richtung, sein Nachthemd in eine andere, seine Beine drohten unter ihm weggezogen zu werden, und die Geschwindigkeit des unsichtbaren Angreifers ließ ihn beinahe schwindlig werden. Zusammengekauert klammerte er sich mit der freien Hand an die große Hand, die seinen Arm hielt, und ihm wurde himmelangst.

»O Nordwind!« murmelte er, doch die Worte wurden ihm von den Lippen gerissen wie die Seifenblasen, die zu früh zerplatzten und aus seinem Pfeifenkopf dahinschwanden. Der Wind fing sie auf, und sie lösten sich in nichts auf. Sie konnten gar nicht richtig aus seinem Mund herauskommen, sondern wurden fortgerissen und erdrückt. Und doch hörte Nordwind seine Worte, und als sie antwortete, schien es Diamant, daß sie gütiger und liebevoller als je zuvor mit ihm sprach, gerade weil sie so groß war und nichts daran ändern konnte und gerade weil ihr Ohr und ihr Mund ihm so schrecklich weit weg vorkommen mußten. Ihre Stimme klang wie der Baß einer tiefen Orgel, ohne das Dröhnen darin; wie die zartesten Geigentöne, ohne das Schluchzen darin; wie die mächtigsten Trompetenstöße, ohne den Trotz darin; wie das Geräusch von fallendem Wasser, ohne das Klatschen und Platschen darin: sie klang wie diese alle zusammen und doch wie keines von ihnen, alle ohne ihren Makel, ein jedes ohne seine Eigentümlichkeit: letztendlich

glich sie mehr der Stimme seiner Mutter als irgend etwas anderem auf der Welt.

»Diamant, Schatz«, sagte sie, »sei ein Mann. Das, wovor du Angst hast, macht mir überhaupt keine Angst.«

»Aber dir kann es nichts tun«, murmelte Diamant, »denn du bist es selbst.«

»Wenn ich es selbst bin und dich im Arm habe, wie kann es dir dann etwas tun?«

»O ja, jetzt verstehe ich«, flüsterte Diamant. »Aber es sieht so schrecklich aus, und es stößt mich so umher.«

»Ja, das tut es, mein Schatz. Dazu ist es geschickt worden.«

In dem Moment krachte ein Donnerschlag aus den Wolken, und Diamants Herz schlug zum Zerspringen. Ich kann nicht sagen, daß er aus dem Himmel kam, denn da war kein Himmel. Diamant hatte den Blitz nicht gesehen, weil er Nordwinds Gesicht suchte. Die Falten ihres Gewandes wischten immerzu über seine Augen und machten ihn blind, aber zwischendrin sah er gerade so viel, daß er sich einreden konnte, durch die Risse in den Wolkengebirgen über sich die glänzenden Augen einer Frau zu sehen.

Bei dem Donner zitterte er so sehr, daß die Knie unter ihm nachgaben und er zu Nordwinds Füßen niedersank und sich an ihrem säulenstarken Fußgelenk festklammerte. Sofort beugte sie sich zu ihm herab und hob ihn von dem Dach – hoch – hoch bis an ihre Brust, und dort hielt sie ihn fest und sagte zu ihm wie zu einem untröstlichen Kind: »Diamant, Schatz, so geht es nicht.«

»O doch, es geht«, antwortete Diamant. »Jetzt ist es gut – ganz gut, bestimmt, liebe Nordwind. Wenn du mich nur hier bleiben läßt, ist wirklich alles gut.«

»Aber hier wirst du den Wind spüren, Diamant.«

»Das macht mir nichts aus, wenn ich nur deine Arme durch ihn hindurch fühle«, antwortete Diamant und schmiegte sich enger an ihre große Brust.

»Tapferer Junge!« erwiderte Nordwind und drückte ihn fester an sich.

»Nein«, sagte Diamant. »Das stimmt nicht. Es gehört gar kein Mut dazu, solange ich dich fühlen kann.«

»Aber vielleicht solltest du dich lieber in mein Haar setzen? Dann würdest du den Wind nicht spüren; hier wirst du ihn zu spüren kriegen.«

»Ach, liebe Nordwind, du weißt nicht, wie gut es ist, wenn ich deinen Arm um mich fühle. Es ist tausendmal besser, deinen Arm und den Wind zusammen zu spüren, als wenn nur dein Haar und dein Nacken da sind und gar kein Wind.«

»Aber dort ist es gewiß bequemer für dich?«

»Nun ja, vielleicht, aber ich glaube langsam, daß es etwas Besseres gibt, als nur angenehm zu leben.«

»Ja, das stimmt wohl. Nun, ich werde dich hier bei mir behalten. Du wirst den Wind spüren, aber nicht zu sehr. Ich brauche nur einen Arm, um dich festzuhalten, der andere reicht vollkommen aus, um das Schiff zu versenken.«

»Ach, liebe Nordwind! Wie kannst du so daherreden?«

»Mein lieber Junge, ich rede nie daher. Ich meine immer genau das, was ich sage.«

»Dann willst du wirklich mit der anderen Hand das Schiff versenken?«

»Ja.«

»Das paßt nicht zu dir.«

»Woher weißt du das?«

»Ganz einfach. Mit einem Arm sorgst du hier für einen armen kleinen Jungen und mit dem anderen versenkst du dort ein Schiff. Das paßt nicht zusammen.«

»Ah, aber welches von beiden bin ich? Ich kann nicht zwei verschiedene Ichs haben, nicht wahr?«

»Nein, niemand kann zwei Ichs haben.«

»Nun, welches Ich ist mein Ich?«

»Jetzt muß ich überlegen. Es sieht so aus, als wären es zwei.«

»Ja, genau darum geht es. Das, was dir fremd ist, kannst du nicht kennen, oder?«

»Ncin.«

»Welches Ich kennst du?«

»Das liebste, aufrichtigste, beste Ich auf der ganzen Welt«, antwortete Diamant und klammerte sich an Nordwind.

»Warum bin ich gut zu dir?«

»Das weiß ich nicht.«

»Hast du jemals etwas für mich getan?«

»Nein.«

»Dann bin ich gut zu dir, weil ich gut zu dir sein will.«

»Ja.«

»Warum sollte ich das wollen?«

»Weil – weil – weil es dir gefällt.«

»Warum sollte es mir gefallen, gut zu dir zu sein?«

»Das weiß ich nicht, höchstens vielleicht, weil es gut ist, gut zu mir zu sein.«

»Genau das ist es. Ich bin gut zu dir, weil ich gerne gut bin.«

»Warum solltest du dann zu anderen Menschen nicht genauso gütig sein wie zu mir?«

»Gerade das weiß ich nicht. Warum sollte ich das nicht sein?«

»Das weiß ich auch nicht. Warum solltest du es denn nicht sein?«

»Weil ich es bin.«

»Das ist wieder das gleiche«, sagte Diamant. »Ich kann nicht einsehen, daß es so ist. Es sieht gerade andersherum aus.«

»Gut, aber hör mir zu, Diamant. Du sagst, daß du das eine Ich kennst und daß dieses Ich gut sei.«

»Ja.«

»Kennst du das andere Ich auch?«

»Nein, das kann ich nicht kennen. Das würde ich nicht wollen.«

»Das ist es. Du kennst das andere Ich nicht. Du bist sicher, daß du das eine kennst?«

»Ja.«

»Und du bist sicher, daß es nicht zwei Ichs geben kann?«

»Ja.«

»Dann muß das Ich, das du nicht kennst, dasselbe sein wie das Ich, das du kennst?«

»Ja.«

»Außerdem sage *ich* dir, daß es so ist, auch wenn es

nicht so scheint. Das gebe ich offen zu. Hast du sonst noch etwas einzuwenden?«

»Nein, nein, liebe Nordwind, das genügt mir vollkommen.«

»Dann werde ich dir sagen, was du dagegen einwenden könntest. Du könntest sagen, daß dieses Ich, das du kennst, wie das andere Ich sein müsse, und daß ich ganz und gar grausam bin.«

»Ich weiß, daß es nicht so sein kann, weil du so gütig bist.«

»Aber diese Güte ist vielleicht nur vorgeschoben, damit ich hinterher um so grausamer sein kann.«

Diamant klammerte sich noch viel fester an sie und weinte.

»Nein, nein, liebe Nordwind, das kann ich nicht glauben. Das glaube ich nicht. Das will ich nicht glauben. Dann könnte ich nicht mehr leben. Ich habe dich lieb, und du mußt mich auch liebhaben, denn wie könnte ich dich sonst liebhaben? Woher solltest du wissen, wie man so ein schönes Gesicht macht, wenn du mich und die anderen nicht liebhättest? Nein. Du kannst so viele Schiffe versenken, wie du willst, und ich werde kein einziges Wort mehr sagen. Aber ich möchte es wirklich nicht mit ansehen.«

»Das ist eine ganz andere Sache«, sagte Nordwind, und während sie sprach, sprang sie vom Dach des Heubodens und stürmte in die Wolken hoch und hielt Diamant mit dem linken Arm an ihr Herz gedrückt. Und aus den Wolken brach jubelnd ein neues donnerndes Leuchten hervor, als hätten sie gewußt, daß Nordwind gekommen war. Eine Weile glaubte Diamant, durch ein tiefes, hell glänzendes Flammenmeer getragen zu werden, dann umwanden ihn die Winde wie Schlangen. Denn sie waren inmitten von Nebel und Wolken, und diese formten sich nach dem Wind und wirbelten und wanden und sausten und schossen und schlugen wie graues und schwarzes Wasser umher, so daß es aussah, als hätte der

Wind selbst Gestalt angenommen, und Diamant sah den grauschwarzen Wind wütend um sich herum toben und schlagen. Einmal schlug er ihm die Augen blind, dann betäubte das Bellen seine Ohren; aber wenn der Donner kam, wußte er nun, daß es die Wogen in dem großen Luftmeer waren, die in ihrer Eile, das vom Blitz geschlagene Loch auszufüllen, gegeneinanderschlugen; dann wieder raubte er ihm beinahe ganz den Atem, weil er bei seinem Rasen und Vorwärtsstürmen die Luft um seinen Körper wegzog. Doch es machte Diamant nichts aus.

Zuerst schnappte er nur nach Luft, und dann lachte er, denn Nordwinds Arm hielt ihn umfangen, und er lehnte an ihrer Brust. Es ist mir ganz und gar unmöglich zu beschreiben, was er sah. Habt ihr schon einmal gesehen, wie es ist, wenn eine große Welle in eine gewundene Felsspalte hineinschießt? Wenn ihr je dabei wärt, würdet

ihr sehen, daß das Wasser in alle Richtungen gleichzeitig schießt, ein Teil kehrt sogar um und kämpft gegen die anderen Wellen an; ein größeres Durcheinander kann man sonst nur noch in einer erschreckten Menschenmenge erleben. Nun, genau so war der Wind, nur war er noch viel schneller und also auch viel wilder und schoß und wirbelte, wand und duckte sich und raste und wütete zehnmal so wild wie alles andere auf der Welt – außer den menschlichen Leidenschaften. Diamant sah, daß die Strähnen von Nordwinds Haar wie Fäden alles durchzogen. An einigen Stellen konnte er nicht einmal sagen, was Haar und was schwarzer Sturm und Dunst war. Manchmal schien es, als wären alle großen, nebeltrüben Windwogen aus den sich kreuzenden Linien von Nordwinds endlosem Haar gewebt, das in unendlichen Verknüpfungen umherflog. Und als der Wind sein Haar erfaßte, das seine Mutter ziemlich lang ließ, fühlte sich Diamant fast wie ein Teil des Sturmes, ja es war, als ginge etwas von der Kraft des Sturmes von ihm aus. Aber er war durch Nordwinds Arm und Brust so gut geschützt, daß er nur manchmal, wenn ein aufwirbelnder Luftstrudel stärker gegen sie anstürmte, für einen Augenblick merkte, wie wild der Sturm war, in dem er getragen wurde und in dessen Ursprung und Zentrum er lag.

Auch schien es Diamant, daß sie sich in diesem Zentrum nicht bewegten und daß das ganze Durcheinander und Kämpfen um sie herum stattfände. Blitz um Blitz erhellte das wilde Chaos und warf ein wechselndes gelbes und blaues und graues und dunkelrotes Licht auf den Nebelwettstreit; ein Donnerschlag nach dem anderen zerriß die unendliche Weite; aber Diamant schien es, als ob Nordwind und er reglos wären, bis auf die Haare. Doch das war nicht so. Mit der Geschwindigkeit des Windes selbst stürmten sie dem Meer entgegen.

7
Die Kathedrale

Ich sollte aufhören zu beschreiben, was sich nicht beschreiben läßt, denn es gibt kaum etwas Langweiligeres.

Bevor sie das Meer erreichten, spürte Diamant, wie Nordwinds Haar langsam um ihn herumfiel.

»Ist der Sturm vorbei, Nordwind?« rief er aus.

»Nein, Diamant. Ich warte nur auf eine Gelegenheit, dich abzusetzen. Du möchtest nicht gerne mit ansehen, wie das Schiff versenkt wird, und ich bringe dich an einen Ort, wo du bleiben kannst, bis ich dich wieder hole.«

»Oh! Vielen Dank«, sagte Diamant. »Ich trenne mich nicht gern von dir, Nordwind, aber ich würde lieber nicht mit ansehen, wie das Schiff untergeht. Und ich habe Angst, daß die armen Menschen schreien werden und ich sie hören müßte.«

»Es sind ziemlich viele Passagiere auf dem Schiff, und wenn ich ehrlich bin, Diamant, wäre es mir lieber, wenn du das Schreien, von dem du sprichst, nicht hörtest. Ich fürchte, du würdest es lange nicht aus deinem kleinen Kopf herausbringen.«

»Aber wie kannst du es dann aushalten, Nordwind? Denn ich bin sicher, daß du gut bist. Ich werde nie wieder daran zweifeln.«

»Ich will dir sagen, wie ich es aushalten kann, Diamant: Durch allen Lärm, sogar durch mein eigenes Getöse hindurch, höre ich immerzu den fernen Klang eines Liedes. Ich weiß weder genau, woher es kommt, noch was es bedeutet, und ich höre nicht viel davon; nur so etwas wie einen Hauch seiner Melodie, der über die großen Meereswogen jenseits dieser Lufthülle, in der ich so stürme, weht. Aber ich höre doch so viel davon, daß ich das Schreien, das von dem sinkenden Schiff kommt, ertragen kann. Und das könntest du auch, wenn du es hören würdest.«

»Nein, das könnte ich nicht«, sagte Diamant heftig. »Denn *sie* würden die Melodie des fernen Liedes nicht hören. Und wenn sie sie hörten, würde es ihnen nichts nützen. Denn du und ich, wir gehen nicht unter, und deshalb können *wir* sie schön finden.«

»Aber du hast den Psalm noch nie gehört und kennst ihn nicht. Auf unerklärliche Weise sagt er mir, daß alles gut ist, daß er kommt, um alles Schreien zu verschlingen.«

»Aber das wird ihnen nichts nützen, den Menschen, meine ich«, beharrte Diamant.

»Das muß es, das muß es«, sagte Nordwind schnell. »Es könnte nicht ein solches Lied sein, wenn es nicht ihre ganze Angst und ihre Schmerzen verschlingen würde und sie mit den anderen in die Melodie einstimmen ließe. Ich bin sicher, daß es so ist. Und weißt du, seit ich weiß, daß ich Haar habe, das heißt, seit es sich ausbreitet und ausströmt, kommt das Lied immer näher. Ich muß allerdings dazusagen, daß es ein paar tausend Jahre gedauert hat, bis ich es gehört habe.«

»Aber wie kannst du sagen, daß es näher gekommen ist, wenn du es nicht gehört hast?« fragte der zweifelnde kleine Diamant.

»Ich weiß, daß es lauter geworden ist, seit ich es zuerst gehört habe, deshalb denke ich, daß es immer näher gekommen ist, bis ich es zum erstenmal gehört habe. Ich bin noch nicht so sehr alt, weißt du – nur ein paar tausend Jahre –, und ich war noch ein ziemlich kleines Kind, als ich den Klang zum erstenmal hörte. Aber ich wußte, daß es die Stimmen von Menschen sein mußten, die unendlich viel älter und weiser sind als ich. Ich kann überhaupt nicht singen, nur hin und wieder einmal, und ich weiß nie, was für ein Lied dabei herauskommt. Das weiß ich immer erst hinterher. – Aber so geht es nicht weiter. Willst du hier bleiben?«

»Ich kann nichts sehen«, sagte Diamant. »Dein Haar liegt ganz dunkel um mich herum, und ich kann nicht hindurchsehen, wenn ich die Augen auch noch so sehr hineinbohre.«

»Dann schau«, sagte Nordwind, und ihr gewaltiger weißer Arm schlug die tiefe Dunkelheit um einige Ellen in einem großen Bogen wie einen Vorhang vor dem Gesicht des Jungen zurück.

Und siehe! Es war eine blaue, sternhelle Nacht. Wo die Sterne nicht leuchteten, schimmerte es milchhell von ihrem Licht, nur nicht dort, wo Diamants Gesicht genau gegenüber die grauen Türme einer Kathedrale sie mit ihrem Umriß auslöschten.

»Oh, was ist das?« rief Diamant schreckerfüllt, denn er hatte noch nie eine Kathedrale gesehen, und sie erhob sich mit ehrfurchtgebietender Macht aus dem weiten

Raum vor ihm und stellte ihre erhabene Größe dem leeren Raum entgegen.

»Ein sehr guter Ort, an dem du warten kannst«, sagte Nordwind. »Aber laß uns hineingehen, und dann sollst du selber urteilen.«

In der Mitte des einen Turmes führte eine offene Tür aufs Dach hinaus, und durch diese gingen sie. Als Nordwind Diamant auf die Füße stellte, befand er sich am Kopf einer steinernen Treppe, die sich im Kreis in die Dunkelheit hinunterwand. Denn durch die Tür drang nur sehr wenig Licht herein. Es war aber gerade so viel, daß er Nordwind neben sich erkennen konnte. Als er aufblickte und ihr Gesicht suchte, sah er, daß sie nicht mehr eine schöne Riesin war, sondern die große, gütige Dame, die er am liebsten hatte. Sie nahm ihn an der Hand, ließ ihn auf der breiteren Seite der Wendeltreppe gehen und begleitete ihn ein gutes Stück hinab. Dann

öffnete sie eine weitere kleine Tür und führte ihn zu einer schmalen Galerie, die auf den Simsen des Fenstergeschosses und durch Öffnungen in den Mauerabschnitten zwischen den Fenstern ganz um das Hauptschiff herumlief. Die Galerie war sehr schmal, und wenn sie nicht gerade durch die Öffnungen in der Mauer gingen, sah Diamant nichts, was ihn davor bewahrt hätte, in die Kirche hinunterzufallen. Sie lag wie eine große, stille, in Stein gehauene Meeresbucht unter ihm, und als er hinabsah, hielt er vor Schreck den Atem an.

»Warum zitterst du, kleiner Diamant?« sagte die Dame, während sie leicht vorausging und ihn mit ihrer nach hinten ausgestreckten Hand führte, denn es war nicht so breit, daß sie beide nebeneinander gehen konnten.

»Ich habe Angst, dort hinunterzufallen«, antwortete Diamant. »Es geht so tief hinab.«

»Ja, ziemlich«, antwortete Nordwind. »Aber vor ein paar Minuten warst du hundertmal höher als jetzt.«

»Ach ja, aber da war ein Arm um mich herum«, sagte Diamant, und sein kleiner Mund berührte die schöne kalte Hand, die die seine hielt.

»Was für einen lieben kleinen warmen Mund du hast!« sagte Nordwind. »Er ist zu schade, um Unsinn damit zu reden. Weißt du nicht, daß ich dich festhalte?«

»Doch, aber ich gehe auf meinen eigenen Füßen, und die könnten ausrutschen. Ich kann mir selbst nicht so trauen wie deinen Armen.«

»Dummes Kind, aber ich sage dir doch, daß ich dich festhalte.«

»Ja, aber irgendwie fühle ich mich nicht wohl.«

»Wenn du fallen würdest und ich dich losließe, dann wäre ich schneller hinter dir her, als eine Damenuhr ticken kann, und würde dich auffangen, bevor du den Boden erreicht hättest.«

»Ich mag es trotzdem nicht«, sagte Diamant.

»Oh! oh! oh!« schrie er im nächsten Moment und krümmte sich vor Angst, denn Nordwind hatte seine Hand losgelassen und war verschwunden, und er stand wie angewurzelt auf der Galerie.

In seinem Ohr klangen die Worte »Folge mir« nach.

Aber er wagte es nicht, sich zu rühren. Er wäre bald vor Angst in die Kirche hinuntergefallen, aber plötzlich fühlte er einen sanften, kühlen Windhauch auf seinem Gesicht, der ihn in kleinen Stößen wieder und wieder anblies, und mit jedem Windhauch fühlte Diamant, wie seine Ohnmacht und damit auch seine Angst dahinschwand. Mut lebte wieder auf in seinem Herzen, und der kühle, sanfte Wind hauchte seinen Atem weiter auf ihn, und das sanfte Wehen des Windhauchs barg so viel Kraft und Macht in sich, daß Diamant bald darauf so furchtlos wie Nordwind selbst auf dem schmalen Sims entlangmarschierte.

Er ging immer weiter, die Fenster in einer Reihe auf der einen Seite und das große, leere Kirchenschiff, in dem jeder seiner tapferen Schritte widerhallte, auf der anderen, bis er schließlich zu einer kleinen offenen Tür kam, von der aus eine breitere Treppe tiefer und immer tiefer hinabführte, und er sich zuletzt unvermutet in den Armen von Nordwind fand, die ihn an sich drückte und auf die Stirn küßte.

Diamant schmiegte sich an sie und murmelte an ihrer Brust: »Warum bist du von mir weggegangen, liebe Nordwind?«

»Weil ich wollte, daß du allein gehst«, antwortete sie.

»Aber hier ist es so viel besser!« sagte Diamant.

»Das glaube ich, aber ich könnte keinen kleinen Feigling an mein Herz drücken. Davon würde mir ganz kalt werden.«

»Aber ich war nicht selber mutig«, sagte Diamant, der, was meine älteren Leser sicher schon bemerkt haben, wie jedes wahre Kind der Metaphysik ergeben war. »Es war der Wind, der mir ins Gesicht geblasen und mir Mut gemacht hat. War es nicht so, Nordwind?«

»Ja, das weiß ich. Du mußtest lernen, was Mut ist. Und ohne ihn zu spüren, konntest du es nicht wissen: Deshalb ist er dir gegeben worden. Aber meinst du nicht, daß du beim nächsten Mal selbst versuchen wirst, mutig zu sein?«

»Doch. Aber versuchen ist nicht viel.«

»Doch, es ist viel – sehr viel, denn es ist ein Anfang. Und der Anfang ist das schwerste überhaupt. Wenn man versucht, mutig zu sein, dann ist man mutig. Der Feigling, der versucht, mutig zu sein, steht über dem, der von Natur aus tapfer ist und nie versuchen mußte, es zu sein.«

»Wie gütig du bist, Nordwind!«

»Ich bin nur gerecht. Güte ist immer nur Gerechtigkeit. Die sind wir schuldig.«

»Das verstehe ich nicht ganz.«

»Das macht nichts. Eines Tages wirst du es verstehen. Es hat jetzt keine Eile mit dem Verstehen.«

»Wer hat den Wind auf mich geblasen, der mir Mut gegeben hat?«

»Das war ich.«

»Ich habe dich nicht gesehen.«

»Deshalb kannst du mir trotzdem glauben.«

»Ja, ja, natürlich. Aber wie kommt es, daß ein so leichter Hauch so stark sein kann?«

»Das weiß ich nicht.«

»Aber du hast ihn stark gemacht?«

»Nein, ich habe ihn nur geblasen. Ich wußte, daß er dich stark machen würde, genauso wie den Mann im Boot, erinnerst du dich? Aber woher mein Atem diese Kraft hat, weiß ich nicht. Sie ist in ihn hineingelegt worden, als ich geschaffen wurde. Das ist alles, was ich weiß. Aber jetzt muß ich wirklich an meine Arbeit gehen.«

»Ach! Das arme Schiff! Ich wünschte, du würdest hierbleiben und das arme Schiff in Ruhe lassen.«

»Das wage ich nicht zu tun. Willst du hier warten, bis ich zurückkomme?«

»Ja. Du wirst nicht lange bleiben?«

»Nicht länger als notwendig. Glaub mir, bevor es Morgen wird, wirst du wieder zu Hause sein.«

Dann war Nordwind weg, und sogleich hörte Diamant ein Seufzen um die Kirche, das stärker wurde und zu einem Brausen anschwoll. Der Sturm brach aufs neue los, und Diamant wußte, daß Nordwinds Haare flogen.

Die Kirche war dunkel. Nur wenig Licht kam durch die Fenster, die fast alle aus dem kostbaren alten, gefärbten Glas waren, das soviel schöner ist als das neue. Aber Diamant konnte nicht sehen, wie schön sie waren, denn das Licht der Sterne war nicht hell genug, um ihre Farben zum Leuchten zu bringen. Er vermochte sie gerade eben von den Mauern zu unterscheiden. Er schaute in die Höhe, doch er konnte die Galerie, die er entlanggegangen war, nicht sehen. Im schwachen Licht aus den

Fenstern des Fenstergeschosses, deren Simse mit zu der Galerie gehörten, konnte er sie weit oben erahnen. Die Kirche wurde sehr einsam um ihn herum, und er fühlte sich wie ein Kind, das von seiner Mutter allein gelassen worden ist. Nur wußte er, daß allein gelassen nicht immer dasselbe wie verlassen ist.

Er begann, den Raum zu erkunden, und ging eine Weile auf und ab. Seine kleinen Schritte weckten leise Antwortechos in dem großen Haus. Es war nicht zu groß, um ihm Beachtung zu schenken. Es schien so, als wüßte die Kirche, daß er da war, und wollte ihm ein Zuhause geben. So fuhr sie fort, auf jeden Schritt eine Antwort zurückzugeben, bis Diamant schließlich dachte, daß er gern laut etwas sagen und hören würde, was die Kirche antwortete. Doch er merkte, daß er Angst hatte zu sprechen. Aus lauter Angst vor der Einsamkeit konnte er kein Wort sagen. Vielleicht war es gut, daß er es nicht tat, denn der Klang eines gesprochenen Wortes hätte ihn die Leere und Verlassenheit nur stärker fühlen lassen. Aber ihm fiel ein, daß er singen könnte. Er sang gern, und zu Hause sang er oft alle Kinderverse, die er kannte, zu seinen eigenen Melodien. Als erstes wollte er es mit »Hei diedel diedel« versuchen, aber es ging nicht. Dann versuchte er »Kleiner Junge Blau«, aber das war auch nicht besser. Und »Sing ein Lied von sechs Pence« ließ sich überhaupt nicht singen. Danach versuchte er »Armer alter Kikeriki«, doch das ging auch nicht. Sie hörten sich alle so dumm an, und er hatte sie doch sonst nie dumm gefunden. So war er still und lauschte den Echos, die aus den dunklen Ecken auf seine Schritte antworteten.

Schließlich seufzte er tief und sagte: »Ich bin so

müde.« Aber er hörte das leise Echo nicht, das weit weg über seinem Kopf antwortete, denn im gleichen Augenblick stieß er gegen die unterste von einigen Stufen, die sich quer durch die Kirche zogen, fiel hin und tat sich den Arm weh. Zuerst weinte er ein bißchen, dann krabbelte er die Stufen auf Händen und Knien hoch. Oben stieß er auf ein kleines Stückchen Teppich und legte sich darauf; und dort lag er und starrte auf das dunkle Fenster, das beinahe dreißig Meter hoch über seinem Kopf aufragte.

Es war aber das Ostfenster der Kirche, und der Mond hatte eben den Rand des Horizontes erreicht. Im nächsten Augenblick schaute er darüber. Und siehe, mit dem Mond erschienen in dem Fenster Sankt Johannes, Sankt Paulus und alle die anderen Heiligen in ihren schönen Gewändern. Diamant wußte nicht, daß der wunderwirkende Mond hinter dem Fenster war, und dachte, daß das ganze Licht aus dem Fenster selbst käme und die guten alten Männer erschienen, um ihm zu helfen, daß sie aus der Nacht und der Dunkelheit herauswüchsen, weil er sich den Arm gestoßen hatte und so müde und allein war und es so lange dauerte, bis Nordwind zurückkam. So lag er und schaute, auf dem Rücken liegend, zu ihnen hinauf und fragte sich, wann sie wohl herunterkommen und was sie dann tun würden. Sie waren kaum zu sehen, denn das Mondlicht war zu schwach, um die Farben aufleuchten zu lassen, und Diamants Augen hatten genug damit zu tun, ihre Umrisse auszumachen. Dabei wurden seine Augen müder und müder, und die Lider wurden so schwer, daß sie ihm immerzu auf die Augen herabsinken wollten. Wieder und wieder hob er sie, doch sie wurden mit jedem Mal schwerer. Es hatte keinen Sinn: Sie waren zu schwer für ihn. Manchmal waren sie schon unten, bevor er sie halb oben hatte; schließlich gab er es ganz auf, und im selben Moment war er fest eingeschlafen.

8
Das Ostfenster

Daß Diamant fest eingeschlafen war, beweisen die merkwürdigen Dinge, die sich nun in seiner Vorstellung abspielten. Denn er glaubte, so etwas wie ein Flüstern oben in dem großen Fenster zu hören. Er versuchte, seine Augen zu öffnen, doch es ging nicht. Und das Flüstern dauerte an und wurde immer lauter, bis er jedes einzelne Wort, das gesprochen wurde, verstehen konnte. Er dachte, es seien die Apostel, die sich über ihn unterhielten. Aber er konnte seine Augen nicht öffnen.

»Wie kommt es, daß er hier liegt, Petrus?« sagte einer.

»Ich glaube, ich habe ihn vor einer Weile oben auf der Galerie unter dem Nikodemusfenster gesehen. Vielleicht ist er heruntergefallen. Was meinst du, Matthäus?«

»Er hätte wohl kaum hierherkriechen können, wenn er aus dieser Höhe heruntergefallen wäre. Er müßte tot sein.«

»Was sollen wir mit ihm machen? Wir können ihn nicht dort liegenlassen. Und hier oben können wir ihm keinen guten Platz geben, es ist schon ziemlich voll hier. Was meinst du, Thomas?«

»Laßt uns hinuntergehen und ihn ansehen.«

Eine Weile klirrte und klapperte es, dann war es still, und Diamant kam es so vor, als stünden die Apostel alle um ihn herum und blickten auf ihn herab. Und er konnte seine Augen noch immer nicht öffnen.

»Was ist los mit ihm, Lukas?« fragte einer.

»Ihm fehlt nichts«, antwortete Lukas, der vom nächsten Fenster aus zu der Apostelversammlung hinzugetreten sein mußte. »Er schläft tief und fest.«

»Ich hab's«, sagte ein anderer. »Das ist einer von Nordwinds Streichen. Sie hat ihn aufgehoben und wie ein vertrocknetes Blatt oder ein Findelkind vor unserer Tür abgesetzt. Ich muß schon sagen, ich verstehe diese Frau nicht. Als müßten wir nicht schon genug von unserem Geld bezahlen, ohne uns auch noch um anderer Leute Kinder zu kümmern! Dafür haben unsere Vorfahren keine Kathedralen gebaut.«

Nun konnte Diamant es nicht ertragen, solche Anschuldigungen gegen Nordwind zu hören, die, wie er wußte, niemandem einen Streich spielte. Dafür hatte sie viel zuviel mit ihrer eigenen Arbeit zu tun. Er versuchte angestrengt, seine Augen aufzubekommen, aber ohne Erfolg.

»Sie sollte sich überlegen, daß eine Kirche nicht der richtige Ort für solche Possen ist, ganz davon zu schweigen, daß *wir* darin wohnen«, sagte ein anderer.

»Es ist auf jeden Fall respektlos von ihr. Aber sie ist immer respektlos. Was für ein Recht hat sie, die ganze Nacht so gegen unsere Fenster zu schlagen? Ich möchte wetten, daß irgendwo Glas beschädigt ist. Auf jeden Fall hat der Staub nach dem Regen mein blaues Gewand furchtbar schmutzig gemacht. Es wird mich einige Shilling kosten, es zu reinigen.«

Da wußte Diamant, daß es nicht die Apostel sein konnten, die so sprachen. Das waren höchstens Küster und Kirchendiener und dergleichen, die nachts aufstanden und die Gewänder der Dekane und Bischöfe anzogen und sich mit großartigen Namen titulierten wie die dummen Dienstboten, von denen sein Vater erzählt hatte, daß sie sich nach ihren Dienstherren und -damen Lords und Ladies nannten. Und er war so wütend darüber, wie unverschämt sie Nordwind beschimpften, daß er aufsprang und rief: »Nordwind weiß selbst am besten, was sie tut. Sie hat ein gutes Recht, die Spinnweben von euren Fenstern wegzublasen, denn dafür ist sie geschickt worden. Sie kehrt sie an viel großartigeren Plätzen weg, das kann ich euch sagen, denn ich bin schon mit dabeigewesen.«

Er hatte gerade mit dieser Rede begonnen, als seine Augen sich weit öffneten, und siehe, da waren weder Apostel noch Kirchendiener, nicht einmal ein Fenster mit Bildnissen von Heiligen, sondern ein dunkler Heuhaufen um ihn herum, und die kleinen Fenster seines Dachbodens schimmerten blau im Morgenlicht.

Unten im Stall erwachte der alte Diamant. Im nächsten Augenblick war er auf den Beinen und schüttelte sich so heftig, daß das Bett unter dem jungen Diamant wackelte.

»Er kann sich großartig schütteln«, sagte Diamant. »Ich wünschte, ich könnte mich auch so schütteln. Aber dafür kann ich mich waschen und er nicht. Das wäre lustig zu sehen, wie der alte Diamant sich das Gesicht mit seinen Hufen und Hufeisen wäscht. Das wäre ein Bild!«

Während er so sprach, stand er auf und zog sich an. Dann ging er in den Garten hinaus. In der Nacht mußte es gewaltig gestürmt haben; zwar war es jetzt ganz ruhig, aber dort lag das Sommerhaus zerdrückt am Boden und darüber die große Ulme, die der Wind umgebrochen hatte, weil ihr Stamm innen ganz morsch war. Diamant war den Tränen nahe, als er das Gewirr der grünen Blätter sah, die immer so hoch oben in der blauen Luft im Wind geweht und sich im stärksten Wind am allerwohlsten gefühlt hatten. Und nun lagen sie dicht am Boden und würden niemals wieder hoch hinaufsteigen.

»Ich wüßte gern, wie alt der Baum ist!« dachte Diamant. »Es muß sehr lange dauern, so weit zum Himmel hinaufzuwachsen wie dieser arme Baum.«

»Ja, tatsächlich«, sagte eine Stimme neben ihm, denn Diamant hatte die letzten Worte laut gesprochen.

Diamant fuhr hoch, und als er sich umschaute, sah er einen Priester, einen Bruder von Frau Coleman, der gerade zu Besuch war. Er war ein großer Gelehrter und hatte die Gewohnheit, früh aufzustehen.

»Wer bist du, kleiner Mann?« fügte er hinzu.

»Der kleine Diamant«, antwortete der Junge.

»Oh, von dir habe ich schon gehört. Wie kommt es, daß du schon so früh auf bist?«

»Weil die falschen Apostel solchen Unsinn geredet haben, daß ich davon aufgewacht bin.«

Der Geistliche machte ein erstauntes Gesicht. Diamant sah, daß er besser seinen Mund gehalten hätte, denn er konnte es nicht erklären.

»Du mußt geträumt haben, kleiner Mann«, sagte er. »Meine Güte!« fuhr er fort und betrachtete den Baum. »Da ist Schreckliches geschehen. Das hat der Nordwind getan. Wie schade! Es wäre wirklich besser, wenn wir hinter ihm leben würden.«

»Wo ist das, Sir?« fragte Diamant.

»Weit fort, in hyperboreischen Gefilden«, antwortete der Geistliche lächelnd.

»Ich habe noch nie von diesem Ort gehört«, erwiderte Diamant.

»Das glaube ich wohl«, antwortete der Geistliche, »aber wenn dieser Baum nun dort gewesen wäre, wäre er nicht umgeblasen worden, denn dort gibt es keinen Wind.«

»Entschuldigung, Sir, aber wenn er dort gewesen wäre«, sagte Diamant, »dann hätte er uns nicht leid tun können.«

»Sicherlich nicht.«

»Dann hätten wir uns auch nicht für ihn freuen können.«

»Da hast du ganz recht, mein Junge«, sagte der Geistliche und sah ihn sehr freundlich an. Dann wandte er sich zum Haus und senkte den Blick zu Boden. Aber Diamant dachte bei sich: »Wenn ich Nordwind das nächste Mal sehe, will ich sie fragen, ob sie mich in das Land bringt. Ich glaube, sie hat schon einmal davon gesprochen.«

9
Wie Diamant hinter den Nordwind gelangte

Als Diamant zum Frühstück nach Hause kam, saßen sein Vater und seine Mutter schon am Tisch. Sie waren beide mit ihren Butterbroten beschäftigt, und Diamant setzte sich auf seinen üblichen Platz. Seine Mutter sah zu ihm hinüber, und nachdem sie ihn eine Weile gemustert hatte, sagte sie: »Ich finde, der Junge sieht nicht gut aus, Mann.«

»Meinst du? Nun, ich weiß nicht. Ich finde, er sieht ganz fidel aus. Wie fühlst du dich selbst, Diamant, mein Junge?«

»Danke, ganz gut, Vater! Ich glaube, ich habe nur ein bißchen Kopfweh.«

»Siehst du! Hab ich es nicht gesagt«, riefen sein Vater und seine Mutter gleichzeitig.

»Das Kind ist nicht in Ordnung«, fügte seine Mutter hinzu.

»Das Kind ist ganz in Ordnung«, fügte sein Vater hinzu.

Und dann lachten beide.

»Weißt du«, sagte seine Mutter, »ich habe einen Brief von meiner Schwester aus Sandwich bekommen.«

»Das verschlafene alte Nest!« sagte sein Vater.

»Sag nichts gegen den Ort, dort leben gute Menschen«, sagte seine Mutter.

»Gut, meine Alte«, erwiderte sein Vater, »nur glaube

ich, daß es in dem ganzen gesegneten Ort nicht mehr als zwei Paar Kutschpferde gibt.«

»Nun, die Menschen können auch ohne Kutschen in den Himmel kommen – und sogar ohne Kutscher, Mann. Nicht, daß ich ohne *meinen* Kutscher gehen wollte. Aber was ist mit dem Jungen?«

»Welchem Jungen?«

»Dem Jungen dort, der dich mit seinen Kulleraugen anstarrt.«

»Habe ich Kulleraugen, Mutter?« fragte Diamant ein wenig beunruhigt.

»Nur ein bißchen«, sagte seine Mutter, die recht stolz auf die Augen ihres Jungen war, ihn aber nicht eitel machen wollte. »Sie sind nur ein bißchen kullerig, aber du mußt nicht so starren.«

»Nun, was ist mit ihm?« sagte sein Vater.

»Ich habe dir gesagt, daß ich einen Brief bekommen habe.«

»Ja, von deiner Schwester, nicht von Diamant.«

»Wirklich, Mann! Ich glaube fast, du bist heute morgen mit dem falschen Fuß aufgestanden.«

»Ich stehe immer mit beiden Füßen gleichzeitig auf«, sagte sein Vater und lachte.

»Nun, dann hör zu. Seine Tante möchte, daß der Junge hinunterfährt und sie besucht.«

»Und deshalb willst du behaupten, daß er nicht gesund aussieht.«

»Das stimmt auch. Ich meine, er sollte besser fahren.«

»Nun, ich habe nichts dagegen, wenn du das Geld dafür auftreiben kannst«, sagte sein Vater.

»Darum kümmere ich mich schon«, sagte seine Mutter, und somit war es beschlossen, daß Diamant nach Sandwich fahren sollte.

Ich will nicht Diamants Vorbereitungen beschreiben. Ihr hättet gedacht, daß er für drei Monate verreisen sollte. Auch will ich nicht die Fahrt beschreiben, denn unsere Geschichte geht jetzt an jenem Ort weiter. Seine Tante, eine fröhliche Frau mittleren Alters, holte ihn am Bahnhof ab und brachte ihn sicher in die verschlafene alte Stadt, wie sein Vater sie genannt hatte. Und kein Wunder, daß sie verschlafen war, denn sie war so alt, daß sie beinahe tot war.

Diamant ging umher und betrachtete alles mit seinen schönen Kulleraugen: die seltsamen alten Straßen, die Geschäfte und die Häuser. Alles sah sehr fremd aus, denn die Stadt war von ihrer Ziehmutter, dem Meer, verlassen worden wie eine alte Auster, die am Strand liegt, bis sie vor Müdigkeit gähnt. Früher war sie einer der fünf führenden Seehäfen Englands gewesen, aber dann begann sie den Kopf zu hoch zu tragen, und die Folge davon war, daß das Meer nicht mehr so dicht an sie herankam und sich langsam zurückzog und absonderte, bis es sie schließlich weit oben auf dem Trockenen liegenließ: Sandwich war kein Seehafen mehr; ein gutes Stück weiter weg besorgte das Meer seinen Gezeitenwechsel und vergaß die Stadt. So mußte sie natürlich einschlafen, und mit Schiffen hatte sie nichts mehr zu tun. Das geschieht mit Städten und Völkern und Jungen und Mädchen, die sagen: »Ich komme ohne deine Hilfe aus. Ich bin mir selbst genug.«

Diamant schloß bald Freundschaft mit einer alten Frau, die ein Spielzeuggeschäft hatte, denn bevor er fuhr, hatte seine Mutter ihm zwei Pence Taschengeld gegeben, und damit war er in ihr Geschäft gegangen, und sie hatte eine

Unterhaltung mit ihm angeknüpft. Sie sah sehr komisch aus, weil sie keine Zähne hatte, aber Diamant mochte sie und ging oft in ihr Geschäft, obwohl er nichts mehr kaufen konnte, nachdem sein Geld ausgegeben war.

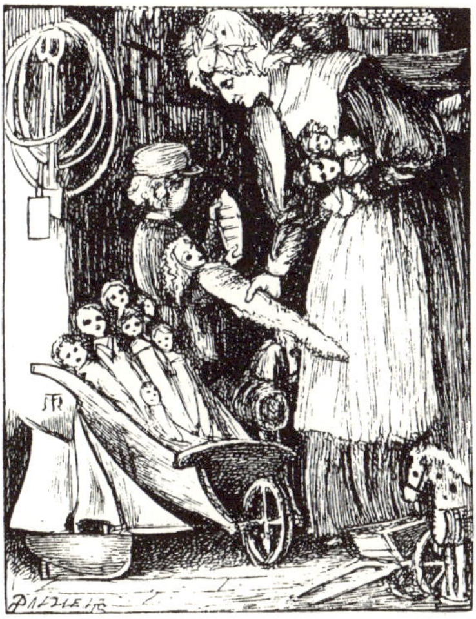

Eines Nachmittags war er eine ganze Weile recht matt durch die Straßen gegangen. Es war ein heißer Tag, und er war müde. Als er an dem Spielzeuggeschäft vorbeikam, trat er ein.

»Darf ich mich bitte für einen Moment auf diese Kiste setzen?« sagte er und dachte, daß die alte Frau irgendwo im Geschäft wäre. Aber er erhielt keine Antwort und setzte sich einfach hin. Um ihn herum war eine Menge Spielzeug in allen Preislagen, von einem Penny bis zu mehreren Shilling. Plötzlich hörte er irgendwo dazwischen ein leises Surren. Er schreckte auf und schaute hinter sich. Beinahe neben seinem Ohr drehten sich die

Flügel einer Windmühle rundherum. Zuerst dachte er, es sei eins von den Spielzeugen, die aufgezogen werden und mit einem Räderwerk laufen, aber nein, es war nur ein einfaches, billiges Spielzeug, bei dem die Windmühle auf eine Pfeife aufgesteckt ist, und wenn die Pfeife geht, dreht sich die Windmühle. Aber erstaunlicherweise war da niemand, der am Pfeifenende blies, und dennoch drehten sich die Flügel rundherum, bald schneller, bald langsamer und dann wieder schneller.

»Was kann das bedeuten?« sagte Diamant laut.

»Das bedeutet, daß ich es bin«, sagte das zarteste Stimmchen, das er jemals gehört hatte.

»Wer bist du, bitte?« fragte Diamant.

»Also wirklich, langsam schäme ich mich für dich«, sagte die Stimme. »Ich frage mich, wie lange es noch dauert, bis du mich erkennst, oder wie oft ich dich noch an der Nase herumführen kann, bis du schlau geworden bist und darauf kommst, daß ich es sein könnte. Du bist genauso schlimm wie ein Baby, das seine Mutter nicht erkennt, wenn sie eine neue Haube aufhat.«

»Nicht ganz so schlimm, liebe Nordwind«, sagte Diamant, »denn ich habe dich überhaupt nicht gesehen, und ich kann dich noch immer nicht sehen, obwohl ich deine Stimme erkenne. Werd' ein bißchen größer, bitte.«

»Nicht eine Haaresbreite«, sagte die Stimme, und es war die zarteste Stimme, die jemals gesprochen hat. »Was machst du hier?«

»Ich bin hergekommen, um meine Tante zu besuchen. Aber, bitte, Nordwind, warum bist du damals in der Nacht nicht in die Kirche zurückgekommen, um mich zu holen?«

»Das bin ich wohl. Ich habe dich sicher nach Hause getragen. Die ganze Zeit, als du von den Glasaposteln träumtest, hast du in meinem Arm gelegen.«

»Da bin ich froh«, sagte Diamant. »Ich dachte mir, daß es so war, aber ich wollte es von dir hören. Dann hast du das Schiff versenkt?«

»Ja.«

»Und alle ertränkt?«

»Nicht alle. Ein Boot mit sechs oder sieben Männern ist davongekommen.«

»Wie konnte das Boot schwimmen, wenn das Schiff es nicht konnte?«

»Das war natürlich nicht so ganz einfach. Ich mußte mir etwas einfallen lassen und die Wellen ein bißchen im Zaum halten. Wenn sie erst einmal richtig aufgewühlt sind, habe ich manchmal meine liebe Mühe mit ihnen. Sie werden meistens ganz benommen, wenn sie mit ihren Köpfen übereinander hinwegschlagen. Das passiert immer, wenn sie so richtig ins Rollen gekommen sind. Aber das Boot hat am nächsten Tag noch vor Mittag eine verlassene Insel erreicht.«

»Und was soll dabei Gutes herauskommen?«

»Das weiß ich nicht. Ich führe Befehle aus. Auf Wiedersehen.«

»Oh, bleib, Nordwind, *bitte* bleib!« rief Diamant bestürzt, als die Windmühle immer langsamer wurde.

»Was ist, mein Kind«, sagte Nordwind, und die Mühle drehte sich schon wieder so schnell, daß Diamant es kaum sehen konnte. »Was für eine laute Stimme du hast, und was für einen Lärm du damit machst! Was möchtest du? Ich habe nur wenig zu tun, aber das Wenige muß getan werden.«

»Ich möchte, daß du mich in das Land hinter dem Nordwind bringst.«

»Das ist nicht so einfach«, sagte Nordwind und schwieg so lange, daß Diamant dachte, sie sei tatsächlich fortgegangen. Aber als er schon nicht mehr daran glaubte, begann die Stimme wieder zu sprechen.

»Es wäre mir fast lieber, wenn der alte Herodot nichts darüber gesagt hätte. So wenig, wie er davon wußte!«

»Warum wäre dir das lieber, Nordwind?«

»Weil der Priester dann nichts davon gehört hätte und es dir nicht in den Kopf gesetzt hätte, dorthin zu wollen. Aber wir werden sehen. Wir werden sehen. Du mußt jetzt nach Hause gehen, mein Schatz, denn du siehst nicht wohl aus, und ich werde schauen, was sich machen läßt. Warte nicht auf mich. Ich muß noch ein paar Spielzeuge von der alten Goody kaputtmachen: Sie ist zu stolz auf ihre neue Ware. Zwei oder drei sind genug. So! Jetzt geh!«

Diamant stand traurig auf und ging ohne ein Wort aus dem Laden und nach Hause.

Es stellte sich bald heraus, daß seine Mutter recht gehabt hatte, denn am gleichen Nachmittag bekam er starke Kopfschmerzen und mußte sich ins Bett legen.

Mitten in der Nacht wachte er auf. Das Gitterfenster in seinem Zimmer war aufgeflogen, und die Vorhänge an seinem kleinen Bett wehten im Wind.

»Wenn das jetzt Nordwind wäre?« dachte Diamant.

Doch im nächsten Augenblick hörte er, wie das Fenster geschlossen wurde, und seine Tante trat ans Bett. Sie legte ihre Hand auf sein Gesicht und sagte: »Wie geht es deinem Kopf, Schatz?«

»Ich glaube, besser, Tante.«

»Möchtest du etwas trinken?«

»O ja, sehr gern.«

Seine Tante hatte schon oft Kranke gepflegt. Sie gab ihm etwas Zitronenwasser, was ihm sehr wohltat, und er ließ den Kopf wieder aufs Kissen sinken und schlief sehr schnell ein, wie er meinte. Und das tat er auch, aber nur, um wieder aufzuwachen, als ein neuer Windstoß das Gitterfenster zum zweitenmal aufblies. Sogleich war er in eine Wolke aus Nordwinds Haar eingehüllt, und ihr schönes Gesicht, das wie der Mond darin stand, beugte sich über ihn.

»Schnell, Diamant!« sagte sie. »Ich habe solch eine günstige Gelegenheit ausfindig gemacht!«

»Aber ich bin nicht gesund«, sagte Diamant.

»Das weiß ich. Aber die frische Luft wird dir guttun. Du wirst genug davon bekommen.«

»Dann willst du, daß ich gehe?«

»Ja, das will ich. Es wird dir nicht schaden.«

»Nun gut«, sagte Diamant. Er stieg aus dem Bett und sprang in Nordwinds Arme.

»Wir müssen uns beeilen, bevor deine Tante kommt«, sagte sie, als sie durch das offene Gitter schwebte und es weiterschwingen ließ.

Sobald Diamant ihre Arme um sich fühlte, ging es ihm besser. Die Nacht war mondlos und sehr dunkel, nur wo sich die Wolken teilten, blitzten hier und da Sterne auf.

»Früher«, sagte Nordwind, »habe ich hier, wo jetzt Kühe und Schafe weiden, die Wellen geschlagen; aber gleich werden wir bei ihnen sein. Dort sind sie.«

Und als Diamant hinunterblickte, sah er tief unter sich den weißen Schein des sich brechenden Wassers.

»Weißt du, Diamant«, sagte Nordwind, »es ist sehr schwer für mich, dich hinter den Nordwind zu bringen, denn dieses Land liegt genau im Norden, und ich kann natürlich nicht nach Norden blasen.«

»Warum nicht?« fragte Diamant.

»Du kleiner Dummkopf!« sagte Nordwind. »Begreifst du nicht, daß ich Südwind sein müßte, um nordwärts zu blasen, und das hieße, daß ich zwei Personen in mir vereinigen könnte.«

»Aber wie kannst du dann jemals nach Hause kommen?«

»Du hast ganz recht – dort ist mein Zuhause, obwohl ich niemals weiter als bis zur äußeren Tür komme. Ich sitze auf der Treppe und höre die Stimmen von drinnen. Ich bin dort niemand, Diamant.«

»Das tut mir sehr leid.«

»Was?«

»Daß du niemand sein solltest.«

»Oh, das macht mir nichts aus. Lieber kleiner Mann, eines Tages wirst du sehr froh sein, wenn du selber niemand mehr bist. Aber das kannst du jetzt noch nicht verstehen, und du versuchst es auch besser nicht, denn wenn du das tust, wirst du dir bestimmt irgendeinen ungeheuerlichen Unsinn dazu vorstellen und dich damit quälen.«

»Dann will ich es nicht tun«, sagte Diamant.

»Guter Junge. Es wird alles zur rechten Zeit kommen.«

»Aber du hast mir noch nicht erzählt, wie du auf die Treppe vor der Tür kommst.«

»Das ist ganz einfach. Ich muß nur dazu bereit sein, mich selbst aufzugeben, und schon bin ich dort. Ich gehe in mich hinein, und dann bin ich dort vor der Haustür.

Aber wenn du nicht weniger Verstand hast, als ich dir zutraue, kannst du leicht begreifen, daß es Hunderte von Jahren dauern würde, wenn ich dich schweres Wesen mit mir schleppen müßte, und soviel Zeit habe ich nicht dafür.«

»Oh, das tut mir sehr leid!« sagte Diamant.

»Was tut dir nun leid, Liebling?«

»Daß ich so schwer für dich bin. Ich würde mich gerne leichter machen, aber ich weiß nicht wie.«

»Du dummer Schatz! Wenn ich wollte, könnte ich dich hundert Meilen weit von mir fortschleudern. Nur wenn ich nach Hause gehe, bist du schwer für mich.«

»Dann gehst du mit mir nach Hause?«

»Natürlich. Habe ich dich nicht eben deshalb geholt?«

»Aber du mußt die ganze Zeit südwärts gehen.«

»Ja, natürlich.«

»Wie kannst du mich dann in den Norden bringen?«

»Eine sehr vernünftige Frage. Doch du wirst schon sehen. Ich möchte nur ein paar von diesen Wolken loswerden – wenn sie bloß nicht so schnell herankämen! Es ist gerade so, als wollte man einen Bach trockenblasen. So! Was siehst du jetzt?«

»Ich glaube, ich sehe ein kleines Boot dort hinten, tief unten.«

»Ein kleines Boot, wahrhaftig. Nun! Das ist ein Segelschiff von zweihundert Tonnen, und der Kapitän ist ein Freund von mir, denn er ist ein sehr vernünftig er Mann und weiß sein Schiff zu führen. Ich habe ihm schon oft geholfen, auch wenn er es kaum geglaubt hätte. Ich habe ihn schon über mich murren hören, als ich mein Bestes für ihn tat. Dabei habe ich ihn immer wieder achtzig Tagesmeilen genau nordwärts getragen.«

»Dafür mußte er von seinem Kurs abweichen«, sagte Diamant, der die Schiffe beobachtet und gesehen hatte, daß sie in andere Richtungen fuhren, als der Wind blies.

»Natürlich mußte er das. Aber verstehst du nicht, daß ich nichts Besseres tun konnte? Ich kann nicht Südwind sein. Und außerdem habe ich ihm einen Teil der Arbeit gelassen. Bedenke das wohl, Diamant: Es ist nicht richtig, wenn wir für die Menschen, die wir liebhaben, alles tun und die Arbeit nicht mit ihnen teilen. Es ist nicht gut. Man macht sich selbst zu wichtig damit, mein Kind. Wenn ich Südwind gewesen wäre, hätte er nur den ganzen Tag seine Pfeife geraucht und wäre davon stumpfsinnig geworden.«

»Aber wie konnte er ein vernünftiger Mann sein und über dich murren, wenn du dein Bestes für ihn getan hast?«

»Oh, das mußt du ihm nachsehen«, sagte Nordwind, »sonst kannst du niemandem gerecht werden. – Dann verstehst du nun, daß ein Kapitän nordwärts segeln kann ...«

»Trotz eines Nordwinds – ja«, ergänzte Diamant.

»Jetzt glaube ich wirklich, daß du dumm bist, mein Schatz«, sagte Nordwind. »Stell dir vor, der Nordwind würde nicht blasen, wo wäre der Kapitän dann?«

»Nun, dann würde der Südwind ihn führen.«

»Du denkst also, daß der Südwind bläst, wenn der Nordwind aufhört zu blasen. Unsinn. Wenn ich nicht blasen würde, könnte der Kapitän seine achtzig Meilen am Tag nicht segeln. Südwind würde ihn zweifellos schneller führen, aber nun sitzt Südwind vor ihrer Haustüre, und wenn ich aufhören würde, wäre es totenstill. Also ist es völlig falsch, wenn du sagst, daß er trotz mir nach Norden segeln kann; er segelt mit meiner Hilfe, einzig und allein mit meiner Hilfe nach Norden. Verstehst du das, Diamant?«

»Ja, Nordwind. Ich bin dumm, aber ich möchte nicht dumm sein.«

»Guter Junge! Ich werde dich in diesem kleinen Schiff, einem der besten, die jemals auf dem Meer gefahren sind, nordwärts blasen. So, jetzt sind wir genau über ihm. Ich werde euch entgegenblasen, und ihr werdet mir entgegensegeln, und alles wird sich richtig ineinanderfügen. Der Kapitän wird nicht so schnell vorwärtskommen, wie er gerne würde, aber er wird weiterkommen und wir auch. Ich bringe dich nur gerade auf das Schiff. Siehst du vor der Ruderpinne – diesem Ding, das der Mann einmal nach rechts und dann wieder nach links dreht – so etwas Rundes wie eine Trommel?«

»Ja«, sagte Diamant.

»Darunter lagern sie ihre Ersatzsegel und noch andere Ersatzteile. Ich werde den Deckel davon wegblasen. Gleichzeitig lasse ich dich auf das Deck fallen, und du mußt dich hineinpurzeln lassen. Hab keine Angst, es ist nicht tief, und du wirst auf eine Rolle Segeltuch fallen. Du wirst es schön warm und trocken haben, aber dunkel, und immer wenn das Schiff rollt und stößt, weißt du, daß ich nahe bei dir bin. Roll dich zusammen und schlaf. Das Segelschiff soll meine Wiege und du sollst mein Baby sein.«

»Vielen Dank, liebe Nordwind. Ich habe gar keine Angst«, sagte Diamant.

Rasch hatten sie die Höhe des Schanzkleides erreicht, und Nordwind ließ den Lukendeckel des Ersatzlagers klappernd über das Deck auf die Leeseite rollen. Gleich darauf befand sich Diamant im Dunkeln, denn er war, wie Nordwind gesagt hatte, durch das Loch gepurzelt, und über seinem Kopf war der Deckel wieder aufgesetzt worden. Und schon rollte er auf die Leeseite, denn der Wind fing ganz plötzlich wieder an, heftig zu blasen. Er hörte den Kapitän rufen und die lauten Fußtritte der Männer über seinem Kopf, als sie das Hauptsegel einzogen, um den Hauptmast auf Deck herunterzuholen und eines der Segel zu reffen. Diamant tastete umher, bis er den Platz gefunden hatte, der ihm am bequemsten schien, und dort kuschelte er sich zusammen und blieb still liegen.

Eine Stunde nach der anderen, eine ganze lange Reihe von Stunden verging, und Diamant lag noch immer dort. Die ganze Zeit fühlte er sich kein bißchen müde oder ungeduldig, denn eine seltsame Freude erfüllte sein Herz. Das Spannen der Maste, das Knarren des Baumes, das Singen der Seile, das Schlagen der Blöcke beim Wenden des Schiffes verschmolzen mit dem Brausen des Windes darüber, mit den an den Seiten des Schiffes hochbrandenden Wellen und dem dumpfen Schlag, mit dem ab und zu eine Welle gegen das Schiff traf; und die ganze Zeit konnte Diamant den gurgelnden, plätschernden, erzählenden Wasserstrom an den Planken hören, während das Schiff durch das Wasser glitt und sich bald auf diese, bald auf jene Seite neigte – es klang wie eine verhaltene Melodie, die sich durch die großartige Musik hindurchzog, die seine Nordwind um ihn herum machte, damit er nicht müde wurde, während sie in voller Fahrt auf das Land hinter ihrer Haustüre zuhielten.

Diamant hatte keine Vorstellung, wie lange dies andauerte. Manchmal schien er einzuschlafen, aber auch während er schlief, hörte er die Klänge weiter. Schließlich schien das Wetter schlechter zu werden. Das Durcheinander und die Fußtritte über seinem Kopf nahmen zu, das Schiff neigte sich mehr und mehr auf eine Seite und schob sich tosend durch die Wellen, die wie im Zorn nach ihm stießen und schlugen. Plötzlich erhob sich ein fürchterlicher Aufruhr. Die Klappe wurde aufgeblasen; ein kalter, scharfer Wind fegte zu ihm herein, und mit ihm kam ein langer Arm, der ihn packte und heraushob. Dabei sah er, wie sich das kleine Schiff tief unter ihm wieder aufrichtete. Alle Segel waren eingeholt, und nun schaukelte es wie ein Seevogel mit zusammengefalteten Flügeln auf den Wellen. Ein kleines Stück weiter südlich lag ein sehr viel größeres Schiff, das zwei oder drei Segel gesetzt hatte, und dorthin trug Nordwind Diamant. Es war ein deutsches Schiff auf dem Weg zum Nordpol.

»Dieses Schiff wird uns jetzt mitnehmen«, sagte Nordwind, »und danach muß ich selbst mein Bestes versuchen.«

Sie konnte ihn zwischen den Flaggen des großen Schiffes verbergen, die alle gut verstaut waren, und weiter eilten sie dem Norden entgegen. Eines Nachts schließlich flüsterte sie ihm ins Ohr: »Komm an Deck, Diamant.« Und sofort stand er auf und kroch an Deck. Um ihn herum sah es sehr fremd aus. Zu allen Seiten trieben verstreut gewaltige Eismassen dahin, die wie Kathedralen, Schlösser und Felsspitzen aussahen, und in der Ferne lag blau ein Meer.

»Geht die Sonne auf oder unter?« fragte Diamant.

»Beides oder keines von beiden, wie es dir besser gefällt. Ich weiß es selbst nicht genau. Wenn die Sonne gerade untergeht, geht sie auch schon wieder auf.«

»Was für ein seltsames Licht das ist!« sagte Diamant. »Ich habe gehört, daß die Sonne in diesen Gegenden den ganzen Sommer nicht ins Bett geht. Fräulein Coleman hat mir das erzählt. Ich glaube, die Sonne fühlt sich sehr schläfrig, und deshalb sieht ihr Licht wie ein Traum aus.«

»Das erklärt die Sache, praktisch betrachtet, ganz gut«, sagte Nordwind.

Einige der Eisberge trieben nordwärts, einer zog sehr dicht am Schiff vorbei. Nordwind packte Diamant, und mit einem einzigen Satz landete sie auf einem von ihnen – einem riesigen Gebilde mit scharfen Spitzen und tiefen Spalten. In dem Moment kam von Süden ein Wind auf. Nordwind eilte mit Diamant die Nordspitze des Eisbergs hinab; sie stieg über Zacken und Splitter, denn dieser Berg war noch nie so weit nach Süden getrieben, daß ihn die Sommersonne hätte zum Schmelzen bringen und glätten können. Nordwind brachte Diamant zu einer Höhle am Wasser, in die sie hineinging, und als sie ihn losließ, setzte sie sich auf eine Eisbank, als sei sie müde.

Diamant setzte sich auf die andere Seite und war eine Weile ganz hingerissen von der Farbe, die die Luft in der Höhle hatte. Es war ein tiefes, strahlendes, wunderbares Blau, tiefer als das tiefste Himmelsblau. Das Blau schien in ständiger Bewegung zu sein. Es kreiste und funkelte wie das Schwarz, das man sieht, wenn man die Finger auf die Augen drückt. Doch als er zu Nordwind hinübersah, erschrak er. Ihr Gesicht war bleich und müde.

»Was hast du, liebe Nordwind?« sagte er.

»Nichts Schlimmes. Ich fühle mich sehr schwach. Aber du mußt dich deshalb nicht sorgen, denn ich kann es recht gut ertragen. Südwind bläst mich immer ganz matt. Wäre nicht das dicke, kühle Eis zwischen uns, so würde ich ohnmächtig werden. Tatsächlich, es sieht ganz so aus, als müßte ich vergehen.«

Diamant starrte sie voller Schrecken an, denn er sah, daß ihre Gestalt und ihr Gesicht nicht kleiner, sondern durchsichtig wurden wie etwas, das sich auflöst, aber nicht im Wasser, sondern im Licht. Er konnte die Seitenwand der blauen Höhle mitten durch ihr Herz hindurch sehen. Und sie schmolz dahin, nur ein blasses Gesicht blieb, wie der Mond am Morgen, mit zwei großen, lichten Augen darin.

»Ich gehe, Diamant«, sagte sie.

»Tut es dir weh?« fragte Diamant.

»Es ist sehr unangenehm«, antwortete sie, »aber es macht mir nichts aus, denn ich werde bald wieder ganz hergestellt sein. Ich hatte gedacht, ich könnte dich den ganzen Weg begleiten, aber es geht nicht. Doch du darfst dich nicht fürchten. Geh einfach geradeaus weiter, dann kommst du richtig an. Du wirst mich vor meiner Haustür finden.«

Während sie sprach, schwand auch ihr Gesicht ganz dahin, aber Diamant dachte, daß er ihre Augen immer noch durch das Blau leuchten sähe. Doch als er näher herantrat, stellte er fest, daß, was er für ihre Augen gehalten hatte, nur zwei Löcher im Eis waren. Nordwind war ganz verschwunden, und wenn Diamant ihr nicht so vollkommen vertraut hätte, wäre er in Tränen ausgebrochen. So saß er ruhig im blauen Inneren der Höhle und hörte, wie sich das Wasser in kleinen Wellen am Sockel des Eisbergs brach, während dieser rasch immer weiter nordwärts in die offene See strebte. Das Gefährt eignete sich hervorragend dafür, mit der Strömung zu treiben, denn es reichte doppelt so tief ins Wasser hinein, wie es aus ihm herausragte. Aber außerdem wehte noch ein leichter Südwind, und so trieb es schnell dahin.

Nach einer Weile ging Diamant hinaus, setzte sich auf die Kante seiner schwimmenden Insel und blickte in den Ozean unter sich hinab. Die weißen Seiten des Eisbergs warfen so viel Licht ins Wasser zurück, daß er weit in die grüne Tiefe hinabschauen konnte. Manchmal meinte er, Nordwinds Augen von unten zu sich heraufblicken zu sehen, aber diese Vorstellung verging jedesmal, noch während sie erschien. Und er merkte nicht, wie die Zeit verstrich, denn er fühlte sich wie in einem Traum. Wenn er sich an dem grünen Wasser sattgesehen hatte, ging er in die blaue Höhle, und wenn er sich an der blauen Höhle sattgesehen hatte, ging er hinaus und blickte rundherum auf das blaue Meer, das immerzu in der Sonne glitzerte, die fortwährend am

Himmel kreiste und nie unter den Horizont sank. Doch meistens blickte er nach Norden, um zu sehen, ob Land auftauchen würde. Die ganze Zeit über fühlte er keinen Hunger. Ab und zu brach er kleine Stückchen von dem Berg ab und lutschte sie, und er fand, daß sie sehr gut waren.

Als er schließlich einmal aus der Höhle heraustrat, erspähte er ganz hinten am Horizont einen leuchtenden Gipfel, der wie die Spitze eines gewaltigen Eisbergs in den Himmel ragte, und sein Gefährt trug ihn geradewegs darauf zu. Während sie sich näherten, ragte der Gipfel immer höher über dem Horizont auf, und danach tauchten weitere Gipfel auf, die durch scharfe Ecken und zerklüftete Kanten miteinander verbunden waren. Diamant dachte, daß er wohl dorthin fahren werde, und er hatte recht, denn die Berge ragten immer höher auf, bis er an ihrem Fuß die Uferlinie erkennen konnte. Und schließlich trieb der Eisberg in eine kleine Bucht, die ganz von hohen Klippen mit schneebedeckten Spitzen und Eiszungen an ihren Seiten umgeben war. Der Berg schob sich langsam an einen Felsvorsprung heran. Diamant ging an Land, und ohne sich noch einmal umzusehen, trat er auf einen wilden Pfad, der in Schleifen zur Spitze der Klippe führte, und folgte ihm.

Als er die Klippe erreichte, befand er sich auf einer großen Eisplatte, auf der er ohne Schwierigkeiten gehen konnte. In einiger Entfernung vor ihm erhob sich in phantastischen Spitzen, Zinnen und Türmen eine hohe Kammlinie aus Eis. Die Luft war sehr kalt und wie tot, denn es war nicht der leiseste Windhauch zu spüren.

In der Mitte der Kammlinie wurde eine Lücke sichtbar, die ihm wie ein Taleingang erschien. Aber als er darauf zuging und schaute und sich fragte, ob er wohl diesen Weg nehmen solle, sah er, daß das, was er für eine Lücke gehalten hatte, die Gestalt einer Frau war, die, über die Hände in ihrem Schoß gebeugt, an der vereisten Stirnseite der Kammlinie saß; ihr Haar hing bis auf den Boden herab.

»Das ist Nordwind vor ihrer Haustür«, sagte Diamant voller Freude und eilte weiter.

Bald erreichte er die Stelle, und dort saß die Gestalt wie eine der gewaltigen Figuren am Eingang eines ägyptischen Tempels, reglos, mit geneigtem Kopf und hängenden Armen. Da bekam Diamant Angst, denn sie rührte sich nicht und sagte nichts. Er war sicher, daß es Nordwind war, aber er dachte, daß sie nun doch tot sein müsse. Ihr Gesicht war schneeweiß, ihre Augen so blau wie die Luft in der Eishöhle, und ihr Haar hing wie Eiszapfen gerade herab. Sie trug ein grünliches Gewand von jener Farbe, in der die Gletscherspalten von ferne schimmern.

Er stand vor ihr und starrte ihr Gesicht eine Weile angstvoll an, bevor er zu sprechen wagte. Endlich stammelte er mühevoll und mit zitternder Stimme: »Nordwind!«

»Nun, Kind?« sagte die Gestalt, ohne den Kopf zu heben.

»Bist du krank, liebe Nordwind?«

»Nein. Ich warte.«

»Worauf?«

»Darauf, daß ich gebraucht werde.«

»Du magst mich nicht mehr«, sagte Diamant und weinte nun beinahe.

»Doch, nur kann ich es nicht zeigen. Meine ganze Liebe ist tief in meinem Herzen. Aber ich kann fühlen, wie sie dort brodelt.«

»Was soll ich jetzt tun, liebe Nordwind?« sagte Diamant, der seine Liebe durch Gehorsam zeigen wollte.

»Was möchtest du selber tun?«

»Ich möchte in das Land hinter deinem Rücken gehen.«

»Dann mußt du durch mich hindurchgehen.«

»Ich weiß nicht, was du meinst.«

»Ich meine genau das, was ich sage. Du mußt weitergehen, als wäre ich eine offene Tür, mitten durch mich hindurch.«

»Aber das wird dir weh tun.«

»Überhaupt nicht. Doch dir wird es weh tun.«

»Das macht mir nichts aus, wenn du sagst, daß ich es tun soll.«

»Tu es«, sagte Nordwind.

Diamant ging sofort auf sie zu. Als er zu ihren Knien kam, streckte er seine Hand aus, um sie daraufzulegen, aber dort war nichts außer einer großen Kälte. Er ging weiter. Dann wurde alles weiß um ihn herum, und die Kälte brannte ihn wie Feuer. Er ging immer weiter und tastete seinen Weg durch das Weiß. Es wurde dichter um ihn herum. Schließlich drang es in sein Herz, und er verlor die Besinnung. Ich könnte sagen, daß er ohnmächtig wurde, aber bei einer gewöhnlichen Ohnmacht wird alles schwarz um einen herum, und Diamant fühlte sich von dem Weißen verschlungen. Als er die Besinnung verlor und fiel, hatte er gerade Nordwinds Herz erreicht. Doch im Fallen rollte er über die Türschwelle, und so gelangte Diamant in das Land hinter dem Nordwind.

10
Hinter dem Nordwind

Jetzt komme ich zum schwierigsten Teil meiner Geschichte.

Und warum? Weil ich nicht genug darüber weiß. Und warum sollte ich über diesen Teil nicht genausoviel wissen wie über alle anderen? Weil ich natürlich nur das wissen kann, was Diamant darüber erzählt hat. Und warum sollte Diamant über das Land hinter dem Nordwind nicht ebenso erzählen wie über seine Abenteuer auf dem Weg dorthin? Weil er sehr viel davon vergessen hatte, als er zurückkam, und das, woran er sich erinnerte, war sehr schwer zu erzählen. Dort ist alles so anders als hier! Zum einen sprechen die Menschen dort nicht dieselbe Sprache. Diamant bestand sogar darauf, daß sie überhaupt nicht sprächen. Ich glaube nicht, daß er recht hatte, aber es mag ihm wohl so vorgekommen sein. Tatsächlich gibt es verschiedene Berichte über diesen Ort von sehr vertrauenswürdigen Personen. Daher müssen wir davon ausgehen, daß er verschiedenen Menschen ein bißchen verschieden erscheint. Aber im großen und ganzen stimmen sie überein.

Ich werde euch etwas von dem erzählen, was zwei ganz andere Menschen berichtet haben, die, glaube ich, beide mehr darüber wußten als Herodot. Einer von ihnen spricht aus eigener Erfahrung, denn er hat das

Land besucht; der andere gibt das mündliche Zeugnis eines jungen Bauernmädchens wieder, das für einen Monat von dort zurückgekommen ist, um ihre Freunde zu besuchen. Der erste war ein berühmter Italiener aus einer adligen Familie, der vor über fünfhundert Jahren gestorben ist; die zweite eine schottische Schäferin, die vor nicht ganz vierzig Jahren gestorben ist.

Der Italiener nun berichtet uns, daß er das Land durch ein Feuer von solcher Hitze betreten mußte, daß er sich gern in kochendes Glas geworfen hätte, um sich abzukühlen. Diamant hatte es anders erlebt, aber Durante – das war der Name des Italieners, und er bedeutet Bleibend, denn seine Bücher werden so lange bleiben, wie es genug Menschen gibt, die ihrer wert sind –, Durante also war ein älterer Mann, und Diamant war ein kleiner Junge, und so müssen ihre Erfahrungen ein bißchen verschieden ausfallen. Das Bauernmädchen dagegen war im Wald fest eingeschlafen und in jenem Land wieder aufgewacht.

Durante sagt in seiner Beschreibung, daß die Erde dort überall süß duftete und daß ein sanfter, ruhiger Wind, der immer gleichblieb, auf sein Gesicht hauchte und dabei alle Blätter in eine Richtung wehte, aber nicht so, daß er die Vögel in den Baumwipfeln gestört hätte, sondern im Gegenteil sogar eine Baßstimme zu ihrem Lied erklingen ließ. Er beschreibt auch einen kleinen Fluß, der so viel Wasser führte, daß seine kleinen Wellen auf dem Weg durch die Wiese das Gras niederbeugten, in dem überall rote und gelbe Blumen wuchsen. Er sagt, daß der reinste Fluß auf der ganzen Welt daneben so aussehen würde, als wäre etwas Fremdes dareingemischt, obwohl der Fluß die ganze Zeit in dem braunen Schatten der Bäume floß und weder die Sonne noch der Mond darauf scheinen konnten. Er möchte vielleicht sagen, daß es in diesem Land immer Mai ist. Es ist hier nicht der richtige Ort, die wundervollen Dinge zu beschreiben, die er sah, denn ihre Musik steht in einer anderen Tonart als unsere Geschichte, und deshalb werde ich aus dem Bericht dieses Reisenden nur noch hinzufügen, daß die Menschen in diesem Land so frei und gerecht und gesund sind, daß jeder von ihnen eine Krone wie ein König und eine Mütze wie ein Bischof hat.

Das Bauernmädchen – sie hieß Kilmeny – konnte nicht so großartige Dinge berichten wie Durante, denn vom Schäfer, der ihre Geschichte erzählt, so wie ich Diamants Geschichte erzähle, hören wir:

»Wo Kilmeny gewesen, wußte sie nicht zu sagen,
Was Kilmeny gesehen, konnte sie nicht offenbaren;
Kilmeny war gewesen, wo der Hahn niemals schrie,
Wo der Regen niemals fiel und der Wind niemals blies;
Doch es schien, als hätte eine Himmelsharfe geklungen,
Und Himmelsmelodien hätten um ihre Zunge gesungen,
Wenn sie sprach von den schönen Gestalten, die sie sah,
Und einem Land, in dem Sünde niemals war;
Einem Land aus Liebe und einem Land aus Licht,
Sonne, Mond oder Nacht gab es dort nicht;
Wo das Wasser wogte als lebendiger Strom,
Und das Licht schien als reiner, heller Schein,
Es schien ein Land aus Visionen zu sein
Und doch ein ewigwährender Traum.«

Die beiden letzten Zeilen hat der Schäfer hinzugefügt, und wie sie auszulegen sind, ist die Frage. Aber es wird wohl klar, daß Kilmeny das gleiche Land beschrieben hat wie Durante, auch wenn sie es nicht so gut verstehen und beschreiben konnte wie er, weil sie nicht soviel Erfahrung hatte.

Nun will ich Bruchstücke aus Diamants Erinnerung mitteilen, die er mit zurückbringen konnte.

Als er nach seinem Fall zu sich kam, befand er sich hinter dem Nordwind. Nordwind selbst war nirgendwo zu sehen. Auch gab es keine Spur von Eis oder Schnee. Die Sonne war ebenfalls verschwunden; aber das machte nichts aus, denn es war dort hell genug von einem besonderen, ruhigen, strahlenlosen Licht. Woher es kam, hat er nie herausgefunden, aber er dachte, es gehöre zu dem Land selbst. Zuweilen meinte er, es käme aus den Blumen, die so stark leuchteten, obwohl sie keine kräftige Farbe hatten. Er sagte, daß der Fluß – denn alle stimmen darin überein, daß es dort einen Fluß gibt – nicht nur durch, sondern auch über das Gras geflossen sei: Sein Bett war nicht aus Felsen, Steinen, Kieseln, Sand oder ähnlichem, sondern ganz aus nicht zu langem Wiesengras. Er beteuerte nachdrücklich, daß der Fluß den Menschen Lieder – wenn nicht in die Ohren, so doch in die Köpfe gesungen habe. Als Beweis dafür kann ich anführen, daß man ihn in der schweren Zeit danach oft singen hörte. Und wenn man ihn fragte, was er singe, antwortete er: »Eine der Melodien, die der Fluß hinter dem Nordwind gesungen hat.« Und ich kann gleich hinzufügen, daß Diamant diese Dinge niemandem erzählt hat außer – nein, ich sollte lieber nicht sagen wem. Aber wer immer das war, hat es mir erzählt, und ich dachte, ich sollte es für die Kinder aufschreiben, die meine Bücher lesen.

Diamant konnte nicht behaupten, daß er dort sehr glücklich gewesen war, denn er hatte weder seinen Vater noch seine Mutter bei sich, aber er fühlte sich so still, ruhig, geduldig und zufrieden, daß es ihm besser schien als bloßes Glück. Es lief nie etwas verkehrt hinter dem Nordwind. Doch es war auch nichts ganz richtig, dachte er. Aber eines Tages würde alles richtig werden. Sein Bericht widersprach dem Durantes und stimmte mit dem Kilmenys darin überein, daß er beteuerte, es habe dort überhaupt keinen Wind gegeben. Ich glaube, er hat ihn vermißt. Auf jeden Fall können *wir* nicht ohne ihn auskommen. Ob der Wind zu stark für uns ist, hängt nur davon ab, wie groß unsere Lungen sind.

Als der, dem er es erzählt hat, fragte, ob er dort einen Bekannten gesehen habe, antwortete er: »Nur ein kleines Mädchen, das zu dem Gärtner gehörte, der glaubte sie verloren zu haben, aber das war ganz falsch, denn sie war dort sicher aufgehoben und sollte irgendwann einmal zurückkommen – so wie ich zurückgekommen bin –, wenn sie sich nur gedulden würden.«

»Hast du mit ihr gesprochen, Diamant?«

»Nein. Niemand spricht dort. Sie sehen sich nur gegenseitig an und verstehen alles.«

»Ist es dort kalt?«

»Nein.«

»Ist es heiß?«

»Nein.«

»Wie ist es dann?«

»Darüber denkt man dort nie nach.«

»Was für ein merkwürdiger Ort das sein muß!«

»Es ist ein sehr guter Ort.«

»Möchtest du dorthin zurückkehren?«

»Nein, ich glaube, ich habe ihn nie verlassen, ich kann ihn hier irgendwo fühlen.«

»Sahen die Menschen dort zufrieden aus?«

»Ja – ganz zufrieden, nur ein bißchen traurig.«

»Dann sahen sie nicht froh aus?«

»Sie sahen aus, als warteten sie darauf, eines Tages froher zu sein.«

So hat Diamant immer auf Fragen über dieses Land geantwortet. Und jetzt will ich die Geschichte weitererzählen und euch berichten, wie er wieder in unser Land zurückgekommen ist.

11
Wie Diamant wieder nach Hause gelangte

Wenn jemand in dem Land hinter dem Nordwind wissen wollte, wie es einem geliebten Menschen ging, mußte er zu einem bestimmten Baum gehen, den Stamm hochklettern und sich in den Zweigen niederlassen. Wenn er sehr still war, konnte er nach ein paar Minuten zumindest etwas davon sehen, wie es den Menschen erging, die er liebhatte.

Eines Tages, als Diamant in dem Baum saß, bekam er eine große Sehnsucht nach seinem Zuhause, und das war kein Wunder, denn er sah seine Mutter weinen. Durante sagt, daß die Menschen dort immer das tun könnten, was sie wünschen, denn sie wünschen sich nur Gutes. Diamant wünschte sich, nach Hause zu gehen, und er wollte sich gern seinen Wunsch erfüllen.

Aber wie sollte er es anfangen? Wenn er nur Nordwind sehen könnte! Aber von dem Moment an, als er hinter sie gelangt war, war sie ganz seinen Blicken entschwunden. Er hatte ihren Rücken überhaupt nicht gesehen. Vielleicht saß sie noch immer weiß, dünn und blauäugig vor ihrer Haustüre, blickte gen Süden und wartete darauf, daß sie gebraucht würde. Vielleicht war sie aber auch wieder ein mächtiges Geschöpf geworden und führte weit fort ihre Aufträge aus und hatte Kraft, zu tun, was von ihr verlangt wurde. Auf jeden Fall mußte sie irgendwo sein. Ohne sie konnte er nicht nach Hause zurückkommen, und deshalb mußte er sie finden. Es konnte niemals ihre Absicht gewesen sein, ihn für immer von seiner Mutter zu trennen. Wenn diese Gefahr bestanden hätte, hätte sie es ihm gesagt und ihn selber entscheiden lassen, ob er gehen wollte oder nicht. Denn Nordwind war immer ganz aufrichtig. Deshalb kreisten alle seine Gedanken darum, wie er Nordwind finden konnte.

Besorgt um seine Mutter, stieg er jeden Tag auf den Baum und saß in seinen Zweigen. Wie viele der Einwohner auch immer dort sein mochten, sie störten einander doch nicht, denn sobald einer in den Baum stieg, wurde er für alle anderen unsichtbar, und der Baum war so weitverzweigt, daß jeder aus dem Land darin Platz finden konnte, ohne den anderen im geringsten zu stören. Wenn sie herunterstiegen, begegneten sich manchmal zwei unten an der Wurzel, und dann lächelten sie einander noch freundlicher zu als sonst, als ob sie sagen wollten: »Ah, du bist auch dort oben gewesen.«

Eines Tages saß Diamant auf einem der äußeren Äste des Baumes und blickte Richtung Süden nach seinem Zuhause. In weiter Ferne leuchtete blau ein Meer, das mit glänzenden und glitzernden weißen Flecken gesprenkelt war. Das waren die Eisberge. Etwas näher sah er eine Kette schneebedeckter Berge und unter sich das schöne Wiesengras des Landes mit dem Fluß, der weiter und weiter durch das ganze Land und zum Meer floß. Wie er so schaute, verwunderte er sich, denn das ganze Land lag wie eine Landkarte unter ihm ausgebreitet, und was nahe war, war genauso klein wie das, was viele Meilen entfernt sein mußte. Die eisbedeckte Gebirgskette um das Land herum schien nur ein paar Zentimeter entfernt zu sein und war kaum größer als die Reihe Kieselsteine, mit der ein Kind die Grenze seines Königreichs markiert, das es am Strand in Besitz genommen hat. Er glaubte, auf der anderen Seite die nebelhafte Gestalt Nordwinds erkennen zu können, die genauso saß, wie er sie verlassen hatte. Eilig stieg er vom Baum herunter, und zu seinem Erstaunen sah er, daß die Karte oder das Modell des Landes immer noch zu seinen Füßen lag. Er stand darin. Mit einem Schritt hatte er den Fluß überquert, mit dem nächsten die eisbedeckte Bergkette erreicht und mit dem dritten stieg er über ihre Gipfel und sank müde zu Nordwinds Füßen nieder. Denn sie saß dort vor ihrer Haustür. Die Gipfel der großen, eis-

bedeckten Bergkette ragten so hoch wie zuvor hinter ihr auf, und das Land hinter ihrem Rücken war Diamants Blick entschwunden.

Nordwind war genauso still, wie Diamant sie verlassen hatte. Ihr blasses Gesicht war schneeweiß und ihre reglosen Augen so blau wie die Eishöhlen. Aber sobald Diamant sie berührte, veränderte sich ihr Gesicht wie das eines Erwachenden. Das Blau ihrer Augen begann zu leuchten.

Bald darauf legte sie ihre Hand auf Diamants Kopf und begann, mit seinem Haar zu spielen. Diamant nahm ihre Hand und legte sie an sein Gesicht. Sie schrak ein wenig zusammen.

»Wie lebendig du bist, Kind!« murmelte sie. »Komm näher zu mir.«

Über die Steine, die überall verstreut lagen, kletterte er neben ihr hoch und lehnte sich an ihre Brust. Sie seufzte tief auf, hob langsam ihre Arme, legte sie um ihn und drückte ihn fest an sich. Einen Augenblick später richtete sie sich auf und wurde ganz wach, und die Kälte ihrer Brust, die Diamant bis ins Mark gedrungen war, verging.

»Hast du die ganze Zeit hier gesessen, seit ich durch dich hindurchgegangen bin, liebe Nordwind?« fragte Diamant und streichelte ihre Hand.

»Ja«, antwortete sie und sah ihn mit der ihm vertrauten Güte an.

»Bist du nicht sehr müde?«

»Nein, ich mußte schon oft länger warten. Weißt du, wie lange du fort gewesen bist?«

»Oh! Viele Jahre«, antwortete Diamant.

»Du bist gerade sieben Tage fort gewesen«, erwiderte Nordwind.

»Ich dachte, es wären hundert Jahre gewesen!« rief Diamant aus.

»Ja, das glaube ich«, antwortete Nordwind. »Du bist sieben Tage von hier fort gewesen, aber wie lange du dort drin gewesen sein magst, ist eine ganz andere Sache. Hinter meinem Rücken und vor meinem Gesicht ist alles so verschieden. Es gelten ganz andere Gesetze.«

»Ich bin sehr froh«, sagte Diamant, nachdem er eine Weile überlegt hatte.

»Warum?« fragte Nordwind.

»Weil ich so lange dort gewesen bin und nur so kurze Zeit von meiner Mutter fort. Sie wird mich noch nicht einmal aus Sandwich zurückerwarten!«

»Nein. Aber wir dürfen uns nicht länger unterhalten. Ich habe jetzt meine Befehle, und in ein paar Minuten müssen wir gehen.«

Gleich darauf fand sich Diamant allein auf dem Felsen sitzen. Nordwind war verschwunden. Ein Tier, das wie eine große Hummel oder ein Maikäfer aussah, flog an seinem Gesicht vorbei, doch es konnte keines von beiden sein, denn es gab keine Insekten in dem Eis. Es flog immer wieder an ihm vorbei und umkreiste ihn, so daß er zu dem Schluß kam, es müsse Nordwind selbst sein, die höchstens so groß wie der Däumling war, als seine Mutter ihn in die mit Flanell ausgelegte Nußschale legte. Aber sie war nicht mehr nebelhaft und dünn. Sie war fest, wenn auch winzig klein. Einen Moment später saß sie auf seiner Schulter.

»Komm mit, Diamant«, sagte sie ihm mit der feinsten und hellsten Sopranstimme ins Ohr, »es ist Zeit, daß wir uns nach Sandwich aufmachen.«

Diamant konnte sie gerade so eben sehen, wenn er seinen Kopf so weit es ging zur Schulter drehte – aber nur mit einem Auge, denn seine Nase befand sich zwischen ihr und dem anderen Auge.

»Kannst du mich nicht auf deinen Arm nehmen und tragen?« flüsterte er, denn er wußte, daß sie keine laute Stimme mochte, wenn sie klein war.

»Ach, du undankbarer Junge!« erwiderte Nordwind lächelnd. »Wie kannst du es wagen, dich über mich lustig zu machen? Ja, ich werde dich tragen, aber zuerst sollst du für deine Frechheit ein Stück selber gehen. Komm mit.«

Sie sprang von seiner Schulter, aber als Diamant sie am Boden suchte, sah er nur eine kleine Spinne mit langen Beinen, die über das Eis südwärts lief. Für eine Spinne lief sie sogar sehr schnell, aber Diamant lief ihr ein gutes Stück voraus und wartete dann auf sie. Sie hatte ihn dennoch schneller eingeholt, als er gedacht hatte, und war ein ganzes Stück größer geworden. Und die Spinne wuchs und wuchs und lief schneller und schneller, bis Diamant plötzlich bemerkte, daß es keine Spinne, sondern ein Wiesel war; und das Wiesel schlüpfte davon, und Diamant lief hinterher, und er brauchte seine ganze Kraft, um mit dem Wiesel mitzukommen. Und das Wiesel wurde größer und größer und größer, bis Diamant plötzlich sah, daß das Wiesel kein Wiesel, sondern eine Katze war. Und die Katze lief davon und Diamant hinterher. Und als er eine halbe Meile gerannt war, sah er, daß die Katze auf ihn wartete; sie hatte sich hingesetzt und putzte sich mit den Pfoten das Gesicht, um keine Zeit zu verlieren. Und wieder lief die Katze davon und Diamant hinterher. Aber als er die Katze beim nächsten Mal einholte, war die Katze keine Katze, sondern ein Jagdleopard. Und der Jagdleopard wuchs zu einem getupften Jaguar, und die Tupfen sahen wie Augen aus. Und der Jaguar wuchs zu einem bengalischen Tiger. Und Diamant fürchtete sich vor keinem von ihnen, denn er war hinter dem Nordwind gewesen und konnte sich nicht mehr vor Nordwind fürchten, was immer sie tat oder war. Und der Tiger flog in gerader Linie über den Schnee nach Süden und wurde immer kleiner in Diamants Augen, bis er nur noch ein schwarzer Punkt im Weißen war, und dann verschwand er ganz. Und nun merkte Diamant, daß er nicht weiterlaufen wollte und daß das Eis sehr grob geworden war. Außerdem war er dicht bei den Klippen, die steil ins Meer abfielen, und so verlangsamte er seinen Schritt zu einem Gehen und sagte laut zu sich selbst: »Wenn Nordwind mich genug dafür bestraft hat, daß ich sie geneckt habe, kommt sie zu mir zurück. Ich weiß, daß sie das tut, denn ohne sie kann ich kaum mehr weiter.«

»Du guter Junge. Es war nur Spaß. Hier bin ich!« sagte Nordwinds Stimme hinter ihm.

Diamant drehte sich um und sah sie als die große Dame, die er am liebsten hatte, neben sich stehen.

»Wo ist der Tiger?« fragte er, denn er kannte alle Tiere aus einem Bilderbuch, das Fräulein Coleman ihm gegeben hatte. »Aber natürlich, du warst der Tiger«, fügte er hinzu. »Ich war durcheinander und habe es vergessen. Er war so weit vor mir, und dann warst du hinter mir. Es ist so merkwürdig, weißt du.«

»Es muß dir sehr merkwürdig vorkommen, Diamant, das verstehe ich. Aber für mich ist es nicht merkwürdiger, als eine alte Kiefer auseinanderzubrechen.«

»Nun, das ist merkwürdig genug«, bemerkte Diamant.

»Das stimmt. Das habe ich vergessen. Für mich sind diese Sachen nicht merkwürdiger, als es für dich ist, ein Butterbrot zu essen.«

»Nun, wenn ich es mir überlege, ist das auch merkwürdig«, beharrte Diamant. »Ich würde gerade jetzt gerne ein Butterbrot essen! Ich kann gar nicht sagen, wie lange es her ist – das heißt, wie lange es mir vorkommt –, seit ich zuletzt etwas gegessen habe.«

»Dann komm«, sagte Nordwind, beugte sich herunter und streckte ihre Arme aus. »Du sollst bald ein Butterbrot bekommen. Ich bin froh, daß du eines möchtest.«

Diamant streckte ihr seine Arme entgegen und war sogleich an ihrer Brust geborgen. Nordwind sprang in die Luft. Ihr Haar hob sich und flog empor und breitete sich aus und strömte und wogte und wehte; und mit einem Tosen von ihrem Haar und einem Antworttosen von einem der großen Gletscher neben ihnen, in dessen langsamem Strom zwei oder drei Eisberge in die Wellen zu ihren Füßen stürzten, flogen Nordwind und Diamant südwärts.

12
Wer Diamant in Sandwich empfing

Sie flogen so schnell, daß das Meer wie ein großes Netz aus schillernder Seide unter ihnen dahinglitt, blau mit grau und grün mit purpurrot schimmernd. Sie waren so schnell, daß sogar die Sterne über ihnen vorüberzusegeln schienen »wie goldene Boote» in einem kopfstehenden blauen Meer. Und sie waren so schnell, daß Diamant ebenso schnell in eine andere Richtung glitt – ich meine, daß er schnell in Nordwinds Arm eingeschlafen war.

Als er aufwachte, beugte sich ein Gesicht über ihn, aber es war nicht Nordwinds, es war das seiner Mutter. Er streckte ihr seine Arme entgegen, und sie drückte ihn an ihre Brust und fing an zu weinen. Diamant küßte sie wieder und wieder, damit sie aufhören sollte. Vielleicht sind Küsse das beste Mittel gegen Tränen, aber sie werden die Tränen nicht immer trocknen.

»Was ist los, Mutter?« sagte er.

»Oh, Diamant, mein Schatz! Du warst so krank!« weinte sie.

»Nein, liebe Mutter. Ich war nur hinter dem Nordwind«, erwiderte Diamant.

»Ich dachte, du wärst tot gewesen«, sagte seine Mutter.

Aber in diesem Augenblick kam der Arzt herein.

»Oh! Sieh da!« sagte der Doktor mit verhaltener Fröhlichkeit. »Uns geht es heute besser, wie es scheint.«

Dann zog er die Mutter beiseite und sagte ihr, daß sie weder mit Diamant sprechen noch beachten sollte, was er sagte, denn er müsse so ruhig wie möglich gehalten werden. Und tatsächlich war Diamant nicht besonders nach Erzählen zumute, denn er fühlte sich sehr seltsam und schwach, was kein Wunder war, wenn man bedenkt, daß er die ganze Zeit über nur ein paar Eisstücke gelutscht hatte, und die konnten nicht sehr nahrhaft gewesen sein.

Während er nun dort liegt und mit Hühnerbrühe und anderen guten Sachen wieder zu Kräften kommt, möchte ich meinen Lesern erzählen, was sich bei ihm zu Hause ereignet hatte, denn darüber sollten sie Bescheid wissen.

Sie haben vielleicht vergessen, daß Fräulein Coleman nicht ganz gesund war. Dafür gab es nun drei Gründe. Erstens war ihre Lunge nicht kräftig. Zweitens gab es ir-

gendwo einen Herrn, der sich ihr gegenüber nicht anständig benommen hatte. Drittens hatte sie nichts Besonderes zu tun. Diese drei nicht zusammen reichen aus, um eine Dame wirklich sehr krank zu machen. Natürlich konnte sie das erste nicht ändern, aber wenn die beiden anderen Gründe nicht gewesen wären, hätte das nicht soviel ausgemacht; sie hätte nur ein bißchen aufpassen müssen. An dem zweiten war sie nicht gerade schuld, aber wenn sie irgend etwas zu tun gehabt und das gut gemacht hätte, hätte ein Mann kaum schlecht zu ihr sein können. Und was den dritten Grund für ihre Krankheit angeht: Wenn sie irgend etwas von Wert zu tun gehabt hätte, hätte sie sein schlechtes Verhalten ertragen können und wäre selbst davon nicht krank geworden. Ich gebe zu, daß es nicht immer leicht ist, etwas zu tun zu finden, was es wert ist, getan zu werden, aber immerzu werden die schwierigsten Sachen getan, und wenn sie es versucht hätte, hätte sie vielleicht etwas gefunden. Ihr Fehler war, daß sie es nicht versucht hatte. Aber natürlich waren ihr Vater und ihre Mutter schuld daran, weil sie ihr nie etwas zu tun gegeben hatten. Wiederum hatte niemand ihrem Vater und ihrer Mutter gesagt, daß sie etwas in dieser Richtung tun sollten. Und da keiner von ihnen es von selbst herausfinden wollte, mußte Nordwind es ihnen beibringen.

Wir wissen, daß Nordwind in jener Nacht, als sie Diamant in der Kathedrale absetzte, sehr viel zu tun hatte. Sie hatte sozusagen das Haus der Colemans die ganze Nacht durch- und durchgepustet. Zuerst hatte Fräulein Colemans Dienstmädchen das Fenster ihrer Herrin einen Spaltbreit offengelassen, aber gedacht, sie hätte es geschlossen, und Nordwind hatte der Dame ein paar Haare um den Hals gewunden. Am nächsten Tag ging es ihr erheblich schlechter. Weiterhin war das Schiff, das sie in eben jener Nacht versenkte, Herrn Colemans Eigentum gewesen. Wie schwer dieser Verlust für ihn war, werden meine Leser erst verstehen, wenn ich sie darüber aufgeklärt habe, daß er schon seit einiger Zeit ärmer und ärmer geworden war. Seine Spekulationsgeschäfte waren nicht so erfolgreich wie zuvor, denn er spekulierte erheblich mehr als richtig war, und es war Zeit, daß ihm Einhalt geboten wurde. Es ist schwer für einen reichen Mann, arm zu werden, aber es ist furchtbar, wenn er unehrlich wird, und es gibt Spekulationsgeschäfte, bei denen man schnell tief in Unehrlichkeit gerät, bevor man weiß, was man tut. Durch Armut verliert ein Mann nicht an Wert – als armer Mensch kann er sehr viel wertvoller sein, als er es zuvor als reicher war, aber Unehrlichkeit macht ihn sehr schnell wertlos – er wird etwas, was in die Müllgrube der Schöpfung geworfen werden sollte wie die Scherbe einer kaputten Schale oder ein dreckiger Lumpen. Deshalb mußte sich Nordwind um Herrn Coleman kümmern und versuchen, einen ehrlichen Mann aus ihm zu machen. Deshalb versenkte sie das Schiff, das sein letztes Spekulationsobjekt war, und er war nun das, was er selbst, seine Frau und die Welt ruiniert nannten.

Und das war noch nicht alles. Denn Fräulein Colemans Liebhaber war einer der Passagiere auf dem Schiff gewesen, und als die Nachricht von dem Untergang des Schiffes kam und daß alle an Bord ertrunken seien, hat sie gewiß den Verlust des schönen Hauses und Gartens und der Möbel nicht für das größte Unglück der Welt gehalten.

Natürlich blieb das Unglück nicht auf Herrn Coleman

und seine Familie beschränkt. Niemand kann allein leiden. Wenn die Ursache des Leidens ganz tief im Herzen verborgen ist und niemand außer dem Betreffenden etwas darüber weiß, dann muß es wirklich ein selten großer und guter Mensch sein, wenn sein innerer Schmerz nicht zutage treten sollte und alle anderen um ihn herum nicht mehr oder weniger unbehaglich machte. Aber wenn sich jemand in Geldnöte bringt, weil er zu schnell reich werden will, dann müssen die meisten Menschen, mit denen er zu tun hat, sein Schicksal teilen. Die Ulme, die Nordwind in jener Nacht umgeweht hatte, zerstörte das hübsche Sommerhaus von Fräulein Coleman; und als müßten große und kleine Heimsuchungen an einer Stelle aufgehäuft werden, erdrückte der Fall von Herrn Coleman auch die kleine Familie, die über seiner Remise und dem Stall lebte. Bevor Diamant so gesund war, daß er nach Hause zurückkehren konnte, gab es kein Zuhause mehr. Durch Herrn Coleman – oder seine Gläubiger, über die Einzelheiten weiß ich nicht Bescheid – waren Haus, Kutsche, Pferde, Möbel und alles andere verkauft worden. Er war mit seiner Frau, der Tochter und Frau Crump in ein kleines Haus in Hoxton gezogen, wo ihn niemand kannte und von wo aus er zu Fuß zu seinem Arbeitsplatz in der Stadt gehen konnte. Denn er war kein alter Mann und hoffte, sein Vermögen zurückzugewinnen. Wollen wir unsererseits hoffen, daß er seine Ehrlichkeit zurückgewonnen hat, die er schon fast vollständig verloren hatte.

Diamants Vater hatte natürlich eine Zeitlang keine Arbeit, aber für ihn war es nicht so schwer, nichts zu tun zu haben, wie für Fräulein Coleman. Er schrieb seiner Frau, daß es besser für sie wäre, wenn sie so lange bei ihrer

Schwester bleiben könnte, bis er eine Stelle gefunden hätte, und daß er ihr dafür sehr dankbar sein würde. Einstweilen hatte der Herr, der das Haus gekauft hatte, erlaubt, daß die Möbel noch eine Weile dort bleiben konnten.

Die Tante wollte Diamant und seine Mutter gern, so lange sie konnte, bei sich behalten. Und tatsächlich war Diamant auch noch nicht so gesund, daß er ohne Gefahr hätte fahren können.

Als er wieder so weit hergestellt war, daß er nach draußen gehen konnte, bat seine Mutter den Mann ihrer Schwester, sie in seinem kleinen Ponywagen für ein paar Stunden an den Strand zu bringen. Er hatte weiter weg in Ramsgate geschäftlich zu tun und wollte sie auf dem Rückweg wieder mitnehmen. Eine Brise Seeluft würde ihnen beiden guttun, sagte sie, und außerdem dachte sie, daß sie Diamant das Geschehene am besten erzählen konnte, wenn sie mit ihm allein war.

13
Der Strand

Diamant und seine Mutter saßen in dem harten Gras, das an den Sand grenzte. Die Sonne hatte ihren Höhepunkt gerade so weit überschritten, daß sie nicht geblendet wurden, wenn sie nach Osten schauten. Ein angenehmer leichter Wind blies von ihrer linken Seite her und tröstete die Mutter, ohne daß sie gewußt hätte, was sie tröstete. Vor ihnen lag glitzernd das Wasser des Ozeans ausgebreitet, und jede Welle warf funkelnd ihre Wonne in das Antlitz der großen Sonne zurück, die aus der Stille ihres blauen Hauses schweigend und mit Strahlen auf ihre glänzenden Kinder hinunterblickte. Nach beiden Seiten öffnete sich der Strand in einem Bogen und bildete eine kleine Bucht. Dort waren keine weißen Klippen wie weiter im Norden und Süden, und es sah ziemlich eintönig aus, aber dafür lag der Himmel um so freier über ihnen. Kein Haus, kein Lebewesen war in Sicht. Um ihre Füße war trockener Sand und unter ihnen dünnes, hartes Gras, das gerade noch auf dem armseligen Strand wachsen konnte.

»Ach ja!« sagte Diamants Mutter mit einem tiefen Seufzen. »Es ist eine traurige Welt!«

»So?« sagte Diamant. »Das wußte ich nicht.«

»Wie solltest du das wissen, Kind? Ich glaube, du bist zu gut behütet worden.«

»O ja, das stimmt«, erwiderte Diamant. »Es tut mir leid. Ich dachte, du würdest auch behütet. Ich dachte, daß mein Vater dich behütet. Ich will ihn danach fragen. Ich glaube, er wird es vergessen haben.«

»Guter Junge!« sagte seine Mutter. »Dein Vater ist der beste Mann auf der Welt.«

»Das dachte ich auch!« erwiderte Diamant triumphierend. »Ich war ganz sicher! – Und, sorgt er nicht gut für dich?«

»Doch, doch«, antwortete seine Mutter und fing an zu weinen. »Aber wer sorgt für ihn? Und wie soll er für uns sorgen, wenn er selbst nichts zu essen hat?«

»Du meine Güte!« sagte Diamant und schnappte nach Luft. »Hat er nichts zu essen? Oh! Ich muß zu ihm nach Hause.«

»Nein, nein, Kind. So weit ist es noch nicht gekommen. Aber was aus uns werden soll, weiß ich nicht.«

»Bist du sehr hungrig, Mutter? Dort ist der Korb. Ich dachte, du hättest etwas zu essen eingesteckt.«

»Oh, du lieber kleiner Dummkopf! Ich habe nicht gesagt, daß ich hungrig bin«, erwiderte seine Mutter und lächelte unter Tränen.

»Dann verstehe ich dich überhaupt nicht«, sagte Diamant. »Erzähl mir, was los ist.«

»Es gibt Menschen auf der Welt, die nichts zu essen haben, Diamant.«

»Dann werden sie wahrscheinlich nicht länger auf ihr bleiben. Sie – sie – sterben, wie ihr es nennt, oder nicht?«

»Ja, das tun sie. Wie würde dir das gefallen?«

»Das weiß ich nicht. Ich habe es nie versucht. Aber ich nehme an, sie gehen dahin, wo sie etwas zu essen bekommen.«

»Wahrscheinlich brauchen sie es nicht«, sagte seine Mutter mißmutig.

»Dann ist es gut«, sagte Diamant, der sich wohl mehr dabei dachte, als er mit Worten sagen wollte.

»Wirklich? Armer Junge! Wie wenig du davon verstehst. Herr Coleman hat sein ganzes Geld verloren, und dein Vater hat keine Arbeit, und mit der Zeit werden wir nichts zu essen haben.«

»Weißt du das wirklich so genau, Mutter?«

»Ob ich was wirklich weiß?«

»Ob du wirklich weißt, daß wir nichts zu essen haben werden?«

»Nein, das weiß ich, Gott sei Dank, nicht. Ich hoffe nicht.«

»Dann kann ich dich nicht verstehen, Mutter. Ich weiß, daß dort in dem Korb ein Stück Lebkuchen ist.«

»O du kleiner Spatz! Du hast nicht mehr Verstand als ein Vogel, der aufpickt, was er braucht, und nicht an den Winter, den Frost und den Schnee denkt.«

»Ah ja, ich verstehe. Aber die Vögel kommen durch den Winter, oder nicht?«

»Ein paar fallen tot auf die Erde.«

»Sie müssen irgendwann sterben. Sie wollen nicht immer Vögel bleiben. Wolltest du das, Mutter?«

»Was für ein Kind!« dachte seine Mutter, aber sie sagte nichts.

»Ah, jetzt erinnere ich mich«, fuhr Diamant fort. »Als ich mit Vater zum Eppinger Wald gefahren bin, hat er mir erzählt, daß die Rosenbüsche und die Weißdornbüsche und die Stechpalmenbüsche die Vorratskammern der Vögel seien, denn dort gebe es die Hagebutten und Mehlbeeren und Stechpalmenbeeren für den Winter.«

»Ja, das stimmt wohl alles. Wie du siehst, ist für die Vögel gesorgt. Aber für dich und mich gibt es keine solchen Vorratskammern, Diamant.«

»Nicht?«

»Nein. Wir müssen für unser Brot arbeiten.«

»Dann laß uns arbeiten gehen«, sagte Diamant und stand auf.

»Es hat keinen Zweck. Wir haben keine Arbeit.«

»Dann laß uns warten.«

»Dann werden wir verhungern.«

»Nein. Dort ist der Korb. Weißt du, Mutter, ich glaube, ich werde diesen Korb unsere Vorratskammer nennen.«

»Es ist keine besonders große. Und wenn sie leer ist, wohin gehen wir dann?«

»An Tantes Schrank«, erwiderte Diamant prompt.

»Aber wir können der Tante nicht alles wegessen und sie hungern lassen.«

»Nein, nein. Vorher gehen wir zu Vater zurück. Bis dahin wird er irgendwo einen Schrank gefunden haben.«

»Woher weißt du das?«

»Ich weiß es nicht. Aber ich habe noch nicht einmal einen Schrank, und ich habe immer genug zu essen gehabt. Manchmal hast du schon gesagt, daß ich zu viel hätte.«

»Aber Kind, ich sage dir doch, das ist so, weil ich einen Schrank für dich habe.«

»Und als deiner leer war, hat die Tante ihren aufgemacht.«

»Aber das kann nicht so weitergehen.«

»Woher weißt du das? Weißt du, ich glaube, irgendwo muß ein großer Schrank sein, aus dem die kleinen Schränke gefüllt werden.«

»Die Tür zu diesem Schrank würde ich gerne finden«, sagte seine Mutter. Aber im selben Moment hielt sie inne und sprach eine ganze Weile lang kein Wort mehr. Ich kann nicht sagen, ob Diamant wußte, was sie dachte, aber ich glaube, ich weiß es. Am Tag zuvor hatte sie in der Kirche etwas gehört, woran sie sich erinnerte – so etwas wie: daß sie nicht für den nächsten Tag mitessen müsse, und was sie nicht bräuchte, ihr nicht fehlen könne. Also sagte sie nichts mehr, streckte ihre Hand nach dem Korb aus und aß mit Diamant ihr Mittagbrot.

Und Diamant schmeckte es vorzüglich. Denn die Fahrt und die frische Luft hatten ihn sehr hungrig gemacht, und er sorgte sich nicht wie seine Mutter darum, wovon sie in der nächsten Woche leben sollten. Das tat er nicht, weil er hinter dem Nordwind so lange ohne Essen gelebt hatte und ganz genau wußte, daß Essen nicht lebensnotwendig ist, daß die Menschen unter bestimmten Umständen sogar ganz gut ohne Essen leben können.

Während sie aßen, sprach seine Mutter kaum. Als sie fertig waren, stützte sie ihn ein bißchen beim Umhergehen, aber er hatte noch nicht viel Kraft und war bald müde. Doch das verdroß ihn nicht. Er war viel zu froh, wieder draußen in der Sonne und im Wind zu sein, um verdrossen zu werden, weil er nicht herumlaufen konnte. Er legte sich in den trockenen Sand, und seine Mutter deckte ihn mit einem Tuch zu. Dann setzte sie sich neben ihn und nahm eine Handarbeit aus ihrer Tasche.

Aber Diamant war ziemlich müde, drehte sich auf die Seite und sah schläfrig über den Sand. Ein paar Meter weiter sah er etwas flattern.

»Was ist das, Mutter?« sagte er.

»Nur ein Stück Papier«, antwortete sie.

»Ich glaube, es flattert mehr als ein Stück Papier«, sagte Diamant.

»Wenn du willst, gehe ich nachsehen«, sagte seine Mutter. »Meine Augen sind nicht die besten.«

Sie stand also auf, ging hin und sah, daß sie beide recht hatten, denn es war ein kleines Buch, das zum Teil vom Sand zugeweht war. Ein paar Blätter guckten jedoch aus dem Sand heraus, und über diese hin blies unentwegt der Wind, so daß sie flatterten. Sie hob es auf und brachte es Diamant.

»Was ist es, Mutter?« fragte er.

»Irgendwelche Kinderverse, denke ich«, antwortete sie.

»Ich bin zu müde«, sagte Diamant. »Bitte lies mir ein paar vor.«

»Ja, das kann ich tun«, sagte sie und fing mit einem an. »Aber das ist solch ein Unsinn!« sagte sie dann. »Ich will versuchen, etwas Besseres zu finden.«

Sie blätterte suchend herum, aber dreimal blies der Wind mit plötzlichen Stößen die Blätter raschelnd zu demselben Lied zurück.

»Bitte lies dieses«, sagte Diamant, der anscheinend der gleichen Meinung war wie der Wind. »Es hat sich sehr hübsch angehört. Ich bin sicher, daß es ein gutes ist.«

Seine Mutter dachte, daß es ihm Spaß machen würde,

obwohl sie keinen Sinn darin finden konnte. Sie kam nicht auf die Idee, daß er es verstehen könnte, auch wenn sie es nicht verstand.

Nun weiß ich nicht genau, was seine Mutter vorlas, aber hier ist das, was Diamant gehört hat oder hinterher glaubte gehört zu haben. Aber er war, wie schon gesagt, sehr müde, und als er meinte, die Verse zu verstehen, hat er vielleicht nur bessere geträumt.

Sie lauteten so:

Ich weiß einen Fluß
dessen Wasser schläfrig fließt
fließt immerfort fließt
in den Untiefen singt
in den Höhlen dumpf klingt

und schläft so tief
und alle die Schwalben
die ihr Gefieder tauchen leicht
in das Wasser so seicht
oder das Höhlenwasser tief
sind die fröhlichsten Schwalben
denn die Nester die sie backen
mit dem Ton den sie dreinpacken
mit dem Wasser das sie schütteln
von ihren Flügeln die sie rütteln
das Wasser das sie holen
aus den Untiefen und Höhlen
wird zusammenkleben
bei jedem Wetter und so sind die Schwalben
die fröhlichsten Gesellen allenthalben
und haben die fröhlichsten Kinder
und sind gebaut so schmal
wie der Kopf eines Pfeils
um die Luft zu zerteilen
und geradewegs dorthin zu eilen
wo das schönste Wasser geht
und der schönste Staub weht
denn jede so schmal
wie der Kopf eines Pfeils
ist nur ein Handwagen
um den Schlamm zu tragen den er bereitet
aus dem schönsten Wasser das dahingleitet
und dem schönsten Staub der weht
nach seiner Liebsten zu schauen
für sie sein Nest zu bauen
die schönsten Krusten daraufzupacken

die im Sonnenschein ausbacken
für die Kinder so nackt
alles für ihre fröhlichen Kinder
die die Schnäbel zeigen her
weit offen hohl und leer
immer weiter und weiter
zu ihrem Vater
oder zur Mutter
wer immer bringt ihnen Futter
eine Spinne sie zu laben
und den Wurm den sie haben
aus der Erde tief ausgegraben
also müssen sie nicht darben
denn ihre Schnäbel so gelb
wie die Butterblumen
die am Strome wachsen
des Flusses der singt
und immerfort klingt
die wachsen und wehen
denn so schnell auch die Schafe
wach oder im Schlafe
sie rupfen und zupfen
so wachsen sie doch
und kriechen weiter hoch
und wehen immer noch
und die Gänseblümchen klein und weiß
singen Lieder der Sonne zum Preis
sie wachsen und wehen
breiten aus ihre Krone
und preisen die Sonne
und steht die Sonne tief unten

ist ihr Loblied verklungen
und sie machen ihre Krone zu
und gehen alle zur Ruh'
bis die Sonne über das Land so flach
wieder scheint mit aller Macht
und sie sind wieder darauf bedacht
zu lobsingen und lobsingen
solch leise Lieder anzustimmen
daß niemand sie hört
nur die Sonne die sie nährt
und die Schafe die sie rupfen
sind die ruhigsten Schafe
ob wach oder im Schlafe
mit dem fröhlichsten Blöken
und die kleinen Lämmer
vergessen zu essen
und springen auf ihren Füßen
und die Lämmer und ihre Mütter
sind die weißesten Schafe
mit der wolligsten Wolle
und der längsten Wolle
und den längsten Schwänzen
und sie schimmern wie Schnee
in dem Gras und dem Klee
bei dem singenden Fluß
der immerfort singen muß
und die Schafe und die Lämmer
sind fröhlich immer
weil sie trinken aus dem Fluß
der immer singen muß
und die Lämmer und ihre Mütter

sind weiß
und leise
von ihrer Speise
denn was sie fressen und kauen
ist butterblumengelb
und gänseblumenweiß
und grasgrün wie die Auen
die der Fluß so grün macht
mit dem Wind sanft und sacht
der sie küßt und kost
wie kein anderes Gras
aber hier in den Höhlen
neben dem Fluß
wo alle Schwalben
am fröhlichsten sind
wegen der Nester die sie machen
mit dem Ton den sie backen
und im Sonnenschein trocknen
bis sie hart sind wie Knochen
vom Wind so trocken
wie ein Marmorbrocken
sie binden so fest
Gras und Ton in ein Nest
das trocknet im Wind
dem sanftesten Wind
der am Flusse weht
der immer fließt
daß ihr niemals wißt
woher der Wind weht
über die Höhlen streicht
und über die Stellen seicht

wo die Schwalben eintauchen leicht
auf das Leben weht
daß es lebendig geht
wach oder im Schlafe
in den Fluß
der singt und fließt
und haucht Leben in die Schafe
wach oder im Schlafe
mit der wolligsten Wolle
und den schleppendsten Schwänzen
und versäumt es nie
sanft und kühl
die Wolle zu wellen
das Gras zu zerwehen
wenn Lämmer und Schafe
darübergehen
und beißen und zupfen
mit weißen Zähnen rupfen
und dann mit einem Schlag
von ihrem hängenden Schwanz
es glätten nieder
und es wächst mächtig wieder
und wie mächtig es wächst
und der Wind der dann bläst
wirft die Schwalben leicht
hinauf wenn er über die Höhlen streicht
und hinab auf die Stellen seicht
bis alle Federn
rütteln und zittern
bis alle ihre Federn
sich wieder zusammenlegen

und er weht lebensträchtig
die Freude übermächtig
in die Schwalbe die leicht
über das seichte Wasser streicht
und die gelbsten Kinder hat
denn der Wind der weht
gibt Leben dem Fluß
der immerfort fließt
der die Gräser wäscht
wenn er darüberfließt
und die Gänseblumen füttert die weißen
die mit ihrem Leben lobpreisen
und Butterblumen wonnig
so golden und sonnig
mit Butter und Honig
wovon so weiß die Schafe
wach oder im Schlafe
die knabbern und beißen
und weißer werden als weiß
und fröhlich und leise
von der süßen Speise
die der Fluß ihnen gibt
und sie werden geschüttelt
von dem Wind der rüttelt
an der Schwalbe die streicht
über das Wasser seicht
und eintaucht die Flügel
das Wasser zu sammeln
und die Nester zu backen
die der Wind soll machen
so hart wie den Knochen

wie den Steinbrocken so trocken
es kommt alles aus dem Wind
der geweht kommt geschwind
und es ist alles in dem Fluß
der immerfort fließt
und alles aus dem Gras
und den Gänseblümchen weiß
und den fröhlichen Schafen
wach oder im Schlafen
und der Schwalbe so glücklich und leicht
wenn sie über das Wasser streicht
und es ist alles in dem Wind
der geweht kommt geschwind.

An dieser Stelle merkte Diamant, daß seine Mutter aufgehört hatte zu lesen.

»Warum liest du nicht weiter, liebe Mutter?« fragte er.

»Es ist so ein Unsinn!« sagte seine Mutter. »Ich glaube, es könnte immer so weitergehen.«

»Genauso war es«, sagte Diamant.

»Was war so?« fragte sie.

»Nun, der Fluß. Das ist fast genau das Lied, das er immer sang.«

Seine Mutter erschrak, denn sie dachte, sein Fieber käme zurück. Deshalb widersprach sie ihm nicht.

»Wer hat das Gedicht gemacht?« fragte Diamant.

»Ich weiß nicht«, antwortete sie. »Wahrscheinlich irgendeine dumme Frau für ihre Kinder – und dann fand sie es gut genug, um es drucken zu lassen.«

»Auf jeden Fall muß sie irgendwann einmal hinter dem Nordwind gewesen sein«, sagte Diamant. »Sie hätte es nirgendwo sonst finden können. Genauso ging es.« Und er begann, einzelne Teile daraus zu singen; aber seine Mutter sagte nichts, aus Angst, daß es davon schlimmer werden könnte, und sie war sehr froh, als sie ihren Schwager in seinem kleinen Wagen heranzuckeln sah. Sie hoben Diamant hinein und stiegen selbst auf, und dann ging es los »nach Hause, nach Hause, nach Hause«, wie Diamant sang. Aber er wurde bald still, und bevor sie in Sandwich angekommen waren, war er fest eingeschlafen und träumte von dem Land hinter dem Nordwind.

14
Der alte Diamant

Danach erholte sich Diamant sehr schnell und war nach wenigen Tagen so weit bei Kräften, daß er die Heimreise antreten konnte, sobald sein Vater ein Zuhause für sie gefunden hatte. Da der Vater etwas Geld gespart hatte und keine Anstellung fand, hatte er über einen neuen Plan nachgesonnen. Er war durch einen seltsamen Zufall darauf gekommen. Ein Bekannter von ihm aus der Bloomsburygegend verdiente sein Geld damit, Kutschen und Pferde an Kutscher zu verpachten. Als er eines Tages von einer erfolglosen Bewerbung zurückkam, traf er zufällig auf diesen Mann, und der sagte zu ihm: »Warum willst du dich jetzt nicht selbständig machen – ich meine, im Droschkengeschäft?«

»Dafür habe ich nicht genug Geld«, antwortete Diamants Vater.

»Ich nehme an, daß du eine ganze Menge gespart hast. Komm einfach gerade mit zu mir nach Hause und schau dir ein Pferd an, das ich dir billig lassen kann. Ich habe es erst vor ein paar Wochen gekauft und dachte, man könnte es für einen Hansom* nehmen, aber da habe ich mich geirrt. Seiner Statur nach könnte es einen Rollwagen ziehen, aber ein Rollwagen ist kein Hansom. Für einen Hansom hat es nicht genug Schmiß. Weißt du,

* zweirädrige Kutsche (Einspänner) mit zwei Sitzplätzen und Verdeck

Leute, die einen Hansom nehmen, wollen wie der Wind fahren, und es hat nicht genug Puste, dafür ist es nicht mehr jung genug. Aber für eine vierrädrige Droschke für Familien und Gepäck ist es genau das richtige Pferd. Es könnte jederzeit ein kleines Haus ziehen. Ich habe es billig gekauft, und ich will es billig verkaufen.«

»Ach, ich möchte es nicht«, sagte Diamants Vater. »Für so eine wichtige Entscheidung braucht man Bedenkzeit. Und dann ist da auch noch die Droschke. Das macht eine schöne Summe zusammen.«

»Ich glaube, ich könnte dir da etwas Passendes geben«, sagte sein Bekannter. »Aber komm und sieh dir das Tier auf jeden Fall einmal an.«

»Seit ich mein altes Paar von Herrn Coleman verloren habe«, sagte Diamants Vater, während er sich umdrehte, um mit dem Kutschenbesitzer mitzugehen, »habe ich kaum noch das Herz, einem Pferd ins Gesicht zu sehen. Es ist ein Jammer, wenn Pferd und Mensch auseinandergebracht werden.«

»Das stimmt«, sagte sein Bekannter verständnisvoll.

Aber wie freute sich der ehemalige Kutscher, als ihn sein Freund in den Stall führte und er sah, daß das zum Kauf angebotene Pferd kein anderes war als sein eigener alter Diamant, mager, knochig und langbeinig geworden, als habe man alles darangesetzt, ein Hansom-Pferd aus ihm zu machen.

»*Er ist* kein Hansom-Pferd«, sagte Diamants Vater empört.

»Da hast du recht. Er ist nicht stattlich, aber er ist ein gutes Pferd«, sagte sein Besitzer.

»Wer sagt, daß er nicht stattlich ist? Er ist eines der

stattlichsten Pferde, das ein Kutscher jemals für seine Herrschaft geführt hat«, erwiderte Diamants Vater; und zu sich selbst bemerkte er leise – »das kann ich ruhig laut sagen« –, denn er war noch nicht bereit, sofort zuzugeben, wie heruntergekommen sein eigenes altes Pferd war.

»Nun«, sagte sein Freund, »ich sage nur – das ist ein Tier für dich, stark wie eine Kirche, und es wird laufen wie die Eisenbahn, sozusagen wenigstens«, verbesserte er sich.

Doch der Kutscher hatte einen Kloß im Hals und Tränen in den Augen. Denn als das alte Pferd seine Stimme gehört hatte, drehte es seinen langen Hals nach hinten, und als sein alter Freund zu ihm ging und die Hand auf seine Seite legte, wieherte es vor Freude und legte seinen großen Kopf an die Brust seines Herrn. Damit war die Sache entschieden. Die Arme des Kutschers lagen

schon um den Pferdehals, und er mußte weinen. Der Kutschenbesitzer hatte nie ein Pferd so sehr geliebt, daß er es in dieser Weise umarmt hätte, aber er sah gleich, wie die Dinge standen. Und er muß ein gutherziger Mensch gewesen sein, denn ich habe noch nie gehört, daß jemand, der ein Pferd verkaufen wollte, auf einen ähnlichen Gedanken verfallen wäre: Statt auf den Preis aufzuschlagen, weil ihm das Geschäft nun ziemlich sicher war, ging er tatsächlich um ein Pfund von seinem ursprünglichen Preis herunter, denn er sagte sich, es sei eine Schande, alte Freunde auseinanderzubringen.

Sobald Diamants Vater sich wieder gefaßt hatte, drehte er sich um und fragte, wieviel das Pferd kosten solle.

»Wie ich sehe, seid ihr alte Freunde«, sagte der Besitzer.

»Es ist mein eigener alter Diamant. Ich habe ihn von den beiden am liebsten gemocht, obwohl das andere Pferd gut war. Den hast du doch nicht auch noch, oder?«

»Nein, nichts, was an *ihn* dort herankommt.«

»Das glaube ich dir«, sagte der Kutscher. »Aber du wirst einen guten Preis für ihn haben wollen, das kann ich mir denken.«

»Nein, nicht soviel. Ich habe ihn billig gekauft, und, wie gesagt, er taugt nicht für meine Arbeit.«

Das Ende von der Geschichte war, daß Diamants Vater den alten Diamant zurückkaufte, zusammen mit einer vierrädrigen Droschke. Und weil über dem Stall ein paar Zimmer frei waren, nahm er sie, schrieb seiner Frau, sie könne nach Hause kommen, und begann als Lohnkutscher.

15
Die Stallungen

Es war später Nachmittag, als Diamant, seine Mutter und das Baby in London eintrafen. Ich war so beschäftigt mit Diamant, daß ich ganz vergessen habe, von dem Baby zu erzählen, das in der Zwischenzeit angekommen war. Der Vater erwartete sie mit der eigenen Droschke, aber Diamant wußte noch nicht, welches Pferd es war. Denn sein Vater wollte dabeisein, wenn er es herausfand, und seine Überraschung und Freude miterleben. Diamant stieg mit seiner Mutter ein, ohne das Pferd zu

beachten, und als sein Vater seine Reisetasche und den kleinen Koffer der Mutter aufgeladen hatte, stieg er selbst auf den Kutschbock und fuhr los; und Diamant war sehr stolz, mit der Droschke seines Vaters nach Hause zu fahren. Doch als sie zu den Stallungen kamen, konnte er sich zunächst einer leichten Enttäuschung nicht erwehren; und ich fürchte, wenn er niemals hinter dem Nordwind gewesen wäre, hätte er ein bißchen geweint. Statt dessen sagte er sich selbst, was für eine feine Sache es war, daß alle ihre alten Möbel dort standen. Und statt mit seiner Mutter über die veränderten Umstände zu jammern, machte er alle Vorzüge der neuen Wohnung ausfindig; denn jeder Ort hat ein paar Vorzüge, und es ist immer besser, wenn man die Vorteile kennt und nicht die Nachteile. Gewiß, das Wetter war niederdrückend, denn als sie zu Hause angekommen waren, hatte ein dichter grauer Dauerregen eingesetzt. Aber zum Glück wechselt das Wetter ständig, und außerdem brannte ein kräftiges Feuer im Zimmer, um das sich die Nachbarin mit dem betrunkenen Mann gekümmert hatte; alles war zum Tee bereitgestellt, und der Kessel kochte über dem Feuer. Und wenn ein gutes Feuer brennt, Tee, Brot und Butter auf dem Tisch stehen, ist die Lage doch wahrhaftig nicht traurig.

Trotzdem waren Diamants Vater und Mutter *ziemlich* traurig, und Diamant spürte, wie sich eine Dunkelheit in ihm ausbreiten wollte. Aber im gleichen Augenblick sagte er zu sich selbst: »So geht es nicht. Das darf ich nicht zulassen. Ich war hinter dem Nordwind. Dort geht alles seinen rechten Gang, und deshalb muß ich versuchen, die Dinge hier in Ordnung zu bringen. Ich muß gegen das, was traurig ist, ankämpfen. Es soll mich nicht traurig machen, wenn ich es ändern kann.« Ich will nicht behaupten, daß er genau diese Worte dachte. Vielleicht sind sie zu erwachsen für ihn, aber sie zeigen ungefähr das, was in seinem Kopf und in seinem Herzen vorging. Und wenn Herz und Kopf zusammengehen, werden sie mit allem fertig.

»Wie gut das Brot und die Butter schmecken!« sagte Diamant.

»Das freut mich, daß es dir schmeckt, mein Schatz«, sagte sein Vater. »Ich habe die Butter selbst in dem kleinen Geschäft um die Ecke gekauft.«

»Sie schmeckt sehr gut, vielen Dank, Vater. Oh, das Baby wacht auf! Ich schaue nach ihm.«

»Bleib sitzen, Diamant«, sagte seine Mutter. »Iß dein Butterbrot weiter. Du bist noch nicht kräftig genug, es zu halten.«

Sie nahm das Baby selbst zu sich auf den Schoß. Dann fing Diamant an, das Baby zu unterhalten, und hörte nicht auf, bis der kleine Kerl vor Vergnügen lachte und krähte. Denn seine ganze Welt lag in den Armen der Mutter, und der Nieselregen, die düsteren Stallungen und sogar das sorgenvolle Gesicht des Vaters konnten ihm nichts anhaben. Was kümmerten hundert verlorene Arbeitsplätze das Baby? Und doch dachten weder Vater noch Mutter, daß es hartherzig war, wenn es in ihrem Unglück krähte und lachte.

Im Gegenteil, sein Krähen und Lachen steckten an. Die Fröhlichkeit strömte überreich in seinem kleinen Herzen, das sie nicht ganz fassen konnte und in die Herzen der anderen überfließen ließ. Vater und Mutter begannen auch zu lachen, und Diamant lachte, bis er einen Hustenanfall bekam, der seine Mutter beängstigte, so daß sie allem ein Ende bereitete. Der Vater nahm das Baby, und die Mutter brachte ihn ins Bett.

Aber es war doch eine große Umstellung für sie alle, nicht nur im Vergleich mit Sandwich, sondern auch gegenüber ihrer alten Wohnung. Ihre Fenster gingen nun nicht mehr auf den großen Fluß hinaus, wo die mächtigen Lastkähne mit ihren gewaltigen braunen und gelben Segeln wie kleine Vergnügungsboote hin und her fuhren und die langen, schmalen Ruderboote mit acht oder manchmal sogar zwölf Ruderern vorbeischossen, sondern auf einen schmutzigen, gepflasterten Hof. Und es gab keinen Garten mehr mit bunten Blumen zu seinen Füßen und ehrwürdigen, sonnendurchstrahlten Bäumen über seinem Kopf, in dem Diamant herumlaufen konnte, wenn er Lust hatte. Auch gab es hinter seinem Bett keine Holzwand mit einem Loch darin, durch das Nordwind jederzeit hätte hereinkommen können. Tatsächlich war die Mauer so hoch und standen so viele Häuser um die Stallungen herum, daß Nordwind überhaupt sehr selten dorthin kam, wenn nicht gerade etwas getan werden *mußte* und sie wie andere Hausfrauen großes Reinemachen hielt; und die Wand am Kopfende von Diamants neuem Bett trennte es nur von dem Zimmer eines Kutschers ab, der zuviel Bier trank und hauptsächlich nach Hause kam, um mit seiner Frau zu streiten und seine Kinder zu zwicken. Für Diamant war es schrecklich, das Schimpfen und Weinen mit anzuhören. Aber es konnte ihn nicht unglücklich machen, denn er war hinter dem Nordwind gewesen.

Wenn mein Leser kaum glauben kann, daß Diamant so gut war, dann darf er nicht vergessen, daß Diamant hinter dem Nordwind gewesen war. Wenn er keinen Jungen kennt, der so gut ist – hat er dann jemals einen Jungen kennengelernt, der hinter dem Nordwind war? Für Diamant war es kein bißchen seltsam, so zu sein, im Gegenteil, es kam ihm ganz vernünftig vor.

Wir werden sehen, wie es ihm weiter erging.

16
Diamant macht einen Anfang

Der Wind pfiff laut, aber Diamant lag in tiefem Schlaf und hörte ihn nicht. Ich vermute, daß Diamant jedesmal, wenn er gut geschlafen hatte und sich am Morgen an nichts erinnern konnte, die ganze Nacht hinter dem Nordwind gewesen war. Ich bin beinahe sicher, daß er deshalb so frisch aufwachte und den ganzen Tag so ruhig und hoffnungsvoll war. Tatsächlich hat er selbst so etwas gesagt – aber nicht zu mir –, nämlich daß nach einem solchen Schlaf immer etwas in seinen Gedanken war, er konnte nicht sagen was – konnte nicht sagen, ob es die letzten fernen Klänge von dem Fluß waren, die sich in der Ferne verloren, oder einige Worte aus dem endlosen Lied, das seine Mutter ihm am Strand vorgelesen hatte. Manchmal meinte er, es müßte das Zwitschern der Schwalben gewesen sein – so leicht über den Stellen seicht, ihr wißt schon; aber es kann auch das Tschilpen der braunen Spatzen gewesen sein, die im Hof ihr Frühstück aufpickten – woher soll ich das wissen? Ich weiß nicht, was ich weiß, ich weiß nur, was ich denke; und wenn ich ehrlich bin, sind mir die Schwalben lieber als die Spatzen. Wenn Diamant merkte, daß er wach wurde, gab er sich bisweilen große Mühe, die Wörter von einem anscheinend neuen Lied, einem, das er noch nie gehört hatte, zu behalten – einem Lied, in dem die Wörter und die Melodie irgendwie eins zu sein schienen; doch selbst wenn er glaubte, er hätte sie sich fest eingeprägt, ging, wenn er mehr wacher wurde – wie er gesagt hätte –, ein Vers daraus verloren, und dann noch einer und noch einer, bis schließlich nur noch ein schönes Bild von Wasser oder Gras oder Gänseblümchen oder irgend etwas anderem ganz Gewöhnlichem übrigblieb, nur war die ganze Gewöhnlichkeit wegpoliert, und die schöne Seele, die die meisten Menschen so selten sehen und an die sie, leider, noch seltener glauben, leuchtete daraus hervor. Doch danach sang er dem Baby die merkwürdigsten, hübschesten kleinen Lieder vor – selbstgemachte, wie seine Mutter sagte; aber Diamant sagte, daß er sie nicht gemacht habe, daß sie irgendwo in ihm gemacht würden und er nichts von ihnen wisse, bis sie herauskämen.

Als er an jenem ersten Morgen aufwachte, stand er sofort auf und sagte zu sich selbst: »Ich bin lange genug krank gewesen und habe viel Mühe bereitet. Jetzt muß ich versuchen, mich nützlich zu machen, und meiner Mutter helfen.« Als er in ihr Zimmer ging, war sie gerade damit beschäftigt, das Feuer anzumachen, und sein Vater stand auf. Außer dem kleinen Zimmer, in dem Diamant schlief und das nicht viel größer als ein Wandschrank war, hatten sie nur das eine Zimmer. Diamant begann sofort aufzuräumen, aber als das Baby aufwachte, nahm er es und kümmerte sich eifrig darum, bis seine Mutter das Frühstück fertig hatte. Sie sah düster aus und sein Vater schwieg; und wenn Diamant sich nicht alle Mühe gegeben hätte, die Trübseligkeit, die durch die Fenster und Türen hereinkommen wollte, von sich fernzuhalten, wäre er selber auch traurig geworden, und dann wären sie alle miteinander unglücklich gewesen. Aber wenn wir selbst wirklich zufrieden sein wollen, müssen wir zuerst versuchen, andere zufrieden zu machen, und das liegt zu einem Teil daran, daß wir nicht so viel an uns selber denken, wenn wir anderen helfen. Denn unserem Selbst geht es immer ganz gut, wenn wir es nicht zu sehr beachten. Unser Selbst ist wie ein kleines Kind, das ganz zufrieden ist, solange man es alleine spielen läßt, aber wenn wir uns einmischen und ihm zu viele schöne Spielsachen schenken oder zu viele Süßigkeiten, dann wird es sofort mißmutig und verzogen.

»Diamant, Kind!« sagte seine Mutter schließlich, »du bist so gut zu deiner Mutter wie ein Mädchen – du paßt auf das Baby auf und röstest das Brot und machst den Herd sauber. Man könnte wirklich meinen, du wärest bei den Feen gewesen.«

Hätte es ein größeres Lob oder eine größere Freude für Diamant geben können? Als er sein Selbst vergaß, gab seine Mutter acht darauf und lobte es und hatte sein Selbst lieb. Unser eigenes Lob vergiftet unser Selbst und bläht und bläst es auf, bis es seine Gestalt und Schönheit ganz verliert und wie ein großer Fliegenpilz wird. Aber das Lob unserer Eltern tut unserem Selbst gut und tröstet es und macht es schön. *Solches Lob* schadet unserem Selbst nie. Wenn es ihm schadet, dann nur, weil wir etwas von unserem eigenen Lob mit hineinmischen, und davon wird das Lob häßlich und schleimig und giftig.

Als der Vater fertig gefrühstückt hatte, was er ziemlich eilig tat, stand er auf und ging in den Hof hinunter, um das Pferd herauszuholen und anzuspannen.

»Willst du nicht mitkommen und dir die Droschke angucken, Diamant?« sagte er.

»Ja, gerne, Vater – wenn Mutter mich gerade nicht braucht«, antwortete Diamant.

»Was für ein Kind! Ich brauche ihn nicht«, sagte die Mutter fröhlich.

Aber als er mit dem Vater zur Tür hinausging, rief sie ihn zurück.

»Diamant, nimm das Baby einen Moment. Ich muß deinem Vater etwas sagen.«

Also setzte sich Diamant wieder hin, nahm das Baby auf den Schoß und bohrte sein Gesicht in den kleinen Körper und lachte und sang die ganze Zeit, so daß das Baby wie ein Zwerghuhn krähte. Und er sang etwas ohne jeglichen Sinn für die, die es nicht verstehen konnten, aber nicht für das Baby, das alles Gute dieser Welt darin fand – es klang ungefähr so:

Das Baby schläft
wach auf Baby
denn alle die Schwalben
sind die fröhlichsten Gesellen allenthalben
und haben die gelbsten Kinder
die wollen gern schlafen
und wie ein Baby schnarchen
sie stören ihre Mama
den Bruder und den Papa
um mit dem Schnarchen zu durchbohren
alle ihre Ohren
Schnarchen Schnarchen
für dich selbst und keinen anderen

für dich selbst eben gerade
wach auf Baby
richt dich auf kerzengerade
hör auf das Sausen
hör auf das Brausen
wo die Schafe am wolligsten sind
und die Lämmer am drolligsten
und ihre Schwänze die weißesten
und ihre Augen die gleißendsten
und Baby ist das wonnigste
und Baby ist das sonnigste
und Baby ist das lustigste
und Baby ist das winzigste
und Baby ist das fröhlichste
und Baby ist das traurigste
von allen Lämmern
die ihre Mütter plagen
und Mutter ist die weißeste
von allen Müttern
die die Lämmer füttern
die rupfen und gehen
ohne still zu stehen
und Vater ist der beste
von allen Schwalben
die ihre Nester bauen leicht
aus dem glitzernden Wasser seicht
und er hat die fröhlichsten Kinder
das sind Baby und Diamant
und Diamant und Baby
und Baby und Diamant
und Diamant und Baby.

Hier begannen Diamants Knie einen wilden Tanz, und dabei wurde das Baby hin- und hergeworfen und unbändiges Lachen aus ihm herausgeschüttelt. Seine Mutter hatte die letzten Zeilen des Liedes vor der Tür mit angehört, und als sie hereinkam, standen ihr die Tränen in den Augen. Sie nahm Diamant das Baby ab, gab ihm einen Kuß und sagte, er solle zu seinem Vater laufen.

Als Diamant in den Hof kam, stand das Pferd in der Deichsel, und sein Vater band die Zugriemen fest. Diamant ging hinüber, um sich das Pferd anzusehen. Er hatte ein seltsames Gefühl, als er es betrachtete. Er verstand nicht viel von Pferden, und bis auf ihre eigenen Pferde sahen sie für ihn alle ziemlich gleich aus. Aber dies blieb ihm ein Rätsel. Das war Diamant und doch wieder nicht. Diamant ließ seinen Kopf nicht so herunterhängen; aber dieser herunterhängende Kopf sah dem ganz ähnlich, den Diamant immer so hoch gehalten hatte. Diamants Knochen zeigten sich nicht so durch das Fell, aber das Fell, das sie so sehr aus der Form brachten, sah ganz wie Diamants Fell aus; und die Knochen konnten wohl Diamants Knochen sein, denn *ihre* Form hatte er noch nie gesehen. Doch als er vor dem alten Pferd stand und es seinen langen Hals vorreckte und ihn beschnupperte und seine Oberlippe und Nase an ihm rieb, da sah Diamant, daß es nur der alte Diamant sein konnte, und er tat genau das, was sein Vater schon getan hatte – er legte seine Arme um den Pferdehals und weinte – aber nicht lange.

»Ist das nicht großartig, Vater?« sagte er. »Hatte jemand schon einmal so viel Glück wie ich? Guter, alter Diamant!«

Und er umarmte das Pferd wieder und küßte die beiden großen Fellbacken. Aber er mußte sie nacheinander küssen, die andere Backe war so weit weg auf der anderen Seite des großen Kopfes.

Sein Vater stieg mit genau der gleichen Haltung auf den Bock der Droschke wie früher auf den Kutschbock, fand Diamant, und er sagte zu sich selbst: »Vater ist auf jeden Fall genauso großartig wie immer.« Der Vater hatte seinen braunen Dienstmantel behalten, seine Frau hatte nur die silbernen Knöpfe abgetrennt und statt dessen Messingknöpfe angenäht, denn sie dachten, es wäre unhöflich gegenüber Herrn Coleman, sein Familienwappen zur Schau zu stellen, nachdem er sein Vermögen verloren hatte. Der alte Diamant hatte nur sein Geschirr behalten, und darauf war das silberne Familienwappen geblieben, denn sein Herr dachte, daß es niemandem auffallen würde, und ließ es als Erinnerung an bessere Zeiten daran – keine unliebsamen Erinnerungen, weil weder er noch das alte Pferd schuld daran waren, daß sie beide in den Augen der Welt so gesunken waren.

»Oh, Vater, laß mich doch ein bißchen fahren«, sagte Diamant und sprang neben ihn auf den Bock.

Sein Vater tauschte sofort den Platz mit ihm und gab ihm die Zügel in die Hand. Diamant nahm sie eifrig auf.

»Reiß ihn nicht ins Maul«, sagte sein Vater, »laß sie ihn nur gerade eben spüren, damit er weiß, du bist da und achtest auf ihn. Das ist das, was ich durch die Zügel mit ihm sprechen nenne.«

»Ja, Vater, ich verstehe«, sagte Diamant. Dann sagte er zu dem Pferd: »Hüh, Diamant.« Und die schwere Masse des alten Diamant setzte sich mit der Stimme des Jungen sofort in Bewegung.

Aber bevor sie bis zum Eingang der Stallungen gekommen waren, rief eine andere Stimme nach dem jungen Diamant, der wiederum er gehorchen mußte, denn es war die Stimme seiner Mutter.

»Diamant! Diamant!« rief sie, und Diamant zog die Zügel an, und das Pferd stand stockstill.

»Mann«, sagte seine Mutter, als sie herankam, »du wirst doch nicht einem Baby wie *ihm* die Zügel anvertrauen?«

»Er muß es irgendwann lernen, und er kann nicht früh genug damit anfangen. Ich sehe schon, daß er der geborene Kutscher ist«, sagte sein Vater stolz. »Und das kann auch kaum anders sein, denn mein Vater und mein Großvater, das heißt sein Urgroßvater, waren alle Kutscher, hat man mir erzählt, und so muß es wohl von Natur aus in ihm stecken. Außerdem ist der alte Diamant genauso stolz auf ihn wie wir selbst, Frau. Siehst du nicht, wie er die Ohren weit geöffnet nach hinten dreht, damit das erste Wort des Jungen gleich hereinfallen kann? Denn er ist zu gut erzogen, um seinen Kopf herumzudrehen.«

»Gut, Mann, aber ich brauche ihn heute. Sieh mal, es muß alles hergerichtet werden. Es ist mein erster Tag hier. Und dann ist da noch das Baby!«

»Meine Güte, Frau! Ich hatte nicht vor, ihn mitzunehmen – nur bis zum Ende der Endell Street. Er kann seinen Weg zurückfinden.«

»Nein, vielen Dank, Vater, heute nicht«, sagte Diamant. »Mutter braucht mich. Vielleicht läßt sie mich ein andermal gehen.«

»Sehr gut, mein kleiner Mann«, sagte sein Vater und nahm die Zügel, die Diamant ihm hinhielt.

Diamant stieg – natürlich ein bißchen enttäuscht – herunter und ging mit seiner Mutter hinein, die sich zu sehr freute, um etwas zu sagen. Sie nahm ihn nur so fest an der Hand, als hätte sie Angst, er würde weglaufen, anstatt froh zu sein, daß er bei ihr bleiben wollte.

Sie wußten nicht, daß der Stallbesitzer, jener Mann, der seinem Vater das Pferd verkauft hatte, die ganze Zeit – die Hände in den Taschen – in einer der Stalltüren gestanden und die Szene mit angehört und -gesehen hatte; und von dem Tag an hatte John Stonecrop eine große Vorliebe für den kleinen Jungen. Und das war der Anfang von der ganzen Geschichte.

Am selben Abend, gerade als Diamant von der Tagesarbeit müde war und wünschte, daß sein Vater heimkäme, klopfte Herr Stonecrop an die Tür. Seine Mutter ging aufmachen.

»Guten Abend, gnä' Frau«, sagte er. »Ist der junge Herr drinnen?«

»Ja, sicherlich – gewiß, zu Ihren Diensten, Herr Stonecrop«, sagte seine Mutter.

»Nein, nein, gnä' Frau, ich steh ihm zu Diensten. Ich wollt grade mit meiner eignen Droschke rausfahren, und wenn er mitkommen will, kann er mein altes Pferd lenken, bis er müde ist.«

»Es ist schon ziemlich spät für ihn«, sagte seine Mutter nachdenklich. »Wissen Sie, er ist noch ein Rekonvaleszent.«

Diamant fand das sehr komisch! Wie konnte er ein Rekonvaleszent sein, wenn er noch nicht einmal wußte, was das Wort bedeutete? Aber natürlich hatte seine Mutter recht.

»Nun gut«, sagte Herr Stonecrop, »ich kann ihn über Bloomsbury Square fahren lassen, und dann soll er nach Hause laufen.«

»Sehr gerne, Sir. Und ich danke Ihnen sehr«, sagte seine Mutter. Und Diamant, der vor Freude tanzte, holte seine Kappe, legte seine Hand in die von Herrn Stonecrop und ging mit ihm in den Hof, wo die Droschke wartete. Er fand das Pferd nicht annähernd so großartig wie Diamant und Herrn Stonecrop nicht annähernd so großartig wie seinen Vater, aber er freute sich trotzdem. Er stieg auf den Bock, und sein neuer Freund setzte sich neben ihn.

»Wie heißt das Pferd?« wisperte Diamant, als er die Zügel übernahm.

»Es hat keinen schönen Namen«, sagte Herr Stonecrop. »Du brauchst es nicht beim Namen zu rufen. Ich habe ihn nicht ausgesucht. Es geht auch ohne das ganz gut. Gib dem Jungen eine Peitsche, Jack. Ich nehm nie eine, wenn ich den alten ... lenke.«

Er sprach den Namen nicht aus. Jack gab Diamant eine Peitsche, mit der er, wenn er sie auf der Stockhälfte faßte, gerade leicht die Hüften des Pferdes berühren konnte, und los ging es.

»Paß beim Tor auf«, sagte Herr Stonecrop, und Diamant paßte beim Tor auf und führte das namenlose Pferd sicher hindurch, indem er es hierhin und dorthin zog, wie es notwendig war.

Diamant lernte das Kutschieren um so schneller, als er es gewohnt war zu tun, was man ihm sagte, und den leisesten Hinweis sofort befolgte. Es gibt nichts anderes, was einem so sehr weiterhilft. Manche Leute wissen nicht, wie sie tun sollen, was man ihnen sagt; sie sind nicht daran gewöhnt, und sie können weder schnell verstehen noch das, was sie verstehen, schnell in die Tat umsetzen. Wer in seinem Wesen gehorsam ist, lernt recht schnell, wie etwas ist, denn gehorchen ist verstehen, und das ist das Gesetz der Welt.

»Paß auf!« rief Herr Stonecrop, als sie um die Ecke auf den Bloomsbury Square fuhren.

Es dämmerte inzwischen. Eine Droschke näherte sich ziemlich schnell aus der entgegengesetzten Richtung, und weil Diamant zur Seite zog und der andere Fahrer anhielt, konnten sie gerade noch einen Zusammenstoß vermeiden. Dann erkannten sie einander.

»Ei, Diamant, das ist ein schlechter Anfang, mit deinem eigenen Vater zusammenzustoßen«, rief der Fahrer.

»Aber Vater, wäre es nicht ein schlechtes Ende gewesen, mit deinem eigenen Sohn zusammenzustoßen?« gab Diamant zurück, und die beiden Männer lachten herzlich.

»Das ist wirklich sehr nett von dir, Stonecrop«, sagte sein Vater.

»Kein bißchen. Er ist ein mutiger Kerl, und in ein oder zwei Wochen wird er soweit sein, daß er auf eigene Faust losfahren kann. Aber ich glaube, du solltest dich jetzt lieber von ihm nach Hause kutschieren lassen, denn seine Mutter möchte nicht, daß er allzuviel von der Abendluft abkriegt, und ich habe versprochen, ihn nur bis hierher mitzunehmen.«

»Dann komm rüber, Diamant«, sagte der Vater, während er seine Droschke an die andere heranführte und sich vom Bock herunter auf den Platz daneben setzte. Diamant sprang hinüber, ergriff die Zügel, sagte: »Gute Nacht und vielen Dank, Herr Stonecrop«, und während er nach Hause fuhr, fühlte er sich erwachsener als jemals zuvor in seinem Leben. Sein Vater hatte keinen Anlaß, ihm auch nur einen Hinweis zum Fahren zu geben. Aber ich könnte mir vorstellen, daß der alte Diamant, und zwar der alte Diamant auf dem Weg in seinen Stall, irgend etwas mit dem Erfolg des jungen Diamant zu tun hatte.

»Nun, Kind«, sagte seine Mutter, als er ins Zimmer kam, »du bist nicht lange weg gewesen.«

»Nein, Mutter, ich bin schon wieder da. Gib mir das Baby.«

»Das Baby schläft«, sagte seine Mutter.

»Dann gib es mir, und ich lege es hin.«

Aber als Diamant es nahm, wachte es auf und fing an zu lachen. Denn es war wirklich eines der fröhlichsten Kinder. Kein Wunder, denn es war so rund wie eine Runkelrübe und hatte noch nie länger als fünf Minuten irgendwelche Schmerzen oder Beschwerden gehabt. Diamant setzte sich mit ihm hin und begann ihm vorzusingen.

Baby Baby plappert
des Vaters Droschke klappert
und sammelt Shillinge aus Pence
damit das Baby plapper-tanzt
denn der alte Diamant ist eine Ente
man sagt er könne schwimmen
doch die Ente aus Diamanten
die ist im Baby in ihm drinnen
und von allen Schwalben
den fröhlichsten allenthalben
die ihre Krusten backen
und das Wasser dareinpacken
aus dem Fluß der fließt
fließt und immerfort fließt
und Staub wird zu Ton
vom Strahlen der Sonn'
zu bauen ihre Nester
Vater ist ihr Bester
und Mutter ist am weißesten
und ihre Augen sind die gleißendsten
von allen Müttern
die ihre Lämmer füttern
die rupfen das Gras

wo das Wasser fließt und singt
und immerfort singend klingt
und von allen Lämmern
mit den längsten Schwänzen
und den hüpfendsten Füßen
ist Baby das sonnigste
ist Baby das wonnigste
und es jammert nie
und ist immer vergnügt
und ist immer süß
und Diamant ist sein Kindermädchen
und Diamant ist sein Kindermädchen
und Diamant ist sein Kindermädchen

Wenn Diamant die Reime ausgingen, ließ er das Baby immer auf seinen Knien tanzen. Manche Leute wunderten sich, daß ein Kind wie er so reimen konnte, aber seine Reime waren nicht wirklich gut, denn er versuchte nur, sich daran zu erinnern, was der Fluß hinter dem Nordwind gesungen hatte.

17
Diamant macht weiter

Diamant wurde der Liebling aller Männer in den Stallungen. Einige mögen meinen, daß es nicht gerade der beste Platz der Welt zum Aufwachsen für ihn war; doch er muß es gewesen sein, denn dort war er nun einmal. In der ersten Zeit hörte er eine ganze Menge grober und schlechter Wörter, aber er mochte sie nicht, und deshalb konnten sie ihm nichts anhaben. Er wußte ihre Bedeutung gar nicht, aber allein an ihrem Klang und dem Ton, in dem sie gesagt wurden, spürte Diamant, daß sie häßlich waren. Deshalb konnten sie nicht einmal äußerlich an ihm hängenbleiben und schon gar nicht in sein Inneres gelangen. Er beachtete sie einfach nicht, und sein Gesicht leuchtete rein und klar mitten zwischen ihnen hervor, wie ein Himmelsschlüssel in einem Hagelsturm. Weil sein Gesicht so ruhig und sanft war und immer ein verstecktes Lächeln in den Augen lag oder daraus hervorblitzte und weil er ihre häßlichen Wörter und groben Witze nie beachtete, sagten sie zuerst, er sei nicht ganz da, und meinten damit, er sei ein bißchen schwachsinnig, aber er war viel mehr da, als sie ausmachen konnten. Und es dauerte nicht lange, bis sich die häßlichen Wörter schämten, aus den Mündern der Männer herauszukommen, wenn Diamant in der Nähe war. Dann stupste einer den anderen heimlich an, um ihn daran zu erinnern, daß der Junge in Hörweite war, und die Wörter blieben ihnen im Halse stecken, ehe sie laut werden konnten. Wenn sie freundlich mit ihm sprachen, wußte er immer eine gute und manchmal eine gescheite Antwort, und so kamen sie bald dazu, ihre Meinung über ihn zu ändern.

Eines Tages gab ihm Jack den Striegel und eine Bürste, damit er sich an Diamants Fell üben konnte. Dort, wo er hinreichte, gebrauchte er sie so geschickt, so sanft und doch so gründlich, daß der Mann ihn bewundern mußte.

»Du mußt dich anstrengen und schnell groß werden«, sagte er. »Guck, es reicht nicht, wenn nur der Bauch von dem Pferd sauber ist und der Rücken schmutzig.«

»Hilf mir hoch«, sagte Diamant und war sogleich mit Striegel und Bürste auf dem Rücken des alten Pferdes. Er saß auf dem Widerrist, und während es Heu fraß,

beugte er sich vor und striegelte und bürstete zuerst die eine Seite des Halses und dann die andere. Als er damit fertig war, fragte er nach einem Striegelkamm und kämmte die Mähne gründlich. Dann schob er sich auf den Rücken und bearbeitete die Schultern so weit, wie er herunterreichen konnte. Nun setzte er sich auf die Kruppe und behandelte den Rücken und die Seiten, danach drehte er sich wie ein Äffchen herum, nahm das Hinterteil in Angriff und bürstete den Schwanz. Letzteres war nicht so leicht zu bewerkstelligen, denn er mußte ihn hochnehmen, und ab und zu wischte der alte Diamant ihn aus seiner Hand, und einmal ließ er die Bürste zur Stalltür hinausfliegen, was die Männer sehr belustigte. Aber Jack holte sie zurück, und Diamant fing noch einmal von vorne an und hörte erst auf, als er die ganze Arbeit, wenn auch noch etwas unerfahren und nicht gerade erstklassig, aber doch recht ordentlich erledigt hatte. Dabei fraß das Pferd die ganze Zeit weiter sein Heu und, abgesehen von einem gelegentlichen Schwanzwischen, wenn Diamant es kitzelte oder kratzte, beachtete es die ganze Prozedur nicht. Aber das war nur vorgetäuscht, denn es wußte sehr wohl, wer auf seinem Rücken thronte und es mit Striegel und Bürste bearbeitete. Und so war es ziemlich erfreut und stolz und hat vielleicht zu sich selbst so etwas Ähnliches gesagt wie –

»Ich bin ein dummes, altes Pferd, das sein Fell nicht selber bürsten kann, aber da sitzt mein junger Patensohn auf meinem Rücken und putzt mich wie ein Engel.«

Ich will nicht dafür garantieren, was das alte Pferd dachte, denn es ist sehr schwierig herauszufinden, was ein altes Pferd denkt.

»Meine Güte«, sagte Diamant, als er fertig war, »ich bin so müde!«

Und er streckte sich der Länge nach auf dem Rücken des alten Diamant aus.

Inzwischen waren alle Männer im Stall um die beiden Diamanten herum versammelt und amüsierten sich sehr. Einer hob ihn herunter, und seit der Zeit war er noch beliebter als zuvor. Und wenn jemals ein Junge Gelegenheit hatte, ein Wunderkind im Droschkenfahren zu werden, dann war Diamant dieser Junge, denn bald stritten sie sich darum, wer ihn auf dem Bock mitnehmen durfte.

Doch seine Mutter war ein bißchen zurückhaltend gegenüber diesen Kumpanen, und außerdem konnte sie ihn nicht immer entbehren. Auch nahm sein Vater ihn gerne mit, wenn es ging, so daß die Droschkenkutscher oft nach ihm fragten, aber selten in den Genuß seiner Gesellschaft kamen.

Aber auf die eine oder andere Weise lernte er, verschiedenartige Pferde zu lenken und gut zu lenken, und das sogar durch die belebtesten Straßen Londons. Natürlich saß immer jemand auf dem Platz neben dem Bock, aber schon bald gab es kaum noch einen Anlaß, ihm die Zügel aus der Hand zu nehmen. Denn er hatte nie Angst und deshalb immer genug Zeit. Doch wenn es darauf ankam, geistesgegenwärtig zu handeln, war er immer schnell bei der Hand. Ich muß meine Leser noch einmal daran erinnern, daß er hinter dem Nordwind gewesen war.

Eines Tages, es war weder Waschtag noch Putztag noch Markttag noch Samstag oder Montag, so daß Diamant nicht auf das Baby aufpassen mußte, nahm ihn sein Vater auf seiner Droschke mit. Nach ein oder zwei Gelegenheitsaufträgen unterwegs reihten sie sich an dem Stand zwischen Cockspur Street und Pall Mall ein. Sie warteten lange, aber niemand schien irgendwohin gebracht werden zu wollen. Nach und nach würden Damen von der Ausstellung in der Akademie nach Hause gehen, und das war eine Gelegenheit, einen Auftrag zu bekommen.

»Auch wenn«, sagte Diamants Vater – ob es stimmt, weiß ich nicht, aber er glaubte auf jeden Fall, was er sagte –, »einige Damen gewiß sehr hart sind und nicht mehr als die bloßen Sixpence pro Meile geben, wo doch jeder weiß, daß man damit nicht eine Familie *und* eine Droschke unterhalten kann. Natürlich schreibt das Gesetz es so vor, aber vielleicht werden sie eines Tages selbst mehr Gesetz abkriegen, als ihnen lieb ist.«

Da es sehr heiß war, stieg Diamants Vater ab, um ein Glas Bier zu trinken und dem alten Wassermann auch eins zu geben. Er ließ Diamant auf dem Bock.

Plötzlich gab es einen Lärm, und Diamant drehte sich herum, um zu sehen, was los war.

In der Nähe des Droschkenstands war ein Übergang, den ein Mädchen kehrte. Ein paar grobe junge Burschen hatten Streit mit ihr angefangen und zogen nun an ihrem Besen, um ihn ihr abzunehmen. Aber da sie nicht alle zusammen zogen, konnte sie ihn verteidigen, und dabei schimpfte und flehte sie abwechselnd.

Im Nu war Diamant vom Bock herunter und rannte dem Mädchen zu Hilfe. Er bekam den Besen an ihrem Ende zu packen und zog mit ihr zusammen. Doch die

Jungen griffen zu gröberen Mitteln, und einer von ihnen schlug Diamant auf die Nase, so daß sie blutete, und weil er den Besen nicht loslassen und sich um seine Nase kümmern konnte, sah er bald schlimm aus. Aber gleich darauf kam sein Vater zurück, und als er bemerkte, daß Diamant verschwunden war, schaute er um sich. Allerdings mußte er zweimal hinschauen, bevor er sicher war,

daß es sein Junge war, der da mitten in dem Aufruhr stand. Er stürzte sich hinein, und die Angreifer stoben in alle Richtungen davon. Das Mädchen dankte Diamant und fing an zu kehren, als wäre nichts gewesen, während sein Vater ihn wegführte. Mit Hilfe von Tom, dem alten Wassermann, sah Diamant bald wieder anständig gewaschen aus, und sein Vater setzte ihn auf den Bock und war sehr zufrieden, als Diamant berichtete, warum er an der Rauferei beteiligt gewesen war.

»Ich konnte es nicht zulassen, daß sie so mit einem armen Mädchen umgingen – oder Vater?« sagte er.

»Gewiß nicht, Diamant«, sagte sein Vater recht erfreut, denn Diamants Vater war ein Herr.

Kurz darauf rannte das Mädchen mit dem Besen über der Schulter heran und rief: »Droschke, hier! Droschke!«

Diamants Vater wendete sofort, denn er war der erste in der Reihe, und folgte dem Mädchen. Ein, zwei andere vorbeifahrende Droschken hörten den Ruf und eilten zu der Stelle, aber das Mädchen hatte aufgepaßt und erst gerufen, als sie so nah war, daß ihre Freunde die beste Chance hatten. Wer wartete dort auf die Droschke, als sie an den Straßenrand herankamen – niemand anders als Frau und Fräulein Coleman! Aber sie schenkten dem Kutscher keine Beachtung. Das Mädchen öffnete ihnen den Schlag, sie sagten ihr die Adresse und gaben ihr einen Penny, das Mädchen sagte sie dem Kutscher weiter, und los ging es.

Als sie zu dem Haus kamen, stieg Diamants Vater vom Bock und läutete die Glocke. Als er den Schlag der Droschke öffnete, tippte er mit der Hand an den Hut, wie er es immer getan hatte. Die beiden Damen blickten eine Weile verwundert, und dann riefen sie zusammen aus: »Nein, Joseph! Sind Sie's?«

»Ja, gnä' Frau, gewiß, gnä' Fräulein«, antwortete er und tippte noch einmal, so respektvoll er konnte, an den Hut. »Das ist ein glücklicher Tag, an dem ich Sie wiedersehe.«

»Wer hätte das gedacht?« sagte Frau Coleman. »Die Zeiten haben sich für uns beide geändert, Joseph, und wir können uns oft nicht einmal eine Droschke leisten; aber sehen Sie, meine Tochter ist immer noch kränklich und verträgt das Schütteln in den Omnibussen nicht. Wir wollten sogar das erste Stück zu Fuß gehen und erst dann eine Droschke nehmen, aber gerade an der Ecke kam ein kalter Wind die Straße herunter, obwohl die Sonne so warm war, und mir war klar, daß Fräulein Coleman nicht in dem Wind bleiben sollte. Aber daß wir unter allen Droschkenkutschern in London gerade an Sie geraten sind! Ich habe nicht gewußt, daß Sie eine Droschke haben.«

»Nun, sehen Sie, gnä' Frau, ich hatte Gelegenheit, das alte Pferd zu kaufen, und ich konnte *ihm* nicht widerstehen. Dort steht er und schaut Sie an, gnä' Frau. Keiner weiß, was in seinem Kopf vorgeht.«

Die beiden Damen traten heran, um das Pferd zu tätscheln, und dann sahen sie Diamant auf dem Bock.

»Ach, Sie haben beide Diamanten dabei«, sagte Fräulein Coleman. »Guten Tag, Diamant.«

Diamant nahm seine Kappe ab und antwortete höflich.

»Es dauert nicht mehr lange, dann kann er selber fahren«, sagte sein Vater stolz. »Das alte Pferd bringt es ihm bei.«

»Nun, da Sie uns jetzt gefunden haben, soll er uns einmal besuchen kommen. Wo wohnen Sie?«

Diamants Vater gab den Damen eine Karte, auf der sein Name und die Adresse gedruckt waren, und dann nahm Frau Coleman ihre Geldbörse heraus und sagte: »Und was bin ich Ihnen schuldig, Joseph?«

»Nein, vielen Dank, gnä' Frau«, sagte Joseph. »Es war Ihr eigenes altes Pferd, das Sie hierher gebracht hat, und mich haben Sie schon lange entlohnt.«

Bevor sie noch etwas sagen konnte, sprang er auf den Bock, fuhr mit einem Abschiedsgruß davon und ließ sie mit dem Mädchen, das ihnen die Haustür aufhielt, auf dem Bürgersteig stehen.

Es war nun schon lange her, daß Diamant Nordwind gesehen oder wenigstens oft an sie gedacht hatte. Und als sein Vater fuhr, dachte er nicht an sie, sondern an das Mädchen, das den Übergang gekehrt hatte, und überlegte, warum er das Gefühl hatte, sie ganz gut zu kennen, obwohl er sich gar nicht an sie erinnern konnte. Doch in seiner Erinnerung tauchte das Bild von einem kleinen Mädchen auf, das vor dem Wind herlief und seinen Besen hinter sich herzog; und so erinnerte er sich nach und nach an das ganze Abenteuer in jener Nacht, als er von Nordwinds Rücken in eine Londoner Straße heruntergestiegen war. Aber er war sich nicht ganz sicher, ob die ganze Geschichte nicht ein Traum war, den er als kleiner Junge geträumt hatte. Nur war er inzwischen hinter dem Nordwind gewesen – daran konnte kein Zweifel sein; denn jeden Morgen, wenn er aufwachte, wußte er, daß er wieder dort gewesen war. Und als er weiter überlegte, erinnerte er sich an etwas anderes, das am Morgen passiert war und vielleicht, obwohl es nur ein Zufall schien, etwas mit dieser Sache zu tun gehabt haben könnte. Sein Vater hatte an diesem Morgen zu dem Droschkenstand bei King's Cross fahren wollen, doch als er auf dem Weg dorthin in die Gray's Inn Lane einbog, war die Straße gesperrt gewesen, und auf ihre Fragen sagte man ihnen, daß in der Nacht eine Reihe Schornsteine heruntergeweht worden und auf die Straße gefallen sei. Es würden gerade die Trümmer weggeräumt. Diamants Vater wendete und fuhr in Richtung Charing Cross.

An dem Abend gab es für seinen Vater und seine Mutter viel zu erzählen.

»Die Ärmsten!« sagte die Mutter. »Für sie ist es schlimmer als für uns. Sieh mal, sie waren so sehr an ein großzügiges Leben gewöhnt, und daß sie nun so weit herunterkommen mußten, in einem kleinen, schäbigen Haus zu wohnen – es bricht mir das Herz, wenn ich daran denke.«

»Ich weiß nicht«, sagte Diamant nachdenklich, »ob Frau Coleman Glocken an ihren Zehen hatte.«

»Was meinst du, Kind?« sagte seine Mutter.

»Auf jeden Fall hatte sie Ringe an den Fingern«, erwiderte Diamant.

»Natürlich hatte sie das, wie jede andere Dame auch. Was hat das damit zu tun?«

»Als wir unten in Sandwich waren«, sagte Diamant, »hast du gesagt, du müßtest dich von dem Ring deiner Mutter trennen, wo wir jetzt arm sind.«

»Das gute Kind! Er vergißt nichts«, sagte seine Mutter. »Wirklich, Diamant, man muß gut aufpassen, was man zu dir sagt.«

»Warum?« sagte Diamant. »Ich denke nur darüber nach.«

»Genau darum«, sagte seine Mutter.

»Warum darum?« beharrte Diamant, denn er hatte noch nicht gelernt, daß Erwachsene meistens nicht zu erwachsen sind, um nicht manchmal wie Kinder zu sprechen – und wie verwöhnte dazu.

»So arm ist Frau Coleman noch nicht. Nein, so weit ist sie, Gott sei Dank, noch nicht heruntergekommen.«

»Ist es eine *große* Schande, arm zu sein?« fragte Diamant wegen des Tons, in dem seine Mutter gesprochen hatte.

Ob seiner Mutter das Gewissen schlug, weiß ich nicht, aber sie brachte ihn schnell ins Bett, wo er trotz seiner Müdigkeit immer wieder versuchte, sie zu verstehen. Aber schließlich wurde er vom Schlaf überwältigt und gab es auf, wobei er immer noch »warum – darum?« vor sich hinmurmelte, doch keine Antwort auf die Frage bekam.

18
Der betrunkene Droschkenkutscher

Ein paar Nächte danach wachte Diamant plötzlich auf und glaubte, Nordwind wüten zu hören. Doch es war etwas ganz anderes. Wohl seufzte Südwind um die Schornsteine herum, denn sie war nicht besonders froh in jener Nacht, aber es war nicht ihre Stimme gewesen, die Diamant geweckt hatte. Ihre Stimme hätte ihn nur tiefer in den Schlaf gelullt. Es war eine laute, böse Stimme, die einmal wie ein wildes Tier knurrte, dann wie ein Irrer tobte; und als Diamant ein bißchen wacher wurde, wußte er, daß es die Stimme des betrunkenen Droschkenkutschers war, dessen Zimmer an das Kopfende seines Bettes angrenzte. Es war alles andere als schön anzuhören, aber er konnte es nicht ändern. Schließlich hörte er die Frau aufschreien und dann das Baby brüllen. Daraufhin fand Diamant, es sei Zeit, daß jemand etwas täte, und weil er selbst die einzige greifbare Person war, mußte er gehen und zusehen, ob er nicht etwas tun konnte. Also stand er auf, zog sich notdürftig an und ging die Treppe hinunter, denn das Zimmer des Droschkenkutschers lag nicht an ihrem Aufgang, und er mußte auf den Hof hinaus und zur nächsten Tür hineingehen. Glücklicherweise hatte der Droschkenkutscher sie offengelassen, da er betrunken war. Als Diamant zu ihrer Treppe kam, war alles still, bis auf die

Stimme des schreienden Babys, die ihn zur richtigen Tür führte. Er öffnete sie vorsichtig und schaute hinein. Dort saß der betrunkene Droschkenkutscher zurückgelehnt auf einem Stuhl, die Arme hingen zu beiden Seiten an ihm herunter, die ausgestreckten Beine waren auf die Fersen gestützt. Seine Frau lag angezogen auf dem Bett und schluchzte, und in der Wiege schrie das Baby. Das Ganze war ein jämmerlicher Anblick.

Die meisten Menschen wenden sich ab, wenn sie Elend und Jammer sehen, und versuchen, es zu vergessen. Aber Diamant versuchte wie immer, zuerst das Unglück zu vertreiben. Der kleine Junge war genauso ein Botschafter Gottes, als wenn er ein Engel mit flammendem Schwert gewesen wäre, der auszog, den Teufel zu bekämpfen. Der Teufel, den er jetzt bekämpfen mußte, war das Elend. Und er bekämpfte ihn auf die beste

Weise. Wie ein kluger Soldat griff er ihn zuerst an der schwächsten Stelle an – die war das Baby; denn das Elend kann ein Baby nie so fest im Griff haben wie einen erwachsenen Menschen. Diamant kannte sich mit Babys aus, und er wußte, wie er das Baby froh machen konnte, denn obwohl er bisher nur ein Baby kannte und obwohl ein Baby nicht wie das andere ist, so sind sie doch in mancher Hinsicht sehr ähnlich, und das eine Baby kannte er so genau, daß er guten Grund hatte, zu glauben, er könne für jedes andere auch etwas tun. Ich kenne Leute, die den Teufel auf ganz andere und sehr dumme Weise bekämpft hätten. Sie hätten erst einmal den dummen Droschkenkutscher ausgescholten; und als nächstes hätten sie seine Frau erzürnt, indem sie gesagt hätten, daß es ebenso ihre Schuld sei wie seine, und ihr gutgemeinte, aber ungehörige, schäbige kleine Bücher dagelassen hätten, deren Anblick sie ärgern mußte; und die ganze Zeit hätten sie keinen Finger gerührt, um das weinende Baby aufzunehmen. Aber Diamant hatte es sofort aus der Wiege genommen, auf seinen Schoß gesetzt und ihm das Licht gezeigt. Was da an Licht war, kam von einer Lampe im Hof, und es war ein sehr trübes und gelbes Licht, denn das Glas der Lampe war schmutzig und das Gas schlecht; aber trotz allem war ihr Licht ebenso Licht wie das Sonnenlicht selbst, und das Baby wußte es und lächelte es an. Und obwohl es wirklich ein elendes Zimmer war, das diese Lampe beleuchtete – so trübselig und schmutzig und leer und trostlos! –, saß Diamant auf einem Hocker mittendrin und lachte das Baby an, und das Baby auf seinem Schoß lachte die Lampe an. Sein Vater saß und starrte ins Leere, er war weder wach noch schlief er, und er war auch nicht ganz in Stumpfsinn versunken, denn durch dies alles hindurch spürte er dunkel einen Ärger über sich selbst, er wußte nicht, warum. Das kam daher, daß er seine Frau geschlagen hatte. Er hatte es vergessen, aber er war dennoch traurig darüber. Und diese Traurigkeit war die Stimme der unendlichen Liebe, die ihn und seine Frau und das Baby und Diamant geschaffen hatte und die in seinem Herzen sprach und ihm sagte, er solle gut sein. Denn diese unendliche Liebe spricht in den elendsten und schmutzigsten Herzen, doch richtet sich der Klang ihrer Stimme nach dem Echo des Raumes, in dem sie ertönt. Auf dem Berg Sinai war sie Donner, in dem Herzen des Droschkenkutschers war sie Traurigkeit, in der Seele des heiligen Johannes war sie vollkommene Seligkeit.

Nach und nach nahm er wahr, daß eine Stimme im Zimmer sang. Das war natürlich die Stimme von Diamant, der dem Baby vorsang – ein Lied nach dem anderen, eines so unsinnig wie das andere in den Ohren des Droschkenkutschers, denn er war zu betrunken, um die Worte auseinanderzuhalten: In seinem Ohr mischten sich alle Wörter ohne Punkt und Komma zu einem Gluckern ineinander, denn genauso sprach er selbst, wenn er in diesem schrecklichen Zustand war. Doch das Baby war mehr als zufrieden mit Diamants Liedern, und Diamant selbst war so zufrieden mit dem, was in seinen Liedern war, daß es ihm auf die Lieder selbst nicht ankam, wenn das Baby sie nur mochte. Aber sie taten dem Droschkenkutscher ebenso gut wie dem Baby und Diamant, denn sie ließen ihn einschlafen, und solange er schlief, war der Schlaf damit beschäftigt, alle Furchen in seinem Gemüt zu glätten.

Schließlich mochte Diamant nicht mehr singen, und er erzählte dem Baby statt dessen. Sobald er aufhörte zu singen, wachte der Droschkenkutscher auf. Sein Kopf war jetzt etwas klarer, sein Gemüt etwas ruhiger und sein Herz nicht mehr ganz so schmutzig. Er begann zuzuhören und hörte weiter zu und hörte, wie Diamant dem Baby etwas wie dies hier erzählte, denn er dachte, der Droschkenkutscher schliefe.

»Armer Pappi! Babys Pappi trinkt zuviel Bier und Gin, und davon wird er ein anderer Mensch und ist gar nicht mehr er selbst. Babys Pappi würde Babys Mammi niemals schlagen, wenn er nicht zuviel Bier trinken würde. Er hat Babys Mammi sehr lieb und arbeitet von morgens bis abends, damit sie Frühstück und Mittagessen und Abendbrot bekommt, nur vergißt er es am Abend und gibt sein Geld für Bier aus. Und sie tun schreckliches Zeug in das Bier, hat mein Pappi gesagt, das alles Gute aus ihnen hinaustreibt und alles Schlechte hereinläßt. Pappi sagt, wenn sich jemand aufs Trinken einläßt, kriecht ein durstiger Teufel in ihn hinein, weil er weiß, daß er dort immer genug kriegen wird. Und der Teufel schreit nach immer mehr zu trinken, und das macht den Mann durstig, und deshalb trinkt er immer mehr, bis er sich damit umbringt. Und dann kriecht der häßliche Teufel aus ihm heraus und kriecht auf seinem Bauch herum und hält nach einem andern Droschkenkutscher Ausschau, damit er in ihn hineinkriechen und trinken, trinken, trinken kann. Das sagt *mein* Pappi, Baby. Und er sagt auch, daß es nur einen Weg gibt, den Teufel auszutreiben, und das ist, ihm viel kaltes Wasser und Tee und Kaffee zu geben und nichts aus der Wirtschaft; denn diese Sachen kann der Teufel nicht vertragen und kriecht ziemlich schnell heraus, weil er Angst hat, darin zu ertrinken. Aber dein Pappi *will* das schreckliche Zeug trinken, der arme Mann! Ich wünschte, er täte es nicht, denn deshalb wird Mammi böse mit ihm, und das ist kein Wunder! Und wenn dann Mammi böse ist, wird er noch böser, und da ist niemand im Haus, der auf sie aufpaßt, außer Baby, und du *paßt* auf sie auf, Baby – nicht wahr, Baby? Ich weiß, daß du das tust. Babys passen immer auf ihre Väter und Mütter auf – oder nicht, Baby? Dazu kommen sie auf die Welt – stimmt das nicht, Baby? Und wenn Pappi aufhört, Bier zu trinken und schrecklichen Gin mit Terpentin drin, sagt Vater, dann wird Mammi so glücklich sein und so hübsch aussehen! Und Pappi wird so gut zu Baby sein! Und Baby wird so froh sein wie eine Schwalbe, die der fröhlichste Geselle ist! Und Diamant wird auch so froh sein! Und wenn Diamant groß ist, wird er Baby auf dem Bock mitnehmen und ihm zeigen, wie man eine Droschke fährt.«

Er schwatzte weiter so, bis das Baby eingeschlafen war, und dann war er müde, und Vater und Mutter waren beide hellwach – nur ziemlich durcheinander –, der eine vom Bier und die andere von dem Schlag –, und beide starrten auf Diamant, der eine von seinem Stuhl aus, die andere von ihrem Bett her. Aber Diamant merkte gar nicht, daß sie ihn beachteten, denn er war halb eingeschlafen und starrte seinerseits, ohne es zu merken, mit weit aufgerissenen Augen den Droschkenkutscher an, während der Droschkenkutscher seinen Blick nicht von Diamants weißem Gesicht und seinen großen Augen losreißen konnte. Denn Diamants Gesicht war immer ziemlich blaß, und jetzt war es von der Müdigkeit und dem Licht der Straßenlaterne noch blasser als sonst. Schließlich merkte er, wie ihm die Augen zufielen, und da wußte er, daß es an der Zeit war, das Baby hinzulegen, sonst würde er es fallenlassen. Also stand er von dem kleinen dreibeinigen Hocker auf, legte das Baby in die Wiege, deckte es zu – glücklicherweise war die Nacht warm, und es brauchte nicht viel zum Zudecken –, und dann wankte er beinahe selber zur Tür hinaus, so schlaftrunken war er.

»Frau«, sagte der Droschkenkutscher und drehte sich zum Bett hin. »Ich glaub beinah, das war'n Engel, der grad rausgegangen is'. Hast du ihn gesehn, Frau? Er war nich' besonders groß, und er hatte keine solch'n Flügel, weißt du. 's war einer von den Baby-Engeln, die auf Grabsteinen sind, weißt du.«

»Unsinn, Männe!« sagte seine Frau, »aber es ist genauso gut. Vielleicht sogar besser, denn *ihn* kann man zu fassen kriegen, wenn man will. Das ist der kleine Diamant, wie jeder weiß, und ein echter Diamantenschatz! Keine Frau könnte sich ein besseres Kind wünschen.«

»Ich hab' im Stall von ihm gehört, aber ich hab den Balg noch nie gesehn. Komm, altes Mädchen, sprechen wir nich' mehr drüber, und gib mir 'nen Kuß, und dann gehn wir ins Bett.«

Der Droschkenkutscher hatte seine Droschke in einem anderen Hof, obwohl sein Zimmer in diesem war. Er kam oft spät nach Hause und gehörte nicht zu den Leuten, die auf Kinder achten, schon gar nicht, wenn er angetrunken war, was öfter vorkam als das Gegenteil. Daher kannte er Diamant nicht, selbst wenn er ihn schon einmal gesehen hatte. Aber seine Frau kannte ihn ganz genau, wie jeder, der den ganzen Tag im Hof verbrachte. Sie war eine gutmütige Frau. Sie hatte damals, als Diamant und seine Mutter aus Sandwich nach Hause gekommen waren, das Feuer angemacht und das Abendbrot für sie hingestellt. Auch ihr Mann war kein bösartiger Mensch, und als er sich am Morgen nicht nur an Diamants Besuch erinnerte, sondern auch daran, was er seiner Frau angetan hatte, war er sehr böse mit sich selbst und sagte, wie leid es ihm tue, worüber seine Frau sich von Herzen freute. Und die ganze folgende Woche machte er einen Bogen um das Wirtshaus, obwohl es schwer war, darum herumzukommen, denn ein gewisser reicher Brauer hatte an beinahe jeder Ecke seines Heimwegs eins gebaut, wie Fallen, in denen Körper und Seelen gefangen werden. Tatsächlich war er danach nie mehr so schlimm, wenn es auch noch eine ganze Weile dauerte, bis er sich wirklich änderte.

19
Diamants Freunde

Eines Tages, als der alte Diamant mit der Nase in seinem Futtersack zwischen Pall Mall und Cockspur Street am Ende einer ziemlich langen Schlange stand und sein Herr auf dem Kutschbock saß und die Zeitung las, sprang der kleine Diamant herunter, um ein bißchen herumzulaufen, denn seine Beine waren ganz steif vom Sitzen. Die Hände in den Taschen, schlenderte er zuerst zu dem Übergang, wo das Mädchen mit seinem Besen bei jedem Wetter anzutreffen war. Gerade als er sie ansprechen wollte, überquerte ein hochgewachsener Herr die Straße. Er war froh, daß der Übergang so sauber war, denn die Straßen waren schlammig, und er hatte feine Schuhe an; daher langte er in die Tasche und gab dem Mädchen einen Penny. Aber als sie ihn zum Dank freundlich anlächelte und einen artigen Knicks machte, sah er sie noch einmal an und sagte: »Wo wohnst du, mein Kind?«

»In der Paradise Row«, antwortete sie, »gleich neben dem Adam und Eva – dort unten in der Gegend.«

»Und mit wem lebst du zusammen?« fragte er.

»Mit meiner bösen alten Oma«, antwortete sie.

»Du solltest deine Oma nicht böse nennen«, sagte der Herr.

»Aber das ist sie«, sagte das Mädchen und sah ihm

selbstgewiß ins Gesicht. »Wenn Sie mir nicht glauben, können Sie kommen und selber gucken.«

Das klang grob, doch das Gesicht des Mädchens war so arglos dabei, daß der Herr sah, daß sie nicht grob sein wollte, und sich noch mehr für sie interessierte.

»Trotzdem solltest du so nicht sprechen«, sagte er nachdrücklich.

»Nicht? Jeder nennt sie böse alte Oma – sogar die, die genauso schlecht sind wie sie. Sie sollten sie einmal fluchen hören. So was gibt's nicht noch mal in der ganzen Straße. Wirklich, Sir, wenn sie erst mal anfängt und richtig loslegt, kann ihr keiner das Maul stopfen. Wissen Sie, man muß sie zuerst in Rage bringen. Sonst klappt es nicht – sie ist jetzt schon so alt. Aber *wie* sie darüber lachen!«

Auch wenn das Kind seine Großmutter böse nannte, sprach es doch so, als sei es stolz auf ihre Überlegenheit im Fluchen.

Der Herr bekam ein sehr ernstes Gesicht, als er das hörte, denn er war traurig, daß ein so freundliches kleines Mädchen in so schlechten Händen war. Aber er wußte nicht, was er weiter sagen sollte, und stand eine Weile mit gesenkten Augen da. Als er sie wieder hob, sah er Diamants Gesicht zu sich emporschauen.

»Bitte, Sir«, sagte Diamant, »ihre Oma ist manchmal sehr grausam zu ihr und läßt sie nachts nicht rein, wenn sie einmal zu spät kommt.«

»Ist das dein Bruder?« fragte der Herr das Mädchen.

»Nein, Sir.«

»Woher kennt er dann deine Großmutter? Er sieht nicht wie eine von ihrer Sorte aus.«

»O nein, Sir! Er ist ein guter Junge – wirklich.«

Hierbei tippte sie mit dem Finger bedeutungsvoll an die Stirn.

»Was meinst du damit?« fragte der Herr, während Diamant weiter schaute und lächelte.

»Die Fuhrleute nennen ihn Gottes Baby«, flüsterte sie. »Er ist nicht ganz richtig im Kopf, wissen Sie? Ein Dachschaden.«

Diamant lächelte noch immer, obwohl er jedes Wort gehört und auch verstanden hatte. Was tat es zur Sache, wie die Leute ihn nannten, solange er nichts Falsches tat? Und außerdem war *Gottes Baby* der beste Name überhaupt!

»Nun, mein kleiner Mann, und was kannst du?« fragte der Herr und wandte sich zu ihm – nur um etwas zu sagen.

»Eine Droschke fahren«, sagte Diamant.

»Gut, und was noch?« fuhr er fort, denn weil er dem Mädchen glaubte, hielt er die stille Liebenswürdigkeit auf Diamants Gesicht für ein Zeichen von Dummheit und wollte freundlich zu dem armen kleinen Kerl sein.

»Auf ein Baby aufpassen«, sagte Diamant.

»Gut – und außerdem?«

»Vaters Schuhe putzen und Brot für sein Abendbrot rösten.«

»Du bist ein nützlicher kleiner Mann«, sagte der Herr. »Was kannst du sonst noch?«

»Nicht besonders viel, glaube ich«, sagte Diamant. »Ich kann kein Pferd striegeln, nur wenn mich jemand auf den Rücken setzt. Deshalb zähle ich das nicht.«

»Kannst du lesen?«

»Nein, aber Mutter und Vater können lesen, und sie werden es mir bald beibringen.«

»Nun, hier ist ein Penny für dich.«

»Vielen Dank, Sir.«

»Und wenn du lesen gelernt hast, kommst du zu mir, und ich gebe dir einen Sixpence und ein Buch mit schönen Bildern.«

»Bitte, Sir, wohin soll ich kommen?« fragte Diamant, der zu sehr ein Mann von Welt war, um nicht zu wissen, daß er die Adresse des Herrn brauchte, um ihn besuchen zu können.

»Du bist gar nicht so dumm!« dachte der, als er in seine Tasche langte und eine Karte herausholte. »Hier«, sagte er, »dein Vater wird das lesen können und dir sagen, wohin du gehen sollst.«

»Ja, Sir. Vielen Dank, Sir«, sagte Diamant und steckte die Karte in seine Tasche.

Der Herr ging weg, aber nach ein paar Schritten drehte er sich um und sah, wie Diamant seinen Penny dem Mädchen gab, und als er langsamer ging, hörte er ihn sagen: »Ich habe einen Vater und eine Mutter und einen kleinen Bruder, und du hast nur eine böse alte Oma. Du kannst meinen Penny haben.«

Das Mädchen steckte ihn zu dem anderen in ihre Tasche, dem einzigen heilen Teil an ihrem Kleid. Ihre Großmutter paßte immer gut auf, daß sie eine feste Tasche hatte.

»Ist sie immer noch so grausam?« fragte Diamant.

»Wie immer. Aber ich krieg jetzt mehr Geld als früher, und ich kann was zu essen kaufen und außerdem noch so viele Pennies mit nach Hause nehmen, daß sie nicht schimpft. Es ist ganz gut, daß sie so schlecht sieht.«

»Warum?« fragte Diamant.

»Weil wenn sie immer noch so gut sehen könnte wie früher, bekäme sie heraus, daß ich ihre schäbigen Reste nie esse, und dann wüßte sie, daß ich woanders her was kriege.«

»Paßt sie denn nicht auf?«

»Klar tut sie das. Und wie! Aber ich tu so, als ob, und laß es in meinen Schoß fallen und schieb's in die Tasche.«

»Was würde sie machen, wenn sie das herausbrächte?«

»Sie würd mir nie mehr was geben.«

»Aber du brauchst es nicht!«

»Doch, ich brauch es wohl.«

»Was machst du dann damit?«

»Geb's Krüppel-Jim.«

»Wer ist Krüppel-Jim?«

»Ein Junge in der Straße. Seine Mutter hat ihm das Bein gebrochen, als er klein war, und deshalb ist nicht viel aus ihm geworden; aber er ist ein guter Junge, wirklich, und ich hab Jim sehr lieb. Ich heb immer einen Penny für Jim auf – wenigstens so oft wie's geht. – Aber guck, ich muß wieder kehren, diese Busse machen immerzu neuen Dreck.«

»Diamant! Diamant!« rief sein Vater, der befürchtete, daß nichts Gutes dabei herauskommen könne, wenn er sich mit dem Mädchen unterhielt; und Diamant folgte und stieg wieder auf den Bock. Er erzählte seinem Vater von dem Herrn und was er ihm versprochen hatte, wenn er lesen lernen würde, und er zeigte ihm die Karte des Herrn.

»Oh, das ist gar nicht so weit von den Stallungen!« sagte sein Vater und gab ihm die Karte zurück. »Paß gut darauf auf, mein Junge, daraus kann etwas werden. Gott weiß, in diesen schlechten Zeiten kann man nicht genug Freunde haben.«

»Hast du nicht genug Freunde, Vater?« fragte Diamant.

»Nun, ich habe kein Recht, mich zu beschweren, aber je mehr, desto besser.«

»Laß mich mal zählen«, sagte Diamant.

Und er zog die Hände aus den Taschen, streckte die Finger seiner linken Hand aus und fing beim Daumen an zu zählen.

»Da ist zuerst Mutter und dann Baby und dann komme ich. Als nächstes kommt der alte Diamant – und die Droschke – nein, ich werde die Droschke nicht mitzählen, denn sie schaut dich nie an, und wenn Diamant nicht eingespannt ist, ist sie niemand. Dann ist da der Mann von nebenan, der trinkt, und seine Frau und sein Baby.«

»Das sind keine Freunde von mir«, sagte sein Vater.

»Aber meine Freunde sind es«, sagte Diamant.

Sein Vater lachte.

»Davon wirst du nicht viel haben!« sagte er.

»Woher willst du das wissen?« erwiderte Diamant.

»Nun, mach weiter«, sagte sein Vater.

»Dann ist da Jack und Herr Stonecrop, und – meine Güte! – daß ich Herrn Coleman und Frau Coleman und Fräulein Coleman und Frau Crump ganz vergessen habe. Und dann ist da noch der Priester, der sich mit mir im Garten unterhalten hat, als der Baum umgestürzt war.«

»Wie heißt er?«

»Ich weiß seinen Namen nicht.«

»Wo wohnt er?«

»Das weiß ich nicht.«

»Wie kannst du ihn dann zählen?«

»Er hat mit mir gesprochen und war auch sehr freundlich.«

Sein Vater lachte wieder.

»Aber Kind, du zählst einfach jeden, den du kennst. Davon sind sie noch keine Freunde.«

»Nicht? Ich dachte doch. Aber gut, dann sollen sie meine Freunde werden. Ich werde sie dazu bringen.«

»Wie willst du das machen?«

»Sie können das nicht verhindern. Weißt du, wenn ich ihr Freund sein will, können sie mich nicht davon abhalten. Dann ist da noch das Mädchen an dem Übergang.«

»Eine feine Versammlung von Freunden, wirklich, Diamant!«

»Aber *sie* ist bestimmt ein Freund, Vater. Ohne sie hättest du Frau Coleman und Fräulein Coleman nicht nach Hause fahren können.«

Sein Vater schwieg, denn er sah ein, daß Diamant recht hatte, und er schämte sich, weil er undankbarer war, als er gedacht hatte.

»Dann ist da der neue Herr«, fuhr Diamant fort.

»Wenn er tut, was er sagt«, wandte sein Vater ein.

»Und warum sollte er das nicht? Ich glaube, er kann ganz gut auf einen Sixpence verzichten. Aber ich verstehe dich nicht ganz, Vater: Sind nur die deine Freunde, die etwas für dich tun?«

»Nein, das möchte ich nicht sagen, mein Junge. Dann könntest du das Baby nicht mitzählen.«

»O doch, das könnte ich. Das Baby lacht dich an und kräht dir etwas vor und macht dich sehr froh. Nennst du das gar nichts, Vater?«

Jetzt war das Herz des Vaters getroffen. Er gab keine Antwort auf diesen letzten Einwand, und Diamant schloß seine Rede mit: »Und der beste von meinen Freunden fehlt noch, und das bist du, Pappi – wenn es nicht Mutter ist, weißt du. Du bist mein Freund, Pappi, oder nicht? Und ich bin dein Freund, nicht wahr?«

»Und Gott ist für uns alle da«, sagte sein Vater, und dann schwiegen sie beide, denn das war sehr ernst.

20
Diamant lernt lesen

Die Frage des großen Herrn, ob Diamant lesen könne oder nicht, brachte seinen Vater auf den Gedanken, daß es höchste Zeit dafür sei; und als er den alten Diamant gefüttert und für die Nacht eingestellt hatte, nahm er diese Aufgabe noch am gleichen Abend in Angriff. Für Diamant war es jedoch keine schwere Aufgabe, denn das Lehrbuch, das sein Vater benutzte, waren genau die Verse, die seine Mutter am Strand aufgehoben hatte; und weil Diamant nicht zu früh begann, lernte er tatsächlich sehr schnell. Nach einem Monat konnte er die meisten Gedichte selbst buchstabieren.

Doch er fand nie das Gedicht, das er seiner Meinung nach an jenem Tag von seiner Mutter gehört hatte. Nachdem er die Buchstaben und ein paar Wörter kannte, hatte er das Buch mehrere Male durchgeblättert und gedacht, er würde es am Aussehen erkennen, aber es war ihm nie gelungen, eins zu finden, das diesem Lied mehr glich als ein anderes. Deshalb wartete er klugerweise mit seiner Suche, bis er richtig lesen konnte. Dann beschloß er, am Anfang zu beginnen und sie der Reihe nach alle durchzulesen. Dafür brauchte er bald zwei Wochen. Als er schon fast am Ende angekommen war, fand er die folgenden Verse, die ihm sehr gut gefielen, obwohl sie den gesuchten wirklich nicht besonders ähnlich waren.

Kleiner Junge Blau

Kleiner Junge Blau verlief sich im Wald.
Sing Äpfel und Kirschen, Rosen und Honig:
Er sagte: »Ich geh zurück nicht so bald,
Es ist alles so lustig und wonnig.«

Er sang: »Dieser Wald gehört mir allein,
Äpfel und Kirschen, Rosen und Honig:
Also sitze ich hier und will König sein,
Alles so lustig und wonnig.«

Eine kleine Schlange kroch aus dem Baum heraus,
Äpfel und Kirschen, Rosen und Honig:
»Leg dich zu meinen Füßen, kleine Schlange«, sprach er
darauf,
Alles so lustig und wonnig.

Ein kleiner Vogel sang hoch oben in den Ästen,
Äpfel und Kirschen, Rosen und Honig;
»Komm und sing dein Lied auf meinem Finger statt dessen,
Alles so lustig und wonnig.«

Die Schlange rollte sich zusammen, und der Vogel flog
herunter,
Und sang ihm das Lied von Meise Munter.

Kleiner Junge Blau war es müde, dort länger zu weilen,
Und so wollte er lieber auf dem Weg weitereilen.

Also stand er auf, daß er weiterginge,
Und er sprach: »Kommt mit, kleiner Vogel
und Schlange.«

Und die Schlange wand sich über die Blätter taubenetzt,
Und die Schlange führte an, und Meise Munter kam zuletzt.

Neben Junge Blaus Kopf mit Flattern und Stürzen
Flog Meise Munter mit einem Lied in ihrem Herzen.

Er kam an einen Ort mit Äpfeln rot und süß:
»Baum, wirf mir einen Apfel vor meine Füß!«

Er kam an einen Ort mit Kirschen rot und rund:
Er sprach: »Süße Küsse, kommt in meinen Mund.«

Und die Zweige neigten sich nieder, und die Äpfel fielen aufs
Gras,
Zu viele, als daß er sie alle aufhob und aß.

Und die kirschigsten Kirschen, ohne zu fehlen,
Wie ausgewachsene Küsse in den Mund ihm fielen.

Er traf auf einen Bach, der Verse sang.
Er sprach: »Kleiner Bach, verkehrt ist dein Gang.

Folg mir nur, folge mir, folg«, er sprach,
»Tu, was ich sage, und folge mir nach!«

Und der singende, klingende Waldesbach
Sprang aus seinem Bett und folgte ihm nach,

Folgte ihm, folgte. Und bleich und blaß
Rauschten die toten Blätter, und das Wasser floß.

Und jeden Vogel hoch oben in den Ästen
Und jedes Tier unten zu seinen Füßen

Rief er, und die Tiere folgten dem Schalle,
Hoben Beine und Flügel und folgten ihm alle.

Eichhörnchen trugen ihren Schwanz wie einen Sack,
Ein jedes auf dem eigenen Buckel huckepack.

Schnecken ganz nackt und Schnecken mit Häuseln
Und Schmetterlinge, Flatterdinge wie Schiffe ganz aus
Segeln.

Und Wiesel und Drosseln und Mäuse und Lerchen
Und Käuze und Hamster und Eulenpärchen,

Alle kamen gerannt und gekrochen und geflogen,
Hinter dem lustigen Jungen geflattert und gezogen.

Die Rehkälber wedelten, die Damhirsche folgten,
Die Schwalben schnappten, und die Fliegen flogen.

Maikäfer, Junikäfer, Gänse vom Norden,
Hirschkäfer, Rehkäfer, Häher in Horden.

Die Spinne vergaß sich und folgte ihm spinnend,
Verlor ihren Faden und mußt von vorne beginnen.

Die muntere Wespe vergaß Ringel und Taille,
Nie hatte sie erlebt so ehrlose Eile.

Die Libellen sind vor Hast im Nebel zerflossen,
Der Maulwurf im Samtpelz hat seinen Hügelbau verlassen.

Die Bienen summten, so emsig mit Fleiß,
Und die Mücken in Säulen, so luftig und leicht.

Aber kleiner Junge Blau war noch nicht zufrieden
Und rief, um mehr, die ihm folgten, zu kriegen,

Er blies sein Horn, und mit Trommelschlag
Rief er laut: »Kommt alle her, und folgt mir nach.«

Er sprach zu den Schatten: »Kommt mit mir gegangen.«
Und die Schatten zu flackern und fliehen begannen.

Und flügelnd und flatternd durch den Wald sie flogen,
Über die toten Blätter kamen sie murrend gezogen.

Und er sprach zum Wind: »Du sollst auch mitkommen,
Mit Pfeifen und Flöten und Rufen und Trommeln.«

Und der Wind wandt sich nach seinem Wunsch herum
Als wär er der goldene Hahn auf dem Turm.

Selbst der Hahn kam geflogen herab von der Kirch'
Und ließ die Bauern alle im Stich.

Sie rannten und flogen und krochen und kamen
Jedermann, jedermann, alle zusammen.

Selbst die Bäume zogen nach oben ihre Wurzeln,
Nur saßen die Schuhe zu fest an ihren Füßen.

Und beugten und neigten sich vor ihm gar sehr,
Als er zwischen ihren Stämmen zog einher.

Bis aus dem Wald er trat auf eine Lichtung
Und weiter sie lockte: »Lauft in diese Richtung.«

Da erhoben sie sich mit Blätterzischen
Und standen, als würden sie nichts vermissen.

Kleiner Junge Blau setzte sich nieder auf einen Stein,
Und die Tiere fanden sich rund um ihn ein.

Und er sprach zu den Wolken: »Ich brauche euch dort.«
Und durch die blaue Luft sanken sie genau an den Ort.

Und er sprach zum Sonnenuntergang weit weg im Westen:
»Komm her, ich brauch dich, ich weiß es am besten.«

Und der Sonnenuntergang kam und stand über den Hügeln
Und brannte und glühte ganz purpurn und gülden.

Da begann kleiner Junge Blau zu denken nun
Und fragt sich: »Was soll ich mit ihnen tun?«

Und kleiner Junge Blau sprach nun sehr leise:
»Was ich mit euch soll, weiß ich in keiner Weise.«

Und die Wolken zogen sich dunkel herunter,
Die Schlange kroch näher, um sie kreiste Meise Munter.

Der Bach setzte sich hoch wie die Schnecke auf ihren Schwanz,
Und der Wind kam heran mit einem *Was-willst-du*-Tanz.

Und alle die Tiere saßen und harrten,
Des Maulwurfs Augen waren offen und starrten.

Und vor Ratten und Mäusen und der Welt und ihrem Beben
Hatte kleiner Junge Blau plötzlich Angst um sein Leben.

Da fing Meise Munter an zu singen,
Und zwar genau von diesen Dingen.

»Kleiner Junge Blau, du führtest uns hierher,
Nun sag uns doch auch, warum und wofür?«

»Geht weg, geht weg!« sprach kleiner Junge Blau.
»Ich brauch euch gewiß nicht, ich weiß es genau.«

»Nein nein, nein nein, nein ja und nein nein«,
Sang Meise Munter, »so soll es nicht sein.«

»Wir können die Zeit nicht mit nichts vertreiben,
Gib uns eine Arbeit, sonst müssen wir bleiben.«

»Und nun! Und was nun!« mit Klagen und Seufzen
Sprach kleiner Junge Blau und begann zu schluchzen.

Aber er tat es nicht lange und dachte ein wenig,
Und dann stand er auf und sprach wie ein König.

»Was müßt ihr puffen und stoßen und drängen?
Ihr sollt mich zu meiner Mutter bringen.«

Die Sonne ging gerade im Westen unter.
»Folgt *mir*, folgt *mir*«, sang die Meise Munter.

»Ich folg diesem Weg, so schnell ich kann«,
Sprach der Bach, drehte um und rückwärts rann.

Zurück in den Wald flohn die Schatten wie Geister:
»Wenn wir hierbleiben, werden wir gefeuert koppheister.«

Und die Stimme des Windes sprach froh und voll Glück:
»Ich gehe jetzt ganz schnell wieder zurück.«

»Das ist dort, wo ich wohne«, das Eichhörnchen sprach,
Dreht sich um und nahm seinen Sack Huckepack.

Sprach der Hahn von dem Turm: »Sein Vater ist in der Kirche
Küster.«
Sprach der Bach und floß schneller: »Ich fließ durch seinen
Garten und flüster.«

Sprach der Maulwurf: »Zweihundert Würmer fing ich dort erst
Letztes Jahr, und ich geh wieder hin im nächsten Herbst.«

Sie sprachen alle: »Hättest du uns nur dorthin gebracht,
Warum in der Welt hast du das nicht gemacht?«

»Denkt nicht drüber nach«, sprach kleiner Junge Blau,
»Das rat ich euch nur und befolgt es genau,

Sonst steh' ich gleich auf und geh ohne euch heim.
Das tu ich, um nicht mehr im Zweifel zu sein.«

Er stand auf, doch hoch reckte sich die Schlange
Und zischte dreimal, zweimal kurz, einmal lange.

Kleiner Junge Blau wäre gern an ihr vorbeigekommen,
Aber wohin er sich drehte, war der Platz eingenommen.

»Wenn du nicht aus dem Weg mir weichst«, sprach er zu ihr,
»Ich sag's dir, Schlange, zerbrech ich den Kopf dir.«

Die Schlange wich nicht um ein Stück zurück,
Drum schlug er sie fest mit dem Trommelstock.

Die Schlange fiel wie tot vor ihm nieder,
Und er setzt seinen Fuß auf ihre Glieder.

Und alle die Tiere marschierten vorbei,
Und führten ihn nach Hause mit großem Geschrei.

Und Meise Munter sang: »Zwitscher – zwitscher – zwitsch –
Äpfel und Kirschen, Rosen und Honig;
Kleiner Junge Blau hat gehört auf mich –
Alles so lustig und wonnig.«

21
Sals Nanny

Mit vielen Schnitzern gelang es Diamant, seiner Mutter dieses Gedicht vorzulesen.

»Ist es nicht schön, Mutter?« sagte er.

»Ja, es ist hübsch«, antwortete sie.

»Ich glaube, es bedeutet etwas«, erwiderte Diamant.

»Ich weiß gewiß nicht, was«, sagte sie.

»Ich frage mich, ob es der gleiche Junge ist – ja, es muß der gleiche sein – Kleiner Junge Blau, weißt du. Wart einmal – wie geht dieses Lied?

Kleiner Junge Blau, komm blas mir auf deinem Horn –

Ja, natürlich, das ist es – denn dieser ging, und er blies sein Horn und schlug seine Trommel. Er hatte noch eine Trommel dazu.

Kleiner Junge Blau, komm blas mir auf deinem Horn
Das Schaf ist auf der Weide, die Kuh ist im Korn.

Er sollte sie nicht dort hereinlassen, verstehst du. Aber er hat seine Arbeit nicht getan. Es geht so weiter –

Wo ist der kleine Junge, der schaut nach den Schafen?
Er ist unter dem Heuhaufen fest eingeschlafen.

Da, siehst du, Mutter! Und dann, warte mal –

Wer will ihn aufwecken gehen? Nein, nicht ich;
Denn wenn ich es tu, dann weint er sicherlich.

Also wird ihn wohl niemand aufgeweckt haben. Ich glaube, er war ein ziemlich mürrischer kleiner Junge, wenn er aufgeweckt wurde. Und als er von selber aufwachte und sah, was für ein Unheil die Kuh im Korn angerichtet hatte, lief er in den Wald und verirrte sich, statt nach Hause zu seiner Mutter zu laufen. Meinst du nicht, daß es so war, Mutter?«

»Das würde mich nicht wundern«, antwortete sie.

»Siehst du, er war ungezogen, denn er wollte auch nicht nach Hause, als er sich verirrt hatte. Alle Tiere hätten ihm den Weg gezeigt, wenn er sie gefragt hätte, alle außer der Schlange. Weißt du, er ist der Schlange gefolgt, und die hat ihn weiter weggeführt. Ich glaube, es war ein Junges von der gleichen Schlange, die Adam und Eva in Versuchung geführt hat. Vater hat uns letzten Sonntag davon erzählt, erinnerst du dich?«

»Was für ein Kind!« sagte seine Mutter zu sich selbst, und als Diamant nicht fortfuhr zu erzählen, fügte sie laut hinzu: »Nun, und was passierte dann?«

»Ich weiß nicht, Mutter. Ich glaube, da ist noch viel mehr, aber was es ist, kann ich nicht sagen. Ich weiß nur, daß er die Schlange getötet hat. Wahrscheinlich hatte er dazu den Trommelstock. Mit seinem Horn konnte er es nicht tun.«

»Aber du bist doch sicher nicht so ein Dummerchen, das alles zu glauben, Diamant?«

»Ich denke doch – es muß wahr sein. Es scheint wahr. Das Töten der Schlange scheint wahr zu sein. Es ist das, was *ich* so oft tun muß.«

Seine Mutter schien beunruhigt zu sein. Diamant lächelte ihr frei ins Gesicht und fügte hinzu: »Ich meine, wenn das Baby schreit und nicht froh sein will, und wenn Vater mit dir über eure Schwierigkeiten spricht.«

Das beruhigte die Mutter wenig; und für den Fall, daß meine Leser das auch bedenklich finden, möchte ich sie noch einmal daran erinnern, daß Diamant hinter dem Nordwind gewesen war.

Als sie keine Antwort gab, fuhr Diamant fort: »In einer Woche kann ich vielleicht zu dem großen Herrn gehen und ihm sagen, daß ich lesen kann. Und ich werde ihn fragen, ob er mir helfen kann, die Verse zu verstehen.«

Doch bevor die Woche um war, hatte er einen anderen Grund, zu Herrn Raymond zu gehen.

Denn an drei aufeinanderfolgenden Tagen war Diamants Vater irgendwann im Laufe des Tages an dem gleichen Stand in der Nähe der Nationalgalerie gewesen, doch das Mädchen war nie an seinem Übergang gewesen, und Diamant sorgte sich sehr um sie und fürchtete, daß sie krank wäre. Als er sie am vierten Tag noch immer nicht sah, sagte er zu seinem Vater, der gerade die Droschkentür hinter einem Fahrgast zugemacht hatte:

»Vater, ich möchte nach dem Mädchen gucken gehen. Es muß krank sein.«

»Gut«, sagte sein Vater. »Aber paß auf dich auf, Diamant.«

Während er das sagte, stieg er auf den Bock und fuhr los.

Denn er hatte großes Vertrauen zu seinem Jungen und

hätte ihn überallhin gehen lassen. Doch wenn er gewußt hätte, in was für einer Gegend das Mädchen wohnte, hätte er es sich vielleicht noch einmal überlegt, bevor er ihm erlaubte, allein zu gehen. Aber obwohl Diamant schon wußte, wie es dort war, hatte er keine Angst. Aus Unterhaltungen mit dem Mädchen hatte er eine ganz gute Vorstellung davon, wo es ungefähr war, und er konnte sich noch recht genau an die Adresse erinnern; nachdem er ungefähr zwanzigmal nach dem Weg gefragt hatte, meistens Polizisten, war er endlich ganz in der Nähe angekommen. Der letzte Polizist, den er fragte, schaute aus einer Höhe von über sechs Fuß auf ihn herunter und antwortete freundlich mit einer Gegenfrage:

»Was willst du dort, mein kleiner Junge? Ich glaube, du bist nicht dort groß geworden.«

»Nein, Sir«, antwortete Diamant. »Ich wohne in Bloomsbury.«

»Das ist weit weg von hier«, sagte der Polizist.

»Ja, es ist ziemlich weit weg«, antwortete Diamant, »aber ich finde mich ganz gut zurecht. Die Polizisten sind immer freundlich zu mir.«

»Was um alles in der Welt willst du hier?«

Diamant erzählte ihm freimütig, was er vorhatte, und selbstverständlich glaubte ihm der Mann, denn alle glaubten ihm, was er sagte. Manche mögen gedacht haben, daß er sich irrte, aber keiner dachte, er erzähle irgendwelche Geschichten.

»Es ist eine häßliche Gegend«, sagte der Polizist.

»Ist es noch weit?« fragte Diamant.

»Nein. Es ist fast um die Ecke. Aber es ist nicht ungefährlich.«

»Mir tut niemand etwas«, sagte Diamant.

»Wahrscheinlich sollte ich dich begleiten.«

»O nein, bitte nicht!« sagte Diamant. »Dann denken sie vielleicht, daß ich mich in ihre Angelegenheiten einmischen will, und das tue ich nicht, wissen Sie.«

»Wie du meinst«, sagte der Mann und erklärte ihm den Weg.

Diamant ging los, ohne zu ahnen, daß der Polizist, der ein gutherziger Mann war und selbst Kinder hatte, ihm in kurzem Abstand folgte und sein Blick ihn um jede Ecke begleitete. Wie er so ging, glaubte er plötzlich, sich an den Ort zu erinnern, und ob das wirklich so war oder ob er nur die Anweisungen des Polizisten genau behalten hatte, auf jeden Fall ging er geradewegs auf den Keller der alten Sal zu.

»Ein aufgeweckter kleiner Kerl ist er doch, wenn er auch einfältig aussieht«, sagte der Mann zu sich selbst. »Er geht kein einziges Mal verkehrt! Aber der alten Sal einen Morgenbesuch zu machen ist eine verrückte Idee von so einem Kind. Nüchtern ist sie schlimmer, als wenn sie halb betrunken ist. Ich hab sie schon in einem Zustand gesehen, in dem sie ihn in Stücke zerfetzt hätte.«

Diamant hatte Glück, denn die alte Sal war weggegangen, um Gin zu besorgen. Als er am unteren Ende der Eingangstreppe vor ihrer Tür angekommen war und klopfte, erhielt er keine Antwort. Er legte sein Ohr an die Tür und meinte, drinnen ein leises Stöhnen zu hören. Also drückte er die Klinke herunter und fand die Tür unverschlossen.

Es war wirklich ein trostloser Ort – und sehr dunkel, denn das Fenster lag unterhalb der Straße und war mit Schlamm bespritzt, und auf das Gitter, das über dem Eingang lag, damit keiner dort hinunterfallen konnte, hatte ein Altwarenhändler eine Kommode gestellt, so daß fast kein Licht hereinkam. Und der Geruch war furchtbar. Diamant blieb einen Moment stehen, weil er so gut wie gar nichts sehen konnte, aber das Stöhnen hörte er jetzt deutlich genug. Als er sich an die Dunkelheit gewöhnt hatte, entdeckte er seine Freundin mit geschlossenen Augen und bleichem, leidendem Gesicht in einer Ecke der Höhle auf einem Bündel liegend, das kaum besser als Lumpen war. Er ging zu ihr hin und sagte etwas, aber sie gab ihm keine Antwort. Tatsächlich hatte sie seine Anwesenheit überhaupt nicht bemerkt, und Diamant sah ein, daß er ohne Hilfe nichts für sie tun konnte. Also nahm er einen Klumpen Gerstenzucker, den er unterwegs für sie gekauft hatte, aus seiner Tasche und legte ihn neben sie, und als er wegging, hatte er schon den Plan gefaßt, zu dem großen Herrn, Herrn Raymond, zu gehen und ihn zu fragen, ob er für Sals Nanny, wie das Mädchen genannt wurde, etwas tun könne.

Als er die Eingangstreppe hochkam, standen dort drei oder vier Frauen zusammen, die gesehen hatten, wie er hinuntergegangen war, und warteten auf ihn. Sie wollten seine Kleider für ihre Kinder; aber sie waren ihm nicht weiter gefolgt, aus Furcht, die alte Sal könnte sie dort sehen. Sobald er auftauchte, packten sie ihn und fingen alle gleichzeitig an zu sprechen, denn jede wollte ihren Nachbarinnen zuvorkommen. Er hatte keine Angst, und so erzählte er ihnen ganz ruhig, daß er gekommen war, um herauszufinden, was mit Nanny los war.

»Was weißt du über Nanny?« fragte eine von ihnen hitzig. »Wart nur, bis die alte Sal zurückkommt, dann kannst du was erleben, einfach hier in ihrem Haus herumzuschnüffeln, wenn sie nicht da ist. Wenn du mir nicht sofort deine Jacke gibst, gehe ich sie holen.«

»Ich kann Ihnen meine Jacke nicht geben«, sagte Diamant. »Sie gehört nämlich meinem Vater und meiner Mutter. Ich habe kein Recht, sie wegzugeben, nicht wahr? Sie würden es auch nicht richtig finden, etwas wegzugeben, das Ihnen nicht gehört – oder?«

»Sie weggeben! Nein, das würd ich nicht, ich würd sie behalten«, sagte sie und lachte roh. »Aber was für ein Recht hast du, die Jacke zu behalten, wenn sie dir nicht gehört? Hier, Cherry, beeil dich. Sie ist gleich entzwei.«

Dann zogen sie alle gleichzeitig an der Jacke, während Diamant sich vornüber beugte und die Arme abwehrend um sich legte. Aber bevor sie ihm oder der Jacke einen Schaden zugefügt hatten, stoben sie plötzlich alle davon. Und als Diamant in die entgegengesetzte Richtung schaute, sah er den großen Polizisten auf sich zukommen.

»Du hättest mich besser mit dir mitgehen lassen, kleiner Mann«, sagte er und sah in Diamants Gesicht herunter, das von seinem Widerstand erhitzt war.

»Sie sind gerade zur rechten Zeit gekommen, vielen Dank«, erwiderte Diamant. »Sie haben mir nichts getan.«

»Aber das hätten sie, wenn ich nicht dagewesen wäre.«

»Ja, aber Sie waren da, und deshalb konnten sie es nicht.«

Vielleicht lag in der Antwort ein tieferer Sinn, als Diamant oder der Polizist verstanden. Sie gingen zusammen weiter, und Diamant erzählte seinem neuen Freund, wie krank die arme Nanny sei und daß er es dem großen Herrn erzählen wolle. Der Polizist zeigte ihm den kürzesten Weg nach Bloomsbury, und weil Diamant kräftig ausschritt, war er in weniger als einer Stunde vor Herrn Raymonds Tür. Als er fragte, ob dieser zu Hause sei, fragte der Diener zurück, was er wolle.

»Ich will ihm etwas sagen.«

»Aber ich kann ihn nicht mit so einer Nachricht stören.«

»Er hat mir gesagt, daß ich zu ihm kommen soll, das heißt, wenn ich lesen könnte, und das kann ich.«

»Wie soll ich das wissen?«

Diamant starrte ihn einen Moment verwundert an und antwortete dann: »Nun, ich habe es Ihnen doch gerade gesagt. Also wissen Sie es.«

Aber dieser Mann war aus einem gröberen Stoff als der Polizist, und statt zu erkennen, daß Diamant nicht lügen konnte, betrachtete er seine Antwort als Unverschämtheit und sagte: »Denkst du, daß ich deinen Worten trau?« und schlug ihm die Tür vor der Nase zu.

Diamant drehte sich um, setzte sich auf die Treppe und dachte bei sich, daß der große Herr entweder hinaus- oder hereingehen müsse und dies also der beste Platz sei, ihn zu treffen. Er hatte noch nicht lange gewartet, als die Tür wieder aufging, doch als er sich umdrehte, war es wieder nur der Diener.

»Geh weg«, sagte er. »Was machst du auf der Treppe?«

»Ich warte auf Herrn Raymond«, antwortete Diamant und stand auf.

»Er ist nicht zu Hause.«

»Dann warte ich, bis er kommt«, erwiderte Diamant und setzte sich lächelnd wieder hin.

Ich weiß nicht, was der Mann als nächstes getan hätte, aber im Flur waren Schritte zu hören, und als Diamant sich umguckte, stand da der große Herr.

»Wer ist das, John?« fragte er.

»Das weiß ich nicht, Sir. Ein unverschämter kleiner Junge, der auf der Treppe sitzen will.«

»Bitte, Sir«, sagte Diamant, »er hat gesagt, Sie wären nicht zu Hause, und ich habe mich hingesetzt, um auf Sie zu warten.«

»So etwas!« sagte Herr Raymond. »John! John! Das geht nicht. Schicken Sie öfter meine Besucher weg? Wenn ich so etwas noch einmal sehe, muß wohl ein anderer weggeschickt werden. Komm herein, kleiner Mann. Du wirst dir deinen Sixpence abholen wollen?«

»Nein, Sir, deshalb komme ich nicht.«

»Was, kannst du noch immer nicht lesen?«

»Doch, das kann ich jetzt, ein bißchen. Aber deswegen komme ich nächstes Mal. Ich bin gekommen, um Ihnen von Sals Nanny zu erzählen.«

»Wer ist Sals Nanny?«

»Das Mädchen an dem Übergang, mit dem Sie am gleichen Tag gesprochen haben.«

»Ach ja, ich erinnere mich. Was ist passiert? Ist sie überfahren worden?«

Dann erzählte Diamant ihm alles.

Nun war Herr Raymond einer der besten Menschen in ganz London. Er ließ sofort das Pferd vor den Brougham spannen und nahm Diamant mit zum Kinderkrankenhaus. Dort war er wohlbekannt, denn er hatte nicht nur viel gestiftet, sondern kam auch oft nachmittags und erzählte den Kindern Geschichten. Einer der Ärzte versprach, zu Nanny zu gehen und sich um sie zu kümmern – sie wenn möglich ins Krankenhaus zu bringen.

Am selben Abend wurde eine Tragbahre zu ihr gebracht, und weil die alte Sal sie nicht gebrauchen konnte, solange sie krank war, hatte sie nichts dagegen, daß Nanny mitgenommen wurde. Bald darauf lag sie auf der Fieberstation – zum ersten Mal in ihrem Leben in einem schönen, sauberen Bett. Doch sie wußte nichts davon. Sie war zu krank, um irgend etwas wahrzunehmen.

22
Herrn Raymonds Rätsel

Herr Raymond nahm Diamant mit zu sich nach Hause und hielt unterwegs bei den Stallungen, um seiner Mutter zu sagen, daß er ihn bald zurückschicken würde. Diamant rannte selbst mit der Nachricht ins Haus, und als er zurückkam, hatte er das auseinanderfallende, verknickte Buch in der Hand, das Nordwind ihm gegeben hatte.

»Ah, ich weiß«, sagte Herr Raymond, »jetzt möchtest du deinen Sixpence einlösen.«

»Ich habe eigentlich eher an etwas anderes gedacht«, sagte Diamant. »In diesem Buch sind Verse, die ich nicht ganz verstehen kann. Bitte sagen Sie mir, was sie bedeuten.«

»Wenn ich es kann, will ich es tun«, antwortete Herr Raymond. »Du liest sie mir vor, wenn wir nach Hause kommen, und dann werde ich sehen, ob ich es kann.«

Diamant las sie auf seine Weise, immer noch mit ziemlich vielen Schnitzern. Herr Raymond nahm das kleine Buch und las sie noch einmal.

Nun war Herr Raymond selbst Dichter, und obwohl er nie hinter dem Nordwind gewesen war, konnte er das Gedicht recht gut verstehen. Doch bevor er irgend etwas dazu sagte, las er es noch einmal laut vor, und Diamant hatte den Eindruck, er könne es nun schon viel besser verstehen.

»Ich werde dir sagen, was es meiner Meinung nach bedeutet«, sagte er dann. »Es bedeutet, daß die Menschen für eine Weile ihren Willen bekommen, wenn sie es wollen, aber dann dadurch so sehr in Schwierigkeiten geraten, daß sie sich wünschen, sie hätten ihn nie bekommen.«

»Ich weiß, ich weiß!« sagte Diamant. »Wie der arme Droschkenkutscher von nebenan. Er trinkt zuviel.«

»Genau so«, erwiderte Herr Raymond. »Doch wenn die Menschen das Richtige tun wollen, dann wird alles um sie herum versuchen, ihnen dabei zu helfen. Aber sie müssen die Schlange töten, verstehst du.«

»Ich wußte schon, daß die Schlange etwas damit zu tun hat«, rief Diamant triumphierend.

Sie redeten noch eine ganze Weile weiter, und Herr Raymond gab Diamant seinen Sixpence.

»Was willst du damit machen?« fragte er.

»Ihn zu Hause meiner Mutter geben«, antwortete er. »Sie hat eine Teekanne – so eine schwarze! – mit einer zerbrochenen Tülle, darin hebt sie ihr ganzes Geld auf. Es ist nicht viel, aber sie spart es, um mir dafür Schuhe zu kaufen. Und das Baby gedeiht prächtig und wird bald Schuhe brauchen. Und jeder Sixpence ist etwas – oder nicht, Sir?«

»Gewiß, kleiner Mann. Ich hoffe, du wirst dein Geld immer so gut gebrauchen.«

»Das hoffe ich auch, Sir«, sagte Diamant.

»Und hier ist ein Buch für dich mit vielen Bildern und Geschichten und Gedichten. Ich habe es selbst geschrieben, hauptsächlich für die Kinder in dem Krankenhaus, in das Nanny hoffentlich kommt. Ich habe es nicht gedruckt, verstehst du. Ich habe es gemacht«, fügte Herr Raymond hinzu, damit Diamant verstehen sollte, daß er der Verfasser war.

»Ich weiß, was Sie meinen. Ich mache selber Lieder. Sie sind furchtbar dumm, aber das Baby freut sich darüber, und dazu sind sie da.«

»Kannst du mir nicht jetzt eins vorsingen?« fragte Herr Raymond.

»Nein, Sir, das kann ich nicht. Ich vergesse sie, sobald ich sie fertig gesungen habe. Außerdem kann ich ohne das Baby auf dem Schoß keine einzige Zeile machen. Wissen Sie, wir machen sie zusammen. Das Baby tut genausoviel dazu wie ich. Es holt sie aus mir heraus.«

»Ich glaube, das Kind ist ein Genie«, sagte der Dichter zu sich selbst, »und deshalb meinen manche Leute, daß er dumm sei.«

Wenn nun ein Kind dies liest und wissen will, was ein Genie ist – soll ich versuchen, es ihm zu erklären oder nicht? Ich werde ihm eine sehr kurze Antwort geben: Es ist jemand, der etwas versteht, ohne daß ein anderer ihm die Bedeutung erklärt hätte. Ab und zu schafft Gott solche Menschen, damit sie es den anderen beibringen.

»Magst du Rätsel?« fragte Herr Raymond und blätterte in seinem eigenen Buch.

»Ich weiß nicht, was ein Rätsel ist«, sagte Diamant.

»Es ist etwas, das für etwas anderes steht, und du mußt herausfinden, was das andere ist.«

Herr Raymond mochte die altmodischen Rätsel am liebsten und hatte ein paar geschrieben – und eines davon las er nun vor.

Ich habe nur einen Fuß, doch vieltausend Zehen,
Mein einer Fuß steht, doch er kann nicht gehen.
Ich habe viele Arme, und sie sind alle mächtig,
Und vielhundert Finger, klein und prächtig.
Meine Schönheit wächst aus den Fingerspitzen,
Ich atme mit dem Haar und trinke mit den
Füßen.
Um die Taille wachse ich in einem fort,
Und bin doch immer recht fest geschnürt.
Man sah mich nie essen, einen Mund hab ich nicht,
Und doch eß ich den ganzen Tag im hellen
Sonnenlicht.
Im Sommer sing ich Lieder mit Schütteln und Zittern,
Doch im Winter muß ich fasten und seufzen und
bibbern.

»Weißt du, was das ist, Diamant?« fragte er, als er fertig war.

»Nein, ganz und gar nicht«, antwortete Diamant.

»Dann kannst du es selbst lesen und darüber nachdenken und sehen, ob du es herausfindest«, sagte Herr Raymond und gab ihm das Buch. »Und jetzt solltest du besser zu deiner Mutter heimlaufen. Wenn du das Rätsel gelöst hast, kannst du wiederkommen.«

Hätte Diamant das Rätsel lösen müssen, um Herrn Raymond wieder zu besuchen, hätte er ihn wahrscheinlich nie wieder gesehen.

Ich glaube, ich höre, wie ein kleiner Leser einwendet: »Oh, dann kann er aber kein Genie gewesen sein, denn ein Genie findet etwas heraus, ohne es gesagt zu bekommen.«

Und ich antworte: »Ein Genie erkennt Wahrheiten, nicht Tricks. Und wenn du das nicht verstehst, dann mußt du dich jetzt damit zufriedengeben und warten, bis du älter wirst und mehr weißt.«

23
Der frühe Vogel

Als Diamant nach Hause kam, war sein Vater schon da; er saß nahe beim Feuer und sah ziemlich elend aus, denn sein Kopf schmerzte, und er fühlte sich krank. Er hatte in der letzten Zeit nachts gearbeitet, und weil ihm das nicht bekommen war, hatte er es wieder aufgegeben, doch nicht rechtzeitig, denn er hatte Fieber bekommen. Am nächsten Tag mußte er im Bett bleiben. Seine Frau pflegte ihn, und Diamant paßte auf das Baby auf. Wäre er nicht krank gewesen, hätten sie es wundervoll gefunden, daß er zu Hause war; und am ersten Tag sang Diamant mehr Lieder für das Baby als je zuvor, und sein Vater hörte mit einigem Vergnügen zu. Aber am nächsten Tag konnte er nicht einmal mehr Diamants helle Stimme ertragen und war ernsthaft krank; also nahm Diamant das Baby mit in sein Zimmer und spielte unermüdlich stille Spiele mit ihm. Es war nicht schlimm, wenn das Baby sein Bettzeug auf den Boden herunterzog, denn es blieb ruhig dabei, und er richtete das Bett selbst wieder her und schlief die ganze nächste Nacht zusammen mit dem Baby darin und noch viele Nächte danach.

Doch lange bevor sein Vater gesund wurde, waren die Ersparnisse seiner Mutter so gut wie aufgebraucht. Sie sagte in Gegenwart ihres Mannes kein Wort darüber, weil sie ihn nicht beunruhigen wollte; und als sie einmal abends weinen mußte, kam sie in Diamants Zimmer, damit sein Vater sie nicht hören konnte. Sie dachte, Diamant schliefe, aber er lag noch wach. Als er ihr Schluchzen hörte, bekam er Angst und sagte: »Geht es Vater schlechter, Mutter?«

»Nein, Diamant«, antwortete sie, so gut sie konnte, »es geht ihm ein bißchen besser.«

»Warum weinst du dann, Mutter?«

»Weil mein Geld beinahe aufgebraucht ist«, antwortete sie.

»Oh, Mammi, das erinnert mich an ein kurzes Gedicht, das Baby und ich heute aus Nordwinds Buch gelernt haben. Weißt du noch, wie ich dich immer wieder nach ein paar Wörtern gefragt habe?«

»Ja, Kind«, sagte die Mutter achtlos, denn ihre Gedanken kreisten nur darum, was sie in den nächsten Tagen tun sollte.

Diamant fing an, das Gedicht aufzusagen, denn er hatte ein hervorragendes Gedächtnis.

Da war ein Nest mit einer Vogelmutter daneben;
  Die Gelbschnäbel träumten mit eingesteckten Köpfen,
Den ganzen Tag hatte sie ihnen ihr Bestes gegeben,
  Nun schliefen die Jungen mit vollen Kröpfen.
Sie hatte selbst weit mehr als genügt,
Und davon war ihr Blick betrübt.

»Ach je!« seufzt' sie, wie sie so saß, und ihr Kopf
  Lag ganz ohne Hals auf die Brust gesenkt,
Wie ein Federbett wölbte sich vor der Kropf,
  Als wäre die Rückseite auswärts gehängt.

»Was soll ich nur tun, wenn nichts geschieht,
Ich weiß nicht mehr, wo es noch Würmer gibt.

Ich aß heute zwanzig und die Kinder fünf jeder,
  Dazu ein paar Fliegen und sehr fette Spinnen:
Keiner kann sagen, ich wär ein falscher Prediger –
  Ich bin eine der besten Vogelfütterinnen;
Doch wozu das alles? Wir brauchen einen Sturm –
Denn sonst gibt's wohl keinen einzigen Wurm.«

»Da sind fünf in meinem Kropf«, sprach ein Vogel winzig klein,
  Der aufgewacht war von seiner Mutter Schmerz.
»Ich weiß, wo fünf sind.« Und den Kopf steckt' er ein
  Und flog schon im Traum wieder himmelwärts.
Seufzt' die Mutter: »Die Dummheit der Kinder, ohne Frage,
War schon immer meine besondere Plage.«

Die Gelbschnäbel schliefen weiter und weiter –
  Sie kannten noch nicht den Quälgeist ›morgen‹;
Doch die Mutter saß draußen und war nicht heiter –
  Sie müßte bald betteln, stehlen oder borgen,
Denn sie weiß niemals am Abend vorher,
Woher sie bekommen wird einen Wurm mehr.

Sie hatte zu viele, das war der Grund,
  Sie konnte nicht schlafen, nannt' es Tugend,
Mütterliche Sorge, Weitblick, Liebe und
  Jeden anderen Namen, der nicht verletzend.
So steckt' sie den Kopf ein zu später Stunde
Und schlief so lange, es war beinahe Sünde.

Doch der kleine Kerl, der die fünf schluckte runter,
Und nicht mit Sorgen dachte an morgen,
Wachte früh auf, war rege und munter
Und wollte sich einen sechsten besorgen.
Er stupste seine Mutter, der gierige Knirps,
Dachte dann, er versuchte es besser selbst.

Als die Mutter erwachte und das Aug' rieb vom Traum,
Sie war kaum noch ein Vogel, eher schon ein Maulwurf,
Sah sie, sie traut' ihren Augen kaum,
Wie er zog aus dem Loch einen riesigen Wurm.
Von jenem Helden bekam das Sprichwort die Form:
Der frühe Vogel, der fängt den Wurm.

»Sag, Mutter!« sagte Diamant, als er fertig war, »ist es nicht lustig?«

»Ich wünschte, du wärst so ein kleiner Vogel und könntest für dich selber Würmer fangen, Diamant«, sagte seine Mutter, als sie aufstand, um nach ihrem Mann zu gucken.

Diamant lag noch ein paar Minuten wach und überlegte, was er tun könnte, um Würmer zu fangen. Aber er brauchte nicht lange zu überlegen, bis er wußte, was er tun wollte, und noch weniger Zeit, um danach einzuschlafen.

24
Ein zweiter früher Vogel

Am Morgen stand er auf, sobald er die Männer im Hof hörte. Er packte seinen kleinen Bruder fest ein, so daß er nicht aus dem Bett purzeln konnte, und als er hinausging, ließ er die Tür offen, so daß seine Mutter das Baby sofort hören konnte, wenn es schrie. Als er in den Hof kam, war die Stalltür gerade aufgeschlossen worden.

»Ich glaube, ich bin der frühe Vogel«, sagte er zu sich selbst. »Hoffentlich fange ich einen Wurm.«

Er wollte niemanden um Hilfe bitten, weil er befürchtete, daß sein Plan auf Widerstand oder Einwände stoßen würde. Auf einem kaputten Stuhl stehend, den er aus seinem Schlafzimmer mit heruntergebracht hatte, gelang es ihm, Diamant das Geschirr anzulegen; aber es war sehr schwer. Wenn das alte Pferd auch nur das geringste dagegen gehabt hätte, hätte er es natürlich nicht schaffen können; doch als das Zaumzeug an der Reihe war, öffnete es sogar sein Maul für die Schere, gerade so als nähme es den Apfel, den Diamant ihm manchmal gab. Er zog das Backenstück sehr sorgfältig fest, genau im gewohnten Loch, damit die Schere nicht zwischen die Zähne geriet und weil er Angst hatte, seinen Freund zu würgen. Den Sattel aufzulegen war ein gutes Stück Arbeit, aber mit dem Stuhl glückte es. Hätte der alte Diamant wie ein Kamel Unterricht in Leibesübungen gehabt, hätte er sich hingekniet, um ihn auf den Rücken gelegt zu bekommen, doch das war mehr, als man von ihm erwarten konnte; und dann mußte Diamant unter ihn drunterkriechen, um den Gurt zu fassen. Das Kummet war beinahe das Schlimmste von allem, aber dabei konnte der eine Diamant dem anderen Dia-

mant helfen. Er hielt seinen Kopf tief herunter, bis sein kleiner Meister es übergestreift und gewendet hatte, und dann hob er seinen Kopf und schüttelte es auf die Schultern herunter. Das Joch war ziemlich schwierig anzulegen, aber als er dem Pferd die Zugriemen über den Nacken gelegt hatte, war das Gewicht nicht zu schwer für ihn. Schließlich war alles gerichtet, und er führte es aus dem Stall.

Inzwischen schauten ihm einige Männer zu, doch sie mischten sich nicht ein, denn sie wollten unbedingt sehen, wie er die verschiedenen Schwierigkeiten bewältigen würde. Sie folgten ihm bis zur Stalltür, und von dort aus sahen sie ihm weiter zu, wie er das Pferd in die Deichsel stellte, die Deichselarme nacheinander in die Ösen hängte, die Zugriemen, den Bauchriemen, den hinteren Gesäßriemen und die Zügel befestigte.

Dann nahm er seine Peitsche. Als er nun auf den Bock stieg, brachen die Männer in herzliches Jubelgeschrei über seinen Erfolg aus. Aber sie ließen ihn nicht ohne eine Generalüberprüfung des Geschirrs ziehen; und obwohl alles in Ordnung war und keine einzige Schnalle verschoben werden mußte, ließen sie es, solange sein Vater krank war, nie wieder zu, daß er es alleine machte.

Das Geschrei holte seine Mutter ans Fenster, und dort sah sie ihren kleinen Jungen ganz allein auf der Droschke im Morgengrauen losfahren. Sie zog am Fenster, aber es klemmte, und bevor sie es offen hatte, war Diamant, der es sehr eilig hatte, aus den Stallungen heraus und fast auf der Straße. Sie rief: »Diamant! Diamant!«, doch nur Jack antwortete.

»Machen Sie sich keine Sorgen um ihn, gnä' Frau«, sagte Jack, »dem würd' nur 'n Deiwel was tun, und davon gibt's nich' so viele, wie manche meinen. Ein Junge von Diamants Format, der'n Pferd mit 'nem Format wie der andere Diamant fix und fertig aufzäumen und anspannen kann – wenn der die Droschke zum Kippen bringt, der fällt auf seine Füße, gnä' Frau.«

»Aber er wird die Droschke nicht umwerfen oder, Jack?«

»Der nich', gnä' Frau. Auf jeden Fall wird er's nich' drauf anlegen.«

»Das weiß ich auch. Was meinen Sie damit?«

»Ich mein, daß es ihm genausowenig passiert wie dem ältesten hier im Stall. Wie geht's dem Chef heut', gnä' Frau?«

»Viel besser, danke«, antwortete sie und schloß das Fenster, weil sie Angst hatte, daß die Nachricht von Diamants Vorhaben ihren Mann beunruhigen könnte. Doch der wußte ganz genau, was der Junge konnte, und wenn er auch nicht ganz ruhig war, machte er sich doch nicht so viele Sorgen wie die Mutter. Aber gegen Abend wurden beide immer unruhiger, und bei jedem Rädergeräusch setzte sich sein Vater im Bett auf, und die Mutter lief zum Fenster.

Diamant hatte beschlossen, schnurstracks zu dem Droschkenstand zu fahren, wo man ihn am besten kannte, und niemals langsam zu fahren, um nicht von Bummlern belästigt zu werden. Aber bevor er Oxford Street überquert hatte, wurde er von einem Mann gerufen, der einen Zug erreichen wollte und es zu eilig hatte, um sich über den Fahrer Gedanken zu machen. Nachdem er ihn rechtzeitig nach King's Cross gebracht und ein gutes Fahrgeld bekommen hatte, fuhr Diamant in bester Laune wieder los und kam heil am Stand an. Trotz allem war er der erste dort.

Als die Männer nach und nach eintrafen, begrüßten sie ihn alle freundlich und erkundigten sich nach seinem Vater.

»Hast du keine Angst, daß der alte Gaul mit dir davonrennt?« fragte einer.

»Nein, mit mir würde er nicht wegrennen«, antwortete Diamant. »Er weiß, daß ich für Vater die Shillings verdiene. Und wenn er es täte, würde er nur nach Hause laufen.«

»Na, du hast Schneid, obwohl du wie ein Mädchen aussiehst!« sagte der Mann. »Und ich wünsch dir Glück.«

»Vielen Dank, Sir«, sagte Diamant. »Ich werde mein Bestes tun. Wissen Sie, ich bin an den alten Stand gekommen, weil ich wußte, daß Sie mich hier richtig in der Reihe drankommen lassen.«

Im Laufe des Tages versuchte es doch einer, ihn zu übergehen, aber das war ein Fremder, und das Geschrei der anderen zeigte ihm gleich, daß dies nicht ging und beschämte ihn außerdem noch so sehr, daß er sich still aus dem Staub machte.

Einmal kam in einer Verkehrsstockung ein Polizist zu ihm und fragte nach seiner Nummer. Diamant zeigte ihm die Plakette seines Vaters und sagte lächelnd: »Vater ist krank und zu Hause, und deshalb bin ich mit der Droschke hier. Von mir ist nichts zu befürchten. Ich kann fahren. Außerdem könnte das alte Pferd alleine gehen.«

»Geradesogut, möchte man meinen. Ihr zwei seid ein gelungenes Paar. Aber als Droschkenkutscher bist du ziemlich verrückt, oder nicht?« sagte der Polizist. »Ich weiß nicht, ob ich dich fahren lassen soll.«

»Ich habe nichts getan«, sagte Diamant. »Ich kann nichts dafür, daß ich nicht größer bin. Ich bin groß genug für mein Alter.«

»Genau da hängt es«, sagte der Mann. »Du taugst nicht dafür.«

»Woher wissen Sie das?« fragte Diamant mit seinem gewohnten Lächeln und drehte seinen Kopf wie ein kleiner Vogel.

»Nun, wie willst du aus diesem Haufen herauskommen, wenn er sich wieder in Bewegung setzt?«

»Steigen Sie nur auf den Bock«, sagte Diamant, »dann zeig ich's Ihnen. Da, der Lieferwagen fährt gerade los. Springen Sie auf!«

Der Polizist tat, was Diamant sagte, und hatte sich bald davon überzeugt, daß der kleine Kerl fahren konnte.

»Nun«, sagte er, als er wieder abstieg, »ich weiß nicht, ob es richtig wäre, sich einzumischen. Viel Glück, kleiner Mann!«

»Vielen Dank, Sir«, sagte Diamant und fuhr weiter.

Ein paar Minuten später wurde er von einem Herrn gerufen.

»Bist du der Kutscher dieser Droschke?« fragte er.

»Ja, Sir«, sagte Diamant und zeigte seine Plakette, auf die er sehr stolz war.

»Du bist der jüngste Droschkenkutscher, den ich jemals gesehen habe. Woher soll ich wissen, daß du mir nicht alle Knochen brechen wirst?«

»Ich würde eher meine eigenen brechen«, sagte Diamant. »Aber wenn Sie Angst haben, nehmen Sie ruhig eine andere Droschke, ich kriege bald wieder einen Fahrgast.«

»Ich will's riskieren«, sagte der Herr, öffnete sich selbst die Tür und stieg ein.

Er fuhr eine gute Strecke und hatte bald herausgefunden, daß Diamant ihn sicher kutschierte. Solange Diamant nur geradeaus halten und nicht so genau aufpassen mußte, wanderten seine Gedanken immer zu dem Rätsel, das Herr Raymond ihm aufgegeben hatte, und dieser

Herr sah so klug aus, daß Diamant dachte, er müsse ihm die Lösung sagen können. Er hatte alle Hoffnungen aufgegeben, sie selbst herauszufinden, und seinen Vater konnte er jetzt, wo er krank war, nicht damit plagen. Er hatte sich schon selbst eine Antwort überlegt, aber er meinte, daß es nicht die richtige sei, denn um den ganzen Zusammenhang zu erkennen, mußte man etwas von Physiologie verstehen. Als er am Ziel angekommen war, sprang er schnell vom Bock, steckte einfach den Kopf zum Fenster herein, und während der Herr seine Handschuhe und Zeitungen zusammensuchte, sagte er: »Bitte, Sir, können Sie mir die Bedeutung von einem Rätsel sagen?«

»Du mußt mir erst das Rätsel sagen«, antwortete der Herr belustigt.

Diamant wiederholte das Rätsel.

»Oh, das ist nicht so schwer«, erwiderte er. »Es ist ein Baum.«

»Nun ja, der hat keinen Mund, das stimmt auf jeden Fall; aber wie kann er dann den ganzen Tag essen?«

»Er saugt seine Nahrung durch winzig kleine Löcher in den Blättern ein«, antwortete er. »Seine Atemluft ist seine Nahrung. Und er kann es nur bei Tageslicht tun.«

»Vielen Dank, Sir, vielen Dank«, erwiderte Diamant. »Es tut mir leid, daß ich es nicht selber herausfinden konnte; dann wäre Herr Raymond zufriedener mit mir gewesen.«

»Aber du brauchst ihm nicht zu erzählen, daß es dir jemand gesagt hat.«

Diamant warf ihm einen Blick zu, der aus dem Land hinter dem Nordwind kam, wo so etwas unbekannt ist.

»Das wäre Betrug«, sagte er schließlich.

»Aber bist du denn kein Droschkenkutscher?«

»Droschkenkutscher betrügen nicht.«

»Nicht? Da bin ich anderer Meinung.«

»Mein Vater tut es auf jeden Fall nicht.«

»Wieviel bekommst du, kleiner Unschuldsengel?«

»Nun, ich glaube, der Weg ist ein gutes Stück über drei Meilen – das macht zwei Shilling. Nur meint Vater, daß ein Sixpence für eine Meile zu wenig ist, auch wenn wir nicht mehr verlangen dürfen.«

»Du bist ein stilles Wasser. Aber ich glaube, du hast falsch gerechnet. Es sind etwas über vier Meilen, nicht viel, aber trotzdem.«

»Dann macht es eine halbe Krone«, sagte Diamant.

»Gut, hier sind drei Shilling. Ist das in Ordnung?«

»Ganz herzlichen Dank, Sir. Ich werde meinem Vater erzählen, wie gut Sie zu mir waren – erst haben Sie mir das Rätsel gelöst, dann haben Sie mir die richtige Entfernung gesagt und dann noch Sixpence dazugegeben. Es wird Vater helfen, wieder gesund zu werden, bestimmt.«

»Das hoffe ich, kleiner Mann. Ich würde mich nicht wundern, wenn du doch so gut wärst, wie es den Anschein hat.«

Auf der Rückfahrt reihte sich Diamant an einem Stand ein, an dem er noch nie gehalten hatte: Es war an der Zeit, daß Diamant seinen Sack mit Bohnenschnitzeln und Hafer bekam. Die Männer sammelten sich um ihn und fingen an, sich über ihn lustig zu machen. Er nahm alles gutmütig hin, bis einer von ihnen, ein bösartiger Kerl, begann, den alten Diamant zu ärgern, ihn grob zwischen die Rippen stieß und ihn überhaupt lächerlich machte. Das konnte Diamant nicht ertragen, und Tränen traten ihm in die Augen. Er nahm den Futterbeutel ab, tat ihn in den Kutschkasten und wollte gerade aufsteigen um wegzufahren, als der Kerl ihn daran hinderte und ihn nicht aufsteigen ließ. Diamant versuchte, ihn davon abzubringen, und war sehr höflich, aber der wollte seinen Spaß mit ihm haben, so sagte er. In wenigen Minuten hatte sich eine Gruppe von Herumtreibern versammelt, und Diamant befand sich plötzlich in einer sehr heiklen Lage. Eine andere Droschke kam an den Stand herangefahren, und der Kutscher stieg ab und ging auf die Versammlung zu.

»Was is' hier los?« fragte er, und Diamant erkannte die Stimme. Es war die des betrunkenen Droschkenkutschers.

»Siehst du die kleine Krabbe da? Er tut so, als würde er 'ne Droschke fahren«, sagte sein Feind.

»Ja, den seh' ich. Und dich seh ich auch. Du läßt ihn besser in Ruh'. Der is' keine Krabbe. Er is'n Engel, der mit einem Auftrag heruntergekommen is'. Mach dich fort, oder ich rück dir näher, als dir lieb is'.«

Der betrunkene Droschkenkutscher war ein großer, kräftiger Mann, mit dem gewiß nicht zu scherzen war.

»Oh, wenn er ein Freund von dir is'«, sagte der andere und trat zurück.

Diamant holte den Futterbeutel wieder heraus. Der alte Diamant sollte sich nun in Ruhe sattfressen.

»Ja, er is'n Freund von mir. Einer der besten, die ich je hatte. 's is' jammerschade, daß er keiner von dir is'. Dann wärst du'n besserer Mensch, aber das is' nich' seine Schuld.«

Als Diamant abends nach Hause fuhr, hatte er ein Pfund, einen Shilling und Sixpence bei sich und außerdem noch ein paar Pennies, die manche zum Fahrgeld zugegeben hatten.

Seine Mutter war inzwischen ernsthaft besorgt – so sehr, daß sie sich fast nicht traute, am Fenster zu gucken, als sie seine Droschke kommen hörte, aus Angst, doch wieder enttäuscht zu werden und vor ihrem Mann weinen zu müssen. Aber da war das alte Pferd, und da war auch die Droschke heil und ganz, und da war Diamant auf dem Kutschbock, und sein blasses Gesicht leuchtete triumphierend wie ein runder Mond in der Dämmerung.

Als er vor der Stalltür hielt, kam Jack heraus, und nach vielen freundlichen Fragen und Glückwünschen sagte er: »Du gehst rein zu deiner Mutter, Diamant. Ich versorg den alten Gaul. Ich kümmer mich um ihn. Er muß ein bißchen sorgfältig behandelt werden, das hat er verdient.«

»Vielen Dank, Jack«, sagte Diamant, sprang ins Haus und in die Arme seiner Mutter, die oben an der Treppe auf ihn wartete.

Die arme aufgeregte Frau brachte ihn in sein eigenes Zimmer, setzte sich auf sein Bett, nahm ihn wie ein Baby auf den Schoß und weinte.

»Wie geht es Vater?« sagte Diamant und hatte beinahe Angst zu fragen.

»Besser, mein Kind«, antwortete sie, »aber er sorgt sich um dich, mein Schatz.«

»Hast du ihm nicht erzählt, daß ich der frühe Vogel bin, der ausfliegt, um den Wurm zu fangen?«

»Das hat dich auf die Idee gebracht, stimmt's, du Äffchen?« sagte seine Mutter und fühlte sich langsam besser.

»Das oder etwas anderes«, antwortete Diamant so ruhig, daß die Mutter seinen Kopf zurückschob und in sein Gesicht starrte.

»Was für ein Kind!« sagte sie und dann nichts mehr.

»Und hier ist mein Wurm«, begann Diamant wieder.

Ihr Gesicht war ein Anblick, als er die Shilling- und Sixpencestücke und die Pence in ihren Schoß schüttete. Sie brach ein zweites Mal in Tränen aus und rannte mit dem Geld zu ihrem Mann.

Und wie freute der sich! Es tat ihm unendlich gut. Aber während er die Münzen zählte, ging Diamant zu dem Baby, das wach in seiner Wiege lag und an seinem geliebten Daumen lutschte, nahm es hoch und sagte: »Baby, Baby! Ich hab dich ein ganzes Jahr lang nicht gesehen.«

Und dann begann er wie immer, ihm etwas vorzusingen. Und das hat er gesungen, denn er war zu glücklich, um ein eigenes Lied zu machen oder etwas Ernsthaftes zu singen. Es war ein Lied aus Herrn Raymonds Buch.

Die wahre Geschichte
von der Katze und der Fiedel

Hei diedel-diedel!
Die Katz' und die Fiedel!
Die spielten solch fidelen Gesang,
Daß verrückt wurde die Kuh
Und vor Freude im Nu
Geradewegs über den Mond drübersprang.
Doch zuerst mußt du verstehn,
Bevor dieses konnt' geschehn,
Zu lauschen hat sich der Mond herabgelassen.
Der kleine Hund horchte,
So sehr, daß er schnorchte,
Das gibt's nicht, es ist nicht zu fassen.
Hei diedel-diedel!
Sangen Katze und Fiedel,
Hei diedel diedel di dum!
Der Hund lachte über den Scherz,
Bis er hustete vor Schmerz,
Es ging hei diedel-diedel, wie dumm!
Und zurück kam die Kuh
Mit lustigem Gemuh,
Verspottet hatt' sie den Mann im Mond gar sehr.
Die Schüssel wurde aufgeregt,
Der Löffel war lustig aufgelegt,

Und die Schüssel tanzte mit dem Löffel im Kreis
umher.
Doch der Mann aus dem Mond,
Kehrt' zurück sehr bald schon
Aus der schönen alten Stadt Norwich,
Die Schüssel fing er auch,
Sprach: »Genau was ich brauch'
Für mein kaltes Rosinen-Porridge!«
Gab der Kuh einen Pratz,
Und goß Wasser auf die Katz',
Daß sie losschoß wie eine Champagnerflasche.
»Bist du hier, guter Mond«, er sang
Und sogleich in den Mondwagen sprang
Und davonfuhr mit dem Löffel in der Tasche.
Hei ho! diedel-diedel!
Die nasse Katz' und die nasse Fiedel,
Die machten solch ein Katergeschrei,
Daß die Kuh sich erschreckte,
Auf zwei Beine sich hochreckte
Bald schrie und bald brüllte »Auwei«;
Und der Hund saß dabei,
Streckt den Kopf vor mit Geschrei,
Doch der Mann im Mond sprach: »So ein Dussel,
Nie wieder werd ich im Süden
Mir den Mund verbrühen,
Denn ich hab doch jetzt Löffel und Schüssel.«

25
Diamants Traum

Schau, Baby!« sagte Diamant. »Ich bin so froh, daß ich nur Unsinn singen kann. Ach, Vater, stell dir vor, wenn du ein armer Mann gewesen wärst und die Droschke und den alten Diamant nicht gehabt hättest! Was hätte ich dann tun sollen?«

»Das weiß ich wirklich nicht«, sagte sein Vater vom Bett her.

»Wir wären alle verhungert, Diamant, mein Schatz«, sagte seine Mutter, und der Stolz auf ihren Jungen war sogar noch größer als ihre Freude über das Geld. Beides tat ihr im Herzen weh, denn solch ein Schmerz kann genausogut von Freude wie von Leid kommen.

»O nein! Das wären wir nicht«, sagte Diamant. »Ich hätte Nannys Übergang kehren können, bis sie zurückgekommen wäre; dann wäre von dem Geld Fleischbrühe für Vater gekauft worden und nicht Gin für die alte Sal. Ich frag mich, was Nanny tun wird, wenn sie wieder gesund ist. Bis dahin wird ihr bestimmt ein anderer den Übergang weggenommen haben. Ob sie wohl darum kämpfen muß, und ob ich ihr dabei helfen werde? Ich werde mir nicht den Kopf darüber zerbrechen. Da ist noch genug Zeit. Hei diedel! Hei diedel! Hei diedel-diedel! Das Baby und die Fiedel! Oh, Mutter, ich bin solch ein Dummkopf! Aber ich kann nichts dafür. Ich wollte, ich könnte an etwas anderes denken, aber außer *hei diedel-diedel! die Katz' und die Fiedel!* will mir einfach nichts in den Kopf kommen. Was mögen wohl die Engel tun – ich meine, wenn sie besonders froh sind, wenn sie den ganzen Tag mit der Droschke gefahren sind und ihren Müttern das Geld nach Hause gebracht haben. Glaubst du, daß sie jemals Unsinn singen, Mutter?«

»Wahrscheinlich haben sie ihren eigenen Unsinn«, antwortete seine Mutter, »sonst wären sie nicht so wie andere Menschen.«

Als sie das sagte, dachte sie mehr an ihre Shillings und den Sixpence und das gute Essen, das sie am nächsten Tag für ihren kranken Mann holen würde, als an die Engel und ihren Unsinn. Aber Diamant war ganz zufrieden mit der Antwort.

»Ja, gewiß«, antwortete er. »Sie wären nicht wie andere Leute, wenn sie nicht manchmal ihren Unsinn hätten. Aber es muß ein sehr hübscher Unsinn sein, nicht so etwas wie das dumme ›Hei diedel-diedel! Die Katz' und die Fiedel!‹ Wenn es mir nur aus dem Kopf gehen würde! Ich wüßte gern, wie der Unsinn der Engel ist. Unsinn ist eine sehr gute Sache, nicht wahr, Mutter? Ab und zu ein bißchen davon, für das Baby etwas mehr und etwas weniger für große Leute wie Droschkenkutscher und ihre Mütter. Das ist wie das Salz in der Suppe – nicht wahr, Mutter? Da, das Baby schläft ganz fest! Was für einen Unsinn das Baby macht – so viel zu schlafen! Soll ich es hinlegen, Mutter?«

Diamant schwatzte immer weiter. Was in seinem frohen kleinen Herzen aufstieg, kam ihm gleich über die Lippen und tat seinem Vater und seiner Mutter gut. Als er ins Bett ging – das war ziemlich früh, denn er war müder als sonst, wie ihr euch vorstellen könnt –, dachte er noch immer darüber nach, wie dieser Unsinn sein könnte, den die Engel singen, wenn sie zu froh sind, um Sinn zu singen. Aber bevor er zu einem Ergebnis gekommen war, schlief er fest ein. Und das ist kein Wunder, denn es ist wirklich eine schwere Frage.

In jener Nacht hatte er einen merkwürdigen Traum, den meine Leser gewiß hören möchten. Zumindest würden sie das gerne, wenn ihnen schöne Träume so gut gefallen wie mir und sie selbst nicht so viele haben.

Er träumte, daß er in der Dämmerung in dem alten Garten herumlief. Er dachte, er warte auf Nordwind, doch sie kam nicht. Darum wollte er zu der hinteren Tür laufen und nachsehen, ob sie dort sei. Er rannte und rannte. Schon am Tage erschien Diamant der Garten ziemlich lang, aber in seinem Traum war er so sehr in die Länge gewachsen und dehnte sich so weit aus, daß die gesuchte Tür nirgends zu sehen war. Er rannte und rannte, aber statt zu der Pforte zu gelangen, fand er sich in einem wunderschönen Land wieder, das keinem anderen glich, das er kannte. Es gab überhaupt keine Bäume, weder große noch kleine. Maiblütenübersäter Weißdorn war das Größte, was es dort gab. Wo er wuchs, war es wild und trocken, und der Boden war zum größten Teil mit Gras überwachsen, mit ein paar Flecken Heidekraut dazwischen. Das Land dehnte sich, so weit er blicken konnte, nach allen Seiten. Aber obwohl es so wild war und man in einer gewöhnlichen Heide Stechginster oder Besenginster oder Stechpalmen erwartet hätte, wuchsen dort die verschiedenartigsten wilden und seltenen Rosen. Überall, nah und fern, glühten Rosen. Da waren auch Zistrosen, deren Blüten jede Nacht abfallen und am nächsten Morgen wiederkommen, Flieder und spanischer Flieder und Goldregen und noch viele andere Sträucher, deren Namen er nicht kannte; doch die Rosen waren überall. Er wanderte weiter und immer weiter und fragte sich, wann es wohl ein Ende haben würde. Es hatte keinen Zweck zurückzugehen, denn da war nirgendwo ein Haus zu sehen. Aber er hatte keine Angst, denn ihr wißt ja, daß Diamant ziemlich merkwürdige Dinge gewöhnt war. Er legte sich unter einen Rosenbusch und schlief ein.

Er glaubte eine Kinderstimme zu hören, die »Diamant! Diamant!« rief und wachte auf, aber nicht aus seinem Traum, sondern in ihn hinein. Er sprang auf, doch um ihn herum war alles still. Die Rosensträucher verströmten ihren Duft in Wolken. Er konnte den Duft als Dunstschleier sehen, der die gleiche Farbe wie die Rosen hatte und wie eine langsame Fontäne emporstieg und sich in der Luft ausbreitete, bis er mit dem dünnen, rosenfarbenen Dunstschleier verschmolz, der über die ganze Wildnis ausgebreitet lag. Wieder hörte er die Stimme, die ihn rief, und sie schien über seinem Kopf zu sein. Er blickte hinauf, sah aber nur den tiefblauen, sternenübersäten Himmel – doch die Sterne glänzten so sehr, wie er es noch nie gesehen hatte, und Himmel und Sterne schienen näher an die Erde herangerückt zu sein.

Während er hinaufblickte, hörte er wieder das Rufen. Gleichzeitig sah er, wie ein besonders großer Stern über seinem Kopf zu zwinkern und zu springen schien, so als spränge er heraus und dann wieder hinein. Diamant warf sich auf den Rücken und behielt ihn genau im Auge. Und er hatte noch nicht lange geschaut, als der Stern heraussprang und eine Art Narbe im Blau zurückließ. Doch als er weiter hinsah, war da an dessen Stelle ein Gesicht – ein fröhliches Gesicht mit glänzenden Augen. Die Augen hatten Diamant wohl erblickt und wußten anscheinend auch, daß Diamant sie erblickt hatte, denn im gleichen Moment verschwand das Gesicht. Wieder rief die Stimme: »Diamant, Diamant«; und der Stern sprang an seinen Platz zurück.

Diamant rief, so laut er konnte, geradewegs zum Himmel hinauf: »Hier ist Diamant, unter dir. Was soll er tun?«

Sofort verlosch eine Reihe Sterne um den einen herum, und viele Stimmen riefen vom Himmel:

»Komm herauf, komm herauf. Wir sind so lustig, Diamant! Diamant!«

Dann erschallte das fröhlichste und herzlichste Lachen, und alle Sterne sprangen an ihre Plätze zurück.

»Wie soll ich denn hinaufkommen?« rief Diamant.

»Geh um den Rosenbusch herum. Er hat seinen Fuß darin«, sagte die erste Stimme.

Diamant stand sofort auf und ging auf die andere Seite des Rosenbusches.

Dort fand er etwas, was gerade das Gegenteil von dem Gesuchten zu sein schien – eine Treppe, die in die Erde führte. Sie war aus Gras und Moos. Das versprach kein guter Anfang für den Aufstieg in den Himmel zu werden, aber Diamant hatte gelernt, den äußeren Anschein der Dinge zu durchschauen. Der Stimme zufolge mußte er diese Treppe hinuntergehen, und so ging Diamant diese Treppe hinunter, ohne länger darüber nachzudenken.

Es war eine besonders schöne Treppe, ganz kühl und weich – die Seiten und Stufen waren mit Gras und Moos und Farn bewachsen! Immer weiter ging Diamant hinab – ein langes Stück Weg, bis er schließlich einen kleinen Bach gurgeln und plätschern hörte; und er war noch nicht lange weitergegangen, als dieser ihm begegnete – ja, ihm begegnete, denn er kam ihm die Treppe herauf entgegen und floß so selbstverständlich hinauf, als täte er das Gegenteil. Auch war Diamant kein bißchen überrascht, als er sah, wie er sich dabei Stufe um Stufe emporwarf: Er fand es gar nicht merkwürdig – und das war es dort auch nicht. Hier wäre es merkwürdig gewesen. Während der Bach hinauffloß, sang er eine fröhliche Melodie, und seine Stimme klang wie das Lachen, das vom Himmel gekommen war. Das war vielversprechend; und Diamant ging weiter, immer weiter die Treppe hinunter und stromaufwärts, immer weiter, bis er schließlich an die Stelle kam, wo der Bach unter einem Stein hervoreilte und die Treppe ganz aufhörte. Mit der Kraft des emporsprudelnden Wassers bebte der Stein und neigte sich, und Diamant wollte versuchen, ihn zu bewegen. Der Bach drückte den Stein von unten hoch, und so konnte Diamant ihn leicht mit der Hand anheben; wäre er wach gewesen, hätte er es für eine unglaubliche Verkehrung der Dinge ins Gegenteil gehalten, daß der Stein ihm nun auf den Kopf zu stürzen drohte. Doch er wich ihm aus, und als der Stein herunterfiel, stieg er darauf. Jetzt sah er, daß die Öffnung, durch die das Wasser hereinströmte, über seinem Kopf war, und mit Hilfe des Steins kletterte er hindurch und befand sich auf einem Grashügel, der von ihm aus nach allen Seiten hin sanft abfiel und über den der Bach hinunterfloß, um in dem Loch zu verschwinden. Aber kaum hatte er das alles betrachtet, als plötzlich ein fröhliches Rufen und Lachen um ihn herum erklang und eine ganze Reihe kleiner, nackter Jungen um die Wette zu ihm gerannt kam. An ihren Schultern flatterten jeweils zwei kleine Flügel, die sie aber nicht zum Fliegen gebrauchen konnten, denn es waren nur Flügelknospen; aber weil diese nun einmal da waren, mußten sie damit so flattern, als flögen sie. Gerade als die ersten der Schar ihn erreicht hatten, fielen einer oder zwei von ihnen hin, und alle anderen purzelten mit schallendem Gelächter über sie, bis sie wie ein zappelnder Haufen Fröhlichkeit übereinandergeschichtet lagen. Einer nach dem anderen wand sich aus dem Haufen, und sobald sich einer befreit hatte, warf er seine Arme um Diamant und küßte ihn. Diamant fühlte sein

Herz vor lauter Freude fast vergehen. Als sie ihn alle umarmt hatten, rief einer: »Jetzt wollen wir lustig sein«, und mit Geschrei hüpften und tollten sie herum und vollführten die wildesten Luftsprünge auf den grasbewachsenen Hängen. Aber sie kamen immer wieder zu Diamant zurück, der im Mittelpunkt ihrer Vergnügungen stand, und freuten sich über ihn, als hätten sie einen verlorenen Spielgefährten wiedergefunden.

Am Hang ging ein Wind, der wie die leibhaftige Freude blies. Er blies Diamant ins Herz und machte ihn so glücklich, daß er sich hinsetzen und weinen mußte.

»Jetzt gehen wir Sterne ausgraben«, sagte einer, der ihr Anführer zu sein schien.

Sie eilten alle fort, doch einer nach dem anderen kehrten sie bald zurück, jeder mit einer Picke über der Schulter und einem Spaten in der Hand. Sobald sie versammelt waren, brachte der Anführer sie in geordneter Reihe zu einem anderen Teil des Hügels. Diamant stand auf und folgte ihnen.

»Hier fangen wir heute abend mit unserem Unterricht an«, sagte er. »Verteilt euch und grabt.«

Das Scherzen hatte aufgehört. Jeder ging für sich und wanderte langsam mit gebeugten Schultern und auf den Boden gehefteten Augen. Ab und zu hielt einer an, kniete sich hin und untersuchte den Boden genau, tastete mit der Hand umher und bog das Gras auseinander. Einer mochte aufstehen und weitergehen, ein anderer sprang auf die Füße, griff eifrig nach seiner Spitzhacke und schlug sie wieder und wieder in den Boden, warf sie dann beiseite, nahm seinen Spaten auf und begann, in der lockeren Erde zu graben. Bald schaufelte einer die Erde traurig wieder in das Loch zurück, trat sie mit seinen kleinen, nackten, weißen Füßen fest und ging weiter. Doch ein anderer stieß einen freudigen Schrei aus und zog nach langem Lockern und Lösen einen Klumpen aus dem Loch, der so groß wie sein Kopf oder nicht größer als seine Faust war, und von seiner Unterseite strömte solch ein gleißendes, goldenes oder bläuliches Licht in Diamants Augen, daß er davon ganz geblendet war. Gold und Blau waren die üblicheren Farben; Rot, Grün oder Purpur wurden mit größerem Jubel begrüßt. Und jedesmal, wenn ein Stern ausgegraben war, ließen alle kleinen Engel ihre Werkzeuge fallen und versammelten sich um ihn herum und riefen und tanzten und flatterten mit ihren Flügelchen.

Wenn sie den Stern genau untersucht hatten, kniete sich einer nach dem anderen hin und spähte durch das

Loch; dabei ließen sie Diamant immer den Vortritt. Diamant konnte jedoch nur berichten, daß er durch die Sternenlöcher viele Dinge und Orte und Menschen sah, die er gut kannte, allerdings waren sie irgendwie anders – etwas Wunderbares umgab sie – er konnte nicht sagen was. Jedesmal, wenn er durch ein Sternenloch geschaut hatte und wieder aufstand, war ihm, als müsse sein Herz vor Freude zerspringen; und wer weiß, was mit ihm passiert wäre, sagte er, wenn er nicht geweint hätte.

Sobald alle einen Blick hinuntergeworfen hatten, wurde der Stern sorgfältig wieder eingesetzt und etwas Erde darübergestreut; der Rest des Erdhaufens blieb als Zeichen dafür liegen, daß dieser Stern entdeckt worden war.

Schließlich grub einer einen kleinen Stern von herrlicher Farbe aus – von einer Farbe, wie Diamant sie noch nie gesehen hatte. Als der Engel erkannte, was für einer es war, zeigte er ihn nicht herum, sondern gab ihn einem Nachbarn, setzte sich auf den Rand des Loches und sagte: »Das ist der richtige für mich. Auf Wiedersehen. Ich gehe.«

Sie drängten sich um ihn, umarmten und küßten ihn; dann traten sie ernst und still zurück, ihre Flügel waren dicht an die Schultern angelegt. Der kleine Kerl sah sie einmal lächelnd der Reihe nach an, und dann stürzte er sich kopfüber durch das Sternenloch hinab. Diamant, der bevorzugt war, warf sich auf den Boden, um ihm nachzuschauen, aber er sah nichts.

»Es hat keinen Zweck«, sagte der Anführer. »Ich habe nie mehr etwas von einem gesehen, der dorthin gegangen ist.«

»Seine Flügel können ihm nicht viel nützen«, sagte Diamant ängstlich und besorgt, aber das ruhige Aussehen der anderen tröstete ihn.

»Das stimmt«, sagte der Anführer. »Er hat sie inzwischen verloren. Das ist bei allen so, die dorthin gehen. Siehst du, du hast auch keine.«

»Nein«, sagte Diamant. »Ich habe nie welche gehabt.«

»Ach! Wirklich nicht?« sagte der Anführer.

»Manche Leute meinen«, fügte er nach einer Pause hinzu, »daß sie wieder wachsen. Das weiß ich nicht. Ich habe noch nicht die richtige Farbe für mich entdeckt. Irgendwann werde ich sie wohl finden.«

Dann betrachteten sie alle wieder den Stern, setzten ihn vorsichtig in sein Loch, tanzten um ihn herum und über ihn hinweg – aber feierlich – und tauften ihn auf den Namen des Entdeckers.

»Werdet ihr ihn wiedererkennen?« fragte Diamant.

»O ja, wir vergessen nie einen Stern, der zur Tür geworden ist.«

Dann suchten und gruben sie weiter.

Weil Diamant weder Picke noch Spaten hatte, blieb ihm mehr Zeit zum Nachdenken.

»Ich sehe gar keine kleinen Mädchen«, sagte er schließlich.

Der Anführer hörte auf zu graben, stützte sich auf seinen Spaten, rieb sich mit der linken Hand nachdenklich die Stirn – die kleinen Engel waren alle Linkshänder –, wiederholte die Worte »kleine Mädchen«, nahm, als sei ihm eine Idee gekommen, seine Arbeit wieder auf und sagte: »Ich glaube, ich weiß, was du meinst. Ich habe natürlich noch nie welche gesehen, doch ich denke, es sind die, die du meinst. Ich habe gehört – aber wohlgemerkt, ich sage nicht, es ist so, denn ich weiß es nicht –, daß, wenn wir einschlafen, eine Schar von Engeln kommt, die so ähnlich sind wie wir, nur ganz anders, und sie gehen zu allen Sternen, die wir entdeckt haben, und entdecken sie nach uns. Ich nehme an, daß wir sie durch unser Graben und Hantieren ein wenig beschädigen; und wahrscheinlich machen die Wolken, die von unten aufsteigen, sie manchmal rußig und stumpf. Man erzählt– wohlgemerkt, ich sage, *man erzählt* –, daß diese anderen Engel sie nacheinander herausnehmen und wie wir herumreichen und anhauchen und mit ihren weißen Händen abreiben, die weicher sind als unsere, weil sie keine Picke- und Spaten-Arbeit tun, und sie anlächeln und wieder einsetzen, und deshalb werden sie nicht dunkel.«

»Wie lustig!« dachte Diamant. »Ihnen würde ich auch gerne bei der Arbeit zusehen. – Wann geht ihr schlafen?« fragte er den Anführer.

»Wenn wir müde werden«, antwortete der Anführer. »Man erzählt – aber wohlgemerkt, ich sage, *man erzählt* –, das sei immer dann, wenn diese anderen – wie hast du sie genannt? Ich weiß nicht, ob sie so heißen, ich vermute nur, daß es die sein könnten, die du meinst –, wenn sie ihre Runde gehen und einer Schar von uns nahekommen. Sie wohnen auf der Westseite des Hügels. Von *uns* ist noch keiner ganz oben gewesen.«

Noch während er sprach, fiel im der Spaten aus der Hand. Er sank neben ihm zu Boden und war augenblicklich fest eingeschlafen. Einer nach dem anderen von der

Schar ließ Picke oder Schaufel aus den müden Händen fallen und lag in tiefem Schlaf neben seiner Arbeitsstelle.

»Ah!« dachte Diamant erfreut bei sich, »jetzt kommen die Mädchenengel, und weil ich kein Engel bin, werde ich nicht wie die anderen einschlafen, sondern die Mädchenengel sehen.«

Aber im gleichen Augenblick spürte er, wie er müde wurde. Er kämpfte heftig gegen die eindringende Macht an. Er legte die Finger auf die Augenlider und schob sie hoch. Doch es hatte keinen Zweck. Er glaubte noch, über dem grünen Hügel einen Schimmer von blaß rosafarbenem Licht gesehen zu haben, und dann wußte er nichts mehr.

Als er aufwachte, wurden die anderen Engel auch gerade wach. Er erwartete, daß sie ihre Werkzeuge aufnehmen würden, aber nein, jetzt war ihre Spielzeit gekommen. Sie sahen glücklicher aus denn je, und jeder begann, wo er gerade stand, zu singen. Er hatte sie vorher nicht singen hören.

»Jetzt«, dachte er, »werde ich herausfinden, was für eine Art von Unsinn die Engel singen, wenn sie froh sind. Sie fahren keine Droschken, das sehe ich schon, aber sie graben nach Sternen, und sie arbeiten schwer genug, um danach fröhlich zu sein.«

Und er hörte tatsächlich etwas von dem Unsinn der Engel, denn wenn für sie auch alles sinnvoll gewesen sein mag, fand Diamant doch gerade so viel Sinn darin, daß guter Unsinn daraus wurde. Er bemühte sich sehr, alles im Gedächtnis zu behalten, und hörte so aufmerksam zu, wie er konnte, einmal diesem, einmal jenem und dann allen zusammen. Aber während sie noch sangen, merkte er zu seiner großen Enttäuschung, daß er – erst langsam und dann immer schneller – wach wurde. Und im Aufwachen merkte er, daß Vers um Vers der Engelunsinn aus seinem Gedächtnis entschwand, obwohl er ein gutes Gedächtnis hatte. Er dachte immer, er könne den letzten Vers behalten, doch wenn der nächste begann, vergaß er den vorangegangenen, und als er schließlich ganz wach wurde, rang er um den letzten Vers. Er fühlte, wie die Anstrengung, diesen einen Vers des entschwindenden Liedes nicht zu vergessen, ihn beinahe das Leben kostete. Und doch wußte er, als er endlich wach war, noch nicht einmal diesen sicher. Er lautete etwa so:

Weiße Hände aus Weiße
Waschen die Gesichter der Sterne,
Bis – glitzer glitzer glitz ihre Helle
Strahlt herunter in die arme Ferne.

Aber darin lag noch so viel Sinn, daß er dachte, sie müßten doch etwas anderes gesungen haben.

26
Diamant bringt einen Fahrgast auf dem falschen Weg ans richtige Ziel

Am nächsten Morgen war Diamant beinahe so früh auf wie am Tag davor. Er hatte jetzt nichts mehr von seiner Mutter zu befürchten und machte kein Geheimnis aus seinem Vorhaben. Als er zum Stall kam, waren einige Männer dort. Sie bestürmten ihn mit Fragen, wie es ihm am Vortag ergangen sei, und er erzählte ihnen alles, was sie wissen wollten. Doch als er das alte Pferd anschirren wollte, schoben sie ihn mit rauher Herzlichkeit beiseite, nannten ihn ein Baby und machten sich daran, alles für ihn herzurichten. Also lief Diamant ins Haus, trank noch einen Schluck Tee und biß noch einmal in sein Butterbrot, und obwohl er noch nie so müde gewesen war wie am vergangenen Abend, begann er den Morgen frisch ausgeruht. Der Himmel war bewölkt an diesem Tag, und der Wind blies heftig von Norden – manchmal so heftig, daß Diamant, der auf dem Bock thronte und mit den Zehen gerade eben auf den Boden kam, wünschte, er könnte sich mit irgendeinem Riemen festschnallen, damit er nicht heruntergeweht würde. Aber es machte ihm nicht wirklich etwas aus.

Sein Kopf war ganz von dem Traum erfüllt, den er geträumt hatte; doch das hielt ihn nicht von seiner Arbeit ab, denn seine Arbeit war es nicht, Sterne auszugraben, sondern den alten Diamant zu führen und Fahrgäste abzuholen. Es gibt nicht viele Menschen, die gleichzeitig an etwas Schönes denken und eine alltägliche Arbeit verrichten können. Aber es gibt auch nicht viele Menschen, die hinter dem Nordwind gewesen sind.

Es gab nicht allzuviel zu tun. Und Diamant wurde es ziemlich kalt, obwohl seine Mutter persönlich ihm den Schal umgebunden und ihm geholfen hatte, den Übermantel anzuziehen. Aber er war sich seiner Würde zu sehr bewußt, um sich wie einige andere Kutscher in die Droschke zu setzen. Einem Droschkenkutscher darf das Wetter nichts ausmachen – zumindest dachte Diamant das. Schließlich wurde er zu einem Haus in der Nähe gerufen, von wo eine junge Frau mit einer schweren Kiste zu einem Küstenschiff nach Wapping gebracht werden mußte.

Es war ihm nicht angenehm, so weit ostwärts und so nahe zum Fluß fahren zu müssen, denn es gab dort viel ungehobeltes Volk. Aber es kam nirgendwo zu einer Stockung, noch nicht einmal in der Nightingale Lane, und so erreichte er den Kai ohne Belästigungen und setzte seinen Fahrgast ab. Doch als er wendete, um zurückzufahren, waren da ein paar Bummler, die sich nicht nur über ihn lustig machen wollten, sondern auch auf das Fahrgeld aus waren, das die junge Frau ihm gegeben hatte. Als sie ihn gerade vom Bock herunterzogen und er nach der Polizei rief, kam ein blaßgesichtiger Mann in abgetragener Kleidung, der dennoch etwas von einem Herrn an sich hatte, hinzu und machte so ausgiebigen Gebrauch von seinem Stock, daß er sie vertrieb.

»Nun, kleiner Mann«, sagte er, »fahr zu, solange es geht. Verlier keine Zeit. Das ist nicht der richtige Ort für dich.«

Aber es war nicht Diamants Art, nur an sich zu denken. Er sah, daß sein neuer Freund müde, wenn nicht sogar krank und sehr arm war.

»Möchten Sie nicht einsteigen, Sir?« sagte er. »Ich bringe Sie, wohin Sie wollen.«

»Vielen Dank, kleiner Mann, aber ich habe kein Geld, deshalb geht es nicht.«

»Oh, ich brauche kein Geld. Ich bin sehr froh, wenn Sie einsteigen. Daß mein Geld noch da ist, habe ich nur Ihnen zu verdanken. Ich schulde Ihnen eine Fahrt, Sir.«

»In welche Richtung fährst du?«

»Nach Charing Cross, aber es ist egal, wohin ich fahre.«

»Nun gut, ich bin sehr müde. Wenn du mich nach Charing Cross mitnimmst, bin ich dir sehr dankbar. Ich bin von Gravesend aus zu Fuß gegangen und hatte kaum noch Geld für die Tunnelbahn.«

Bei diesen Worten öffnete er die Tür und stieg ein, und Diamant fuhr los.

Während er fuhr, wurde er die Vorstellung nicht los, den Herrn – denn Diamant wußte, daß es ein Herr war – schon einmal gesehen zu haben. Aber so sehr er sich auch den Kopf zerbrach, er konnte sich nicht erinnern, wann und wo. In der Zwischenzeit war seinem Fahrgast – wenn wir ihn so nennen wollen, obwohl er nichts zahlen mußte – bei der bequemen Fahrt die Lust zu gehen vergangen, und er hatte sich die Sache anders überlegt; als sie am Münzamt vorbeifuhren, rief er nach Diamant, der hielt das Pferd an, sprang ab und ging zum Fenster.

»Wenn es dir nichts ausmacht, mich nach Chiswick zu bringen, könnte ich dich bezahlen, wenn wir dort angekommen sind. Es ist eine lange Strecke, aber du sollst den ganzen Fahrpreis von den Docks bis dorthin bekommen – und noch etwas dazu.«

»Jawohl, Sir«, sagte Diamant. »Das tue ich sehr gern.«

Er stieg gerade wieder auf, als der Herr seinen Kopf zum Fenster herausstreckte und sagte: »Zum Haus ›Wildnis‹, dem Haus von Herrn Coleman; aber ich sage dir, wie du fahren mußt, wenn wir in die Gegend kommen.«

Wie ein Blitz durchfuhr es Diamant, wer der Herr war. Aber er stieg auf seinen Bock, um erst einmal zu überlegen, bevor er eine Antwort gab.

Der Herr war Herr Evans, der Mann, den Fräulein Coleman hätte heiraten sollen, und Diamant hatte ihn ein paar Mal mit ihr im Garten gesehen. Ich habe schon erzählt, daß er nicht ganz anständig zu Fräulein Coleman gewesen war. Er hatte ihre Heirat mehrmals in feiger Weise hinausgeschoben, nur weil er sich schämte, mit einem kleinen Gehalt zu heiraten und bescheiden leben zu müssen. Wenn ein Mann darüber nachdenkt, was die Leute in einem solchen Fall sagen, dann mag er vielleicht lieben, aber seine Liebe ist eine recht armselige Angelegenheit. Herr Coleman hatte ihn als Junior-Teilhaber in die Firma genommen, und zu einem gewissen Grad hatte er durch seinen Einfluß die Spekulationsgeschäfte begonnen, die ihn schließlich ruinierten. Also war seine Liebe nicht segensreich gewesen. Das Schiff, das Nordwind versenkt hatte, war ihr letztes Geschäft gewesen, und Herr Evans war in der Hoffnung mitgefahren, die Ladung mit dem größtmöglichen Gewinn zu verkaufen. Er war einer von denen, die in dem einzigen Boot auf eine verlassene Insel gelangt waren, und er hatte eine ziemlich schwere Zeit durchgemacht. Aber er konnte noch lernen, und seine Schwierigkeiten hatten viel Gutes für ihn bewirkt, denn durch sie waren ihm Zweifel an sich selbst gekommen, und er begann nachzudenken und kam endlich zu dem Schluß, daß er dumm und schlecht gewesen war. Denn wenn er Fräulein Coleman auf der verlassenen Insel bei sich gehabt hätte und hätte für sie eine Hütte bauen, Nahrung beschaffen und Kleider machen dürfen, wäre er der glücklichste Mann der Welt gewesen; zu Hause aber hatte er sie erst heiraten wollen, wenn er sich einen Bediensteten leisten konnte. Bevor er nach Hause zurückkam, hatte er sogar langsam begriffen, daß man nicht schnell reich werden kann, ohne dabei gegen Gottes Willen zu handeln, und daß es daher schrecklich ist, wenn das gelingt. So war er als bescheidenerer Mann zurückgekehrt und wollte Fräulein Coleman unbedingt um Vergebung bitten. Aber er wußte nichts von ihrem Unglück, denn er hatte sich mit den Firmenangelegenheiten nie richtig vertraut gemacht. Es gibt selten Spekulanten, die sich in ihren eigenen Angelegenheiten auskennen. Deshalb zweifelte er nicht daran, daß alles beim alten sei, und erwartete, sie wie früher in der »Wildnis« wiederzusehen. Aber wenn er nicht an Diamant geraten wäre, wäre es ihm zunächst gar nicht in den Sinn gekommen, sich dorthin zu wenden.

Was sollte Diamant tun? Er hatte von seinem Vater und seiner Mutter Bemerkungen über Herrn Evans gehört, die ihn unsicher machten. Er wußte, daß Herr Evans nicht so besonnen gewesen war, wie er hätte sein können. Deshalb fuhr Diamant ziemlich langsam, bis er zu einem Schluß gekommen war. Es hatte natürlich keinen Zweck, Herrn Evans nach Chiswick zu bringen. Aber wenn er ihm erzählte, was passiert war und wo Colemans jetzt wohnten, dann würde er seinen Besuch vielleicht aufschieben, und Diamant war sicher, daß zumindest Fräulein Coleman ihn unbedingt sehen wollte. Er war auch sicher, daß es am besten wäre, wenn die beiden zusammenträfen und die Sache selbst miteinander ausmachen könnten.

Als er dies beschlossen hatte, änderte er die Richtung von Westen nach Norden und fuhr geradewegs nach Hoxton zu dem ärmlichen kleinen Haus von Herrn Coleman. Herr Evans war zu müde und zu sehr mit seinen eigenen Gedanken beschäftigt, um überhaupt auf die Straßen zu achten, durch die sie fuhren, und deshalb schöpfte er bei der Richtungsänderung keinen Verdacht.

Inzwischen war der Wind fast zu Orkanstärke angeschwollen, und weil sie ihm oft genau entgegenfahren mußten, war es für die beiden Diamanten keine leichte Angelegenheit. Aber der Weg war nicht weit. Bevor sie zu der Straße kamen, in der Herr Coleman wohnte, blies der Wind gewaltig, und als Fräulein Coleman ein bißchen nach draußen gehen wollte und die Tür öffnete, schlug die Tür mit einem solchen Knall gegen die Wand, daß sie Angst bekam und wieder hineinging. Fünf Minuten später hielt Diamant vor der Tür. Als sie in die Straße einbogen, kam der Wind genau von hinten, und beim Anhalten hatte der alte Diamant so viel damit zu tun, die Droschke gegen den Wind zum Stehen zu bringen, daß der Riemen riß. Der junge Diamant sprang vom Bock, klopfte laut an die Tür, drehte sich dann zu der Droschke um, und bevor Herr Evans überhaupt auf die Idee kam, daß etwas nicht ganz in Ordnung war, sagte er: »Entschuldigung, Sir, mein Geschirr ist aufgegangen. Macht es Ihnen etwas aus, für ein paar Minuten hier zu warten? Es sind Bekannte von mir. Wenn ich es repariert habe, bringe ich Sie, wohin Sie wollen. Es dauert nur ein paar Minuten, aber Sie können nicht in diesem Wind stehenbleiben.«

Halb benommen vor Hunger und Müdigkeit, befolgte Herr Evans Diamants Vorschlag und ging durch die Tür, die das Dienstmädchen mit Mühe gegen den Wind offenhielt. Sie glaubte, Herr Evans sei ein Besucher, was er ja auch war, und führte ihn in das Zimmer im unteren

Stock. Als sie die Tür geschlossen hatte, flüsterte Diamant ihr zu: »Sagen Sie Fräulein Coleman Bescheid. Er will Fräulein Coleman sehen.«

»Ich bin nicht sicher«, sagte das Dienstmädchen. »Er sieht nicht gerade wie ein Herr aus.«

»Das ist er aber, und ich kenne ihn, und Fräulein Coleman kennt ihn auch.«

Das Dienstmädchen erinnerte sich an Diamant, den sie gesehen hatte, als er mit seinem Vater die Damen nach Hause gefahren hatte. Deshalb glaubte sie ihm und folgte seinen Anweisungen.

Was sich in dem kleinen Besuchszimmer abspielte, als Fräulein Coleman herunterkam, gehört nicht in meine Geschichte, die nur von Diamant erzählt. Hätte er gewußt, daß Fräulein Coleman Herrn Evans tot glaubte, hätte er es vielleicht anders eingefädelt. Es gab einen Schrei und einiges Hin- und Herrennen im Haus, und dann war alles wieder ruhig.

Gleich nachdem Herr Evans ins Haus gegangen war, hatte sich der Wind gelegt, und jetzt war es ganz still. Diamant sah, daß er für den Augenblick ganz gut zurechtkommen konnte, wenn er den Gurt nur ein bißchen enger zog, als es gerade bequem für das Pferd war; und weil er es für besser hielt, dem Pferd seinen Futterbeutel an diesem ruhigen Ort zu geben, setzte er sich auf den Bock, bis das alte Pferd mit seinem Mittagessen fertig war. Nach einer Weile kam Herr Evans und bat ihn, hereinzukommen. Diamant gehorchte, und zu seiner großen Freude nahm Fräulein Coleman ihn in die Arme und küßte ihn; und Fahrgeld gab es auch für ihn, ganz zu schweigen von den fünf glänzenden Shilling, die sie ihm gab und die er nicht zurückweisen konnte, weil seine Mutter sie zu Hause so sehr für den Vater brauchte. Als er wegging, war er beinahe ebenso froh wie sie.

Im weiteren Verlauf des Tages hatte er mehr Glück, und wenn er auch nicht so viel mit nach Hause brachte wie am Vortag, war er doch mit dem Ergebnis insgesamt zufrieden. Und was für eine Geschichte er Vater und Mutter von seinen Abenteuern erzählen konnte, und von dem, was er getan hatte und was dabei herausgekommen war! Sie stellten ihm so viele Fragen! Einige konnte er beantworten, andere nicht; und seinem Vater schien es soviel besser zu gehen, weil sein Sohn sich nicht nur für seine eigene Familie, sondern auch für andere Menschen als nützlich erwies und seinen Platz als ein Mann, der klug urteilte und sinnvolle Arbeit tat, gut ausfüllte.

Vierzehn Tage lang fuhr Diamant noch die Droschke und sorgte für seine Familie. In einigen Teilen Londons kannte man ihn schon, und manche gaben seiner Droschke den Vorzug, weil sie Gutes von ihm gehört hatten. Ein Herr, der in der Nähe der Stallungen wohnte, hatte ihn jeden Tag zu einer bestimmten Zeit bestellt, um ins Stadtinnere gefahren zu werden; und Diamant war so pünktlich wie die Uhr – obwohl er dafür ziemlich aufpassen mußte, denn auf die Uhr seines Vaters konnte er sich nicht ganz verlassen, er mußte sie immer mit der Uhr von der St.-Georgs-Kirche vergleichen. Aber mit beiden zusammen glückte es.

Nach diesen zwei Wochen konnte sein Vater wieder fahren. Dann erkundigte sich Diamant nach Nanny, und das führte zu etwas anderem.

27
Das Kinderkrankenhaus

Am ersten Tag, an dem Diamants Vater wieder arbeitete, fuhr Diamant wie üblich mit ihm. Aber nachdem sein Vater am Nachmittag einen Fahrgast in die Nachbarschaft gebracht hatte, ging er nach Hause, und für den Rest des Tages übernahm Diamant die Droschke. Für den alten Diamant war es schwer, die ganze Arbeit zu tun, doch sie konnten sich nicht noch ein Pferd leisten. Sie schonten ihn, wo es ging, und fütterten ihn gut, und er hielt sich tapfer.

Am nächsten Morgen fühlte sich Diamants Vater sehr viel kräftiger, und Diamant dachte, daß er bei Herrn Raymond fragen könnte, ob er ihn mit zu Nanny nehmen würde. Er traf ihn zu Hause an. Sein Diener war inzwischen freundlich geworden und führte ihn ohne Kreuzverhör herein. Herr Raymond empfing ihn mit seiner gewohnten Freundlichkeit, stimmte sofort zu und ging mit ihm zu dem Krankenhaus, das ganz in der Nähe lag. Es war ein komfortables, altmodisches Haus aus der Regierungszeit von Königin Anne, in dem seinerzeit gewiß sehr reiche und vornehme Leute gewohnt hatten; jetzt war es ein Heim für bedürftige kranke Kinder, die dort aus Nächstenliebe sorgfältig betreut wurden. In London gibt es Stadtteile, wo in jeder zweiten Straße ein solches Krankenhaus mit Kindern gefüllt sein könnte, deren Väter und Mütter tot sind oder nicht für sie sorgen können.

Diamant folgte Herrn Raymond in das Zimmer mit den Kindern, die den Höhepunkt ihrer Krankheit überwunden hatten und auf dem Weg der Besserung waren, und sah dort eine ganze Reihe kleiner eiserner Bettgestelle, die mit dem Kopfende zur Wand standen, und in jedem lag ein Kind, dessen Gesicht eine Geschichte erzählte. Bei einigen kündigte sich die Genesung mit einem rosigen Hauch auf den Wangen und einem zaghaften Glänzen der Augen an, geradeso wie gerötete Knospen und leuchtende Krokusse nach dem trostlosen Winter die Vorboten des Frühlings sind. Bei anderen hatte der Winter tiefere Spuren hinterlassen. Ihre Gesichter erinnerten mehr an Schnee und scharfe, schneidende Winde als an Sonnenschein und sanfte Brisen und Schmetterlinge; aber auch hier zeigten die Leidensspuren, daß das Leiden weniger geworden und der Frühling schon angebrochen war, wenn es einen Frühling geben sollte.

Diamant sah sich aufmerksam um, aber er konnte keine Nanny erblicken. Mit fragenden Augen wandte er sich zu Herrn Raymond.

»Nun?« sagte Herr Raymond.

»Nanny ist nicht da«, sagte Diamant.

»O doch, das ist sie.«

»Ich sehe sie nicht.«

»Aber ich. Dort ist sie.«

Er deutete auf ein Bett, das Diamant genau gegenüberstand.

»Das ist nicht Nanny«, sagte er.

»Es *ist* Nanny. Ich habe sie oft gesehen, seit du sie zuletzt gesehen hast. Krankheit verändert einen Menschen sehr.«

»Wirklich, dieses Mädchen muß hinter dem Nordwind gewesen sein!« dachte Diamant, doch er sagte nichts, sondern schaute sie nur mit großen Augen an, und wie er so schaute, schimmerte etwas von dem Gesicht der alten Nanny durch das Gesicht der neuen Nanny hindurch. Die alte Nanny war wohl ein gutes Mädchen und ein freundliches Mädchen gewesen, aber doch schmutzig, und sie hatte grob und barsch gesprochen. Wer schon einmal hinter dem Nordwind gewesen war, hätte in ihrem Gesicht immer etwas gefunden, was er schon bei den besten Menschen gesehen hatte, aber trotzdem war es grob, teils vom Wetter, teils weil sie mit niedrigen Menschen zusammenlebte und teils weil sie für sich selbst kämpfen mußte; jetzt war es von solchem Liebreiz, so sanft und fein, daß eine Dame und ein Herr ihre Eltern gewesen sein könnten. Und Diamant mußte an Worte denken, die er am Tag zuvor in der Kirche gehört hatte: »Gewiß ist es gut zu leiden«, oder ähnlich. Nordwind mußte auf irgendeine Weise mit ihr zu tun gehabt haben! Sie hatte sich von einem groben kleinen Kind in ein sanftes junges Mädchen verwandelt.

Herr Raymond war indes nicht überrascht, denn er hatte schon oft solche wunderbaren Verwandlungen gesehen – wie die Verwandlung des kriechenden, vielfüßigen Wesens, das matt und krank wird und dann als Schmetterling mit zwei Flügeln anstelle der vielen Füße zu neuem Leben erwacht. Sie mußte nicht für sich selbst sorgen, sondern wurde von freundlichen Händen versorgt, die sie sauber und wohl und froh machten, ihr kühlende Getränke gaben, wenn sie durstig war, und die Schmerzen in ihrem Kopf linderten; und freundliche Augen leuchteten auf sie herunter, so daß das Feuer des Fiebers und der Tau der Güte alles Grobe an ihr aufgelöst und weggewaschen hatten und ihr ganzes Gesicht so fein und liebreizend geworden war, daß Diamant sie nicht erkannte. Aber während er sie so betrachtete, leuchtete ihm wie der Mond aus einer Wolke das Beste aus dem alten Gesicht entgegen, alles, was wahr und gut, was Nanny selbst gewesen war, bis er schließlich nicht nur Herrn Raymond glaubte, daß sie es war, sondern selbst sehen konnte, daß es tatsächlich Nanny war – sehr müde, aber schön geworden.

Er ging zu ihr hin. Sie lächelte. Er hatte sie schon lachen hören, aber er hatte sie noch nie lächeln sehen.

»Nanny, erkennst du mich?« sagte Diamant.

Sie lächelte nur wieder, als wäre die Frage erheiternd.

Sie würde ihn nicht so schnell vergessen; zwar wußte sie noch nicht, daß sie durch ihn ins Krankenhaus gekommen war, aber sie hatte oft von ihm geträumt und in ihren Fieberträumen viel von ihm gesprochen. Und das war auch kein Wunder, denn außer Jim war er der einzige Junge, der jemals freundlich zu ihr gewesen war.

In der Zwischenzeit ging Herr Raymond von Bett zu Bett und sprach mit den kleinen Leuten. Jeder kannte ihn, jeder wollte gerne einen Blick und ein Lächeln und ein freundliches Wort von ihm. Diamant setzte sich auf einen Hocker am Kopfende von Nannys Bett. Sie legte ihre Hand in seine. Keiner von ihren früheren Bekannten war bei ihr gewesen.

Plötzlich rief eine kleine Stimme –

»Kann Herr Raymond uns nicht eine Geschichte erzählen?«

»O ja, bitte, bitte!« riefen mehrere kleine Stimmen, die schon etwas kräftiger waren. Denn Herr Raymond erzählte ihnen jedesmal eine Geschichte, wenn er sie besuchte, und darüber freuten sie sich viel mehr als über die anderen schönen Dinge, die er ihnen mit Zustimmung des Arztes geben durfte.

»Nun gut«, sagte Herr Raymond. »Dann will ich es tun. Was für eine Geschichte soll es sein?«

»Eine wahre Geschichte«, sagte ein kleines Mädchen.

»Ein Märchen«, sagte ein kleiner Junge.

»Nun«, sagte Herr Raymond, »ich denke, wenn ihr euch nicht einig seid, kann ich es mir aussuchen. Im Moment fällt mir keine wahre Geschichte ein, deshalb werde ich euch eine Art Märchen erzählen.«

»O großartig!« rief der kleine Junge, der nach einem Märchen verlangt hatte.

»Es ist mir heute morgen beim Aufstehen in den Kopf gekommen«, fuhr Herr Raymond fort, »und wenn es gut glückt, werde ich es aufschreiben und drucken lassen, und wenn ihr wollt, könnt ihr es dann lesen.«

»Dann hat es noch niemand gehört?« fragte ein älteres Kind.

»Nein, niemand.«

»Oh!« riefen mehrere aus, denn sie fanden es großartig, daß sie die ersten waren, die es hören durften. Und es mag eine besondere Frische darin gewesen sein, weil für den Erzähler alles beinahe ebenso neu war wie für die Zuhörer.

Einige setzten sich nur auf, andere legten sich hin, deshalb konnte es nicht das geschäftige Treiben, Herbeilaufen und Hin- und Herschieben geben, mit dem sich Kinder sonst darauf vorbereiten, eine Geschichte zu hören; aber ihre Gesichter und das Drehen ihrer Köpfe und viele leise, erwartungsvolle Ausrufe zeigten, daß solche Vorbereitungen in ihnen vorgingen.

Herr Raymond stand mitten im Zimmer, so daß er sich zu jeder Seite hinwenden und jeder ihn sehen konnte. Diamant blieb auf seinem Platz neben Nanny sitzen und hielt ihre Hand in seiner. Ich weiß nicht, wieviel die kleineren Kinder von Herrn Raymonds Geschichte verstanden, ja, ich weiß nicht einmal, wieviel es darin zu verstehen gab, denn einer solchen Geschichte muß jeder das entnehmen, was er selbst darin finden kann. Auf jeden Fall hörten sie alle sichtlich zufrieden und sehr aufmerksam zu. Herr Raymond hat die Geschichte später aufgeschrieben, und hier ist sie – gewiß mit ein paar Änderungen, denn ein guter Erzähler versucht seine Geschichte mit jedem Erzählen zu verbessern. Ich kann mir nicht helfen, aber ich glaube, daß er bei dieser Geschichte ein bißchen an das alte Märchen von Dornröschen gedacht hat.

28
Prinzessin Tageslicht

Kein Haus, das Anspruch auf den Namen Palast erhebt, verdient diese Bezeichnung, wenn es nicht einen Wald in der Nähe gibt – ganz in der Nähe –, und je näher, um so besser. Nicht rundherum – das meine ich nicht, denn ein Palast soll frei in Sonne und Wind liegen und trutzig und hoch stehen, mit blitzblanken Wetterhähnen und wehenden Flaggen; aber auf einer Seite muß jeder Palast einen Wald haben. Und bei dem Palast des Königs, der Tageslichts Vater werden sollte, gab es wirklich einen großartigen Wald, so großartig, daß keiner je bis zu seinem anderen Ende vorgedrungen war. In der Nähe des Hauses wurde er sehr sauber und ordentlich gehalten, und ein gutes Stück in den Wald hinein war er frei von Unterholz; aber dahinter wurde er immer undurchdringlicher und wuchs wilder und wilder, bis schließlich die wilden Tiere darin tun konnten, was sie wollten, so erzählte man sich. Der König und sein Gefolge gingen jedoch oft auf die Jagd, und so wurden die wilden Tiere vom Palast ferngehalten.

An einem herrlichen Sommermorgen, als Wind und Sonne miteinander draußen waren, die Wetterhähne blitzten und die Fahnen gegen den blauen Himmel tanzten, erschien die kleine Tageslicht irgendwoher – niemand wußte woher –, ein hübsches Baby, mit solch strahlenden Augen, als sei es von der Sonne gekommen, aber nach einiger Zeit zeigte sich, daß es ebensogut der Wind gebracht haben konnte. Im Palast war großer Jubel, denn dies war das erste Kind, das die Königin hatte, und in einem Palast freut man sich ebensosehr über ein Kind wie in einem kleinen Haus.

Doch es gibt einen Nachteil, wenn man dicht bei einem Wald wohnt: Man kennt seine Nachbarn nicht so genau. Jeder wußte, daß es dort einige Feen gab, die im Umkreis von ein paar Meilen um den Palast herum lebten, und immer, wenn ein Kind auf die Welt kam, hatten sie irgendwie ihre Hand mit im Spiel; denn Feen leben so viel länger als wir, daß sie es mit vielen Generationen menschlicher Sterblicher zu tun haben können. Ihre seltsamen Häuser waren auch wohlbekannt – eines war eine hohle Eiche, ein anderes ein Birkenbaum, nur hat niemand herausgefunden, wie diese Fee ein Haus daraus gemacht hat; ein anderes war eine Hütte aus ineinandergewachsenen Bäumen, die mit Gras und Moos ausgepolstert war. Aber es gab noch eine Fee, die erst vor kurzer Zeit in die Gegend gezogen war, und außer den anderen Feen wußte niemand, daß sie eine Fee war. Sie war eine

häßliche Alte, die ihre Macht stets verbarg und so unfreundlich war, wie sie nur sein konnte; damit reizte sie die Leute, sie zu beleidigen, und hatte dann ihren Spaß daran, sich an ihnen zu rächen. Die Leute in der näheren Umgebung dachten, sie wäre eine Hexe, und wer sie vom Sehen kannte, paßte gut auf, sie nicht zu beleidigen. Sie lebte in einem Schlammhaus in einem sumpfigen Teil des Waldes.

In allen Geschichten ist es so, daß die Feen einem Prinzen, einer Prinzessin oder irgendeinem anderen

Kind, das in ihren Augen hinreichend wichtig ist, ihre besonderen Gaben bei der Taufe geben. Das ist wohl verständlich, denn es ist seit alters her auch bei den Menschen so Brauch, und es ist nicht schwer zu erklären, warum die bösen Feen den gleichen Zeitpunkt wählen, um etwas Garstiges zu tun; aber es ist schwer zu verstehen, wie ihnen dies gelingen kann, denn man möchte meinen, daß alle bösen Wesen bei einem solchen Anlaß machtlos seien. Aber ich habe noch nie gehört, daß das Eingreifen einer bösen Fee sich nicht zu einem guten Ende gewendet hätte.

Wie gut war es zum Beispiel, daß eine Prinzessin hundert Jahre schlafen mußte! Hat ihr das nicht alle Plage mit den vielen jungen Männern erspart, die ihrer nicht wert waren? Und ist sie nicht genau im richtigen Moment aufgewacht, als der richtige Prinz sie geküßt hat? Ich für mein Teil würde einer ganzen Reihe von Mädchen wünschen, daß sie schlafen könnten, bis ihnen das gleiche Schicksal widerfährt. Sie wären glücklicher, und für ihre Freunde wäre es angenehmer.

Natürlich waren alle bekannten Feen zu der Taufe eingeladen. Aber der König und die Königin hatten überhaupt nicht daran gedacht, eine alte Hexe einzuladen. Denn den Feen stehen ihre Kräfte von Natur aus zur Verfügung, aber eine Hexe gewinnt ihre Macht durch Niedertracht. Doch die anderen Feen wußten, wie gefährlich dies werden konnte, und trafen so gut wie möglich von ihrer Seite Vorsorge gegen Unheil. Dennoch konnten sie sie nicht ihrer Macht berauben und auch nicht ihre Gaben nach denen der bösen Fee ausrichten, denn sie wußten nicht, was von ihrer Seite kommen würde.

Natürlich erschien die alte Hexe auch ohne Einladung. Es war ihr gerade recht, daß man sie nicht gebeten hatte, so hatte sie einen Vorwand für ihr Vorhaben. Denn irgendwie will selbst das boshafteste Wesen einen Vorwand für seine bösen Taten haben.

Fünf Feen hatten dem Kind nacheinander ihre Gaben gegeben, was eine jede für die beste hielt, und die fünfte war gerade auf ihren Platz in der prachtvollen Runde der anderen Damen und Herren zurückgetreten, als die böse Fee, mit ihrem zahnlosen Mund sich ein Lachen verbeißend, in die Mitte des Kreises humpelte und den Erzbischof, gerade als er das Baby der Dame übergab, die der Kinderabteilung für Staatsangelegenheiten vorstand, mit folgenden Worten ansprach, wobei sie auf jedem Wort ein paarmal herumbiß, bevor sie es aus ihrem Mund entließ:

»Bitte, Eure Exzellenz, ich höre sehr schwer: Würde es Eurer Exzellenz etwas ausmachen, den Namen des Königskindes noch einmal zu sagen?«

»Mit Vergnügen, gute Frau«, sagte der Erzbischof und beugte sich herunter, um ihr ins Ohr zu schreien: »Der Name des Kindes ist Prinzessin Tageslicht.«

»Und wenig Tageslicht soll es sein«, rief die Fee im Ton einer knarrenden Wagenachse, »und ihre Gaben sollen ihr nicht viel nützen. Denn ich schenke ihr die Gabe, den ganzen Tag lang zu schlafen, ob sie will oder nicht. Ha ha! He he! Hi hi!«

Da trat die sechste Fee hervor, die – das hatten die anderen natürlich so eingerichtet – nach der bösen Fee kommen sollte, damit sie soviel wie möglich ungeschehen machen konnte.

»Wenn sie den ganzen Tag schläft«, sagte sie traurig, »soll sie zumindest die ganze Nacht wach sein.«

»Das sind schöne Aussichten für ihre Mutter und mich!« dachte der arme König, denn sie hatten sie viel zu lieb, um sie gerade in der Nacht den Kinderfrauen zu überlassen, wie es die meisten Könige und Königinnen tun – was sie später bereuen.

»Du hast gesprochen, bevor ich fertig war«, sagte die böse Fee. »Das ist gegen das Gesetz. Deshalb darf ich noch etwas sagen.«

»Es tut mir leid«, sagten die anderen Feen wie aus einem Munde.

»Es war aber so. Ich war noch nicht fertig mit Lachen«, sagte die Alte. »Ich war erst bei Hi hi! und ich mußte noch Ho ho! und Hu hu! sagen. Und deshalb verfüge ich: Wenn sie die ganze Nacht wach ist, soll sie mit ihrem Gebieter, dem Mond, zu- und abnehmen. Und ich hoffe, daß ihre königlichen Eltern erleben werden, was es damit für eine Bewandtnis hat. Ho ho! Hu hu!«

Doch eine weitere Fee trat hervor, denn sie waren so klug gewesen, zwei zurückzuhalten, weil jede Fee die Schliche der anderen kennt.

»Bis«, sprach die siebte Fee, »ein Prinz kommt und sie, ohne es zu wissen, küßt.«

Die böse Fee gab einen schrecklichen Laut von sich wie eine fauchende Katze und humpelte davon. Diesmal konnte sie nicht behaupten, daß sie noch nicht fertig gesprochen hätte, denn sie hatte Ho ho! und Hu hu! gelacht.

»Ich weiß nicht, was das bedeutet«, sagte der arme König zu der siebten Fee.

»Habt keine Angst. Das werdet Ihr verstehen, wenn es soweit ist«, sagte sie.

Die Versammlung löste sich in ziemlich trauriger Stimmung auf – die Königin zumindest bereitete sich auf viele schlaflose Nächte vor, und die Dame, die der Kinderabteilung vorstand, war alles andere als erfreut bei diesen Aussichten, denn natürlich konnte die Königin nicht alles allein machen. Was den König betraf, so nahm er seinen ganzen Mut zusammen und beschloß, den Tatsachen ins Gesicht zu sehen, aber er fragte sich, ob er mit Anstand den ersten Schatzmeister auffordern könne, einen Teil der ihm auferlegten Bürde mitzutragen.

Ich will nicht versuchen zu beschreiben, was sie in der nächsten Zeit durchmachten. Aber schließlich fand der Haushalt zu einer geregelten Ordnung – die in mancher Hinsicht sehr ungeregelt war. Denn zu bestimmten Zeiten klang das Lachen der kleinen Tageslicht die ganze Nacht durch den Palast; ihr Herz war von dem Fluch der bösen Fee unberührt geblieben; sie war immer noch Tageslicht, nur ein wenig am falschen Platz, denn beim ersten Morgengrauen im Osten schlief sie stets ein. Aber ihre Fröhlichkeit war von kurzer Dauer. Bei Vollmond war sie ungemein heiter und vergnügt und so hübsch, wie ein Kind in ihrem Alter nur sein kann. Doch bei abnehmendem Mond schwand sie dahin, bis sie schließlich so bleich und dürr war wie das ärmste und kränkeste Kind, das man in den Straßen einer großen Stadt auf dem Arm einer obdachlosen Mutter antreffen kann. Dann war die Nacht genauso still wie der Tag, denn das kleine Wesen ruhte Tag und Nacht in seiner prachtvollen Wiege, rührte sich kaum und lag schließlich, ohne einen

Laut von sich zu geben, wie tot. Zuerst dachten sie oft, sie wäre tot, aber schließlich gewöhnten sie sich daran und schauten nur im Kalender nach, wann sie wieder aufleben würde, was natürlich mit dem ersten Auftauchen des silbernen Fadens der Mondsichel eintraf. Dann bewegte sie ihre Lippen, und sie gaben ihr ein wenig zu essen, und es ging ihr besser und immer besser und besser, bis sie ein paar Tage lang ganz wohl war. Wenn es ihr gutging, war sie immer am fröhlichsten draußen im Mondschein; doch selbst wenn sie ganz elend war, schien es ihr besserzugehen, wenn ihre Wiege in warmen Sommernächten draußen im Schein des abnehmenden Mondes stand. Dann lag im Schlaf ein ganz leichtes, anrührendes Lächeln auf ihrem Gesicht.

Lange Zeit gab es nur wenige Leute, die sie wach sahen. Aber als sie älter wurde, war sie so beliebt, daß es immer ein paar Leute in der Umgebung des Palastes gab, die es schafften, über Nacht wach zu bleiben, um in ihrer Nähe zu sein. Doch bald schon nutzte sie jede Gelegenheit, ihren Kinderfrauen wegzulaufen und den Mondschein für sich allein zu genießen. Und so ging das Leben weiter, bis sie beinahe siebzehn Jahre alt war. Ihr Vater und ihre Mutter hatten sich inzwischen so an die seltsamen Umstände gewöhnt, daß sie sich nicht mehr darüber wunderten. Alle ihre Verpflichtungen waren nach dem Zustand der Prinzessin Tageslicht ausgerichtet, und es ist ganz erstaunlich, wie sich alles von selbst ineinanderfügt. Doch wie ein Prinz sie jemals finden und erlösen sollte, schien unvorstellbar.

Mit jedem Jahr wurde sie schöner, sie hatte das sonnigste Haar und die wunderbarsten Augen, so strahlend und tief wie der Himmel an einem Junitag. Doch um so trauriger und schmerzlicher war sie anzusehen, wenn ihre schlechte Zeit nahte. Je schöner sie bei Vollmond war, um so dürrer und erschöpfter wurde sie mit dem abnehmenden Mond. Zu der Zeit, an der ich nun mit meiner Geschichte angekommen bin, sah sie wie eine von Leid aufgezehrte alte Frau aus, wenn der Mond nicht da oder kaum zu sehen war. Dies trat um so schmerzlicher hervor, als ihre Erscheinung unnatürlich war, denn ihr Haar und ihre Augen blieben unverändert. Ihr fahles Gesicht war runzlig und eingefallen und hatte einen begierigen, hungrigen Ausdruck. Ihre knochigen Hände fuhren hin und her, als wollten sie etwas greifen und könnten es nicht. Ihre Schultern waren vorgebeugt, die Brust eingefallen, und sie war krumm wie eine Achtzigjährige. Schließlich mußte sie ins Bett gelegt werden und dort auf die Rückkehr des Lebensstroms warten. Aber in dieser Zeit wollte sie nicht mehr gesehen werden, und noch schlimmer war es für sie, berührt zu werden. An einem schönen Sommerabend, als der Mond gerade noch am Rand des Horizonts zu sehen war, entkam sie ihren Aufseherinnen, und erst nach langem, bangem Suchen fand man sie schlafend am Fuße einer Silberbirke tief im Wald und trug sie nach Hause.

Ein kleines Stück vom Palast entfernt gab es eine große Lichtung mit dem grünsten und weichsten Gras. Das war ihr Lieblingsplatz, denn er lag ganz offen im glänzenden Schein des Vollmonds, und durch einen Durchblick zwischen den Bäumen konnte sie ein wenig von dem sterbenden Mond sehen, wenn er an der Lichtung vorbeizog. An dieser Stelle ließ sie sich ein kleines, einfaches Häuschen bauen, und hier verbrachte sie die meiste Zeit. Keiner vom Hof durfte ohne Erlaubnis dorthin gehen, und ihre eigenen Diener hatten inzwischen gelernt, ihr unauffällig aufzuwarten, so daß sie sehr frei war. Ob die guten Feen irgend etwas damit zu tun hatten oder nicht, weiß ich nicht, aber mit der Zeit zog sie sich bei abnehmendem Mond jede Nacht tiefer in den Wald zurück, so daß es manchmal sehr schwer war, sie zu finden; aber weil sie immer sehr ärgerlich war, wenn sie merkte, daß sie beobachtet wurde, wagten sie es kaum zu tun. Eines Nachts schließlich dachten sie, daß sie sie verloren hätten. Es war schon Morgen, als man sie fand. Trotz ihrer Mattheit war sie zu einem weit von der Lichtung entfernten Dickicht gegangen, und dort lag sie – natürlich in tiefem Schlaf.

Obwohl die Kunde von ihrer Schönheit und ihrem Liebreiz in andere Länder gedrungen war, wollte sie doch kein König in der näheren Umgebung als Schwiegertochter haben, denn jeder wußte, daß sie unter einem Zauberbann stand. Gegen eine solche Verbindung gab es ernsthafte Einwände.

In dieser Zeit kam es in einem der benachbarten Königreiche durch die Ränke des Adels zu einem Aufstand, als der alte König gestorben war. Der größere Teil der Adligen wurde ermordet, und der junge Prinz mußte als Bauer verkleidet fliehen, um sein Leben zu retten. Eine ganze Weile, bis er aus dem Königreich herauskam, litt er sehr unter Hunger und Müdigkeit, doch als er in das Reich gelangte, das von dem Vater der Prinzessin regiert wurde, und keine Angst mehr hatte, erkannt zu werden, erging es ihm besser, denn die Menschen waren freundlich. Dennoch legte er seine Verkleidung nicht ab. Ein verständlicher Grund dafür war, daß er keine anderen Sachen zum Anziehen hatte, und ein anderer, daß er kaum Geld besaß und nicht wußte, wie er zu mehr kommen sollte. Es nützte auch nichts, jedem, den er traf, zu erzählen, daß er ein Prinz sei, denn er war der Ansicht, ein Prinz müsse wie jeder andere zurechtkommen, sonst würde er sich mit seinem Rang nur lächerlich machen. Er hatte von Prinzen gelesen, die ausgezogen waren, um Abenteuer zu bestehen, und jetzt befand er sich in einer ähnlichen Lage, nur hatte er sie nicht selbst gesucht. Er wollte weiterziehen und sehen, was daraus werden würde.

Ein oder zwei Tage lang war er in dem Schloßwald herumgewandert und hatte so gut wie nichts zu essen gehabt, als er auf ein höchst merkwürdiges Haus stieß, in dem eine sehr freundliche, saubere, mütterliche alte Frau wohnte. Dies war eine von den guten Feen. Als sie ihn sah, wußte sie sofort, wer er war und wie die Sache weitergehen würde; aber sie durfte nicht in den vorgesehenen Gang der Ereignisse eingreifen. Sie empfing ihn mit der gleichen Freundlichkeit wie jeden anderen Reisenden und gab ihm Milch und Brot, und er meinte, nie etwas Besseres gegessen zu haben, und fragte sich, warum es das nicht ab und zu im Schloß gegeben hatte. Die alte Frau drängte ihn, die Nacht über zu bleiben. Als er aufwachte, wunderte er sich, wie wohl und kräftig er sich fühlte. Sie wollte nichts von dem Geld nehmen, das er ihr anbot, bat ihn aber, wiederzukommen und an der gleichen Stelle Quartier zu nehmen, wenn er Grund hätte, sich in der näheren Umgebung aufzuhalten.

»Vielen Dank, gute Mutter«, antwortete der Prinz, »aber das ist recht unwahrscheinlich. Je eher ich aus diesem Wald herauskomme, desto besser.«

»Da bin ich nicht so sicher«, sagte die Fee.

»Was meinst du?« fragte der Prinz.

»Nun, wie soll *ich* das wissen?« erwiderte sie.

»Das kann ich nicht sagen«, sagte der Prinz.

»Nun gut«, sagte die Fee.

»Wie merkwürdig du sprichst!« sagte der Prinz.

»So?« sagte die Fee.

»Ja, das tust du«, sagte der Prinz.

»Nun gut«, sagte die Fee.

Der Prinz war es nicht gewöhnt, daß man so mit ihm sprach, deshalb war er ein bißchen ärgerlich, drehte sich um und ging davon. Aber die Fee war deshalb nicht beleidigt. Sie stand an der Tür vor ihrem kleinen Haus und schaute ihm nach, bis die Bäume ihn ganz verdeckten. Dann sagte sie: »Endlich!« und ging hinein.

Der Prinz wanderte weiter und weiter und gelangte doch nirgendwohin. Die Sonne sank immer tiefer und war nicht mehr zu sehen, und er schien dem Ende des Waldes kein bißchen näher gekommen zu sein. Er setzte sich auf einen umgefallenen Baum, aß ein Stück von dem Brot, das die alte Frau ihm gegeben hatte, und wartete auf den Mond; wenn er auch nicht gerade himmelskundig war, so wußte er doch, daß der Mond irgendwann aufgehen würde, denn in der Nacht davor war er aufgegangen. Ganz langsam, aber ziemlich groß stieg er auf, er war tatsächlich beinahe ganz rund; da erhob sich der Prinz, gut gestärkt von seinem Stück Brot, und ging – er wußte nicht wohin.

Als er ein ganzes Stück gewandert war, meinte er, dem Saum des Waldes nahe zu sein; doch als er die Stelle erreichte, die er für den Waldrand hielt, befand er sich nur am Rand eines großen, mit Gras bewachsenen offenen Platzes inmitten der Bäume. Der Mond schien sehr hell, und er glaubte, nie einen schöneren Ort gesehen zu haben. Dennoch mutete es ihn verlassen und trostlos an, denn das Haus auf der anderen Seite konnte er nicht sehen. Müde setzte er sich wieder hin und starrte auf die Lichtung. Einen so großen freien Platz hatte er schon viele Tage nicht mehr gesehen.

Plötzlich erspähte er etwas mitten auf der Wiese. Was mochte es sein? Es bewegte sich, es kam näher. War es ein menschliches Wesen, das darüber hinschwebte – ein Mädchen mit weißen Kleidern, die im Mondschein leuchteten? Es kam näher und näher. Er schlich sich hinter einen Baum und sah mit Staunen zu. Es mußte irgendein merkwürdiges Waldwesen sein – eine Nymphe, die in der dunklen warmen Luft vom Mondlicht aus ihrem Baum hervorgelockt worden war. Aber als sie näher herankam, zweifelte er nicht mehr daran, daß sie ein Mensch war – denn er hatte ihr sonniges Haar und ihre klaren blauen Augen gesehen und das hübscheste Gesicht und die schönste Gestalt, die ihm je vor Augen gekommen waren. Plötzlich begann sie, wie eine Nachtigall zu singen und zu ihrer eigenen Musik zu tanzen, wobei ihre Augen immer dem Mond zugewandt waren. Sie kam dicht an ihm vorüber und tanzte in einem großen Bogen am Rand des Waldes entlang zur anderen Seite hinüber, bis er nur noch einen weißen Punkt im Gelbgrün der mondhellen Wiese sah. Doch als er fürchtete, er würde abermals ganz verschwinden, wuchs der Punkt und nahm wieder Gestalt an. Sie näherte sich ihm von neuem, sang und tanzte und hob ihre Arme über den Kopf, bis sie den Kreis geschlossen hatte. Genau seinem Baum gegenüber blieb sie stehen, hörte auf zu singen, ließ die Arme sinken und brach in ein langanhaltendes,

klares Lachen aus, das wie die Melodie eines Baches klang. Dann warf sie sich ins Gras, als ob sie müde wäre, und schaute in den Mond. Der Prinz traute sich kaum zu atmen, aus Furcht, sie würde aufschrecken und seinen Blicken entschwinden. Sich näher an sie heranzuwagen kam ihm nicht einen Augenblick in den Sinn.

Eine ganze Stunde oder länger hatte sie gelegen, als dem Prinzen wieder Zweifel an ihrer Existenz kamen. Vielleicht war sie nur eine Erscheinung seiner Phantasie. Oder sollte sie doch ein Waldgeist sein? Wenn ja, dann wollte er auch in dem Wald umherziehen und froh sein, Königreich und Güter verloren zu haben, wenn er nur in ihrer Nähe sein konnte. Er wollte sich eine Hütte im Wald bauen und dort ganz der Hoffnung leben, sie vielleicht wiederzusehen. Zumindest in Nächten wie dieser würde sie hervorkommen und im Mondschein baden und seine Seele beglücken. Aber während er so träumte, sprang sie auf die Füße, wandte ihr Gesicht ganz dem Mond zu und begann zu singen, als wollte sie ihn mit der Kraft ihrer bezaubernden Stimme vom Himmel herabholen. Sie sah noch schöner aus als zuvor. Wieder begann sie, zu ihrer Musik zu tanzen und tanzte in die Ferne davon. Noch einmal kehrte sie in derselben Weise zurück, doch obwohl er so aufmerksam hinsah wie zuvor, war er vor Müdigkeit und angestrengtem Schauen fest eingeschlafen, bevor sie näher herankam. Als er erwachte, war es heller Tag, und die Prinzessin war nirgendwo zu sehen.

Er konnte sich nicht von dem Ort losreißen. Wenn sie nun in der nächsten Nacht wiederkäme? Gerne wollte er einen Tag lang nichts essen, um sie noch einmal zu sehen: Er würde seinen Gürtel ganz eng schnallen. Er ging um die Lichtung herum, um nach ihren Fußspuren zu suchen. Aber das Gras war so kurz und ihr Schritt so leicht, daß sie nicht den Hauch einer Spur hinterlassen hatte.

Er durchstreifte den halben Wald, ohne ein Zeichen ihrer Anwesenheit zu entdecken. Dann erspähte er ein hübsches kleines Haus mit einem tief heruntergezogenen, grasgedeckten Dach. Es war von einem wunderschönen Garten umgeben, in dem Tauben und Pfauen umherspazierten. Dies mußte natürlich der Ort sein, wo die anmutige Dame lebte, die das Mondlicht so liebte. Er vergaß, wie er aussah, und ging zur Haustür, fest entschlossen, sich zu erkundigen; doch als er an einem kleinen Teich mit Gold- und Silberfischen vorbeikam, erblickte er sein Spiegelbild und machte kehrt, um die Küchentür zu suchen. Dort klopfte er und bat um ein Stück Brot. Die gutmütige Köchin führte ihn herein und brachte ihm ein ausgezeichnetes Frühstück, das dem Prinzen darum nicht weniger mundete, daß es in der Küche serviert wurde. Während er aß, unterhielt er sich mit seiner Gesellschafterin und erfuhr, daß dies der Lieblingsplatz der Prinzessin Tageslicht sei. Aber mehr erfuhr er nicht, zum einen, weil er fürchtete, neugierig zu erscheinen, und zum anderen, weil die Köchin nicht dabei ertappt werden wollte, wie sie einem Bauernjungen, der um ein Frühstück gebeten hatte, von ihrer Herrin erzählte.

Als er aufstand, um sich zu verabschieden, fiel ihm ein, daß er vielleicht gar nicht so weit von der Hütte der alten Frau entfernt sei, wie er meinte, und er fragte die Köchin, ob sie etwas von einem solchen Ort wisse, und beschrieb ihn, so gut er konnte. Sie sagte, daß sie ihn sehr gut kenne, und fügte lächelnd hinzu: »Dorthin willst du also gehen?«

»Ja, wenn es nicht zu weit weg ist.«

»Es ist nicht mehr als drei Meilen von hier. Aber sei auf der Hut!«

»Warum sagst du das?«

»Wenn du etwas Unrechtes im Schilde führst, wird sie dafür sorgen, daß du es bereust.«

»Das ist das Beste, was einem unter solchen Umständen passieren kann«, bemerkte der Prinz.

»Was meinst du damit?« fragte die Köchin.

»Nun, das leuchtet wohl ein«, antwortete der Prinz. »Wenn man etwas Böses im Sinn hat, ist es am allerbesten, man wird dazu gebracht, es zu bereuen.«

»Ach so«, sagte die Köchin. »Nun, ich denke, du kannst es wagen. Sie ist eine gute alte Seele.«

»In welcher Richtung liegt es von hier?« fragte der Prinz.

Sie erklärte ihm den Weg genau, und er verabschiedete sich mit herzlichem Dank.

Da er aber frisch gestärkt war, kehrte der Prinz an diesem Tag nicht zu der Hütte zurück: Er blieb im Wald und vertrieb sich die Zeit, so gut es ging, dabei wartete er unruhig auf die Nacht, denn er hoffte, daß die Prinzessin wieder erscheinen würde. Und er wurde nicht enttäuscht, denn sobald der Mond aufging, erspähte er am anderen Ende der Lichtung eine schimmernde Gestalt. Als sie näher kam, sah er, daß sie es tatsächlich war – nicht in Weiß gekleidet wie zuvor, sondern in helles Himmelblau, und sie sah noch schöner aus. Er dachte, es käme daher, daß ihr Blau besser zu Gesicht stand als Weiß; er wußte nicht, daß sie in Wahrheit schöner war, weil der Mond sich beinahe rundete. In der nächsten Nacht sollte wirklich Vollmond sein, und dann würde die Prinzessin den Höhepunkt ihrer Schönheit erreichen.

Eine Weile fürchtete der Prinz, sie würde in dieser Nacht nicht in die Nähe seines Verstecks kommen; aber mit dem aufgehenden Mond tanzte sie in immer größer werdenden Kreisen, die schließlich die ganze Lichtung umfaßten und sie noch näher als in der Nacht davor an die Bäume heranführten, wo er verborgen stand. Ihre Schönheit bezauberte ihn, denn sie war wirklich wunderbar anzusehen. Die ganze Nacht lang sah er ihr zu, doch er wagte es nicht, sich ihr zu nähern. Hätte er an etwas anderes als an ihre Schönheit denken können, hätte er sich geschämt, sie so zu beobachten.

Die ganze Nacht lang schaute er ihr zu und sah, daß sie sich mit dem untergehenden Mond in kleiner werdenden Kreisen zurückzog, bis er sie schließlich nicht mehr sehen konnte.

Müde wie er war, machte er sich auf den Weg zur Hütte der alten Frau, wo er gerade recht zum Frühstück kam, das sie mit ihm teilte. Dann ging er ins Bett und schlief viele Stunden. Als er erwachte, war die Sonne untergegangen, und in großer Sorge, daß ihm auch nur ein Blick auf die schöne Gestalt entgehen könnte, machte er sich auf den Weg. Ob es die Machenschaften der Sumpffee waren oder nur die Tatsache, daß den Hinweg und den Rückweg zu finden zweierlei ist – auf jeden Fall verlief er sich. Ich will nicht versuchen, seinen Schmerz zu beschreiben, als der Mond aufging und er nichts als Bäume, Bäume und wieder Bäume sah. Bevor er zu der Lichtung kam, stand der Mond hoch am Himmel. Aber dann schwanden seine Sorgen dahin, denn dort kam die Prinzessin in einem golden schimmernden Kleid auf ihn zugetanzt, und ihre Schuhe glänzten wie Leuchtkäfer im Gras. Natürlich war sie noch schöner als zuvor. Wie ein leibhaftiger Sonnenstrahl zog sie an ihm vorbei und tanzte in die Ferne davon.

Bevor sie auf ihrer Kreisbahn zurückkehrte, waren Wolken um den Mond herum aufgezogen. Wind kam auf, die Bäume ächzten, und ihre dünneren Zweige bogen sich vor ihm in eine Richtung. Der Prinz fürchtete, daß die Prinzessin ins Haus gehen und er sie in dieser Nacht nicht mehr sehen würde. Doch sie kam jubelnder als zuvor herangetanzt, ihr goldenes Kleid und ihr sonniges Haar flogen im Wind, und ihre Arme winkten dem Mond zu; und in ihrer überschwenglichen Freude befahl sie den Wolken, sich vom Gesicht des Mondes abzukehren. Der Prinz konnte kaum glauben, daß sie nicht doch ein Naturgeist war.

Als sie einen weiteren Kreis getanzt hatte, standen die Wolken tief zusammengezogen, und in der Ferne hörte man den Donner rollen. Gerade als sie an seinem Baum vorbeikam, blendete ihn ein Blitz, und als er wieder sehen konnte, fand er die Prinzessin zu seinem großen Schrecken auf dem Boden liegen. Er flog zu ihr hin und dachte, sie sei vom Blitz getroffen worden, aber als sie ihn kommen hörte, war sie sofort auf den Beinen.

»Was willst du?« fragte sie.

»Entschuldigung. Ich dachte – der Blitz ...«, sagte der Prinz zögernd.

»Es ist nichts passiert«, sagte die Prinzessin und winkte ihn recht stolz zurück.

Der arme Prinz wandte sich um und wollte in den Wald gehen.

»Komm zurück«, sagte Tageslicht. »Ich mag dich. Du tust, was man dir sagt. Bist du gut?«

»Nicht so gut, wie ich gerne wäre«, sagte der Prinz.

»Dann geh und bessere dich«, sagte die Prinzessin.

Wieder wandte sich der Prinz enttäuscht um und wollte davongehen.

»Komm zurück«, sagte die Prinzessin.

Er gehorchte und stand wartend vor ihr.

»Kannst du mir sagen, wie die Sonne ist?« fragte sie.

»Nein«, antwortete er. »Aber warum fragst du etwas, was du weißt?«

»Ich weiß es doch nicht«, erwiderte sie.

»Jeder weiß es.«

»Das ist es ja gerade: Ich bin nicht jedermann. Ich habe die Sonne noch nie gesehen.«

»Dann kannst du erst wissen, wie sie ist, wenn du sie gesehen hast.«

»Ich glaube, du bist ein Prinz«, sagte die Prinzessin.

»Sehe ich so aus?« fragte der Prinz.

»Das kann ich nicht genau sagen.«

»Warum meinst du es dann?«

»Weil du tust, was man dir sagt, und die Wahrheit sprichst. – Ist die Sonne sehr hell?«

»So hell wie der Blitz.«

»Aber sie erlischt nicht wie er, oder?«

»O nein. Sie scheint wie der Mond, geht auf und unter wie der Mond, hat ungefähr die gleiche Gestalt wie der Mond, aber sie ist so hell, daß du sie nicht einen Augenblick ansehen kannst.«

»Aber ich *würde* sie ansehen«, sagte die Prinzessin.

»Aber du könntest es nicht.«

»Doch, ich könnte es«, sagte die Prinzessin.

»Warum tust du es dann nicht?«

»Weil ich es nicht kann.«

»Warum kannst du es nicht?«

»Weil ich nicht aufwachen kann. Und ich werde niemals aufwachen, bis ...«

Hier verbarg sie das Gesicht in ihren Händen, wandte sich ab und ging sehr langsam gemessenen Schrittes auf das Haus zu. Der Prinz wagte es, ihr in geringer Entfernung zu folgen, doch sie drehte sich um und machte eine abwehrende Handbewegung, der er als wahrer Herr und Prinz sofort gehorchte. Er wartete lange, aber da sie nicht mehr in seine Nähe kam und die Nacht inzwischen klar geworden war, machte er sich schließlich auf den Weg zur Hütte der alten Frau.

Weit nach Mitternacht kam er dort an, aber zu seiner Überraschung schälte die alte Frau Kartoffeln vor der Tür. Feen lieben es, merkwürdige Dinge zu tun. Und wie verschieden sie auch sein mögen, die Nacht ist immer ihr Tag. Und das ist bei allen so, die Feenblut in sich haben.

»Aber was machst du denn da zu dieser nachtschlafenden Zeit, Mutter?« sagte der Prinz; denn mit diesem liebevollen Wort pflegte jeder junge Mann in seinem Land eine Frau anzusprechen, die sehr viel älter war als er.

»Ich bereite Essen für dich, mein Sohn«, antwortete sie.

»Oh! Ich brauche kein Essen«, sagte der Prinz.

»Ah! Du hast Tageslicht gesehen«, sagte sie.

»Ich habe eine Prinzessin gesehen, die es nie erblickt hat«, sagte der Prinz.

»Magst du sie?« fragte die Fee.

»Oh! Sollte ich sie etwa nicht mögen?« sagte der Prinz. »Mehr als du glauben würdest, Mutter.«

»Eine Fee kann alles glauben, was jemals war und jemals sein kann«, sagte die alte Frau.

»Bist du denn eine Fee?« fragte der Prinz.

»Ja«, sagte sie.

»Und an welche Dinge glaubst du nicht?« fragte der Prinz.

»Davon gibt es genug – alles, was niemals war oder niemals sein kann.«

»Das ist sicher sehr viel«, sagte der Prinz. »Aber glaubst du, daß es eine Prinzessin geben kann, die noch nie das Tageslicht gesehen hat? Nun, glaubst du das?«

Dies sagte der Prinz nicht etwa, weil er am Wort der Prinzessin zweifelte, sondern weil er von der Fee mehr erfahren wollte. Aber die Fee war zu alt, um sich so leicht umgarnen zu lassen.

»Gerade Feen dürfen keine Geheimnisse verraten. Außerdem ist sie eine Prinzessin.«

»Nun, dann will ich *dir* ein Geheimnis verraten. Ich bin ein Prinz.«

»Das weiß ich.«

»Woher weißt du das?«

»Von der Locke in der dritten Wimper an deinem linken Augenlid.«

»Von welcher Ecke aus zählst du?«

»Das ist ein Geheimnis.«

»Noch ein Geheimnis? Aber da ich doch ein Prinz bin, kann nichts Böses dabei sein, wenn du mir etwas über die Prinzessin erzählst.«

»Gerade Prinzen darf ich es nicht erzählen.«

»Es gibt nicht noch mehr hier – oder?« sagte der Prinz.

»Was! Du glaubst doch nicht etwa, daß du der einzige Prinz auf der Welt seist?«

»Meine Güte, nein! Ganz und gar nicht. Ich weiß nur, daß gerade jetzt schon einer zuviel ist, wenn nicht die Prinzessin …«

»Ja, ja, das ist es«, sagte die Fee.

»Was ist *es*?« fragte der Prinz.

Doch er konnte nicht mehr aus der Fee herausbekommen und mußte ohne Antwort zu Bett gehen, was ihm sehr schwerfiel.

Nun fühlen sich böse Feen nicht an die Gesetze gebunden, denen gute Feen gehorchen, und deshalb scheint das Böse gegenüber dem Guten immer im Vorteil zu sein, denn um ihr Ziel zu erreichen, setzen sie Mittel ein, die die anderen nicht gebrauchen würden. Aber das spielt alles keine Rolle, denn ihr Tun bleibt erfolglos, ja, letztendlich führt es sogar genau zu dem, was sie verhindern wollen. So kommt es also, daß böse Feen bei all ihrer Schlauheit schrecklich dumm sind, denn wenn sie auch seit Urzeiten den guten Feen in Wirklichkeit geholfen haben, statt ihre Pläne zu vereiteln, so ist deshalb doch keine einzige von ihnen auch nur ein bißchen klüger geworden. Eine jede wird wie alle anderen vor ihr doch versuchen, Böses zu tun, und natürlich nicht mehr Erfolg damit haben.

Bisher war der Prinz der Sumpffee zuvorgekommen, weil sie erst von seiner Anwesenheit erfuhr, als er die Prinzessin schon diese drei Male gesehen hatte. Als sie es erfuhr, tröstete sie sich mit dem Gedanken, daß die Prinzessin viel zu stolz und sittsam sei, als daß irgendein junger Mann es wagen könnte, sie auch nur anzusprechen, bevor er sie wenigstens sechsmal gesehen hätte. Aber die Gefahr war sogar noch geringer, als die böse Fee dachte, denn wie sehr sich die Prinzessin auch wünschte, befreit zu werden, hatte sie doch furchtbare Angst, an den falschen Prinzen zu geraten. Nun wollte die Fee aber alles tun, was in ihrer Macht stand.

Also richtete sie es mit ihren hinterlistigen Zauberformeln so ein, daß der Prinz in der folgenden Nacht trotz aller Bemühungen den Weg zu der Lichtung nicht finden konnte. Es würde zu lange dauern, alle ihre Tricks zu beschreiben. Wir würden sie lustig finden, weil wir wissen, daß sie nichts Schlimmes bewirken konnten, aber für den armen Prinzen waren sie alles andere als belustigend. Er wanderte bis zum Morgengrauen im Wald umher, und dann schlief er fest ein. Ebenso geschah es an den sieben darauffolgenden Tagen, und in dieser ganzen Zeit konnte er auch nicht die Hütte der guten Fee finden. Aber nachdem das dritte Viertel des Mondes abgelaufen war, dachte die böse Fee, daß sie sich zumindest in den nächsten vierzehn Tagen keine Gedanken in dieser Angelegenheit machen müsse, denn in dieser Zeit würde der Prinz die Prinzessin kaum küssen wollen. Darum fand er am ersten Tag des vierten Mondviertels die Hütte und am darauffolgenden Tag die Lichtung. Fast eine Woche streifte er dort umher. Doch die Prinzessin war nie zu sehen. Ich bin ziemlich sicher, daß sie einen Teil jeder Nacht irgendwo am anderen Ende der Lichtung war, aber in dieser Zeit trug sie immer schwarz, und weil es wenig oder kein Licht gab, sah der Prinz sie nie. Auch hätte er sie nicht erkannt, wenn er sie gesehen hätte. Wie hätte er das matte, altersschwache Wesen, das sie jetzt war, für die strahlende Prinzessin Tageslicht halten können?

Eines Nachts, als der Mond gar nicht am Himmel erschien, wagte er sich schließlich in die Nähe des Hauses. Dort hörte er Stimmen, obwohl es nach Mitternacht war; die Hofdamen der Prinzessin waren nämlich sehr beunruhigt, weil diejenige von ihnen, die auf sie achtgeben sollte, eingeschlafen war und nicht gesehen hatte, in welche Richtung sie gegangen war; und dies war eine Nacht, in der sie wahrscheinlich sehr weit wandern und einen Kreis beschreiben würde, der gar nicht auf die Lichtung führte, sondern sich von der Rückseite des Hauses aus tief in den jenseitigen Teil des Waldes hineinzog – einen Teil, den der Prinz überhaupt nicht kannte. Als er aus ihren Worten geschlossen hatte, daß die Prinzessin verschwunden war und in eine bestimmte Richtung gegangen sein mußte, stürzte er sofort in den Wald, um sie zu suchen. Viele Stunden streifte er ohne einen Anhaltspunkt umher, nur mit der vagen Vorstellung eines vom Haus ausgehenden Kreises, soviel hatte er den Worten, die er gehört hatte, entnommen.

Es ging auf den Morgen zu, aber noch war kein Streifen Licht am Himmel zu sehen, als er zu einer großen Birke kam und sich müde an ihrem Fuße niedersetzte. Während er so saß – sehr elend, das könnt ihr wohl glauben – und voller Sorge um die Prinzessin war, aber auch verwundert, wie ihre Dienerinnen das so ruhig hinnehmen konnten, fiel ihm ein, daß es keine schlechte Idee wäre, ein Feuer anzuzünden, um sie damit anzulocken, falls sie in der Nähe wäre. Das gelang ihm mit Hilfe der Streichholzschachtel, die die gute Fee ihm mitgegeben hatte. Das Feuer flammte gerade auf, als er ein Seufzen hörte, das von der anderen Seite des Baumes zu kommen schien. Er sprang auf, aber sein Herz schlug so heftig, daß er sich für einen Moment gegen den Baum lehnen mußte, bevor er sich bewegen konnte. Als er um den Baum herumgegangen war, lag dort eine menschliche Gestalt wie ein kleines dunkles Bündel auf dem Boden. Sein Feuer war hell genug, um ihm zu zeigen, daß dies nicht die Prinzessin war. Er hob die Gestalt auf – sie war kaum schwerer als ein Kind – und trug sie zum Feuer. Das Gesicht war das einer alten Frau, aber es hatte einen seltsamen, furchterregenden Ausdruck. Eine schwarze Kapuze bedeckte ihr Haar, und ihre Augen waren geschlossen. So behutsam er konnte, legte er sie hin, rieb ihre Hände und flößte ihr einen Stärkungstrunk aus einer Flasche ein, die auch ein Geschenk der Fee war; er zog seinen Mantel aus und wickelte ihn um sie: kurz, er tat alles, was er tun konnte. Bald öffnete sie die Augen und schaute ihn – ach so mitleiderregend! – an. Tränen traten ihr in die Augen und liefen über ihre grauen, faltigen Wangen, aber sie sagte kein einziges Wort. Sie schloß die Augen wieder, doch die Tränen liefen weiter, und ihre ganze Erscheinung war so jämmerlich, daß der Prinz beinahe selbst geweint hätte. Er bat sie, ihm zu sagen, warum sie weine, und versprach, alles zu tun, um ihr zu helfen; doch sie sagte noch immer nichts. Er dachte, sie würde sterben und nahm sie wieder in seine Arme, um sie zum Haus der Prinzessin zu bringen, wo vielleicht die gutmütige Köchin etwas für sie tun konnte. Als er sie hochhob, flossen die Tränen stärker, und sie seufzte so traurig, daß es ihn im Herzen traf.

»Mutter, Mutter!« sagte er. »Arme Mutter!« und küßte sie auf die verdorrten Lippen.

Sie fuhr auf, und was für Augen richteten sich auf ihn! Aber er sah sie nicht, denn es war noch immer sehr dunkel, und er hatte genug damit zu tun, zwischen den Bäumen hindurch den Weg zum Haus zu finden.

Gerade als er an der Tür ankam, erschöpfter, als er es für möglich gehalten hätte – sie war so ein kleines, dünnes altes Wesen –, begann sie sich zu regen und wurde so unruhig, daß er sie nicht mehr tragen konnte und sie ins Gras legen wollte. Doch sie stand aufrecht auf ihren Beinen. Ihre Kapuze war herabgeglitten, und ihr Haar lag um sie herum. Der erste Strahl des Morgenlichts fiel auf ihr Gesicht: Dieses Gesicht war so hell wie der ewig junge Morgen, und die Augen waren so schön wie das tiefste Blau des Himmels. Von Staunen überwältigt, trat der Prinz zurück. Es war Tageslicht selbst, die er aus dem Wald getragen hatte! Er fiel zu ihren Füßen nieder und wagte nicht aufzuschauen, bis sie ihm die Hand auf den Kopf legte. Dann erhob er sich.

»Du hast mich geküßt, als ich eine alte Frau war: nun küsse ich dich als junge Prinzessin«, murmelte Tageslicht. – »Ist das die Sonne, die da kommt?«

29
Rubin

Die Kinder waren begeistert von der Geschichte und machten viele erheiternde Bemerkungen dazu. Herr Raymond versprach, seinen Kopf nach einer weiteren Geschichte zu durchsuchen und sie ihnen mitzubringen, wenn er eine gefunden hätte. Nachdem Diamant sich von Nanny verabschiedet und ihr versprochen hatte, sie bald wieder zu besuchen, ging er mit ihm zusammen weg.

Nun hatte Herr Raymond darüber nachgedacht, was er für Diamant und auch für Nanny tun könne. Deshalb hatte er sich etwas näher mit Diamants Vater bekannt gemacht und großen Gefallen an ihm gefunden. Aber er war zu dem Schluß gekommen, daß er sie alle einer gewissen Prüfung unterziehen wollte, bevor er sich so für sie einsetzen würde, wie er es vorhatte. Und so begann er folgende Unterhaltung mit Diamant, als sie zusammen weggingen.

»Nanny muß bald aus dem Krankenhaus, Diamant.«

»Das freut mich, Sir.«

»Warum? Findest du nicht, daß es ein guter Ort ist?«

»Doch, sehr. Aber wissen Sie, es ist besser, gesund zu sein und etwas zu tun, auch wenn das nicht ganz so bequem ist.«

»Aber sie können Nanny nicht so lange dabehalten,

wie sie gerne würden. Sie kann nicht dort bleiben, bis sie wieder *ganz* zu Kräften gekommen ist. Da sind immer so viele andere kranke Kinder, die sie aufnehmen und gesund pflegen wollen. Und dann stellt sich die Frage: Was wird sie tun, wenn sie wieder draußen ist?«

»Gerade das weiß ich nicht, obwohl ich immer wieder darüber nachgedacht habe. Ihr Überweg ist schon lange wieder besetzt, und ich könnte es nicht ertragen, Nanny darum kämpfen zu sehen, schon gar nicht mit dem armen Kerl, der ihn jetzt kehrt. Er hinkt stark, Sir.«

»Sie sieht jetzt nicht mehr so aus, als ob sie kämpfen wollte, oder, Diamant?«

»Nein, Sir. Sie sieht zu sehr wie ein Engel aus. Engel kämpfen nicht, nicht wahr, Sir?«

»Wenigstens nicht, um etwas für sich selbst zu bekommen«, sagte Herr Raymond.

»Außerdem«, fügte Diamant hinzu, »kann ich nicht so recht einsehen, daß sie ein größeres Anrecht auf den Übergang hat als der Junge, der ihn jetzt kehrt. Sie hat ihn nicht zugewiesen bekommen, sie hat ihn einfach übernommen. Und jetzt hat er ihn übernommen.«

»Wenn sie nach ihrer Krankheit wieder einen Übergang kehren würde – in der nächsten Zeit auf jeden Fall –, dann wäre sie am ersten nassen Tag wieder bettlägerig«, sagte Herr Raymond.

»Und es gibt kaum Geld dafür, außer an nassen Tagen«, bemerkte Diamant nachdenklich. »Könnte sie nicht etwas anderes tun, Sir?«

»Nicht, ohne angeleitet zu werden, fürchte ich.«

»Nun, könnte ihr nicht irgend jemand etwas beibringen?«

»Könntest du ihr nicht etwas beibringen, Diamant?«

»Ich kann doch selbst nichts, Sir. Ich *könnte* ihr beibringen, das Baby anzuziehen, aber für solche Dinge würde ihr niemand etwas geben, sie sind zu einfach. Es hätte auch nicht viel Zweck, ihr das Droschkenfahren beizubringen, denn wo sollte sie eine Droschke hernehmen? Es gibt nicht überall Väter und alte Diamanten. Auf jeden Fall glaube ich kaum, daß die arme Nanny sie finden kann.«

»Wenn ihr vielleicht jemand beibringen würde, sauber und ordentlich zu sein und nur freundliche Wörter zu gebrauchen ...«

»Mutter könnte ihr das beibringen«, unterbrach Diamant.

»Und Babys anzuziehen und zu füttern und auf sie aufzupassen«, fuhr Herr Raymond fort, »dann könnte sie vielleicht irgendwo eine Stelle als Kindermädchen bekommen, weißt du. Dafür bezahlen die Leute Geld.«

»Dann werde ich Mutter fragen«, sagte Diamant.

»Aber dann müßt ihr für ihr Essen sorgen, und dein Vater ist nicht kräftig und hat ohnehin schon genug zu tun.«

»Aber ich bin ja da«, sagte Diamant. »Ich kann ihm dabei helfen. Wenn er müde ist vom Fahren, steig ich auf. Dem alten Diamant ist das egal. Ich meine nicht, daß er mich so gern hätte wie meinen Vater – das kann er natürlich nicht –, keiner könnte das; aber er tut trotzdem seine Pflicht. Sie muß getan werden, Sir, oder etwa nicht? Und Diamant ist ein gutes Pferd – nicht wahr, Sir?«

»Deiner Beschreibung nach muß er es sein, aber ich habe nicht das Vergnügen, ihn selbst zu kennen!«

»Glauben Sie nicht, daß er in den Himmel kommt, Sir?«

»Darüber weiß ich nichts«, sagte Herr Raymond. »Aber ich gebe zu, daß ich das gerne glauben würde«, fügte er hinzu und lächelte gedankenvoll.

»Auf jeden Fall wird er irgendwie hinter den Nordwind kommen«, sagte Diamant zu sich selbst; aber er hatte gelernt, sehr aufzupassen, wann er solche Dinge laut sagte.

»Ist es nicht viel zuviel für ihn, wenn er den ganzen Tag lang die Droschke ziehen muß, und das jeden Tag?« nahm Herr Raymond die Unterhaltung wieder auf.

»Das sagt Vater, wenn er morgens seine Rippen befühlt. Aber dann sagt er, das alte Pferd frißt wirklich gut, und sobald es sein Abendbrot gefressen hat, legt es sich hin und steht erst wieder auf, wenn es gerufen wird; und Vater sagt, daß das für seine Beine unglaublich wichtig ist. Manche Pferde wollen sich die ganze Nacht lang nicht hinlegen, Sir, sondern schlafen auf ihren vier Stecken wie ein Heuhaufen, sagt Vater. *Ich* finde das sehr dumm von ihnen und der alte Diamant auch. Aber sie werden es wohl nicht besser wissen, und deshalb können sie nichts dafür. Vater sagt, wir sollten nicht zu streng mit ihnen sein.«

»Dein Vater muß ein guter Mensch sein, Diamant.«

Diamant schaute Herrn Raymond ins Gesicht und fragte sich, was er wohl meine.

»Ich habe gesagt, daß dein Vater ein guter Mensch sein muß, Diamant.«

»Natürlich«, sagte Diamant. »Wie könnte er sonst eine Droschke fahren?«

»Es gibt Droschkenkutscher, die gar nicht so gut sind«, wandte Herr Raymond ein.

Diamant erinnerte sich an den betrunkenen Droschkenkutscher und sah ein, daß sein Freund recht hatte.

»Oh! Aber wissen Sie«, erwiderte er, »mit so einem Pferd wie dem alten Diamant *muß* er es sein.«

»Das macht natürlich einen Unterschied«, sagte Herr Raymond. »Doch es genügt vollkommen, daß er ein guter Mensch *ist*, wir müssen keine Gründe dafür finden. Aber wenn du willst, gebe ich dir einen Beweis dafür, daß *ich* ihn für einen guten Menschen halte. Ich fahre für eine Zeit auf den Kontinent – für drei Monate, denke ich –, und ich werde mein Haus an einen Herrn vermieten, der meinen Brougham nicht braucht. Ich glaube, mein Pferd ist beinahe so alt wie euer Diamant, aber ich möchte es nicht weggeben, und ich möchte nicht, daß es unbeschäftigt herumsteht, denn niemand soll untätig sein, wie du sagst; doch ich möchte auch nicht, daß es hart herangenommen wird. Nun ist mir der Gedanke gekommen, daß dein Vater es vielleicht in Obhut nehmen und unter bestimmten Bedingungen einsetzen könnte.«

»Mein Vater wird das tun, was richtig ist«, sagte Diamant. »Da bin ich sicher.«

»Nun, das meine ich auch. Willst du ihn, wenn er heimkommt, fragen, ob er für eine kurze Unterredung mit mir Zeit hat – irgendwann heute?«

»Erst muß er zu Mittag essen«, sagte Diamant. »Nein, er hat sein Mittagessen heute mitgenommen, also nach dem Abendbrot.«

»Gewiß, gewiß. Jede Zeit ist recht. Ich bin den ganzen Tag zu Hause.«

»Gut, Sir. Ich werde es ihm sagen. Er wird ganz

bestimmt kommen. Mein Vater meint, daß Sie ein sehr gütiger Herr sind, und ich weiß, daß er recht hat, denn ich weiß, wie Sie wirklich sind.«

Herr Raymond lächelte, und da sie inzwischen vor seiner Tür angekommen waren, verabschiedeten sie sich voneinander, und Diamant ging nach Hause. Sobald sein Vater über die Schwelle trat, gab Diamant Herrn Raymonds Nachricht weiter und wiederholte die vorangegangene Unterhaltung. Sein Vater äußerte sich kaum, aber er aß sein Butterbrot mit Gedanken belegt, und als er seine Mahlzeit beendet hatte, stand er auf und sagte: »Ich werde sofort zu deinem Freund gehen, Diamant. Es wäre großartig, etwas mehr Geld zu verdienen. Wir können es wirklich brauchen.«

Diamant begleitete seinen Vater bis zu Herrn Raymonds Haus und verabschiedete sich dort von ihm.

Diamants Vater wurde sofort in Herrn Raymonds Arbeitszimmer geführt, wo er mit großem Staunen die vielen Bücher an den Wänden betrachtete und bei sich dachte, daß Herr Raymond ein sehr gelehrter Mann sein müsse.

Gleich darauf trat Herr Raymond ein, und nachdem er noch einmal ungefähr das gleiche über sein altes Pferd gesagt hatte, machte er den folgenden wohlüberlegten Vorschlag – einen nicht allzu vorteilhaften für Diamants Vater, wofür er jedoch seine Gründe hatte –, nämlich: daß Joseph, solange Herr Raymond fort war, dessen Pferd übernehmen und nutzen sollte, unter der Bedingung, daß er es nicht mehr als sechs Stunden am Tag einsetzte und gut fütterte und daß er außerdem Nanny, sobald sie das Krankenhaus verlassen könnte, aufnehmen und für sie sorgen sollte wie für ein eigenes Kind – nicht besser und nicht schlechter, und zwar solange er das Pferd hatte.

Diamants Vater konnte nicht umhin, dies für ein ziemlich hartes Angebot zu halten. Er würde für das Mädchen und für das Pferd sorgen müssen und das Pferd dafür nur sechs Stunden arbeiten lassen dürfen.

»Ihr eigenes Pferd wird dabei geschont werden«, sagte Herr Raymond.

»Das ist wahr«, antwortete Joseph, »aber was ich mit meinem Pferd verdiene, reicht gerade eben für uns aus, und wenn ich es schone und Ihr Pferd und das Mädchen ernähren muß – verstehen Sie, Sir?«

»Nun, Sie können zu Hause darüber nachdenken und mir bis zum Ende der Woche Bescheid sagen. Bis dahin hat es keine Eile.«

Also ging Joseph nach Hause, berichtete seiner Frau von dem Angebot und fügte hinzu, daß sie seiner Meinung nach keinen großen Vorteil davon hätten.

»So betrachtet, nicht, Mann«, sagte Diamants Mutter. »Aber es gäbe einen Vorteil, und was tut es zur Sache, für wen.«

»Den Vorteil sehe ich nicht«, antwortete ihr Mann. »Herr Raymond ist ein vermögender Mann, und ich kann nicht besonders viel Gutes darin sehen, ihm zu noch mehr zu verhelfen. Er wird nicht so leicht jemanden für diesen Handel finden, und mich soll er auch nicht dafür kriegen. Es wäre eher ein Verlust als ein Gewinn, meine ich, zumindest, wenn ich unser Pferd weniger arbeiten ließe.«

»Eine Stunde wäre schon etwas für den alten Diamant. Aber das ist nicht die Hauptsache. Du darfst nicht vergessen, welchen Gewinn das arme Mädchen hätte, das kein Zuhause hat!«

»Sie ist eine Freundin von Diamant«, dachte sein Vater.

»Sieh einmal, ich könnte gut zu ihr sein«, fuhr die Mutter fort, »und sie für die Hausarbeit anlernen und ihr beibringen, wie man mit einem Baby umgeht, und außerdem würde sie mir helfen, und dann hätte ich mehr Kraft und könnte ab und zu eine Putzarbeit annehmen, wenn es sich ergibt.«

»Davon will ich nichts hören«, sagte ihr Mann. »Nimm das Mädchen auf jeden Fall. Es tut mir leid, daß ich die Sache nicht gleich von beiden Seiten bedacht habe. Ich wüßte gern, ob das Pferd ein großer Fresser ist. Zwei Stunden mehr Ruhe würden Diamants alten Knochen natürlich sehr guttun, und da wären noch vier zusätzliche Stunden mit dem anderen Pferd. Dann hätte Diamant jeden Tag etwas zu tun. Er könnte mit dem alten Diamant nach dem Mittagessen fahren und ich nach dem Abendbrot für sechs Stunden mit dem anderen Pferd, oder morgens, wie es am besten paßt. Dabei käme vielleicht genug heraus, um beide zu versorgen – das heißt, wenn ich Glück habe. Ich würde Herrn Raymond gerne einen Gefallen tun, auch wenn er recht streng ist, denn er war sehr gut zu unserem Diamant, Frau, oder etwa nicht?«

»Das war er wirklich, Joseph«, sagte seine Frau, und damit endete ihr Gespräch.

Gleich am nächsten Tag ging Diamants Vater zu Herrn Raymond und nahm sein Angebot an, so daß er die Woche darauf, nachdem er einen weiteren Stellplatz in den Stallungen bekommen hatte, zwei Pferde anstatt des

einen hatte. Merkwürdigerweise hieß das neue Pferd Rubin, denn es war kräftig rotbraun. Diamant hatte seinen Namen von einem rautenförmigen weißen Fleck auf der Stirn. Der junge Diamant sagte, daß sie nun mit so einem großen Diamanten und so einem großen Rubin *wirklich* reich seien.

30
Nannys Traum

Es dauerte noch eine ganze Weile, bis Nanny entlassen werden konnte, und Diamant besuchte sie, sooft er konnte. Aber da er nun regelmäßiger eingespannt war – schließlich fuhr er ja jeden Tag für ein paar Stunden mit dem alten Diamant die Droschke und mußte auf sein Baby aufpassen und sich um eines der Pferde kümmern –, konnte er nicht so oft zu ihr gehen, wie er gerne wollte.

Als er eines Abends an ihrem Bett saß, sagte sie zu ihm: »Ich habe einen so schönen Traum gehabt, Diamant! Ich möchte ihn dir gerne erzählen.«

»O ja!« sagte Diamant. »Ich mag Träume so sehr!«

»Sie muß hinter dem Nordwind gewesen sein«, sagte er zu sich selbst.

»Aber weißt du, es war ein sehr dummer Traum. Und doch irgendwie so schön! Was für ein Glück, daß man an den Traum glaubt, solange man ihn träumt!«

Meine Leser sollen nicht denken, daß die arme Nanny das, was sie sagen wollte, so gut hätte ausdrücken können, wie ich es hier aufschreibe. Sie war nie zur Schule gegangen, und bevor sie ins Krankenhaus gekommen war, hatte sie kaum etwas anderes als grobe Wörter und Ausdrücke gehört. Aber ich bin zur Schule gegangen, und wenn ich deshalb auch niemals so schön träumen könnte wie Nanny, kann ich doch ihren Traum besser erzählen als sie selbst. Und das will ich gerne für sie tun, nachdem ich mir schon die größte Mühe mit Diamants Traum gegeben habe, denn es wäre ungerecht, dem Jungen allein diesen Vorzug zu gewähren.

»Ich werde dir alles erzählen, was ich darüber weiß«, sagte Nanny. »Vorgestern hat uns eine Dame besucht – eine sehr schöne Dame, und sie war sehr schön gekleidet. Ich hörte, wie die Oberin zu ihr gesagt hat, es sei sehr liebenswürdig von ihr, in Gold und Blau zu kommen, und sie hat geantwortet, sie wisse, daß wir dumpfe Farben nicht mögen. Sie hatte solch einen schönen Schal um, wie in Milch getauchtes Rot und ganz mit Blumen von der gleichen Farbe bedeckt. Er glänzte nicht sehr; er war aus Seide, aber er hielt den Glanz zurück. Als sie an mein Bett kam, setzte sie sich genau dahin, wo du jetzt sitzt, Diamant, und legte ihre Hand auf die Bettdecke. Ich saß im Bett und hatte den Tisch für mein Abendessen vor mir. Ihre Hand sah so schön aus in dem blauen Handschuh, daß ich sie streicheln wollte. Ich dachte, sie würde nicht böse sein, denn alle, die ins Krankenhaus kommen, sind freundlich. Unfreundlich sind sie nur auf der Straße. Aber sie zog ihre Hand weg, und ich hätte beinahe geweint, denn ich dachte, ich wäre unhöflich gewesen. Aber das war es nicht, sie wollte mir nur nicht ihren Handschuh zum Streicheln geben, denn sie zog ihn ab und legte dann ihre Hand wieder an dieselbe Stelle zurück. Ich war nicht sicher, aber ich wagte es doch, meine häßliche Hand vorzustrecken.«

»Deine Hand ist nicht häßlich, Nanny«, sagte Diamant, aber Nanny fuhr fort –

»Und ich streichelte sie wieder und dann streichelte

sie meine – stell dir das einmal vor! Und sie hatte einen Ring am Finger, und ich beugte mich herunter, um ihn anzuschauen. Da zog sie ihn ab und steckte ihn mir auf einen Finger. Er hatte einen roten Stein, und sie sagte mir, daß er Rubin heißt.«

»Oh, das ist komisch!« sagte Diamant. »Unser neues Pferd heißt Rubin. Wir haben noch ein Pferd bekommen – ein rotes – einen richtigen Prachtkerl.«

Aber Nanny erzählte weiter.

»Die ganze Zeit, als die Dame zu mir gesprochen hat, habe ich den Rubin angeschaut – er war so schön! Und während sie erzählte, habe ich tiefer und immer tiefer in den Stein hineingesehen. Schließlich stand sie auf, um zu gehen, und ich wollte den Ring vom Finger ziehen, und was glaubst du, hat sie gesagt? – ›Behalte ihn nur die ganze Nacht an, wenn du magst. Du mußt nur gut auf ihn achtgeben. Ich kann ihn dir nicht schenken, denn ich habe ihn selber geschenkt bekommen, aber du kannst ihn bis morgen behalten.‹ War das nicht nett von ihr? Ich habe mich so darüber gefreut, daß ich kaum mein Abendbrot essen konnte, und ich glaube wirklich, daß der Traum von dem Ring gekommen ist, denn als ich gegessen hatte, habe ich mich zurückgelehnt und halb gesessen und gelegen und den Ring an meinem Finger angeschaut. Nach und nach fing ich an zu träumen. Der Ring wurde größer und größer, bis ich schließlich merkte, daß ich nicht einen roten Stein, sondern einen roten Sonnenuntergang anschaute, der von hinten in eine lange Straße bei meiner Großmutter in der Nähe hereinschien. Ich hatte wie immer Lumpen an und große Löcher in meinen Schuhen, durch die der eklige Schlamm an meine

Füße drang. Früher hat es mir nichts ausgemacht, aber nun fand ich es furchtbar. Und dort stand der große, rote Sonnenuntergang mit grünen und goldenen Strahlen dazwischen und sah mich an. Warum konnte ich nicht in dem Sonnenuntergang leben statt in dem Schmutz? Warum war er immer so weit weg? Warum kam er nie in unsere elende Straße? Er wurde blasser, wie das immer bei Sonnenuntergängen ist, und erlosch schließlich ganz. Dann fing ein kalter Wind an zu blasen und wehte meine Lumpen herum ...«

»Das war Nordwind selbst«, sagte Diamant.

»Eh?« sagte Nanny und fuhr mit ihrer Geschichte fort. »Ich kehrte ihm den Rücken zu und ging weg. Ich wußte nicht wohin, aber es war wärmer, so zu gehen. Ich glaube nicht, daß es ein Nordwind war, denn zuletzt fand ich mich irgendwo im Westend wieder. Aber bei einem Traum ist es einerlei, welcher Wind es war.«

»Da bin ich nicht so sicher«, sagte Diamant. »Ich glaube, Nordwind kann in unsere Träume kommen, bestimmt, und in ihnen blasen. Manchmal hat sie mich ganz aus einem Traum herausgeblasen.«

»Ich weiß nicht, was du meinst, Diamant«, sagte Nanny.

»Das macht nichts«, antwortete Diamant. »Zwei Menschen können einander nicht immer verstehen. Dann wären sie beide sofort hinter dem Nordwind, und was sollte aus den anderen Orten werden, wenn sie nicht da wären?«

»Du sprichst so merkwürdig!« sagte Nanny. »Manchmal denke ich, daß es stimmt, was sie über dich gesagt haben.«

»Was haben sie über mich gesagt?« fragte Diamant.

»Sie haben dich Gottes Baby genannt.«

»Das ist nett von ihnen. Aber das wußte ich schon.«

»Hast du denn auch gewußt, was es bedeutet? Das hieß, du wärst nicht ganz richtig im Kopf.«

»Ich fühle mich ganz gesund«, sagte Diamant und faßte seinen Kopf mit beiden Händen, als wäre er eine Kugel, die er ab- und wieder aufsetzen könnte.

»Nun, solange du es zufrieden bist, bin ich es auch«, sagte Nanny.

»Danke, Nanny. Erzähl deine Geschichte weiter. Ich glaube, ich mag Träume sogar noch lieber als Märchen. Aber es müssen schöne sein, weißt du, so wie deiner.«

»Nun, ich ging weiter, immer mit dem Rücken zum Wind, bis ich zu einer schönen Straße auf einer Anhöhe kam. Wie es passiert ist, weiß ich nicht, aber bei einem Haus stand die Haustür offen, und nicht nur die Haustür, sondern auch die Hintertür, so daß ich durch das Haus hindurchsehen konnte – und was, glaubst du, habe ich dort gesehen? Einen Garten mit grünem Gras, und der Mond schien darauf! Stell dir das vor! Auf der Straße war kein Mond, aber hinter dem Haus war der Mond. Ich sah mich um, und es war niemand in der Nähe: ich würde nichts Schlimmes tun, und das Gras war so viel schöner als der Schmutz! Aber es fiel mir nicht ein, mit solch schmutzigen Schuhen auf das Gras zu gehen. Ich streifte sie am Rinnstein ab und rannte mit nackten Füßen die Stufen hoch, durch das Haus hindurch auf den Rasen, und sobald ich ins Mondlicht trat, fühlte ich mich besser.«

»Deshalb hat Nordwind dich dorthin geblasen«, sagte Diamant.

»Das kam von Herrn Raymonds Geschichte über die Prinzessin Tageslicht«, erwiderte Nanny. »Nun, ich legte mich im Mondlicht auf den Rasen, ohne darüber nachzudenken, wie ich wieder herauskommen würde. Irgendwie war der Mond genau das richtige für mich. Da war kein Hauch von dem Nordwind, von dem du erzählst, der Wind hatte sich gelegt.«

»Du hast sie nicht mehr gebraucht. Sie geht nie dahin, wo sie nicht gebraucht wird«, sagte Diamant. »Aber auf jeden Fall hat sie dich in das Mondlicht geblasen.«

»Nun, wir wollen nicht darüber streiten«, sagte Nanny, »du hast einen Dachschaden, weißt du.«

»Wenn ich einen hätte«, erwiderte Diamant, »könnte schließlich das Mondlicht oder auch das Sonnenlicht dadurch hereinscheinen, verstehst du das nicht?«

»Vielleicht ja, vielleicht nein«, sagte Nanny.

»Und du hast auch deine Träume, Nanny.«

»Ja, aber ich weiß, daß es Träume sind.«

»Das weiß ich genauso. Aber ich weiß auch, daß sie außerdem noch mehr sind.«

»Oh, weißt du das?« gab Nanny zurück. »Ich nicht.«

»Schon gut«, sagte Diamant. »Vielleicht wirst du es irgendwann einmal verstehen.«

»Vielleicht auch nicht«, sagte Nanny.

Diamant sagte nichts mehr darauf, und Nanny nahm ihre Geschichte wieder auf.

»Ich lag lange Zeit so da, und das Mondlicht drang durch jeden Riß in meinen Kleidern und machte mich ganz froh.«

»Da, was habe ich dir gesagt!« sagte Diamant.

»Was hast du gesagt?« erwiderte Nanny.

»Nordwind …«

»Es war das Mondlicht, sage ich dir«, wiederholte Nanny hartnäckig, und Diamant schwieg wiederum.

»Plötzlich merkte ich, daß der Mond nicht mehr so stark schien. Ich blickte hinauf, und da war eine Wolke – ganz flauschig und gekräuselt – und wollte das wunderbare Wesen auslöschen. Aber der Mond war ganz rund wie ein Teller, so daß die Wolke nicht an ihm hängenbleiben konnte; er schüttelte sie ab, sagte ›so‹ und strahlte heller und klarer als zuvor. Aber da zog eine dickere Wolke heran – ›Das wirst du nicht tun‹, sagte der Mond und ›Ich tu's doch‹ die Wolke, aber sie schaffte es nicht: Der Mond sah strahlend aus ihr hervor und lachte richtig über ihre Unverschämtheit. Das kannte ich schon, denn ich habe den Mond früher immer beobachtet. Er ist das einzige, was sich nachts in unserer Straße anzuschauen lohnt.«

»Sag nicht *eure* Straße«, sagte Diamant. »Du kehrst nicht dorthin zurück. Du kommst zu uns, weißt du.«

»Das ist zu schön, um wahr zu sein«, sagte Nanny.

»Es gibt nur wenige Dinge, die schön genug sind, um wahr zu sein«, sagte Diamant, »aber das ist hoffentlich eines. Zu schön, um wahr zu sein, kann es nicht sein. Ist *wahr* nicht schön? Und ist *schön* nicht wahr? Und wie kann dann irgend etwas zu schön sein, um wahr zu sein? Das hätte die alte Sal sagen können.«

»Sag nichts gegen Großmutter, Diamant. Sie ist eine schreckliche Alte mit ihrer Ginflasche, aber eines Tages wird sie es bereuen, und dann wirst du froh sein, wenn du nichts gegen sie gesagt hast.«

»Warum?« sagte Diamant.

»Weil du dann Mitleid mit ihr haben wirst.«

»Sie tut mir jetzt schon leid.«

»Das ist gut so. Ihr wird es auch leid tun. Und dann hört sie auf damit.«

»Gut. Du kommst zu uns«, sagte Diamant.

»Wo war ich stehengeblieben?« sagte Nanny.

»Du hast mir erzählt, wie der Mond es den Wolken heimgezahlt hat.«

»Ja, aber er kam nicht gegen alle an. Immer mehr Wolken zogen auf und kamen immer schneller, bis der Mond ganz bedeckt war. Er wird kaum hundert Wolken auf einen Schlag abschütteln können – oder?«

»Gewiß nicht«, sagte Diamant.

»Also wurde es sehr dunkel, und im Haus fing ein Hund an zu kläffen. Ich schaute hinüber und sah, daß die Gartentür geschlossen war. Gleich darauf wurde sie geöffnet – doch nicht, um mich herauszulassen, sondern um den kläffenden, springenden Hund hereinzulassen. Ich dachte, wenn er mich sieht, geht's mir an den Kragen: Erst beißt mich der Hund, und dann kommt die Polizei. Also sprang ich auf und rannte zu dem kleinen Sommerhäuschen in der Ecke des Gartens. Der Hund rannte hinter mir her, aber ich schlug ihm die Tür vor der Nase zu. Es war gut, daß es dort eine Tür gab – nicht wahr?«

»Du hast die Tür geträumt, weil du sie brauchtest«, sagte Diamant.

»Nein, das habe ich nicht; sie war von selbst da. Sie war wahrhaftig da im Traum.«

»Da – jetzt habe ich dich ertappt!« sagte Diamant. »Ich wußte, daß du genauso an den Traum glaubst wie ich.«

»Nun ja, wenn du einem auch Fallen stellen mußt!« sagte Nanny. »Wie auch immer. In dem Sommerhaus war ich sicher. Und was meinst du? Dort begann der Mond wieder zu scheinen, aber nur durch eine der Fensterscheiben – und die hatte genau die Farbe von dem Rubin. War das nicht komisch?«

»Nein, kein bißchen komisch«, sagte Diamant.

»Wenn du unbedingt widersprechen willst!« sagte Nanny.

»Nein, nein«, sagte Diamant, »ich habe mir bloß schon gedacht, daß er genau durch diese Scheibe hindurchscheinen würde.«

»Nun gut!« erwiderte Nanny.

Ich kann nicht genau sagen, was Diamant meinte. Er hatte manchmal merkwürdige Vorstellungen.

»Und nun«, sagte Nanny, »wußte ich nicht, was ich tun sollte, denn der Hund bellte weiter an der Tür, und ich konnte nicht heraus. Aber der Mond war so schön, daß ich ihn immerzu durch die rote Scheibe ansehen mußte. Und während ich schaute, wurde er größer und größer, bis er die ganze Scheibe ausfüllte und darüber hinauswuchs, so daß ich ihn durch die anderen Scheiben sehen konnte; und er wuchs weiter, bis er auch diese und schließlich das ganze Fenster ausfüllte, so daß das Sommerhaus fast so hell war wie der Tag.

Der Hund hörte auf zu bellen, und ich vernahm ein leises Klopfen an der Tür, als würde der Wind einen Zweig dagegenblasen.«

»Das paßt zu ihr«, sagte Diamant, der meinte, daß alles Wundersame und Schöne durch Nordwind geschähe.

»Also ging ich vom Fenster weg und öffnete die Tür, und was, meinst du, habe ich dort gesehen?«

»Eine schöne Dame«, sagte Diamant.

»Nein – den Mond selbst, so groß wie ein kleines Haus und so rund wie ein Ball, und er leuchtete wie gelbes Silber. Er stand auf dem Rasen, richtig auf dem Gras: er leuchtete so hell, daß ich nichts anderes sehen konnte. Und wie ich so starrte und staunte, ging dicht über dem Boden an der Seite eine Tür auf, und ein merkwürdiger kleiner alter Mann mit einem krummen Ding über der Schulter guckte heraus und sagte: ›Komm, Nanny, meine Herrin braucht dich. Wir sind hier, um dich zu holen.‹ Ich hatte kein bißchen Angst. Ich ging auf das schöne, glänzende Ding zu, der alte Mann streckte mir seine Hand entgegen, ich nahm sie, machte einen Satz, er hob mich hoch, und ich war im Mond. Und was meinst du,

wie es dort aussah? Es war so ein hübsches kleines Haus mit blauen Fenstern und weißen Vorhängen! An einem Fenster saß eine schöne Dame, den Kopf in die Hand gestützt, und schaute hinaus. Sie sah recht traurig aus, und sie tat mir leid, und ich starrte sie an.

›Du hättest wohl nicht gedacht, daß ich eine so schöne Herrin habe!‹ sagte der merkwürdige kleine Mann. ›Nein, wirklich nicht!‹ antwortete ich. ›Wer hätte das schon gedacht?‹ ›Ja, wer schon? Aber wie du siehst, weißt du nicht alles.‹ Der kleine Mann schloß die Tür und zog an einem dahinterhängenden Seil, an dem unten ein Gewicht befestigt war. Als er eine Weile gezogen hatte, sagte er: ›So, das genügt, jetzt kann uns nichts passieren.‹ Dann nahm er mich bei der Hand, öffnete eine kleine Türklappe im Boden und ließ mich zwei oder drei Stufen hinuntergehen, und ich sah so etwas wie ein großes Loch unter mir. ›Hab keine Angst‹, sagte der kleine Mann. ›Es ist kein Loch. Es ist nur ein Fenster. Beug dich hinunter und schau durch.‹ Ich tat, was er sagte, und da sah ich den Garten und das Sommerhaus, sie lagen weit weg, tief unten im Mondlicht. ›So!‹ sagte der kleine Mann, ›jetzt haben wir dich dort weggeholt! Siehst du den kleinen Hund unten im Garten, der uns anbellt?‹ Ich sagte ihm, daß ich nicht so weit sehen könne. ›Kannst *du* etwas sehen, wenn es so klein und so weit weg ist?‹ sagte ich. ›Meine Güte, Kind!‹ sagte der kleine Mann, ›ich könnte eine Nadel aus dem Gras aufheben, wenn mein Arm nur lang genug wäre. Dort liegt eine neben der Tür des Sommerhauses.‹ Ich sah seine Augen an. Sie waren sehr klein, aber so hell, daß ich glaube, er konnte mit dem Licht sehen, das von ihnen ausging. Dann führte er mich auf einer kleinen Treppe in einer Ecke des Zimmers immer weiter hinauf und durch eine andere Falltür hindurch, und dann war ein großes, rundes Fenster über uns, und ich sah den blauen Himmel und die Wolken und eine Unmenge von Sternen, sehr große, und sie leuchteten, so hell sie nur konnten!«

»Die kleinen Mädchenengel hatten sie blank gerieben«, sagte Diamant.

»Was für einen Unsinn du redest!« sagte Nanny.

»Aber mein Unsinn ist genausogut wie deiner, Nanny. Wenn du fertig bist, erzähle ich dir meinen Traum. Die Sterne sind darin, aber nicht der Mond. Er war irgendwo anders. Vielleicht war er gerade unterwegs, um dich zu holen. Doch das glaube ich nicht, denn mein Traum ist länger her als deiner. Vielleicht hat er jemand anderen geholt, denn wir wollen uns nicht einbilden, daß solche wunderbaren Dinge nur für uns getan werden. Aber erzähl mir, wie es weiterging.«

Vielleicht erinnert sich ein Kind, das meine Geschichte liest, ob der Mond in jener Nacht, in der Diamant seinen Traum hatte, heruntergekommen war, um es zu holen. Davon weiß ich natürlich nichts. Ich weiß, daß er nicht unterwegs war, um mich zu holen, obwohl ich als Junge – und nicht einmal als kleiner Junge – glaubte, daß ich ihn dazu bringen könnte, mir zu folgen.

»Der kleine Mann führte mich im ganzen Haus herum und ließ mich aus jedem Fenster sehen. Oh, es war wunderbar! Wir schwebten hoch oben in der Luft in solch einem sauberen, hübschen kleinen Haus! ›Deine Aufgabe wird es sein, die Fenster blank zu halten‹, sagte der kleine Mann. ›Du wirst sehen, daß das nicht sehr schwierig ist, denn hier oben gibt es nicht viel Staub. Nur setzt sich manchmal Frost auf ihnen ab, und die Regentropfen hinterlassen ihre Spuren.‹ ›Innen kann ich sie leicht putzen‹, sagte ich, ›aber wie soll ich den Frost und den Regen von der Außenseite abbekommen?‹ ›Oh‹, sagte er, ›das ist ganz einfach. Es gibt überall Leitern. Du mußt nur durch die Tür hinausgehen und klettern. Es gibt noch sehr viele Fenster, die du nicht kennst, und von manchen kann man Orte sehen, über die du nichts weißt. Ich habe sie früher immer selbst geputzt, aber wie du siehst, bin ich schon ziemlich alt, oder nicht?‹ ›Das kann ich nicht sagen‹, antwortete ich. ›Denn ich habe dich nie gesehen, als du jünger warst.‹ ›Nie den Mann im Mond gesehen?‹ sagte er. ›Nicht aus der Nähe‹, antwortete ich – ›nicht so, daß ich sagen könnte, wie jung oder alt er aussieht. Ich habe das Holzbündel auf seinem Rücken gesehen.‹ Jim hatte es mir nämlich gezeigt. Jim hat den Mann im Mond immer sehr gerne angeguckt. Armer Jim! Ich frag mich, warum er mich nicht besucht hat. Ich fürchte, er ist auch krank.«

»Ich kann versuchen, das herauszufinden, und dann sage ich es dir«, sagte Diamant.

»Vielen Dank«, sagte Nanny. »Du und Jim, ihr solltet Freunde sein.«

»Aber was hat der Mann im Mond gesagt, als du ihm erzähltest, du hättest ihn mit dem Holzbündel auf seinem Rücken gesehen?«

»Er hat gelacht. Aber es kam mir so vor, als hätte er auch beleidigt ausgesehen. Seine kleine Nase trat spitzer hervor, und er zog seine Mundwinkel von den Ohrenspitzen bis zum Hals hinunter. Aber er sah nicht böse aus.«

»Hat er nichts gesagt?«

»O doch! Er sagte: ›Das ist alles Unsinn. Was du gesehen hast, war das Bündel mit meinen Staubtüchern. Ich wollte die Fenster putzen. Man braucht ziemlich viele, weißt du. Was sie dort unten alles von denjenigen über ihnen sagen!‹ ›Das tun sie nur, weil sie es nicht besser wissen‹, wagte ich zu sagen. ›Natürlich, natürlich‹, sagte der kleine Mann. ›Keiner weiß es besser. Nun, ich verzeihe es ihnen, und *dann* ist es hoffentlich in Ordnung.‹ ›Das ist sehr gut von dir‹, sagte ich. ›Nein!‹ sagte er, ›das ist kein bißchen gut von mir. Ich könnte sonst nicht ruhig sein.‹ Danach sagte er eine Weile gar nichts, und ich legte mich in seiner Dachkammer auf den Boden und schaute die großartige blaue Schönheit über mir und um mich herum an. Ich hatte ihn beinahe vergessen, als er schließlich sagte: ›Bist du noch nicht fertig?‹ ›Womit?‹

fragte ich. ›Fertig mit Beten‹, sagte er. ›Ich habe nicht gebetet‹, antwortete ich. ›O doch, das hast du‹, sagte er, ›auch wenn du es nicht wußtest! Und jetzt muß ich dir noch etwas anderes zeigen.‹

Er nahm meine Hand und führte mich wieder die Treppe hinunter durch einen schmalen Gang und noch einen und noch einen und noch einen. Ich weiß nicht, wie es in einem so kleinen Haus Platz für die vielen Gänge geben konnte. Sein Herz muß immer viel weiter von den Seiten entfernt sein als die Seiten voneinander. Wie war es möglich, daß sein Inneres so unabhängig von seinem Äußeren war? Das ist genau der Punkt. Das war komisch – oder nicht, Diamant?«

»Nein«, sagte Diamant. Er wollte gerade sagen, daß es genauso war wie hinter dem Nordwind, doch er besann sich und fügte nur noch hinzu: »Also gut. Ich verstehe es nicht. Ich verstehe nicht, warum das Innere vom Äußeren abhängig sein sollte. Bei Krebsen ist es nicht so. Sie kriechen aus ihrem Äußeren heraus und machen ein neues. Herr Raymond hat mir das erzählt.«

»Ich verstehe nicht, was das damit zu tun hat«, sagte Nanny.

»Dann erzähl deine Geschichte bitte weiter«, sagte Diamant. »Wohin bist du gekommen, nachdem du durch die ganzen gewundenen Gänge in das Herz des Mondes gegangen warst?«

»Ich habe nicht gesagt, daß es gewundene Gänge waren. Ich sagte, daß sie lang und schmal waren. Sie waren nicht gewunden. Sie gingen um Ecken herum.«

»Das ist gut zu wissen«, bemerkte Diamant. »Denn wer weiß schon, wie bald er dorthin kommen wird?

Aber die Hauptsache ist, wo bist du schließlich hingekommen?«

»Wir kamen zu einer kleinen Kiste, die in einem winzigen Zimmer an der Wand stand. Der kleine Mann sagte, ich solle mein Ohr daranhalten. Das tat ich, und dann hörte ich ein Geräusch, das ein bißchen wie das Schnurren von einer Katze war, nur nicht so laut und viel feiner. ›Was ist das?‹ fragte ich. ›Kennst du das Geräusch nicht?‹ erwiderte der kleine Mann. ›Nein‹, antwortete ich. ›Weißt du nicht, wie sich Bienen anhören?‹ sagte er. Ich hatte Bienen noch nie gehört und konnte nicht wissen, was für ein Geräusch sie machen. ›Das sind die Bienen meiner Herrin‹, fuhr er fort. Ich hatte gehört, daß Bienen Honig von den Blumen sammeln. ›Aber wo sind die Blumen für sie?‹ fragte ich. ›Die Bienen meiner Herrin sammeln ihren Honig von der Sonne und den Sternen‹, sagte der kleine Mann. ›Laß sie mich bitte angucken‹, sagte ich. ›Nein. Das wage ich nicht zu tun‹, antwortete er. ›Ich habe nichts mit ihnen zu schaffen. Ich verstehe mich nicht auf sie. Außerdem sind sie so hell, daß du ganz und gar blind würdest, wenn dir eine ins Auge flöge.‹ ›Dann hast du sie gesehen?‹ ›O ja! Ein- oder zweimal, denke ich. Aber ich weiß es nicht so genau: Sie sind so hell – wie Kugelblitze. Jetzt habe ich dir für heute alles gezeigt, und wir gehen zurück in das Zimmer.‹ Ich folgte ihm, und dann sollte ich mich unter eine Lampe setzen, die vom Dach herunterhing, und er gab mir etwas Brot und Honig.

Die Dame hatte sich die ganze Zeit nicht gerührt. Ihre Stirn war in die Hand gestützt, und sie blickte aus dem kleinen Fenster, das wie die anderen wolkige weiße Gardinen hatte. Von meinem Platz aus blickte ich auch hinaus, doch ich konnte nichts sehen. Ihr Gesicht war sehr schön, sehr weiß und sehr ruhig, und ihre Hand war so weiß wie die darauf gestützte Stirn. Ich habe ihr Gesicht nicht ganz gesehen, nur von der Seite, denn sie wandte sich mit keiner Bewegung zu mir hin und schaute mich auch nicht an.

Wie lange ich saß, nachdem ich mein Brot und meinen Honig gegessen hatte, weiß ich nicht. Der kleine Mann ging geschäftig im Zimmer umher und zog hier und dort an einem Seil, aber hauptsächlich an dem Seil hinter der Tür. Ich dachte mit einigem Unbehagen, daß er mich bald zum Fensterputzen hinausschicken würde, und ich hatte keine Lust zu der Arbeit. Schließlich kam er mit einem großen Armvoll Staubtüchern zu mir. ›Es wird Zeit, daß du mit den Fenstern anfängst‹, sagte er, ›denn es wird bald regnen, und wenn sie vorher ganz sauber sind, kann der Regen nichts verderben.‹ Ich stand sofort auf. ›Du brauchst keine Angst zu haben‹, sagte er. ›Du wirst nicht herunterfallen. Du mußt nur vorsichtig sein. Halte dich immer mit einer Hand fest und nimm die andere zum Putzen.‹ Während er sprach, öffnete er die Tür. Ich zuckte furchtbar erschrocken zurück, denn unter mir war nur blaue Luft zu sehen, wie ein großes Wasser, das überhaupt keinen Grund hatte. Aber was sein mußte, mußte sein, und hier oben zu leben war so viel schöner als unten im Schmutz mit Löchern in den Schuhen, so daß es mir nicht in den Sinn kam, nicht zu tun, was mir gesagt wurde. Der kleine Mann zeigte mir, wie und wo ich mich festhalten mußte, während ich meinen Fuß um die Türkante herum auf die erste Sprosse einer Leiter setzte. ›Wenn du erst einmal oben bist‹, sagte er, ›wirst du schon sehen, wie du weitergehen mußt.‹ Ich tat, wie er mir gesagt hatte, und kroch sehr vorsichtig heraus. Dann reichte mir der kleine Mann das Staubtuchbündel und sagte: ›Ich trage sie immer auf meiner Sichel, aber ich glaube nicht, daß du damit richtig umgehen könntest. Du kannst sie haben, wenn du willst.‹ Doch ich wollte sie nicht nehmen, denn sie sah gefährlich aus.

Ich gab mir alle Mühe mit den Staubtüchern und kroch ganz nach oben auf den Mond hinauf. Was für ein großartiger Anblick das war! Überall waren Sterne über mir, so hell und nah, daß ich sie beinahe greifen konnte. Der runde Ball, an den ich mich klammerte, tanzte und schwebte in dem dunklen Blau um ihn herum. Es war so schön, daß alle Angst von mir abfiel, und ich begann eifrig zu arbeiten. Ich säuberte ein Fenster nach dem anderen. Schließlich kam ich zu einem sehr kleinen, durch das ich hineinschaute. Es war das Zimmer mit der Kiste voller Bienen! Ich legte mein Ohr ans Fenster und konnte das singende Summen ganz deutlich hören. Eine große Sehnsucht, sie zu sehen, überkam mich, und ich öffnete das Fenster und kroch hinein. Die kleine Kiste hatte eine Tür wie ein Schrank. Ich öffnete sie – einen winzigen Spalt –, und schon kam das Licht so stechend daraus hervorgeschossen, daß ich sie entsetzt wieder schloß, aber vorher waren drei Bienen in das Zimmer herausgeschossen und fuhren wie Blitze darin umher. Furchtbar erschrocken, versuchte ich wieder zum Fenster herauszukommen, aber es ging nicht: Der einzige Weg auf den Mond hinaus führte durch die Tür, und die befand sich in dem Zimmer, in dem die Dame saß. Kaum hatte ich das Zimmer erreicht, da flogen die drei Bienen, die mir gefolgt waren, geradewegs zu der Dame hin und ließen sich auf ihrem Haar nieder. Da sah ich zum erstenmal, daß sie sich bewegte. Sie schreckte auf, hob ihre Hand und fing sie ein; dann stand sie auf, und nachdem sie sie nacheinander in die Flamme der Lampe gehalten hatte, wandte sie sich mir zu. Ihr Gesicht war jetzt eher streng als traurig. Es machte mir Angst. ›Nanny, du hast mich in Schwierigkeiten gebracht‹, sagte sie. ›Du hast meine Bienen herausgelassen, die ich nur mit Mühe im Zaum halten kann. Du hast mich gezwungen, sie zu verbrennen. Das ist ein großer Verlust, und es wird einen Sturm geben.‹ Während sie sprach, hatten sich die Wolken um uns herum zusammengezogen. Ich konnte sehen, wie sie sich vor den Fenstern weiß zusammenballten. ›Es tut mir leid, daß man dir nicht vertrauen kann. Du mußt wieder nach Hause zurückgehen – du taugst nicht für uns.‹ Dann gab es einen großen Donnerschlag, und der Mond schwankte und rüttelte. Um mich herum wurde alles dunkel, und ich fiel auf den Boden und war halb bewußtlos. Ich konnte alles hören, doch nichts sehen. ›Soll ich sie zur Tür hinauswerfen, Herrin?‹ fragte der kleine Mann. ›Nein‹, antwortete sie, ›so schlecht ist sie nicht. Ich glaube nicht, daß viel Schlechtes in ihr ist; aber für uns wird sie niemals taugen. Hier oben würde sie furchtbares Unheil anrichten. Sie taugt nur für den Schmutz. Es ist jammerschade. Sie tut mir leid. Zieh ihr nur den Ring vom Finger ab. Ich fürchte, sie hat ihn gestohlen.‹ Der kleine Mann griff nach meiner Hand, und ich fühlte, wie er an dem Ring zog. Ich wollte sagen, wie es sich in Wirklichkeit damit verhielt, aber mit der größten Mühe konnte ich nur ein Stöhnen hervorbringen. Andere Dinge drängten sich in meinem Kopf. Jemand hielt mich fest. Der kleine Mann war nicht da. Schließlich öffnete ich die Augen und sah die Krankenschwester. Ich hatte im Schlaf geschrien, und sie war gekommen und hatte mich geweckt. Aber obwohl es nur ein Traum war, Diamant, schäme ich mich sehr dafür, daß ich die Kiste mit den Bienen der Dame geöffnet habe.«

»Du würdest es nicht wieder tun, wenn sie dich zurückholte, oder?« sagte Diamant.

»Nein. Ich glaube, nichts könnte mich dazu bringen, das noch einmal zu tun. Aber was nützt das? Ich werde nie wieder Gelegenheit dazu haben.«

»Da bin ich nicht so sicher«, sagte Diamant.

»Du Kindskopf! Es war nur ein Traum«, sagte Nanny.

»Das weiß ich, liebe Nanny. Aber woher willst du wissen, ob du nicht wieder träumen wirst?«

»Das ist sehr unwahrscheinlich.«

»Da bin ich nicht so sicher«, sagte Diamant.

»Das sagst du immer«, sagte Nanny. »Ich mag das nicht.«

»Dann will ich es nicht wieder sagen – falls ich es nicht vergesse«, sagte Diamant. »Aber es war so ein schöner Traum! – oder nicht, Nanny? Wie schade, daß du die Tür aufgemacht und die Bienen herausgelassen hast! Dein Traum hätte noch lange dauern können, und du hättest dich so gut mit der Monddame unterhalten können. Versuch doch, noch einmal dorthin zu gehen, Nanny. Ich möchte so gern mehr darüber hören.«

Aber da kam die Schwester und sagte ihm, daß er gehen müsse, und Diamant ging und sagte zu sich selbst: »Ich kann mir nicht helfen, ich glaube, daß Nordwind etwas mit dem Traum zu tun hatte. Es wäre so langweilig, den ganzen Tag und die Nacht dazu dort zu liegen – wenn man nicht träumen würde. Wenn sie das nicht getan hätte, hätte der Mond sie vielleicht hinter den Nordwind gebracht – wer weiß?«

31
Der Nordwind bläst

Diamant freute sich sehr, als Nanny endlich aus dem Krankenhaus entlassen werden konnte und zu ihnen nach Hause kam. Sie war noch nicht sehr kräftig, aber Diamants Mutter ging ganz behutsam mit ihr um und achtete darauf, daß sie nichts tun mußte, was sie noch nicht tun konnte. Wäre Nanny direkt von der Straße zu ihnen gekommen, dann wäre sie in einem anständigen Haushalt wohl kaum so liebenswert und auch nicht so einfach zu unterweisen gewesen; aber nach dem reinigenden Einfluß ihrer Krankheit und der liebevollen Behandlung, die sie im Krankenhaus erfahren hatte, ging sie wie eine traurige Freude, die in der Erinnerung haften bleibt, im Haus umher. Als es ihr besserging und ihre Wangen wieder Farbe hatten, wurde ihr Schritt leichter und rascher, ihr Lächeln leuchtete schneller auf, und es zeigte sich, daß sie bald eine unschätzbare Hilfe sein würde. Es war sehr komisch anzusehen, wie Diamant ihr beibrachte, das Baby richtig zu halten, zu waschen und anzuziehen, und oft lachten sie beide über ihre Unbeholfenheit. Aber sie brauchte nicht viele solcher Lektionen, bis sie diese Aufgaben ebensogut ausführen konnte wie Diamant selbst.

Bei Joseph dagegen entwickelten sich die Dinge seit Rubins Ankunft nicht zum besten. Es sah beinahe so aus, als hätte das rote Tier Pech mitgebracht. Die Zahl der Fahrgäste nahm ab, und die Fahrgelder wurden geringer. Rubins Dienste hoben die Wocheneinkünfte zunächst ein bißchen über das Übliche an, aber da waren auch zwei mehr zu versorgen. Nach dem ersten Monat lahmte er, und den ganzen folgenden Monat wagte Jo-

seph nicht, ihn einzuspannen. Ich kann nicht sagen, er habe nie gemurrt, denn seine eigene Gesundheit war lange nicht mehr, was sie früher einmal gewesen war; aber ich kann sagen, daß er versuchte, sein Bestes zu tun. Den ganzen Monat lang lebten sie von sehr schmaler Kost, außer sonntags gab es so gut wie nie Fleisch und für den armen alten Diamant, der von allen am härtesten arbeitete, nicht einmal dann – so daß er am Monatsende so klapprig wie eine Wäschespinne war, während Rubin glänzte und so rund wie das Pferd eines Bischofs war.

Es wurde auch nicht viel besser, als Rubin wieder arbeiten konnte, denn in dieser Zeit gingen die Geschäfte überall stark zurück, und das bekommen die Droschkenkutscher schnell zu spüren. Die Männer in der Stadt haben ein wachsameres Auge auf ihre Shillinge, und ihre Frauen und Töchter haben weniger Geld zum Ausgeben. Außerdem war es ein nasser Herbst, und die Brotpreise stiegen stark an. Wenn ich jetzt noch hinzufüge, daß es Diamants Mutter nicht gutging, weil ein neues Baby unterwegs war, dann könnt ihr verstehen, daß dies keine rosigen Zeiten für unsere Freunde in den Stallungen waren.

Aber trotz der niederdrückenden Umstände konnte sich Joseph einen Hoffnungsschimmer im Herzen bewahren; und wenn er abends heimkam, ließ er Diamant vorlesen, und auch Nanny mußte ihr Buch hervorholen, damit er sehen konnte, ob sie Fortschritte machte. Denn Diamant hatte ihren Unterricht übernommen, und weil sie ein aufgewecktes Kind war, konnte sie bald Buchstaben und Wörter zusammensetzen.

So vergingen die drei Monate, aber Herr Raymond kehrte nicht zurück. Joseph wartete voller Unruhe auf ihn, hauptsächlich, weil er Rubin wieder loswerden wollte – nicht, daß ihm das Pferd ganz und gar unnütz gewesen wäre, aber es war eine beständige Last für ihn. Ja, was ihre Versorgung anging, stand er sich mit Rubin und Nanny schlechter als vorher, aber andererseits war Nanny eine große Hilfe im Haus, und der Gedanke, daß Nanny bei seiner Frau sein würde, wenn das neue Baby kam, tröstete ihn.

Von allen Geschenken Gottes ist ein Baby eins der größten; deshalb ist es nicht erstaunlich, daß dieses Baby bei seiner Ankunft vom ganzen Haushalt so freudig begrüßt wurde, als hätte es Reichtümer mitgebracht. Natürlich kam mit dem Baby eine Menge Arbeit dazu – mehr als seine Größe rechtfertigte, aber Nanny war eine unermüdliche Hilfe, und Diamant war der gleiche Sonnenstrahl wie immer und sang dem Baby sogleich Lieder vor,

als er es das erste Mal auf den Arm nahm. Aber er sang nicht die gleichen Lieder wie für seinen Bruder, denn er sagte, es sei ein neues Baby und müsse neue Lieder haben, und außerdem war es ein Schwester-Baby und kein Bruder-Baby und würde natürlich nicht die gleiche Sorte Lieder mögen. Ich kann nicht erklären, worin sich seine Lieder unterschieden. Aber eines weiß ich sicher, nämlich daß sie keinen geringen Anteil an der Erziehung des kleinen Mädchens hatten und außerdem der ganzen Familie erheblich mehr halfen, als ihr bewußt war.

Wie sie den langen, trübseligen, teuren Winter überstanden, läßt sich kaum sagen. Manchmal ging es besser, manchmal schlechter. Aber dann kam der Frühling, der Winter war endlich vorbei, und das war viel wert. Herr Raymond war noch immer nicht zurückgekehrt, und obwohl die Mutter jetzt ohne Nanny zurechtgekommen wäre, konnten sie ihr keine Stelle suchen, solange sie Rubin hatten; und sie waren nicht allzu traurig darüber.

Schließlich kam eine Woche, die schlimmer war als alle anderen zuvor. Ehe sie vorüber war, hatten sie beinahe kein Brot mehr. Aber je trauriger sein Vater und seine Mutter aussahen, desto eifriger sang Diamant für die beiden Babys.

Dadurch, daß sie gezwungen waren, ein weiteres kleines Zimmer für Nanny zu mieten, hatten sich ihre Auslagen erhöht. Als das zweite Kind auf die Welt kam, trat Diamant sein Zimmer an Nanny ab, damit sie seiner Mutter zur Hand gehen konnte, und übernahm ihr Zimmer, das großartig war, wenn man es mit dem verglich, was sie gewöhnt war, aber in Diamants Augen war es nicht besonders schön. Doch er machte sich nichts daraus, denn war es nicht eine Erleichterung für seine Mutter? Und war es nicht auch für Nanny besser? Und war nicht sogar Diamant selbst glücklicher, weil andere glücklicher dran waren? Und wenn es in jeder Hinsicht besser war, dann war es ein glücklicher Tausch.

32
Diamant und Rubin

Es war Freitagabend, und Diamant hatte an diesem Tag ebenso wie die übrige Familie sehr wenig zu essen gehabt. Die Mutter bezahlte die Wochenmiete immer zuerst, noch bevor sie irgend etwas für Essen ausgab. Sein Vater war in einer sehr düsteren Verfassung gewesen – so düster, daß er sogar böse zu seiner Frau gewesen war. Es ist merkwürdig, wie das schmerzliche Gefühl beim Anblick des Leids geliebter Menschen uns manchmal böse mit ihnen werden läßt und so ihr Leid noch vergrößert. Das geschieht, wenn man nicht genug Vertrauen in Gott hat, und es zeigt, wie wichtig dieses Vertrauen ist, denn wenn wir es verlieren, verlieren wir auch die Güte, die allein das Leiden lindern kann. Infolgedessen war Diamant sehr still und nachdenklich – ja sogar ein bißchen besorgt – ins Bett gegangen.

Der Winter war sehr stürmisch gewesen, und noch jetzt, da der Frühling gekommen war, blies der Nordwind oft. Als Diamant in sein Bett ging, das in einem winzigen Zimmer unter dem Dach stand, hörte er ihn wie das Meer seufzen; und als er einschlief, hörte er das Seufzen noch immer. Plötzlich sagte er zu sich selbst: »Bin ich wach oder schlafe ich?« Aber er hatte keine Zeit, die Frage zu beantworten, denn Nordwind rief ihn. Sein Herz klopfte heftig, es war so lange her, seit er diese

Stimme gehört hatte. Er sprang aus dem Bett und schaute überall nach, aber er konnte sie nicht entdecken. »Diamant, komm hierher«, sagte sie wieder und wieder, aber wo das *hierher* war, konnte er nicht sagen. Natürlich war es im Zimmer stockfinster, und sie konnte dicht neben ihm sein.

»Liebe Nordwind«, sagte Diamant, »ich möchte so gerne zu dir gehen, aber ich weiß nicht wohin.«

»Komm hierher, Diamant«, war alles, was sie antwortete.

Diamant öffnete die Tür und ging aus dem Zimmer die Treppe hinunter, auf den Hof. Sein kleines Herz war ganz aufgeregt, denn er hatte jeden Gedanken daran, sie wiederzusehen, lange aufgegeben. Auch jetzt sollte er sie nicht zu Gesicht bekommen. Als er ins Freie trat, traf ihn ein heftiger Windstoß, dem er gehorchte, indem er ihm den Rücken zukehrte und sich von ihm treiben ließ. Er blies ihn geradewegs vor die Stalltür und blies immer weiter.

»Sie will, daß ich in den Stall gehe«, sagte Diamant zu sich selbst, »aber die Tür ist abgeschlossen.«

Er wußte, wo der Schlüssel war, in einem Loch in der Mauer – viel zu hoch für ihn. Trotzdem rannte er zu der Stelle hin; gerade als er dort war, kam ein heftiger Windstoß, und der Schlüssel fiel klirrend auf die Steine vor seinen Füßen. Er hob ihn auf, rannte zurück, öffnete die Stalltür und ging hinein. Und was, glaubt ihr, sah er dort?

Durch das staubige Fenster kam ein wenig Licht von der Gaslampe herein, es reichte gerade aus, um zu erkennen, daß Diamant und Rubin einander mit hochgereckten Köpfen über die Abtrennung hinweg ansahen. Das weiße Zeichen auf Diamants Stirn leuchtete im Licht, aber Rubins Augen glänzten so hell, daß er meinte, es würde mehr Licht aus ihnen herausleuchten als hereinschien. Das ist das, was er sah.

Aber was glaubt ihr, was er hörte?

Er hörte die beiden Pferde miteinander sprechen – in einer fremden Sprache, die er aber auf irgendeine Weise verstehen und in seinem Kopf ins Englische übersetzen konnte. Die ersten Worte, die er hörte, kamen von Diamant, der offensichtlich schon mit Rubin gestritten hatte.

»Sieh nur, wie fett du bist, Rubin!« sagte der alte Diamant. »Du bist so rund, und dein Fell glänzt so sehr, daß du dich schämen solltest.«

»Fett sein ist nichts Schlimmes«, sagte Rubin in abweisendem Ton. »Nein, und glänzen auch nicht. Ich kann glänzen oder auch nicht.«

»Nichts Schlimmes?« erwiderte Diamant. »Es soll nicht schlimm sein, wenn du hingehst und den ganzen Hafer unseres armen Herrn auffrißt und das Striegeln so viel von seiner Zeit beansprucht, obwohl du nur sechs Stunden arbeitest – nein, nicht einmal sechs Stunden am Tag, und wenn du, wie ich höre, nicht schneller als ein großer Karrengaul mit zwei Tonnen hinter sich gehst? – So hat man es mir erzählt.«

»Dein Herr ist nicht meiner«, sagte Rubin. »Ich muß auf den Nutzen meines eigenen Herrn achten und alles fressen, was ich bekomme, und so sehr glänzen und fett sein, wie ich kann, und nicht schneller, als es notwendig ist, gehen.«

»Also wirklich, wenn die anderen Pferde nicht alle schlafen würden, die armen Dinger – *sie* arbeiten, bis sie müde sind –, ich bin sicher, sie würden aufstehen und dich aus dem Stall treten. Wenn ich dich sehe, schäme ich mich, ein Pferd zu sein. Du wagst es zu sagen, daß mein Herr nicht dein Herr ist! Das ist dein Dank dafür, daß er dich so füttert und schont! Sag mir bitte mal, wo dein Gerippe ohne ihn wäre?«

»Er tut es nicht mir zuliebe. Wenn ich sein eigenes Pferd wäre, würde er mich genauso hart herannehmen wie dich.«

»Und ich bin stolz darauf, so herangenommen zu werden. Ich wollte nicht so fett sein wie du – um nichts in der Welt. Du bist ein Schandfleck für den Stall. Guck das Pferd neben dir an. *Das* ist so etwas wie ein Pferd – nur Haut und Knochen. Und sein Herr ist nicht einmal besonders gut zu ihm. Er hat letzte Woche einen stechenden Riemen an seine Peitsche gebunden. Aber das alte Pferd weiß, daß es die Frau und die Kinder zu versorgen hat – und seinen betrunkenen Herrn dazu –, und es arbeitet *wie* ein Pferd. Mag sein, daß es seinem Herrn nicht das Bier gönnt, das er trinkt, aber ich glaube nicht, daß es ihm irgend etwas anderes mißgönnt.«

»Nun, ich gönne deinem Herrn, was er mit mir einnimmt«, sagte Rubin.

»Einnimmt?« gab Diamant zurück. »Er kriegt so wenig, daß man es ihm nicht mißgönnen kann. Es ist fast nichts – mit deinem ganzen Fett und Glanz.«

»Nun, wenigstens solltest du dankbar dafür sein, daß du es besser hast. Du hast zwei Ruhestunden am Tag davon.«

»Dafür dank ich meinem Herrn – nicht dir, du fauler Kerl! Du kommst wie ein Rinderschinken auf Laufrollen daher – das tust du.«

»Hast du keine Angst, daß ich dich trete, wenn du so weiterredest, Diamant?«

»Treten! Das brauchst du gar nicht erst zu versuchen. Du könntest vielleicht deinen Rumpf anderthalb Zentimeter hochhieven, aber ausschlagen – oho! Wenn du das tätest, würdest du auf deinem Bauch landen, bevor du deine Beine wieder unter dir hättest. Ich glaube, wenn sie erst einmal nach außen stehen, dann bleiben sie es auch. Redet vom Ausschlagen! Warum setzt du nicht ab und zu einen Fuß vor den anderen, wenn du eingespannt bist? Wenn man hört, wie mein Herr deinetwegen beschimpft wird, möchte man im Boden versinken. Kein anständiges Pferd würde ihm das einhandeln. Verlaß dich drauf, Rubin, ein Droschkenkutscher läßt sich genauso ungern beschimpfen wie ein Fahrgast. Aber wenn du eingespannt bist, kann man es *seinen* Fahrgästen nicht verübeln. Das kann man tatsächlich nicht.«

»Ach, weißt du, Diamant, ich möchte nicht wieder lahm werden.«

»Ich glaube nicht, daß du wirklich so schrecklich lahm warst – so!«

»Oh, das war ich aber wohl.«

»Dann glaube ich, daß es deine eigene Schuld war. Ich bin nicht lahm. Ich bin in meinem ganzen Leben noch nicht lahm gewesen. Du paßt nicht auf deine Beine auf. Du streckst sie nachts nie aus. Du stehst da, und dein gewaltiger Körper drückt die ganze Nacht auf deine armen Beine. Dir sind sogar deine eigenen Beine egal – solange du nur fressen, fressen und schlafen, schlafen kannst. Du bist ein schönes Pferd!«

»Aber ich sage dir, daß ich wirklich lahm *war.*«

»Ich will nicht bestreiten, daß die hinteren Fesseln geschwollen aussahen. Aber ich glaube, daß es noch nicht einmal Schmiermittel war, sondern Fett.«

»Ich sage dir, daß ich meinen Fuß auf einen von diesen schrecklichen Steinen gesetzt habe, mit denen sie die Straße machen, und mein Knöchel ist dabei umgeknickt.«

»Knöchel, wirklich! Warum äffst du die nach, die über dir stehen? Pferde haben keine Knöchel – das sind nur Fesseln. Und solange du deine Füße nicht besser hochhebst und zwischen jedem Schritt einschläfst, hast du gute Aussichten, alle deine Knöchel, wie du sie nennst, einen nach dem andern lahm zu treten. Wenn du ein bißchen aufgeweckt bist, passiert dir so etwas nicht. Ich sage dir, ich glaube nicht, daß es besonders schlimm war, und falls doch, dann warst du selber schuld. So! Ich bin fertig. Ich schlafe jetzt. Ich werde versuchen, so gut ich kann von dir zu denken. Wenn du nur ein bißchen ausschreiten und dir dein Fett ein bißchen ablaufen würdest!«

An dieser Stelle ließ sich Diamant auf seine Knie nieder, aber Rubin fing wieder an zu sprechen, und, wie es dem jungen Diamant vorkam, in einem ganz anderen Ton.

»Wirklich, Diamant, ich kann es nicht ertragen, daß ein ehrliches altes Pferd wie du so über mich denkt. Ich will dir die Wahrheit sagen: Ich war selbst daran schuld, daß ich lahm geworden bin.«

»Was habe ich dir gesagt«, erwiderte das andere und stieß gegen die Abtrennung, als es sich auf die Seite rollte, um seinen Beinen den größtmöglichen Platz in der engen Box zu verschaffen.

»Ich habe es extra gemacht, Diamant.«

Bei diesen Worten erhob sich das alte Pferd mit Donnergetöse, schnellte seinen wütenden Kopf mit feurigen Augen in Rubins Box hinüber und sagte: »Geh mir aus dem Weg, du elender Schuft, sonst beiße ich dich. Und du willst ein Pferd sein! Warum hast du das gemacht?«

»Weil ich fett werden wollte.«

»Du Schmalzfaß! Oh! – bei meinem Schweif und meinen Zähnen! Ich habe gewußt, daß du ein Schwindler bist. Warum wolltest du fett werden? Aus dir kriegt man die Wahrheit nur im Kreuzverhör heraus. Du bist es nicht wert, ein Pferd zu sein.«

»Weil ich von Natur aus lange fett bleibe, wenn ich es erst einmal *bin*, und ich wußte nicht, wann mein Herr zurückkommen würde und mich sehen wollte.«

»Du eingebildetes, nichtsnutziges Biest! Du taugst nur für den Pferdeschlachthof. Du wolltest gut aussehen, nicht wahr? Halt dein Maul, oder ich zerreiße meinen Halfter und geh auf dich los – mit deinem schönen Fett!«

»Ach, laß nur, Diamant. Du bist ein gutes Pferd. Du kannst mir nichts tun.«

»Dir nichts tun! Gib mir nur eine Gelegenheit.«

»Nein, das kannst du nicht.«

»Und warum?«

»Weil ich ein Engel bin.«

»Was ist das?«

»Das kannst du natürlich nicht wissen.«

»Nein, tatsächlich nicht.«

»Ich weiß, daß du es nicht weißt. Ein ungebildetes, grobes altes Menschenpferd wie du kann das nicht wissen. Aber da ist der junge Diamant und hört uns genau zu; und er weiß wohl, daß es im Himmel Pferde gibt, auf denen die Engel reiten, und auch noch andere Tiere, Löwen und Adler und Stiere bei gewichtigeren Anlässen. Die Pferde, auf denen die Engel reiten, müssen Engelpferde sein, sonst könnten die Engel nicht auf ihnen reiten. Nun, ich bin ein solches.«

»Das bist du nicht.«

»Hast du schon einmal ein Pferd lügen hören?«

»Noch nie. Aber du hast zugegeben, daß du so getan hast, als wärst du lahm gewesen.«

»Nichts dergleichen. Ich mußte fett werden, und der gute Joseph, dein Herr, mußte mager werden. Ich hätte so tun können, als wäre ich lahm gewesen, aber das würde kein Pferd tun und schon gar kein Engelpferd. Also mußte ich lahm werden, und so habe ich mir den Knöchel verstaucht – denn Engelpferde haben Knöchel, dort oben wird kein Pferdejargon gesprochen –, und es hat mir sehr weh getan, das kann ich dir versichern, Diamant, wenn du das auch vielleicht nicht glauben kannst.«

Der alte Diamant gab keine Antwort. Er hatte sich wieder hingelegt, und ein verschlafenes Schnauben, das fast wie ein Schnarchen klang, zeigte, daß er vielleicht schon schlief oder doch zumindest kein Wort mehr von dem verstand, was Rubin sagte. Als der junge Diamant das merkte, wollte er es wagen, den abgerissenen Faden aufzunehmen.

»Ich glaube es dir wohl, Rubin«, sagte er.

Doch Rubin wandte weder seinen Kopf zu ihm hin noch beachtete er ihn. Wahrscheinlich verstand er gerade so viel Englisch, daß er verstehen konnte, was die Kutscher und Stallknechte immer zu ihm sagten. Aber als er bemerkte, daß sein Gefährte keine Antwort gab, streckte er seinen Kopf über die Abtrennung, sah zu ihm herunter und sagte: »Warte nur bis morgen, und dann wirst du schon sehen, ob ich die Wahrheit sage oder nicht. – Ich glaube, das alte Pferd schläft fest! – Diamant! – Nein, das werde ich nicht.«

Rubin drehte sich um und rupfte still an seinem Heu.

Diamant schüttelte sich, drehte sich um und sah, daß die Stalltür offenstand. Er hatte ein Gefühl, als hätte er geträumt, und nachdem er sich im Stall umgeschaut hatte, um herauszufinden, ob Nordwind irgendwo zu sehen war, dachte er, daß er lieber wieder ins Bett gehen sollte.

33
Bessere Aussichten

Am nächsten Morgen sagte Diamants Mutter zu seinem Vater: »Dieses Kind macht mir wieder Sorgen.«

»Welches Kind, Martha?« fragte Joseph. »Du hast inzwischen eine Auswahl.«

»Nun, ich meine Diamant. Ich fürchte, er fällt wieder in seine merkwürdigen Gewohnheiten zurück. Er macht wieder die gleichen Dummheiten wie früher und geht im Schlaf spazieren. Ich habe ihn mitten in der Nacht die Treppe hinaufrennen sehen.«

»Bist du nicht hinter ihm hergegangen, Frau?«

»Natürlich bin ich das – und er lag im Bett und schlief tief und fest. Ich fürchte, es kommt daher, daß er die letzten sechs Wochen so wenig Fleisch zu essen hatte.«

»Das kann schon sein. Es tut mir sehr leid. Aber wenn Gott uns nicht genug geben will, was *soll* ich dann tun, Frau?«

»Du kannst nichts dafür, das weiß ich, mein lieber, guter Mann«, erwiderte Martha. »Und außerdem bin ich nicht sicher. Ich kann nicht einsehen, daß es ihm nicht genauso gutgehen sollte wie uns allen. Ich habe die ganze Zeit das Baby gestillt, und mir geht es ganz gut. Ich glaube, ich kann den kleinen Mann singen hören, man sollte meinen, daß ihm nicht viel fehlt.«

Denn gerade in dem Moment sang Diamant wie eine

Lerche hoch in den Wolken. Er hatte das neue Baby im Arm, während seine Mutter sich anzog. Joseph war gerade beim Frühstück – etwas schwacher Tee, trockenes Brot und sehr zweifelhafte Butter –, Nanny hatte es ihm hergerichtet, und er ließ es sich schmecken, denn er war hungrig. Er hatte beide Pferde gestriegelt und den alten Diamant zum Ausfahren fertiggemacht.

»Stell dir einmal einen fetten Engel vor, Dulcimer!« sagte Diamant.

Das Baby war noch nicht getauft, aber Diamant war in seiner Bibel auf das Wort *Dulcimer* gestoßen, und es hatte ihm so gut gefallen, daß er seine Schwester seither immer Dulcimer nannte.

»Stell dir einen fetten roten Engel vor, Dulcimer!« wiederholte er, »denn Rubin ist ein Engelpferd, Dulcimer. Er hat sich mit Absicht den Knöchel verstaucht und sich fett gefuttert.«

»Mit welcher Absicht, Diamant?« fragte sein Vater.

»Oh! Das weiß ich nicht. Ich denke, um gut auszusehen, wenn sein Herr kommt«, antwortete Diamant. – »Was meinst *du*, Dulcimer? Für irgend etwas muß es gut sein, denn Rubin ist ein Engel.«

»Auf jeden Fall wäre ich ihn gerne los«, sagte sein Vater, »denn er liegt mir schwer auf dem Herzen.«

»Kein Wunder, Vater: Er ist so fett«, sagte Diamant. »Aber du brauchst dir keine Sorgen zu machen, denn alle sagen, daß er jetzt in einem besseren Zustand ist als damals, als du ihn bekommen hast.«

»Ja, aber bis sein Besitzer wiederkommt, kann er so klapprig wie ein Blechpferd sein. Es ist wirklich zu dumm, daß er ihn einfach so bei mir gelassen hat.«

»Vielleicht konnte er nichts dafür«, vermutete Diamant. »Auf jeden Fall glaube ich, daß er einen triftigen Grund hat.«

»Das würde ich auch meinen«, erwiderte sein Vater, »wenn er nicht vorher so hart mit mir verhandelt hätte.«

»Aber wir wissen noch nicht, was dabei herauskommen wird, Mann«, sagte seine Frau. »Herr Raymond gibt vielleicht noch etwas dazu, wenn er sieht, daß du bei dem Geschäft schlechter weggekommen bist, als du wolltest oder gedacht hattest.«

»Ich fürchte, nein: Er ist ein harter Mann«, sagte Joseph, während er aufstand und zu seiner Droschke hinausging.

Diamant sang weiter. Eine ganze Weile sang er dieses und jenes, aber schließlich kam so etwas Ähnliches wie folgendes dabei heraus. Ich weiß nicht, auf welche Weise und woher er es bekommen hatte.

Woher kommst du, Baby, mein Herz?
Aus dem Überall in das Hierher.

Woher sind deine Augen so blau, so sehr?
Das kam, als ich ging durch das Himmelsmeer.

Was läßt das Licht darin leuchten und blitzen?
Das sind die gebliebenen Sternenspitzen.

Woher hast du die kleine Träne bekommen?
Sie hat auf mich gewartet, als ich hierher
gekommen.

Wovon ist deine Stirn so hoch und weich?
Im Vorbeigehen hat eine Hand sie sanft gestreift.

Was macht deine Wange wie eine Rose warm
und weiß?
Ich sah etwas Besseres, als irgendeiner weiß.

Woher sind die drei Grübchen und ihr Lächeln
beglückt?
Es haben drei Engel zugleich mich geküßt.

Woher bekamst du dies Perlenohr?
Gott sprach, und zu hören kam es hervor.

Woher bekamst du diese Arme und Hände?
Liebe formte sich in Haken und Stränge.

Woher kommt ihr Füße, ihr süßen Dingelchen?
Aus der gleichen Kiste wie der Cherubim
Flügelchen.

Wie bist du geworden aus allen diesen Sachen?
Gott hat mich gedacht, und so bin ich gewachsen.

Doch wie kamst du zu uns hierher, mein Herz?
Gott dachte an euch, und so kam ich hierher.

»Dieses Lied kannst *du* nicht gemacht haben, Diamant«, sagte seine Mutter.

»Nein, Mutter. Ich wünschte, ich hätte es gemacht. Nein, doch nicht. Damit würde ich es einem andern wegnehmen. Aber es ist trotz alledem meins.«

»Warum ist es deins?«

»Weil ich es so sehr liebe.«

»Gehört dir etwas, weil du es liebst?«

»Ich denke, ja, Mutter – auf jeden Fall mehr als durch irgend etwas anderes. Wenn ich das Baby nicht liebhätte, was gar nicht ginge, nicht wahr – würde es kein bißchen mir gehören. Aber ich liebe das Baby, und das Baby ist meine eigene Dulcimer.«

»Das Baby gehört mir, Diamant.«

»Deshalb gehört es mir um so mehr, Mutter.«

»Wie kommst du darauf?«

»Weil du mir gehörst, Mutter.«

»Kommt das daher, daß du mich liebhast?«

»Ja, genau daher. Mein-Sein kommt nur von Liebe«, sagte Diamant.

Als sein Vater nach Hause kam, um zu Mittag zu essen und Rubin gegen Diamant auszuwechseln, sah er sehr traurig aus, und er erzählte ihnen, daß er den ganzen Morgen keinen nennenswerten Fahrgast gehabt hatte.

»Wir werden alle ins Armenhaus gehen müssen, Frau«, sagte er.

»Es wäre besser, hinter den Nordwind zu gehen«, sagte Diamant versonnen, ohne es laut sagen zu wollen.

»Das wäre es«, antwortete sein Vater. »Aber wie sollen wir dahin gelangen, Diamant?«

»Wir müssen warten, bis wir geholt werden«, erwiderte Diamant.

Bevor sein Vater noch etwas sagen konnte, klopfte es an der Tür, und Herr Raymond kam lächelnd herein. Joseph stand auf und empfing ihn höflich, aber nicht besonders herzlich. Martha rückte einen Stuhl für ihn zurecht, doch er wollte sich nicht setzen.

»Sie freuen sich nicht gerade, mich zu sehen«, sagte er zu Joseph. »Sie wollen sich nicht von dem alten Pferd trennen.«

»Wahrhaftig, Sir, da vertun Sie sich gewaltig. Mit all der Sorge um ihn und dem Pech dazu habe ich schon tausendmal gewünscht, ihn los zu sein. Es sollte nur für drei Monate sein, und jetzt sind es acht oder neun.«

»Es tut mir leid, das zu hören«, sagte Herr Raymond. »War er Ihnen nicht nützlich?«

»Nicht sehr, nicht, als er lahm war ...«

»Ah!« sagte Herr Raymond hastig. »Sie haben ihn lahm gefahren – nicht wahr? Das erklärt alles. Ich verstehe, ich verstehe.«

»Ich konnte nichts dafür, und jetzt ist er in Ordnung. Ich weiß nicht, wie es passiert ist, aber ...«

»Er hat es absichtlich getan«, sagte Diamant. »Er hat den Fuß auf einen Stein gesetzt, nur um sich den Knöchel zu verstauchen.«

»Woher weißt du das, Diamant?« sagte sein Vater und

wandte sich zu ihm. »Ich habe nie so etwas gesagt, denn ich weiß nicht, wie es passiert ist.«

»Ich habe es gehört – im Stall«, sagte Diamant.

»Gehen wir ihn ansehen«, sagte Herr Raymond.

»Ich bringe ihn in den Hof«, sagte Joseph.

Also gingen sie hinaus, und nachdem Joseph ihm das Zaumzeug abgenommen hatte, führte er Rubin mitten auf den Hof.

»Was«, sagte Herr Raymond, »Sie haben ihn aber nicht gut behandelt.«

»Ich weiß nicht, was Sie damit meinen, Sir. Ich habe nicht erwartet, das von Ihnen zu hören. Er ist kerngesund – heil und ganz wie eine Tonne.«

»Und genauso dick, könnten Sie hinzufügen. Er ist wirklich so fett wie ein Schwein! Nennen Sie das gute Behandlung?«

Joseph war zu verärgert, um zu antworten.

»Sie haben ihn nicht genug herangenommen. Sie haben ihn nicht gut eingesetzt. So wollten Sie nicht behandelt werden.«

»Ich hätte nichts dagegen, so behandelt zu werden, Sir.«

»Er ist wirklich zu fett.«

»Einen ganzen Monat konnte ich ihn nicht heranneh-men, und er hat sich die ganze Zeit vollgestopft. Er ist ein gewaltiger Fresser. Danach habe ich jeden Tag fast sechs Stunden aus ihm herausgeholt, aber ich hatte immer Angst, daß ihm wieder was passiert, und deshalb habe ich auch dann nicht besonders viel davon gehabt. Ich kann Ihnen versichern, Sir, wenn er eingespannt ist, sitze ich so elend auf dem Bock, als ob ich ihn gestohlen hätte. Er sieht die ganze Zeit so aus, als würde er Vorwürfe gegen mich sammeln, um sie Ihnen vorzutragen, sobald er Sie wieder sieht. Da! Sehen Sie ihn nur an, wie er mit einem Auge nach mir schielt! Ich gebe Ihnen mein Ehrenwort, daß er die Peitsche höchstens dreimal zu spüren bekommen hat.«

»Das freut mich zu hören. Eine Peitsche war bei ihm nie notwendig.«

»Das habe ich nicht gesagt, Sir. Wenn je ein Pferd die Peitsche verdient hat, dann er. Er hat mich mit seinem Schneckentempo beinahe an den Bettelstab gebracht. Ich bin sehr froh, daß Sie gekommen sind und ich ihn wieder loswerde.«

»Da bin ich nicht so sicher«, sagte Herr Raymond. »Angenommen, ich würde Sie fragen, ob Sie ihn mir – für wenig Geld – abkaufen wollen, was würden Sie tun?«

»Ich wollte ihn nicht geschenkt haben, Sir. Ich mag ihn nicht. Und ich wollte kein Pferd führen, das ich nicht mag – nein, nicht für Gold und gute Worte. Es kann nichts Gutes dabei herauskommen, wenn die beiden sich nicht mögen.«

»Bringen Sie nur Ihr eigenes Pferd heraus, und lassen Sie mich sehen, was für ein Paar die beiden abgeben würden.«

Joseph lachte ziemlich bitter, während er Diamant holen ging.

Als die beiden nebeneinander standen, konnte Herr Raymond nur mit Mühe die Fassung bewahren, aber aus gemischten Gefühlen. Neben der großen, roten, runden Tonne Rubin, der wie ein Bauch ohne Beine war, sah Diamant wie ein Wäschegestell mit einem übergeworfenen Fell aus. Da war kaum eine Stelle an seinem Leib, wo nicht ein Knochen durchschien. Mager und grimmig und müde stand er da, küßte seinen Herrn und beachtete sonst niemanden.

»Sie haben ihn nicht gut behandelt«, sagte Herr Raymond.

»Ich dächte, Sir«, gab Joseph zurück und legte einen Arm um den Hals des Pferdes, »das hätten Sie nicht sagen sollen. Das Pferd ist jetzt dreimal soviel wert wie das andere.«

»Das finde ich nicht. Ich finde, sie geben ein gutes Paar ab. Was der eine zuviel hat, hat der andere zuwenig – das ist also in Ordnung. Und wenn Sie nicht meinen Rubin kaufen wollen, dann muß ich Ihren Diamant kaufen.«

»Vielen Dank, Sir«, sagte Joseph in einem Ton, der alles andere als Dank ausdrückte.

»Ihnen scheint der Vorschlag nicht zu gefallen«, sagte Herr Raymond.

»Nein«, erwiderte Joseph. »Selbst wenn ich so viele Goldbarren bekäme, wie er Knochen unter seinem Fell hat, würde ich mich nicht von meinem alten Diamant trennen.«

»Wer hat denn etwas von trennen gesagt?«

»Sie gerade eben, Sir.«

»Nein, das habe ich nicht. Ich habe nur davon gesprochen, daß ich ihn kaufen will, um eine Ergänzung für Rubin zu haben. Wir könnten bei Rubin etwas abschneiden und Diamant ein bißchen ausstopfen. Was die Höhe angeht, passen sie für mich gerade gut genug zusammen. Natürlich wären Sie der Kutscher – wenn Sie sich nur mit Rubin aussöhnen wollten.«

Joseph stand verwirrt da und wußte nicht, was er sagen sollte.

»Ich habe einen kleinen Besitz in Kent gekauft«, fuhr Herr Raymond fort, »und ich brauche ein Paar Pferde für meinen Wagen, denn die Wege sind hügelig in der Gegend. Ich will mich nicht mit hochtrabenden Pferden großtun. Ich denke, diese sind gerade recht. Sagen wir, Sie halten Rubin für eine oder zwei Wochen kurz und füttern Diamant auf. Wenn wir nur ein Rohr von Rubins Bauch zu Diamants legen könnten, wäre es im Nu geschehen. Aber ich fürchte, das würde nicht funktionieren.«

Ein herzhaftes Lachen verdrängte die Tränen, die Joseph gekommen waren, und er war noch weniger imstande zu antworten als zuvor.

»Wie bitte, Sir«, sagte er endlich. »Mir ist es so lange so elend gegangen, daß es mir nicht in den Sinn gekommen ist, Sie wollten mich nur aufziehen, als Sie sagten, ich hätte die Pferde schlecht behandelt. Ich habe in der schlechten Zeit oft über Sie gemurrt, Sir, aber immer, wenn ich etwas gesagt habe, hat mich mein kleiner Diamant mit einem Lächeln angesehen, als wollte er sagen: ›Ich kenne ihn besser als du, Vater‹, und wahrhaftig, ich habe immer gedacht, daß der Junge doch recht hat.«

»Wollen Sie mir dann den alten Diamant verkaufen?«

»Ja, gerne, Sir, unter einer Bedingung – wenn Sie sich jemals von ihm oder mir trennen wollen, geben Sie mir die Möglichkeit, ihn zurückzukaufen. Ich kann mich *nicht* von ihm trennen, Sir. Wem er gehört, ist egal, denn nur, wenn man etwas liebt, gehört es einem, wie Diamant sagt – und ich liebe den alten Diamant sehr, Sir.«

»Nun, hier ist ein Scheck über zwanzig Pfund, die ich Ihnen für Diamant anbieten wollte, für den Fall, daß Sie Rubin gut behandelt hätten. Wird das genug sein?«

»Es ist zuviel, Sir. Sein Körper ist nicht soviel wert – mit Hufeisen und allem. Es ist nur sein Herz, Sir, das ist Millionen wert – aber sein Herz gehört mir sowieso – also ist es zuviel, Sir.«

»Das meine ich nicht. Wenn wir ihn wieder aufgefüttert haben, wird es auf jeden Fall nicht zuviel sein. Bitte nehmen Sie es. Fahren Sie Ihre Droschke einfach noch einen Monat weiter, aber nehmen Sie Rubin und lassen Sie Diamant ausruhen; und bis dahin werde ich alles soweit hergerichtet haben, daß Sie aufs Land kommen können.«

»Vielen Dank, Sir, vielen Dank. Diamant hat gesagt, daß Sie ein Freund sind, als er Sie zum erstenmal gesehen hat, Sir. Ich glaube, dieses Kind weiß mehr als andere Menschen.«

»Das glaube ich auch«, sagte Herr Raymond, als er wegging.

Er hatte Joseph prüfen wollen, als er ihm den Handel mit Rubin anbot, doch er hatte nicht vorgehabt, die Prüfung so sehr in die Länge zu ziehen. Er war in der Schweiz krank geworden und hatte nicht früher zurückkommen können. Als er jetzt wegging, war er überaus zufrieden, daß Joseph die Prüfung bestanden und sich als aufrichtiger Mann erwiesen hatte.

Joseph eilte zu seiner Frau hinein, die am Fenster gestanden und besorgt auf den Ausgang der langen Unterredung gewartet hatte. Als sie hörte, daß die beiden Pferde im Doppelgespann zusammen gehen sollten, brach sie in unbändiges Gelächter aus. Diamant kam mit dem Baby auf dem Arm heran, sah sie mit großen, besorgten Augen an und sagte: »Was ist los mit dir, Mutter? Wein ein bißchen. Es wird dir guttun. Immer wenn Vater einen winzigen Tropfen Rum trinkt, tut er Wasser dazu.«

»Du dummer Schatz!« sagte seine Mutter. »Wie hätte ich nicht lachen sollen bei der Vorstellung, daß der große, fette Rubin Seite an Seite mit unserem armen alten Diamant gehen soll!«

»Aber warum nicht, Mutter? Mit einer Monatsration Hafer ohne Arbeit wird Diamant eher Rubins Format haben als du das von Vater. Ich finde es sehr gut, wenn verschiedene Arten zusammenkommen. Jetzt wird Rubin Gelegenheit haben, Diamant bessere Manieren beizubringen.«

»Wie kannst du so etwas sagen, Diamant?« sagte sein Vater ärgerlich. »Die Manieren der beiden zu vergleichen. Unser Diamant ist ein Herr.«

»Das will ich ihm nicht absprechen, Vater; ich glaube nur, es gibt Herren, die ihre Nachbarn ungerecht beurteilen. Mehr wollte ich nicht damit sagen. Diamant hätte nicht so schlecht von Rubin denken sollen. Er hat nicht versucht, ihn von der besten Seite zu sehen.«

»Und woher weißt du das, bitte?«

»Ich habe sie nachts darüber reden hören.«

»Wen?«

»Nun, Diamant und Rubin. Rubin ist ein Engel.«

Joseph bekam große Augen und sagte nichts mehr. Trotz seiner großen Freude war er sehr düster, als er den Engel wieder einschirrte, denn er dachte, sein kleiner Diamant würde den Verstand verlieren.

Aber er mußte seine Meinung ändern, als er merkte, was für eine Verwandlung in Rubin vorgegangen war. Bei aller Fettheit strengte er sich erstaunlich an und erreichte ein unglaublich gutes Tempo. So willig, ja eifrig ging er jetzt, daß Joseph seine Zügel ganz kurz halten mußte.

Als er dann über seine Befürchtungen lachen mußte, ergriff ihn die neue Angst, dem Pferd könnte die Luft ausgehen und Herr Raymond hätte guten Grund zu denken, daß er ihn schlecht behandelt habe. Er könnte sogar auf die Idee kommen, daß er die neuen Anweisungen ausgenutzt habe, um seinen aufgestauten Ärger an dem Pferd auszulassen, aber tatsächlich war dieser Ärger so ganz und gar verschwunden, daß er das Gefühl hatte, Rubin sei die ganze Zeit über auch sein Freund gewesen.

34
Auf dem Land

Es war noch kein Monat vergangen, da war Rubin ansehnlich schlank und Diamant ansehnlich kräftig. Es schien allmählich, als könnten sie wirklich zusammen in ein Doppelgespann passen.

Joseph und seine Frau hatten ihre Angelegenheiten in Ordnung gebracht und alles soweit vorbereitet, daß sie auf Abruf umziehen konnten, und sie fühlten sich so friedvoll und glücklich, daß sie einen Sinn in den Schwierigkeiten sahen, die sie durchgestanden hatten. Nanny hingegen war seit ihrer Entlassung aus dem Krankenhaus so froh gewesen, daß sie nichts Besseres erwartete und die Vorstellung vom Lande nichts Anziehendes für sie hatte. Dabei hatte sie nicht die geringste Ahnung, was das Wort »Land« bedeutete, denn sie hatte nie etwas anderes als Straßen und Gaslaternen um sich gesehen. Außerdem hing sie mehr an Jim als an Diamant: Jim war ein vernünftiges Wesen und Diamant in ihren Augen bestenfalls ein liebenswertes übergroßes Baby, das man mit noch so vielen Vorhaltungen nicht dazu bringen konnte, vernünftig zu reden – von vernünftigem Denken ganz zu schweigen. Nun, da sie mit dem Baby genauso gut umzugehen wußte wie er, fühlte sie sich ihm in jeder Hinsicht überlegen. Was seinen Vater und seine Mutter anlangt, so entsprach sie ganz deren Wünschen.

Diamant hatte mit viel Mühe und Anstrengung versucht, Jim ausfindig zu machen, was ihm schließlich mit Hilfe des großen Polizisten glückte, der sich freute, seine Bekanntschaft mit dem seltsamen Kind zu erneuern. Jim hatte seine Unterkunft gewechselt und erst von Nannys Krankheit gehört, nachdem sie schon eine Weile im Krankenhaus gewesen war; und er war zu schüchtern gewesen, um dorthin zu gehen und sich nach ihr zu erkundigen. Aber als sie schließlich zu Diamants Familie zog, hatte er sie dort gerne besucht. Nach einem solchen Besuch von Jim, mit dem sie über ihre zukünftigen Aussichten gesprochen hatten, beschrieb Nanny Diamant ihre Meinung über das Land: »Dort gibt's nichts außer der Sonne und dem Mond, Diamant.«

»Dort gibt es Bäume und Blumen«, sagte Diamant.

»Nun, die zählen nicht«, erwiderte Nanny.

»Nicht? Sie sind so schön. Wenn man sie ansieht, wird man froh davon.«

»Das kommt, weil du so ein Dummkopf bist.«

Diamant lächelte mit abwesendem Blick; er schien durch Wolken von grünen Blättern zu schauen, und der Anblick beglückte ihn. Aber im stillen dachte er darüber nach, was er noch für Nanny tun könne, und am gleichen Abend ging er Herrn Raymond aufsuchen, denn er hatte gehört, daß er in die Stadt zurückgekehrt sei.

»Ah! Guten Tag, Diamant«, sagte Herr Raymond. »Ich freue mich, dich zu sehen.«

Und so war es wirklich, denn er hatte ihn in sein Herz geschlossen. Er hatte eine ganz andere Meinung über ihn als Nanny.

»Was möchtest du heute, mein Kind?« fragte er.

»Immer möchte ich etwas, Sir«, antwortete Diamant.

»Nun, das ist ganz in Ordnung, solange das, was du möchtest, richtig ist. Jeder möchte immerzu irgend etwas; nur sagen wir es oftmals nicht an der richtigen Stelle. Was ist es nun?«

»Da ist ein Freund von Nanny, ein lahmer Junge, er heißt Jim.«

»Ich habe von ihm gehört«, sagte Herr Raymond. »Nun?«

»Nanny hat keine große Lust, aufs Land zu gehen, Sir.«

»Und was hat das mit Jim zu tun?«

»Sie könnten wohl nicht einen Platz finden, wo Jim arbeiten könnte – oder, Sir?«

»Ich weiß nicht, ob ich das nicht könnte. Das heißt, wenn du einen guten Grund dafür hättest.«

»Er ist ein guter Junge, Sir.«

»Um so besser für ihn.«

»Ich weiß, daß er Schuhe putzen kann, Sir.«

»Um so besser für uns.«

»Sie möchten doch, daß Ihre Schuhe auf dem Land geputzt werden, nicht wahr, Sir?«

»Ja, selbstverständlich.«

»Es wäre nicht schön, mit schmutzigen Schuhen über die Blumen zu gehen – oder, Sir?«

»Nein, gewiß nicht.«

»Es würde Ihnen nicht gefallen – nicht wahr?«

»Nein, das würde es nicht.«

»Nanny würde dann lieber mitgehen, Sir.«

»Wenn es den Blumen nicht gefallen würde, daß schmutzige Schuhe über sie gehen, dann hätte Nanny nichts dagegen, aufs Land zu gehen? Ist es so? Ich verstehe es nicht ganz.«

»Nein, Sir, das meinte ich nicht. Ich meinte, wenn Sie Jim mitnehmen würden, damit er Ihre Schuhe putzt und für andere kleine Arbeiten, wissen Sie, Sir, dann würde es Nanny besser gefallen. Sie mag Jim so sehr!«

»Jetzt kommst du zur Sache, Diamant. Ich verstehe genau, was du meinst. Ich werde es mir überlegen. Könntest du Jim zu mir bringen?«

»Ich will es versuchen, Sir. Aber sie hören kaum auf mich. – Sie denken, daß ich dumm bin«, fügte Diamant mit seinem liebenswertesten Lächeln hinzu.

Was Herrn Raymond alles durch den Sinn ging, wage ich kaum hier niederzuschreiben. Aber einer seiner Gedanken war, daß die größte Weisheit dem immer als Dummheit erscheinen muß, der nicht im Besitz dieser Weisheit ist.

»Aber vielleicht würde er kommen – wenn es dunkel ist, wissen Sie«, fuhr Diamant fort. »Er verdient ganz gut mit Schuheputzen. Die Leute sind freundlich, wenn ein Junge lahm ist, nicht wahr, Sir. Aber wenn es dunkel ist, gibt es nicht mehr soviel zu tun.«

Diamant glückte es, Jim zu Herrn Raymond zu bringen, und die Folge davon war, daß dieser dem Jungen eine Chance geben wollte. Er besorgte für ihn und Nanny neue Kleidung; und an einem bestimmten Tag fuhr Joseph mit seiner Frau und drei Kindern und Nanny und Jim mit dem Zug bis zu einer bestimmten Station in der Grafschaft Kent, wo ein Wagen auf sie wartete, der sie und ihr Gepäck zum »Hügel« bringen sollte, das war der Name von Herrn Raymonds neuem Wohnsitz. Ich will nicht die verschiedenen Gefühle beschreiben, die jeder von der Gesellschaft unterwegs und bei der Ankunft hatte. Ich will nur sagen, daß Diamant, um den es mir allein geht, von einer stillen Heiterkeit erfüllt war, einer tiefen Freude, die sich nicht in Worte fassen läßt.

Joseph kehrte noch am gleichen Abend in die Stadt zurück. Und am nächsten Morgen fuhr er mit Diamant und Rubin, der Kutsche dahinter und Herrn Raymond und einer Dame in der Kutsche wieder hinaus. Denn Herr Raymond war nicht mehr Junggeselle: Er brachte seine Frau mit, die mit ihm im »Hügel« leben würde. Als Nanny sie sah, erkannte sie die Dame wieder, die ihr den Rubinring gegeben hatte. Dieser Ring war ein Geschenk von Herrn Raymond gewesen.

Draußen war es sehr heiß und in den Wäldern sehr schattig. Es gab nicht mehr viele wilde Blumen, denn es ging stark auf den Herbst zu, und die meisten wilden Blumen kommen früh heraus, um vor den Blättern da zu sein; täten sie das nicht, dann würden ihnen die Blätter alle Sonnenstrahlen wegnehmen. Auf diese Weise haben sie ihren Spaß schon gehabt und können wieder schlafen gehen, wenn die Bäume ihr Kleid anziehen. Aber es gab genug Gänseblümchen und ganz herrliches Gras um das Haus herum, und darin zu liegen und die saubere Luft zu atmen, bereitete Diamant offensichtlich das allergrößte Vergnügen. Doch träumte er immerzu von dem Land hinter dem Nordwind und versuchte, sich an die Lieder zu erinnern, die der Fluß unablässig gesungen hatte. Denn dies gab ihm mehr als alles andere, was er seither gesehen hatte, das Gefühl von dem Land hinter dem Nordwind. Manchmal hatte er seinen kleinen Bruder, manchmal seine kleine Schwester und manchmal alle beide bei sich auf der Wiese, und dann fühlte er sich wie eine Katze mit ihren ersten Katzenkindern, sagte er, nur daß er nicht schnurren konnte – er konnte bloß singen.

Das waren ganz andere Zeiten als damals, als er immer die Droschke fuhr, doch ihr sollt nicht meinen, daß Diamant etwa müßig gewesen wäre. Er half seiner Mutter nicht mehr soviel, weil Nanny seinen alten Platz eingenommen hatte, aber er half noch immer seinem Vater, sowohl im Stall als auch im Geräteschuppen, und meistens fuhr er auf dem Bock mit, um den Wagenschlag aufzuhalten und um zu lernen, wie man einen Zweispänner fährt. Herr Raymond riet seinem Vater, ihm viel Freiheit zu lassen.

»So ein Junge«, sagte er, »sollte nicht gedrängt werden.«

Joseph stimmte dem herzlich zu und lächelte für sich bei der Vorstellung, Diamant zu drängen. Wenn er alle seine Arbeiten erledigt hatte, hatte der Junge reichlich Zeit zu seiner Verfügung. Und es war eine glückliche, manchmal eine lustige Zeit. Nur sah und hörte er zwei Monate lang nichts von Nordwind.

35
Ich mache Diamants Bekanntschaft

Herrn Raymonds Haus hieß »Der Hügel«, weil es auf einer kleinen, steilen Kuppe stand, die so glatt und gleichmäßig war, daß man ihr den künstlichen Ursprung sofort ansah. Das Haus war zweifellos als Jagdturm für Königin Elisabeth gebaut worden – nämlich als ein Ort, von dessen Spitze aus man das Land meilenweit nach allen Seiten hin überblicken und so mit den Augen das fliehende Rotwild und die hinterherjagenden Hunde und Reiter verfolgen konnte. Der Hügel war aufgeschüttet worden, um einen guten Höhenvorsprung über die angrenzenden Höhenzüge und Wälder zu gewinnen. Nicht weit davon lag ein großes, bis zum Rand mit Wasser gefülltes Steinbruchloch, aus dem, der landläufigen Legende nach, das Material für das Innere des Hügels ausgehoben worden war, ein Gestein, das zum Bauen nicht geeignet war. Das Haus selbst war aus Backsteinen, und es hieß, daß das Fundament zuerst auf der natürlichen Grundhöhe errichtet worden sei und dann die Steine für den Hügel dazwischen und drumherum aufgeschichtet worden waren, so daß das Haus trotz seiner beträchtlichen Höhe gut abgestützt war.

Joseph und seine Frau wohnten in einem kleinen Häuschen unweit des »Hügels«. Es war ein richtiges Landhaus mit einem dicken Reetdach, auf dem im Juni und Juli die roten und weißen Blütenblätter verstreut lagen, die der Wind von den losen obersten Blütenzweigen der Rosenbäume abschüttelte, die an den Wänden hochkletterten. Zunächst hatte Diamant sein Nest unter diesem Strohdach – ein hübsches kleines Zimmer mit weißen Musselingardinen; doch dann wollten Herr und Frau Raymond ihn als Pagen im Haus haben, und seine Eltern waren sehr froh, daß er eine Arbeit hatte und nicht von ihnen fortziehen mußte. Also wurde er in einen blauen Anzug gekleidet, über dem sein blasses Gesicht mit dem blonden Haar darum wie die schönste Blüte anzusehen war, und nahm seinen Platz im Hause ein.

»Hättest du Angst, alleine zu schlafen, Diamant?« fragte seine Herrin.

»Ich weiß nicht, was Sie meinen, gnädige Frau«, sagte Diamant. »Ich kann mich nicht daran erinnern, daß ich schon einmal Angst vor irgend etwas hatte – zumindest nicht viel.«

»Da ist ein kleines Zimmer oben unter dem Dach, ganz für sich gelegen«, erwiderte sie, »vielleicht könntest du dort schlafen?«

»Ich kann überall schlafen, und am liebsten bin ich hoch oben. Kann ich von dort hinausgucken?«

»Ich will es dir zeigen«, antwortete sie, nahm seine Hand und führte ihn die oval gewundene Treppe in einem der beiden Türme hoch und immer höher hinauf.

Unterhalb der Turmspitze traten sie in einen winzig kleinen Raum mit zwei Fenstern, von denen aus man das ganze Land überblicken konnte. Diamant klatschte vor Freude in die Hände.

»Dann würde dir dieses Zimmer gefallen, Diamant?« sagte seine Herrin.

»Es ist das großartigste Zimmer im ganzen Haus«, antwortete er. »Ich werde nah bei den Sternen sein und doch nicht weit von den Baumspitzen. Das ist genau so, wie es mir gefällt.«

Ich glaube, er dachte auch daran, daß Nordwind ihn dort würde besuchen können, wenn sie vorbeikam; aber er sagte nichts dergleichen. Unter ihm breitete sich ein Meer von grünen Blättern aus, zwischen denen am Grund hier und da Gras durchschimmerte. Als er hinunterschaute, sah er ein Eichhörnchen plötzlich auftauchen und ebenso plötzlich wieder zwischen den obersten Zweigen verschwinden.

»Siehst du, kleines Eichhörnchen!« rief er. »Mein Nest ist höher gebaut als deins.«

»Du kannst mit deinen Büchern hier oben sein, sooft du magst«, sagte seine Herrin. »Ich werde eine kleine Glocke an der Tür aufhängen lassen, die ich läuten kann, wenn ich dich brauche. Das Besucherzimmer ist auf der halben Höhe der Treppe.«

So wurde Diamant als Page eingeführt und sein neues Zimmer für ihn hergerichtet.

Kurze Zeit darauf lernte ich Diamant kennen. Ich war damals Lehrer in einer Familie, deren Anwesen an das kleine Stück Land angrenzte, das zum »Hügel« gehörte. Ich hatte Herrn Raymond einige Zeit zuvor in London kennengelernt, und als ich an einem schönen, warmen Abend die Auffahrt zum Haus hinaufging, um ihn zu besuchen, sah ich Diamant zum ersten Mal. Er saß am Fuß einer großen Buche, ein, zwei Meter vom Weg entfernt, und hatte ein Buch auf den Knien. Er sah mich nicht. Ich trat hinter dem Baum näher heran, und als ich neugierig über seine Schulter blickte, sah ich, daß er in einem Märchenbuch las.

»Was liest du?« fragte ich plötzlich, in der Hoffnung, daß sich ein aufgeschrecktes Gesicht zu mir umdrehen würde. Diamant wandte seinen Kopf so still, als würde er nur der Stimme seiner Mutter folgen, und die Ruhe auf seinem Gesicht rügte meinen unfreundlichen Wunsch und beschämte mich.

»Ich lese die Geschichte von der kleinen Dame und dem Elfenprinzen«, sagte Diamant.

»Die Geschichte kenne ich leider nicht«, erwiderte ich. »Von wem ist sie?«

»Herr Raymond hat sie geschrieben.«

»Ist er dein Onkel?« riet ich.

»Nein. Er ist mein Herr.«

»Was tust du für ihn?« fragte ich mit Respekt.

»Alles, was er von mir wünscht«, antwortete er. »Ich bin gerade für ihn tätig. Er hat mir diese Geschichte zu lesen gegeben. Er möchte meine Meinung darüber wissen.«

»Findest du es nicht recht schwer, das zu entscheiden?«

»O nein! Die Geschichten sagen mir selbst, was ich von ihnen halten soll. Herr Raymond will nicht von mir wissen, ob es eine geistreiche Geschichte ist oder nicht, sondern ob ich sie mag und warum. Ich kann das, was die Leute geistreich oder dumm nennen, nie auseinanderhalten, aber ich weiß immer, ob ich eine Geschichte mag oder nicht.«

»Und kannst du auch immer sagen, warum du sie magst oder nicht?«

»Nein. Meistens kann ich es gar nicht sagen. Manchmal kann ich es. Ich weiß es immer, aber ich kann nicht immer sagen, warum. Herr Raymond schreibt die Geschichten, und dann probiert er sie an mir aus. Meine Mutter tut das gleiche, wenn sie Marmelade einkocht. Sie hat so viel Marmelade gemacht, seit wir hierhergekommen sind! Und ich muß immer davon probieren, damit sie weiß, ob sie gut ist. Mutter sieht an meinem Gesicht, ob sie gut ist oder nicht.«

In dem Augenblick sah ich zwei andere Kinder herankommen. Eines war ein stattliches Mädchen, das andere ein blasser, unbeholfen aussehender Junge mit einem hinkenden Bein. Ich trat ein wenig zurück, um zu sehen, was folgen würde, denn sie sahen recht bestürzt aus. Nach ein paar hastigen Worten gingen sie zusammen davon, und ich setzte meinen Weg zum Haus fort, wo ich von Herrn und Frau Raymond so freundlich begrüßt wurde, wie ich es mir nur wünschen konnte. Von ihnen erfuhr ich einiges über Diamant und freute mich daher um so mehr, als ich ihn auf meinem Rückweg an der gleichen Stelle wie zuvor sitzen fand.

»Was wollten der Junge und das Mädchen von dir, Diamant?« fragte ich.

»Sie hatten ein Wesen gesehen, das sie erschreckt hatte.«

»Und sie sind gekommen, um dir das zu erzählen?«

»Sie konnten kein Wasser aus dem Brunnen holen wegen ihm. Deshalb wollten sie, daß ich mit ihnen gehe.«

»Sie sind beide größer als du.«

»Ja, aber sie hatten Angst davor.«

»Und du hattest keine Angst davor?«

»Nein.«

»Warum nicht?«

»Weil ich dumm und gutgläubig bin. Ich fürchte mich nie vor etwas.«

Ich mußte an die wörtliche Bedeutung des Wortes *gutgläubig* denken.

»Und was war es?« fragte ich.

»Ich glaube, es war eine Art Engel – ein sehr kleiner. Es hatte einen langen Körper und große Flügel, die es so schnell um sich herumbewegte, daß sie es wie eine lichte Wolke umgaben. Es flog über dem Brunnen hin und her oder stand genau über der Mitte und machte einen Nebel mit seinen Flügeln, als hätte es die Aufgabe, auf das Wasser aufzupassen.«

»Und wie hast du es weggescheucht?«

»Ich habe es nicht verscheucht. Ich wußte, daß man aus dem Brunnen Wasser holen konnte, ganz gleich, was für ein Wesen das war. Also habe ich den Krug genommen und eingetaucht und das Wasser heraufgezogen.«

»Und was hat das Wesen gemacht?«

»Es ist herumgeflogen.«

»Und hat es dir etwas zuleide getan?«

»Nein. Aber warum auch? Ich habe doch nichts Böses getan.«

»Was haben deine Gefährten dazu gesagt?«

»Sie haben gesagt: ›Vielen Dank, Diamant. Was für ein lieber Dummkopf du bist!‹«

»Und warst du nicht böse mit ihnen?«

»Nein! Warum sollte ich das sein? Ich würde mich freuen, wenn sie ein bißchen mit mir spielen würden, aber sie gehen lieber miteinander weg, wenn sie ihre Arbeit getan haben. Sie beachten mich nie. Aber das macht mir nicht viel aus. Die anderen Wesen sind freundlich. Sie laufen nicht vor mir weg. Sie sind nur alle so sehr mit ihrer eigenen Arbeit beschäftigt, daß sie mich nicht besonders beachten.«

»Fühlst du dich dann einsam?«

»O nein! Wenn mich niemand beachtet, gehe ich in mein Nest und sehe hinauf. Und dann achtet der Himmel auf mich und denkt über mich nach.«

»Wo ist dein Nest?«

Er stand auf und sagte: »Ich werde es Ihnen zeigen«, und führte mich auf die andere Seite des Baumes.

Dort hing eine kleine Strickleiter von einem der unteren Äste herab. Der Junge kletterte die Leiter hoch und stieg auf den Ast. Dann kletterte er tiefer in die blätterbehangenen Zweige hinein und war nicht mehr zu sehen.

Nach einer kurzen Weile klang seine Stimme aus dem Baum herab.

»Jetzt bin ich in meinem Nest«, sagte die Stimme.

»Ich kann dich nicht sehen«, erwiderte ich.

»Ich kann Sie auch nicht sehen, aber ich kann den ersten Stern aus dem Himmel hervorblitzen sehen. Ich würde gerne in den Himmel hinaufgehen. Glauben Sie nicht, daß ich das einmal tun werde?«

»Doch, das glaube ich wohl. Erzähl mir, was du noch dort oben siehst.«

»Ich sehe nichts weiter, nur ein paar Blätter und den großen Himmel über mir. Er schwingt auf und nieder.

Die Erde ist unter meinem Rücken. Da kommt noch ein Stern! Der Wind ist wie die Küsse einer großen Dame. Wenn ich hier oben bin, fühle ich mich wie in Nordwinds Armen.«

Das war das erste, was ich von Nordwind hörte. Die ganze Art und Weise des Kindes, das so ruhig und besonnen war und doch so bereitwillig das abwertende Urteil anderer hinnahm, rührte mir ans Herz, und ich fühlte mich auf wundersame Weise zu ihm hingezogen. Irgendwie schien es mir, als besäße der kleine Diamant das Geheimnis des Lebens und wäre selbst das, wofür er so bereitwillig jedes kleinste Lebewesen nahm – ein Engel Gottes, der etwas Besonderes zu sagen oder zu tun hatte. Ehrfurcht überkam mich, und mit einem einfachen *Gute Nacht* wandte ich mich um und ließ ihn in seinem Nest zurück.

Danach sah ich ihn oft und gewann sein Vertrauen so weit, daß er mir alles erzählte, was ich euch erzählt habe. Ich will nicht so tun, als könnte ich es erklären. Das soll jeder philosophische Leser nach seiner Weise tun. Die einfachste Erklärung ist die von Jim und Nanny, die oft zueinander sagten, daß Diamant einen Dachschaden habe. Aber Herr Raymond dachte ähnlich wie ich über den Jungen, während Frau Raymond gestand, daß sie oft die Glocke läutete, nur um sich wieder an der stillen Ruhe auf dem Gesicht des Jungen zu erfreuen, dessen blaue Augen mehr dazu geschaffen schienen, daß andere Menschen hineinsahen, als daß er selbst damit in die Welt schauen sollte.

Andere konnten deutlicher als er selbst sehen, wie er darunter litt, daß Nanny und Jim ihn beiseite schoben.

Sie schienen ihn einfach als Spielzeug zu betrachten, mit Ausnahme der Gelegenheiten, wenn er ihnen zusätzliche Vorteile und Vergünstigungen verschaffen konnte – dann hatten sie keine Scheu, ihn auszunutzen, meistens mit Erfolg. Trotzdem waren sie erstaunlich wohlerzogen, aber ich habe kaum einen Zweifel, daß ein Großteil ihres guten Benehmens auf den unbewußten Einfluß des Jungen zurückging, den sie Gottes Baby nannten.

Es ist merkwürdig, daß ich nie herausfinden konnte, woher er einige seiner vielen Lieder hatte. Manchmal waren es einfach schillernde Seifenblasen, die aus einem Kinderlied herausgeblasen waren, so das folgende, das ich ihn eines Abends der kleinen Dulcimer vorsingen hörte. Er saß in der Nähe einer Koppel, auf der einige Schafe grasten, deren weiße Wolle im Licht der untergehenden Sonne blaßrosa gefärbt war. Die Schafe im lan-

gen Schatten der Bäume sahen totenbleich aus, während die anderen im Sonnenlicht halb verklärt in blassem Rosa strahlten.

Die kleine Bu Piep verlor ihre Schafe, als sie
 schlief,
Und wußte sie nicht mehr zu finden;
Sie wollten über die Hügel gehen
und waren schon nicht mehr zu sehen,
Und man sah ihre Schwänze weit hinten.

Die kleine Bu Piep für die Schafe,
wachte auf aus ihrem Schlafe,
Sprang auf und lief, sie zu fassen.
»Die dummen Kleinen haben keine Flügel,
will ich meinen,
Und sie haben ihre Spuren hinterlassen.

Sie haben ihre Schwänze mitgenommen,
doch davon sind Spuren gekommen,
Und so will ich ihnen folgen und sie finden.«
Denn von den Schwänzen, die sie mitgenommen,
sind Spuren gekommen,
Und das Gras wuchs sehr hoch in ihnen.

Und Himmelsschlüssel und Mittagsblumen,
Kuhlippen und Butterblumen
Leuchteten in der Sonne und blitzten;
Sie warf ihr Buch nieder,
nahm den Hirtenstab wieder
Um ihren Schafen hinterherzuflitzen.

Sie lief und lief, und während sie lief,
Wuchs das Gras immer höher und höher;
Bis hinter dem Hügel die Sonne einschlief
In einem Bett aus Feuer.

Sie lief weiter herauf,
auf den Grashügel hinauf,
Und das Gras wuchs höher und höher;
Als sie den Gipfel erklommen,
war die Sonne weggeschwommen,
Und zurück blieb ein Schweif aus Feuer.

Die Schafe und ihre Schwänze waren fort,
alle fort –
Und keine Spur von ihnen zu sehen!
Doch! Dort mußten sie sein – mit langen
Schwänzen, weiß und rein
Aber ach! Sie konnte sie nicht sehen.

Purpurn und golden und rosig und blau
Mit Schwänzen, die weiß glänzten weit hinten.
Und die Schafe mit Wonne
folgten den Spuren der Sonne,
Sie sah es und konnte sie doch nicht finden.

Hinter der Sonne liefen sie her
wie andere Wolken mehr,
Doch sie wußte, es waren ihre Schafe;
Sie weinte und setzt' sich nieder
und schaute in den Himmel wieder,
Doch sie weinte sich bald in den Schlaf.

Und während sie schlief,
fiel der Tau nieder tief,
Und der Wind blies vom Himmel herab,
Und seltsame Sachen geschehn,
die dem Licht aus dem Wege gehn,
Weil sie zart sind und manchmal verzagt.

Es knabbert und rupft mit Macht,
als sie aus ihrem Schlaf erwacht:
Und hundert kleine Lämmerkinder,
Fraßen und rupften die Gräser, die süß duften,
Und die wachsen in den Spuren ihrer Mütter.

Die kleine Bu Piep nahm auf ihren Stab
Und wischte ihre Tränen schnell ab;
Und knabber knabber, rupf heraus!
immerfort rupfend ohne Paus'
Folgten die Lämmer ihr nach Haus.

Als nach Hause sie kam, ganz müde und lahm,
War'n es dreimal so viele Schafe.
In einem Monat oder mehr,
sind sie ebensogroß wie vorher,
Und dann wird sie lachen im Schlafe.

Doch was würdest du sagen, wenn eines schönen
  Tages
Sie tragen die Schwänze in dicken Büscheln,
Und ihr erwachsenes Vergnügen würd' es ebenso
  fügen,
Daß sie diesen wird nachfolgen müssen.

Bu Piep weine nicht mehr über die Schafe so sehr,
Die weg sind und nicht mehr zu finden,
Denn der Sonne immer nach, liefen einst die
  Mutterschafe,
Und dort kannst du die Lämmer auch finden.

Ich gebe zu, daß ich auch hier ein bißchen verbessert habe, aber mit Diamants hellem Singen geht dem Lied viel mehr verloren, als durch einen Reim hier und da gewonnen wird.

Einige der Lieder stammten aus Büchern, die Herr Raymond ihm gegeben hatte. Diese erkannte er immer, aber über die anderen konnte er selten etwas sagen. Manchmal sagte er: »Das habe ich gemacht«, aber meistens sagte er: »Ich weiß nicht, ich habe es irgendwo gefunden«, oder: »Ich habe es hinter dem Nordwind bekommen.«

Eines Abends sah ich ihn mit Dulcimer im Arm auf der abfallenden Wiese unterhalb des Hauses sitzen, und sein kleiner Bruder rollte neben ihm durch das Gras. Er sang in der ihm eigenen Weise, und es klang mehr wie das Gemurmel eines Baches als irgend etwas anderes in meinen Ohren. Als ich auf sie zuging, hielt er im Singen inne.

»Sing weiter, Diamant. Laß dich nicht von mir stören«, sagte ich.

Sofort begann er wieder. Während er sang, saßen Nanny und Jim ein kleines Stück entfernt, sie säumte ein Taschentuch, er las ihr eine Geschichte vor, ohne daß sie Diamant im geringsten beachteten. Hier ist das Lied, das Diamant sang, soweit ich mich daran erinnern oder vielmehr es wiedergeben kann:

Was würdest du sehen, wenn ich dich trüge aus dem
Gras
In mein Nest, das hoch oben im Wind weht?
Den Himmel würdest du sehen, klar und blau wie ein
Glas,
Das verkehrt herum umgestülpt steht.

Was würdest du tun, wenn ich dich trüge hinauf
In mein kleines Nest oben im Baum?
Mit Geschrei würde mein Kind die Luft bitten darauf,
Um das, was ihm scheint wie ein Traum.

Was würdest du bekommen in der Spitze vom Baum
Für dein kummervolles Schreien und Stammeln?
Die Sterne, die du siehst, würdest du fassen kaum,
Ein Blatt nur könntest du sammeln.

Doch wenn sich dein Kummer verloren hat,
Und zufrieden du schaust von fern,
Läg in deiner Hand ein welkes Blatt,
In deinem Herzen ein leuchtender Stern.

Während Diamant so sang, wurde es sehr dunkel, und gerade als er aufhörte, fuhr ein gewaltiger Blitz herunter, der uns alle für einen Augenblick blendete. Dulcimer krähte vor Vergnügen, doch als der Donnerschlag nachkam, stieß der kleine Bruder einen lauten Schreckensschrei aus. Nanny und Jim kamen angstbleich zu uns gerannt. Auch Diamants Gesicht war blasser als sonst, aber vor Entzücken. Etwas von dem hellen Schein schien auf seinem Gesicht geblieben zu sein und leuchtete weiter darin.

»Du hast keine Angst, Diamant, oder?« sagte ich.

»Nein. Warum sollte ich?« antwortete er mit seiner üblichen Frage und blickte mit stillen, leuchtenden Augen zu mir empor.

»Er hat nicht genug Verstand, um Angst zu haben«, sagte Nanny, ging zu ihm hin und nahm ihn mitleidig in die Arme.

»Vielleicht liegt mehr Sinn darin, keine Angst zu haben, Nanny«, erwiderte ich. »Glaubst du, daß der Blitz tun kann, was er will?«

»Er könnte einen töten«, sagte Jim.

»O nein, das würde er nicht!« sagte Diamant.

Während er sprach, fuhr ein zweiter großer Blitz herunter, und es gab ein ohrenbetäubendes Krachen.

»Da ist ein Baum getroffen!« sagte ich, und als wir uns umdrehten und unsere Augen nicht mehr vom Blitz

geblendet waren, sahen wir einen großen Ast von der Buche, in der Diamants Nest war, wie einen gebrochenen Vogelflügel auf den Boden herunterhängen.

»Da!« rief Nanny, »was habe ich dir gesagt. Siehst du, was passiert wäre, wenn du dort oben gewesen wärst, du kleiner Dummkopf!«

»Nein, das sehe ich nicht«, sagte Diamant und begann, Dulcimer etwas vorzusingen. Die anderen Kinder schwatzten weiter, und alles, was ich von dem Lied hören konnte, war:

Die Uhr schlug eins,
Und die Maus kam herein.
Dickery, dickery, dock!

Dann kam ein Windstoß, und der Regen folgte in Bindfäden wie aus einer Gießkanne. Diamant sprang mit seiner kleinen Dulcimer im Arm auf, Nanny schnappte den kleinen Jungen, und sie rannten zu dem Häuschen. Jim hinkte schnell davon, und ich ging ins Haus.

Als ich wieder herauskam, um nach Hause zu gehen, waren die Wolken weggezogen, und der Abendhimmel schimmerte blau und nach Westen hin blaßgrün. Ich lenkte meinen Schritt ein bißchen zur Seite, um einen Blick auf die vom Blitz getroffene Buche zu werfen. Ich sah den vom Stamm heruntergebrochenen Ast, und das war alles, was ich im Zwielicht sehen konnte. Während ich stand und schaute, klang es wie Gesang vom Himmel herab, aber die Stimme kam weder von einer Lerche noch von einer Nachtigall, sie war heller als beide: Es war Diamants Stimme hoch oben in seinem luftigen Nest:

Blitze und Donner
Kommen und gehen;
Doch Sterne und Stille
Bleiben immer bestehen.

Und dann brach die Stimme ab.

»Gute Nacht, Diamant«, sagte ich.

»Gute Nacht, Sir«, antwortete Diamant.

Während ich nachdenklich wegging, sah ich, wie sich die große schwarze Krone der Buche hoch oben im Wind gegen den Himmel wiegte, und ich hörte ein Murmeln wie von vielen leisen, kaum vernehmbaren Stimmen, die die Einsamkeit um Diamants Nest herum erfüllten.

36
Diamant befragt Nordwind

Meine Leser werden nicht erstaunt sein, daß ich danach mein Bestes tat, Diamants Freundschaft zu gewinnen. Das war auch gar nicht schwierig, das Kind war voller Vertrauen. Nur über eine Sache schwieg er – die Geschichte seiner Beziehung zu Nordwind. Ich nehme an, er wußte nicht genau, was er davon halten sollte. Auf jeden Fall dauerte es eine ganze Weile, bis er mir dies anvertraute, und erst dann erzählte er mir alles. Wenn ich es auch nicht ganz im gleichen Licht sehen konnte wie er, hatte ich doch volles Verständnis dafür, ohne dabei irgend etwas vorzutäuschen, und er war es zufrieden und verlangte keine Erklärungen zu schwierigen Punkten von mir. Ich gab ihm deutlich genug zu verstehen, daß ich, auch ohne eine Erklärung für die wundersamen Erlebnisse zu haben, viel für eine ähnliche Erfahrung gegeben hätte.

Eines Abends, bald nach dem Gewitter, als der Halbmond in der späten Dämmerung hoch oben am Himmel stand, kam ich gerade hinzu, als Diamant auf seiner Leiter in die Buche hinaufstieg.

»Wofür gehst du immer dort hoch?« hörte ich Nanny fragen, ziemlich rüde, wie ich fand.

»Mal für dies und mal für jenes, Nanny«, antwortete Diamant und schaute im Klettern zum Himmel hinauf.

»Eines Tages wirst du dir das Genick brechen«, sagte sie.

»Heute abend steige ich hinauf, um den Mond anzuschauen«, fügte er hinzu, ohne ihre Bemerkung zu beachten.

»Du kannst den Mond genausogut von hier unten sehen«, erwiderte sie.

»Das finde ich nicht.«

»Dort oben wirst du ihm nicht näher sein.«

»O doch! Das werde ich. Ich muß ihm näher kommen, weißt du. Ich wünschte, ich könnte so schöne Träume von ihm träumen wie du, Nanny.«

»Du Dummerchen! Daß du diesen Traum nicht in Ruhe lassen kannst. Ich habe nur diesen einen geträumt, und der war auf jeden Fall dumm genug.«

»Er war nicht dumm. Es war ein wunderschöner Traum und ein lustiger dazu – beides zugleich.«

»Aber was hast du davon, wenn du so darüber redest, obwohl du weißt, daß es nur ein Traum war? Träume sind nicht wahr.«

»Dieser war wahr, Nanny. Und du weißt das. Ist es dir nicht schlecht ergangen, weil du etwas getan hast, was du nicht tun solltest? Und ist das nicht wahr?«

»Ich kann keinen vernünftigen Gedanken in ihn hineinbringen«, rief Nanny mit einem Ausdruck milder Verzweiflung aus. »Glaubst du wirklich, Diamant, daß es dort im Mond ein Haus gibt mit einer schönen Dame und einem buckligen alten Mann und Staubtüchern darin?«

»Wenn es sie nicht gibt, dann gibt es etwas Besseres«, antwortete er und verschwand in den Blättern über unseren Köpfen.

Ich ging in das Haus, wo ich oft abends zu Besuch war. Als ich herauskam, wehte ein leichter Wind, der nach der Hitze des Tages sehr wohltat, denn es war noch heiß, obwohl jetzt Spätsommer war. Er wiegte die Baumspitzen hin und her. Ich nahm den Weg an der Buche vorbei und rief hinauf, um zu sehen, ob Diamant noch immer in seinem Nest in dem wiegenden Wipfel war.

»Bist du da, Diamant?« fragte ich.

»Ja, Sir«, klang seine klare Stimme zurück.

»Wird es nicht zu dunkel für dich, um sicher wieder herunterzukommen?«

»O nein, Sir – ich muß mir nur Zeit dabei lassen. Ich kenne meinen Weg ganz genau und lasse die eine Hand immer erst los, wenn ich mit der anderen einen guten Halt gefunden habe.«

»Paß gut auf«, sagte ich törichterweise noch einmal nachdrücklich, wo ich doch sah, daß der Junge schon so vorsichtig war, wie er nur sein konnte.

»Ich komme«, gab er zurück. »Ich habe für heute genug vom Mond gesehen.«

Ich hörte ein Rascheln, und das Rascheln kam näher und näher. Drei oder vier Minuten vergingen, und dann tauchte er endlich auf seiner Leiter auf. Ich nahm ihn in meine Arme und setzte ihn auf dem Boden ab.

»Vielen Dank, Sir«, sagte er. »Das ist der Nordwind, der da bläst, nicht wahr, Sir?«

»Das weiß ich nicht«, antwortete ich. »Kühl und angenehm ist er, also mag es schon sein. Aber solange er nicht kräftiger bläst, bin ich mir nicht ganz sicher, denn ein sanfter Wind kann zwischen den Baumstämmen jede Richtung nehmen.«

»Ich werde es sehen, wenn ich in mein Zimmer hinaufkomme«, sagte Diamant. »Ich glaube, ich höre die Glocke meiner Herrin. Gute Nacht, Sir.«

Er lief zum Haus, und ich ging heim.

Seine Herrin hatte nur nach ihm geläutet, um ihn ins Bett zu schicken, denn sie achtete sorgfältig auf ihn und dachte vielleicht, daß er nicht wohl aussah.

Als er in sein Zimmer kam, öffnete er die beiden Fenster, von denen das eine nach Norden und das andere nach Osten wies, um herauszufinden, wie der Wind wehte. Er blies geradewegs zum Nordfenster herein. Diamant war sehr froh, denn er dachte, daß Nordwind jetzt vielleicht selbst kommen würde: Ein richtiger Nordwind hatte die ganze Zeit, seit er London verlassen hatte, nicht geweht. Doch weil Nordwind immer von selbst kam und nie, wenn er nach ihr Ausschau hielt, und meistens nicht einmal, wenn er an sie dachte, schloß er das Ostfenster und ging ins Bett. Vielleicht werden sich einige meiner Leser darüber wundern, daß er mit solchen Erwartungen einschlafen konnte, und hätte ich ihn nicht gekannt, würde ich mich selbst darüber gewundert haben, aber es war eine Eigenheit von ihm und erschien nicht sonderbar. Er war so voller Ruhe, daß er beinahe jederzeit einschlafen konnte, wenn er sich nur faßte und den Schlaf kommen ließ. Auch diesmal schlief er wie immer fest ein.

Doch in der dunklen, blauen Nacht wachte er auf. Der Mond war verschwunden. Er meinte, ein Klopfen an seiner Tür zu hören.

»Jemand braucht mich«, sagte er zu sich selbst, sprang aus dem Bett, lief hin und öffnete sie.

Doch es war niemand da. Er schloß sie wieder, und als das Geräusch nicht aufhörte, merkte er, daß da eine andere Tür klapperte. Er dachte, sie gehöre zu einer Kammer, aber er hatte sie noch nie öffnen können. Sicher rüttelte der Wind an ihr, der zum Fenster hereinkam. Er wollte hineingehen und nachsehen, ob es so war.

Die Tür ließ sich jetzt ganz leicht öffnen, aber zu seiner Überraschung befand sich keine Kammer, sondern ein langer, schmaler Raum dahinter. Der Mond, der im Westen unterging, schien am hinteren Ende durch ein geöffnetes Fenster herein. Das Zimmer war niedrig mit einer gewölbten Decke und nahm den ganzen oberen Teil des Hauses unmittelbar unter dem Dach ein. Es war ganz leer. Das gelbe Licht des Halbmondes strömte auf den dunklen Boden. Diamant war von der Entdeckung dieses seltsam verlassenen, monderleuchteten Zimmers gleich neben seinem eigenen kleinen, gemütlichen Zimmer so entzückt, daß er anfing, rundherum zu hüpfen und zu tanzen. Der Wind kam durch die offengebliebene Tür herein und blies um ihn herum, während er tanzte, und immer wieder wandte er ihm sein Gesicht entgegen, damit er ihn anblies. Dabei stellte er sich die vielen Orte vor, schöne und verlassene, Hügel und Bauernhöfe und Baumwipfel und Weiden, über die er auf seinem Weg zum Hügel geweht war. Und während er tanzte, wuchs sein Entzücken mit der Bewegung und dem Wind; seine Füße wurden kräftiger, und sein Körper wurde leichter, bis es schließlich so schien, als würde er von der Luft getragen und könnte beinahe fliegen. Dieses Gefühl wurde so stark, daß er sich endlich zweifelnd fragte, ob es nicht solch ein köstlicher Traum war, wie er ihn so oft gehabt hatte, worin er nach Belieben in der Luft schweben konnte. Aber irgend etwas ließ ihn aufschauen, und zu seiner unsäglichen Freude sah er seine erhobenen Hände in Nordwinds liegen, die mit ihm in dem langen, leeren Zimmer unentwegt im Kreis herum tanzte; dabei fiel ihr Haar bald auf den Boden herab, bald füllte es die gewölbte Decke, und ihre Augen leuchteten wie sinnende Sterne auf ihn herab, und das süßeste liebevolle Lächeln umspielte ihren schönen Mund. Sie hatte, wie schon früher so oft, die Größe einer ziemlich hochgewachsenen Dame. Sie beugte sich nicht herunter, um mit ihm zu tanzen, sondern hielt seine Hände hoch erhoben in den ihren. Als er sie sah, machte er einen Satz, und seine Arme lagen um ihren Hals, und ihre Arme drückten ihn an ihre Brust. Im gleichen Moment fuhr sie mit ihm durch das offene Fenster, das den Mondschein einließ, heraus, glitt in einem Bogen wie ein Vogel, der gerade landen will, zu der Spitze der großen Buche und ließ sich mit ihm in seinem Nest nieder. Dort nahm sie ihn auf ihren Schoß und begann ihn still zu wiegen, als wäre er ihr eigenes Baby, und Diamant war so glückerfüllt, daß er gar kein Wort sagen wollte. Doch schließlich merkte er, daß er einschlief, und damit hätte er so viel verloren, daß er es, so schön es auch war, nicht zulassen konnte.

»Bitte, liebe Nordwind«, sagte er, »ich bin so glücklich, daß ich Angst habe, es ist ein Traum. Wie kann ich wissen, daß es kein Traum ist?«

»Warum ist das so wichtig?« erwiderte Nordwind.

»Ich müßte weinen«, sagte Diamant.

»Aber warum solltest du weinen? Der Traum – wenn es ein Traum ist – ist schön, oder nicht?«

»Gerade deshalb möchte ich, daß er wahr ist.«

»Hast du vergessen, was du zu Nanny über ihren Traum gesagt hast?«

»Es ist nicht wegen des Traums selbst – ich meine, es ist nicht wegen der Freude, die er schenkt«, antwortete Diamant, »denn die empfinde ich, ob es nun ein Traum ist oder nicht; es ist deinetwegen, Nordwind: Ich kann es

nicht ertragen, wenn es ein Traum ist, weil ich dich dann verlieren würde. Dann wärst du niemand, und das könnte ich nicht ertragen. Du bist kein Traum, nicht wahr, liebe Nordwind? Bitte sag *nein*, sonst muß ich weinen und wache auf, und dann bist du für immer weg. Ich wage es nicht, noch einmal von dir zu träumen, wenn du niemand bist.«

»Entweder bin ich kein Traum, oder es gibt etwas Besseres, das kein Traum ist, Diamant«, sagte Nordwind, und es klang recht traurig, fand er.

»Aber ich brauche nichts Besseres – ich brauche dich, Nordwind«, beharrte er, und Tränen traten ihm in die Augen.

Sie antwortete nicht, sondern erhob sich mit ihm im Arm und glitt über die Baumspitzen hinweg, bis sie zu einer Wiese kamen, auf der eine Schafherde weidete.

»Erinnerst du dich, was das Lied, das du letzte Woche gesungen hast, über Bu Piep erzählt – wie sie ihre Schafe verloren, aber doppelt so viele Lämmer bekommen hat?« fragte Nordwind, ließ sich im Gras nieder und nahm ihn wie zuvor auf den Schoß.

»O ja, daran erinnere ich mich sehr gut«, antwortete Diamant, »aber ich habe dieses Lied nie so richtig gemocht.«

»Warum nicht, Kind?«

»Weil es anscheinend sagen soll, daß eins so gut ist wie

das andere oder daß zwei neue besser sind als das eine, das verlorengegangen ist. Ich habe viel darüber nachgedacht, und ich meine, daß vielleicht ein Sixpence so gut wie jeder andere ist, aber zwanzig Lämmer können nicht das eine Schaf ersetzen, dessen Gesicht man kennt. Irgendwie ist es so, wenn man einmal jemandem in die Augen gesehen hat, ganz tief hinein, meine ich, dann kann kein anderer diesen einen ersetzen. Niemand, und wenn er noch so schön und gut ist, kann für den eintreten, den wir dann aus den Augen verlieren. Darum also, Nordwind, muß ich Angst haben, wenn ich denke, daß ich vielleicht nur träume und du nirgendwo bist. Sag mir, daß du meine eigene, wirkliche, schöne Nordwind bist.«

Wieder erhob sie sich und schnellte in die Luft empor, als wäre sie unruhig, weil sie ihm nicht antworten konnte, und Diamant lag still in ihren Armen und wartete, was sie sagen würde. Er versuchte, in ihr Gesicht hinaufzusehen, denn er hatte furchtbare Angst, sie würde ihm nicht antworten, weil sie nicht sagen konnte, daß sie kein Traum war, doch sie hatte ihr Haar über ihr Gesicht fallen lassen, und so konnte er es nicht sehen. Das machte ihm noch mehr angst.

»Sag etwas, Nordwind«, bat er schließlich.

»Ich sage nie etwas, wenn ich nichts zu sagen habe«, antwortete sie.

»Dann glaube ich, daß du wirklich Nordwind bist und kein Traum«, sagte Diamant.

»Aber ich suche die ganze Zeit nach etwas, was ich sagen kann.«

»Ich möchte aber keine Antwort, die du suchen mußt. Wenn du nur ein unwahres Wort sagen würdest, um mich zu trösten, wüßte ich, daß du ein Traum sein mußt, denn eine große, schöne Dame wie du könnte niemals lügen.«

»Aber vielleicht weiß sie nicht, wie sie das, was sie zu sagen hat, so sagen kann, daß ein kleiner Junge wie du es verstehen würde«, sagte Nordwind. »Komm, wir wollen wieder auf die Erde hinab, und ich will versuchen, dir zu sagen, was ich denke. Aber du mußt nicht meinen, daß ich alle deine Fragen beantworten könnte. Es gibt viele Dinge, die ich nicht besser verstehe als du.«

Sie ließ sich mitten in einem wilden, ginsterbewachsenen Flecken auf einem Grashügel nieder. Darunter war ein Kaninchenbau, und ein paar Kaninchen kamen aus ihren Löchern ins Mondlicht heraus und sahen sehr klug und weise aus, gerade so wie Stammesoberhäupter in ihren Zelteingängen stehen und Umschau halten, bevor sie ins Bett gehen. Sie drehten sich nicht um, als sie Nordwind sahen und verschwanden nicht mit klopfenden Hinterbeinen, sondern kamen langsam auf sie zugehoppelt und schnüffelten mit ihren langen Oberlippen, die sich in alle Richtungen zugleich bewegten, überall an ihr herum. Das war ihre Art, sie zu küssen; und während sie zu Diamant sprach, streichelte sie hin und wieder ihre pelzigen Rücken oder hob ihre langen Ohren hoch und spielte damit. Diamant dachte, daß sie sicher auf ihren Schoß gesprungen wären, wenn er nicht schon dort gewesen wäre.

»Ich glaube«, sagte sie, nachdem sie eine Weile still gesessen hatten, »wenn ich nur ein Traum wäre, hättest du mich nicht so sehr lieben können. Du liebst mich, wenn du nicht bei mir bist, nicht wahr?«

»Gewiß tue ich das«, antwortete Diamant und streichelte ihre Hand. »Jetzt verstehe ich! Wie könnte ich dich so lieben, wie ich dich liebe, wenn es dich gar nicht gäbe, nicht wahr? Außerdem könnte ich aus mir selbst heraus nicht etwas halb so Schönes träumen, und sogar wenn ich es täte, könnte ich meine eigene Erfindung nicht so lieben, oder doch?«

»Ich glaube nicht. Du hättest mich in einem Traum lieben können, traumartig, und dann hättest du mich gewiß beim Aufwachen vergessen, aber du hättest mich nicht wie ein wirkliches Wesen lieben können, so wie du mich liebst. Und selbst wenn es so wäre, glaube ich nicht, daß du etwas träumen könntest, was es nicht irgendwo wirklich so gäbe. Doch du hast mich in vielen Gestalten gesehen, Diamant: Erinnerst du dich, wie ich einmal ein Wolf war?«

»O ja – ein guter Wolf, der einer bösen, betrunkenen Kinderfrau einen Schrecken eingejagt hat.«

»Nun, stell dir vor, ich würde häßlich werden, wäre es dir auch dann lieber, wenn ich kein Traum wäre?«

»Ja, denn ich wüßte, daß dein Inneres trotzdem schön wäre. Du würdest mich liebhaben, und ich würde dich genauso liebhaben. Natürlich würde es mir nicht gefallen, wenn du häßlich wärst. Aber ich würde es kein bißchen glauben.«

»Auch nicht, wenn du es sähest?«

»Nein, auch dann nicht, wenn ich es noch so deutlich sehen würde.«

»Das ist recht, Diamant! Dann will ich dir alles erzählen, was ich darüber weiß. Ich glaube, daß ich nicht nur so bin, wie du mich siehst. Ich muß mich verschiedenen Menschen in verschiedener Gestalt zeigen. Aber mein Herz ist wahr. Die Leute haben schreckliche Namen für mich und meinen, daß sie alles über mich wüßten. Aber das ist nicht so. Manchmal nennen sie mich böses Geschick, manchmal Pech, manchmal Untergang, und sie haben noch einen anderen Namen für mich, der für sie der schlimmste überhaupt ist.«

»Wie lautet er?« fragte Diamant und lächelte zu ihr auf.

»Diesen Namen sage ich dir nicht. Erinnerst du dich daran, wie du durch mich hindurchgehen mußtest, um in das Land hinter meinem Rücken zu kommen?«

»O ja, das tue ich. Du warst so kalt, Nordwind, und so weiß, bis auf deine schönen Augen! Mein Herz ist wie ein Eisklumpen geworden, und dann habe ich für eine Weile alles vergessen.«

»Da warst du sehr nahe daran zu wissen, wie sie mich nennen. Hättest du Angst vor mir, wenn du noch einmal durch mich hindurchgehen müßtest?«

»Nein. Warum sollte ich das? Ich wäre sogar sehr froh darüber, und wenn es nur für einen kurzen Blick auf das Land hinter deinem Rücken wäre.«

»Du hast es noch nicht gesehen.«

»Nicht, Nordwind? Oh! Das ist sehr schade! Ich dachte, ich hätte es gesehen. Was habe ich dann gesehen?«

»Nur ein Bild davon. Das wirkliche Land hinter meinem wirklichen Rücken ist noch viel schöner. Eines Tages wirst du es sehen – vielleicht schon bald.«

»Singen sie dort Lieder?«

»Erinnerst du dich nicht an deinen Traum von den kleinen Jungen, die die Sterne ausgegraben haben?«

»Doch. Ich wußte, daß du irgend etwas damit zu tun hattest, er war so schön.«

»Ja, ich habe dir diesen Traum gesandt.«

»Oh, vielen Dank! Hast du Nanny auch ihren Traum geschickt – vom Mond und den Bienen?«

»Ja. Ich war die Dame, die im Mond am Fenster saß.«

»Oh, vielen Dank! Ich war fast sicher, daß du damit auch etwas zu tun hattest. Und hast du Herrn Raymond die Geschichte von der Prinzessin Tageslicht erzählt?«

»Ich glaube, daß ich etwas damit zu tun hatte. Auf jeden Fall sind ihm die Gedanken in einer Nacht gekommen, als er nicht schlafen konnte. Aber ich wollte dich fragen, ob du dich an das Lied erinnerst, das die Jungenengel in deinem Traum gesungen haben.«

»Nein, ich konnte es nicht behalten, so sehr ich mich auch bemüht habe, und ich habe es wirklich versucht.«

»Das war mein Fehler.«

»Wie konnte das sein, Nordwind?«

»Weil ich es selbst nicht genau kannte, und deshalb konnte ich es dir nicht beibringen. Ich konnte mir nur ungefähr etwas vorstellen, was ihm ähnlich wäre, und deshalb konnte ich es dich nicht so deutlich träumen lassen, daß du dich daran erinnern konntest. Und das hätte ich auch nicht getan, wenn ich es gekonnt hätte, denn es war nicht richtig so. Jedenfalls habe ich dich Bilder davon träumen lassen. Aber du wirst genau dieses Lied hören, wenn du hinter …«

»… meine eigene liebe Nordwind kommst«, beendete Diamant den Satz für sie und küßte den Arm, der ihn umschloß.

»Und damit haben wir das jetzt geklärt – wenigstens für den Augenblick«, sagte Nordwind.

»Aber ich bin noch immer nicht ganz sicher«, sagte Diamant.

»Du mußt noch eine Weile darauf warten. In der Zwischenzeit kannst du hoffen und damit zufrieden sein, daß du es nicht ganz sicher weißt. Komm jetzt, ich will dich wieder nach Hause bringen, denn es hat keinen Sinn, wenn du zu müde wirst.«

»O nein, nein. Ich bin kein bißchen müde«, bat Diamant.

»Aber es ist besser so.«

»Nun gut, wenn du es wünschst«, gab Diamant mit einem Seufzer nach.

»Du bist ein lieber, guter Junge«, sagte Nordwind. »Ich hole dich morgen nacht wieder und nehme dich etwas länger mit nach draußen. Wir werden sogar eine kleine Reise machen. Wir brechen früher auf, und weil der Mond später sein wird, werden wir den ganzen Weg über ein bißchen Mondlicht haben.«

Sie erhob sich und glitt über die Wiese und die Bäume. Nach kurzer Zeit tauchte der Hügel unter ihnen auf. Sie ließ sich ein wenig herunter und glitt durch das Fenster von Diamants Zimmer herein. Dort legte sie ihn auf das Bett, deckte ihn zu, und im Nu war er in einen traumlosen Schlaf gesunken.

37
Noch einmal

Am nächsten Abend saß Diamant, den Kopf in die Hände gestützt, am offenen Fenster, ziemlich müde und doch so gespannt auf den versprochenen Besuch wartend, daß er einfach nicht schlafen konnte. Aber plötzlich schreckte er hoch und merkte, daß er schon geschlafen hatte. Er stand auf, und als er aus dem Fenster blickte, sah er etwas Weißes vor seiner Buche. Es war Nordwind. Mit einer Hand hielt sie sich an einem der obersten Zweige fest. Ihr Haar und ihr Gewand wehten hinter ihr über den Baum hinweg, dessen Wipfel hin und her schwang, während die anderen Bäume ruhig standen.

»Bist du bereit, Diamant?« fragte sie.

»Ja«, antwortete Diamant, »ganz bereit.«

Im Nu war sie am Fenster, und ihre Arme fuhren herein und holten ihn. Sie segelte so geschwind davon, daß er zunächst nur die Schnelligkeit wahrnehmen konnte, mit der die Wolken über ihnen und die dunkle Erde unter ihnen vorbeieilten. Aber bald entdeckte er, daß der Himmel sehr schön war, mit gefleckten Wolken rund um den Mond herum, die in seinem Licht in blassen Farben wie Perlmutt oder Opal leuchteten. Die Nacht war warm, und in den Armen der Dame spürte er den Wind nicht, der tief unten das reife Korn wogen ließ und das Wasser der Flüsse und Seen kräuselte. Schließlich ließen sie sich neben einem freiliegenden Erdhügel nieder, genau dort, wo unter einem Stein eine Quelle hervorsprang.

»Ich werde dich an diesem kleinen Bach entlangführen«, sagte Nordwind. »Ich habe heute abend keine andere Aufgabe zu erfüllen, deshalb kann ich dir etwas Besonderes gewähren.«

Sie beugte sich über den Bach, und während sie Diamant dicht an seine Oberfläche hinabhielt, glitt sie auf gleicher Höhe hügelabwärts über der Strömung dahin. Und das Lied des Baches tönte Diamant ins Ohr und wuchs weiter und weiter und wandelte sich mit jeder Biegung. Es kam Diamant so vor, als sänge er ihm die Geschichte seines Wasserlebens vor. Und so war es auch.

Es begann mit einem hellen Klingen, das in ein Plappern und dann in ein sanftes Rauschen überging. Manchmal brach das Lied beinahe ab, und dann hob es von neuem an, klingend und plappernd und rauschend zugleich. Am Fuß des Hügels kamen sie zu einem kleinen Fluß, in den der Bach mit gedämpftem und doch fröhlichem Klingen einmündete. Mit dem Fluß, dessen Oberfläche dunkel und klar im Mondlicht unter ihnen lag, glitten sie weiter dahin; dort, wo er sich zu einem kleinen See ausweitete, schwebten sie eine Weile schauend über einem Beet mit Seerosen, die sich schlafversunken hin- und herwiegten, während das Wasser, auf dem sie ruhten, in Nordwinds Gegenwart schaukelte; dann wieder betrachteten sie die darunter zwischen den Wurzeln schlafenden Fische. Manchmal hielt sie Diamant über eine tiefe Ausbuchtung im Ufer, so daß er weit in die kühle Stille hinabschauen konnte. Dann wieder schwenkte sie vom Fluß ab und glitt über ein Kleefeld. Die Bienen waren alle zu Hause, und der Klee schlief. Dann kehrte sie zurück und folgte dem Fluß. Er wurde immer breiter auf seinem Weg. Bald hingen ganze Heere von Hafer und Weizen vom gegenüberliegenden Ufer über dem rauschenden Wasser, bald tauchten die Weiden ihre tiefen Zweige in sein stilles Wasser, und dann führte er sie zwischen gewaltigen Bäumen und grasbewachsenen Ufern in einen schönen Garten, wo Rosen und Lilien, ihre zarten Blütenblätter fest zusammengefaltet, schliefen und nur wenige hellwach waren und ihr Leben in süßem, starkem Duft verströmten. Immer breiter wurde der Fluß, bis sie längs der Ufer auf Boote trafen, die im Flattern von Nordwinds Gewand sacht schaukelten; dann tauchten Häuser an den Ufern auf, ein jedes von einem schönen Rasen und stattlichen Bäumen umgeben, und an manchen Stellen stand der Fluß so hoch, daß ein Teil des Rasens und die Wurzeln einiger Bäume unter Wasser lagen und Diamant das Gras am Grund des Wassers sehen konnte, während sie zwischen den Stämmen entlangglitten. Dann verließen sie den Fluß und schwebten zwischen den Häusern und über sie hinweg, eines nach dem anderen – schöne, reiche Häuser, die wie die edlen Bäume über Hunderte von Jahren gewachsen waren. Kaum ein Licht war zu sehen und keine Bewegung zu hören, die Menschen darin lagen alle in tiefem Schlaf.

»Wie viele Träume sie träumen müssen!« sagte Diamant.

»Ja«, erwiderte Nordwind. »Es können gewiß nicht nur Lügen sein – oder?«

»Ich würde denken, es hängt ein bißchen davon ab, wer sie träumt«, mutmaßte Diamant.

»Ja«, sagte Nordwind. »Die Menschen, die Lügen denken und Lügen tun, werden sehr wahrscheinlich Lügen träumen. Aber die Menschen, die wahre Dinge lieben, werden gewiß hin und wieder wahre Dinge träumen. Aber dann kommt es auch noch ein bißchen darauf an, ob die Träume bei uns gewachsen sind oder ob ihre Samen über eine fremde Gartenmauer geweht kommen. Ah! In diesem Haus ist jemand wach.«

Sie glitten an einem Fenster vorbei, in dem Licht brannte. Diamant hörte ein Stöhnen und blickte besorgt in Nordwinds Gesicht empor.

»Es ist eine Dame«, sagte Nordwind. »Sie hat Schmerzen und kann nicht schlafen.«

»Kannst du nicht etwas für sie tun?« sagte Diamant.

»Nein, das kann ich nicht. Aber du könntest es.«

»Was könnte ich tun?«

»Ihr ein kleines Lied vorsingen.«

»Sie würde mich nicht hören.«

»Ich werde dich hereinbringen, und dann wird sie dich hören.«

»Aber das wäre unhöflich, oder nicht? Du kannst natürlich hingehen, wohin du willst, aber ich habe in ihrem Zimmer nichts zu suchen.«

»Du kannst dich auf mich verlassen, Diamant. Ich werde auf die Dame genauso gut achtgeben wie auf dich. Das Fenster ist offen. Komm.«

Bei einer abgedunkelten Lampe saß eine Dame in einem weißen Umhang und versuchte zu lesen, doch sie stöhnte immer wieder. Nordwind glitt hinter ihren Stuhl, setzte Diamant ab und sagte, er solle etwas singen. Er war ein bißchen ängstlich, doch nachdem er sich eine Weile bedacht hatte, sang er –

Die Sonne ist untergegangen,
Nur der Mond ist zu sehen,
Doch die Sonne wird aufsteigen,
Und der Mond wird weggehen.

Die Blume schläft,
Doch sie liegt nicht tot nieder,
Wenn der Morgen scheint,
Hebt den Kopf sie wieder.

Wenn der Winter kommt
Wird sie sterben – nein, nein;
Sie wird nur verborgen
Vor Frost und Schnee sein.

Sommer und Sonne
Werden neu zu uns ziehen;
Die Nacht und der Winter
Sind Schatten, die fliehen.

Die Dame hob ihre Augen nicht vom Buch und ihren Kopf nicht von der Hand.

Sobald Diamant geendet hatte, nahm ihn Nordwind wieder auf und trug ihn davon.

»Hat die Dame mich nicht gehört?« fragte Diamant, als sie wieder den Fluß entlangglitten.

»O doch, sie hat dich gehört«, antwortete Nordwind.

»Hatte sie dann Angst?«

»O nein.«

»Warum hat sie nicht nachgeschaut, wer es war?«

»Sie wußte nicht, daß du da warst.«

»Wie konnte sie mich dann hören?«

»Sie hat dich nicht mit ihren Ohren gehört.«

»Womit hat sie mich gehört?«

»Mit ihrem Herzen.«

»Was hat sie gedacht, woher die Wörter kamen?«

»Sie dachte, sie kämen aus dem Buch, in dem sie gelesen hat. Sie wird morgen in dem Buch danach suchen und es gar nicht verstehen können.«

»Oh, wie lustig!« sagte Diamant. »Was wird sie tun?«

»Ich kann dir sagen, was sie nicht tun wird: Sie wird nie die Bedeutung der Verse vergessen, aber sie wird sich nie an ihre Wörter erinnern.«

»Wenn sie sie in Herrn Raymonds Buch entdeckt, wird sie erstaunt sein, nicht wahr?«

»Ja, das wird sie. Sie wird es nie verstehen können.«

»Bis sie hinter den Nordwind kommt«, vermutete Diamant.

»Bis sie hinter den Nordwind kommt«, bekräftigte die Dame.

»Oh!« rief Diamant. »Jetzt weiß ich, wo wir sind. Oh, bitte laß mich in den alten Garten gehen und in Mutters Zimmer und in Diamants Stall! Ich möchte zu gerne wissen, ob das Loch immer noch in der Wandseite von meinem Bett ist. Ich würde so gerne die ganze Nacht dort bleiben. Du wirst nicht lange brauchen, um mich von hier nach Hause zu bringen, oder, Nordwind?«

»Nein«, antwortete sie, »du kannst so lange bleiben, wie du magst.«

»Oh, großartig!« rief Diamant, als Nordwind mit ihm über das Haus segelte und ihn auf dem Rasen dahinter niedersetzte.

Eine Weile lief Diamant im Mondlicht über den Rasen. Ein Teil davon war in Blumenbeete umgegraben, und das kleine Sommerhaus mit dem bunten Glas und die große Ulme waren nicht mehr da. Das gefiel ihm nicht, und er lief in den Stall. Dort waren überhaupt keine Pferde mehr. Er lief hinauf. Die Zimmer waren leer. Das einzige, woran ihm noch lag, war das Loch in der Wand, wo sein kleines Bett gestanden hatte, doch das war nicht genug, und er wollte nicht länger dort bleiben. Er lief die Treppe wieder hinunter und auf den Rasen hinaus. Dort warf er sich ins Gras und fing an zu weinen. Es war alles so trostlos und verlassen.

»Ich habe geglaubt, daß ich den Ort so gern hätte«, sagte Diamant zu sich selbst, »aber jetzt merke ich, daß mir nichts daran liegt. Wahrscheinlich liebt man einen Ort nur wegen der Menschen, die dort sind, und wenn sie weg sind, ist er tot und wird einem ganz gleichgültig. Nordwind hat gesagt, daß ich bleiben kann, solange ich will, aber ich bin schon zu lange hier. – Nordwind!« rief er laut und wandte sein Gesicht zum Himmel.

Der Mond war hinter einer Wolke, und alles sah düster und traurig aus. Eine Sternschnuppe fiel vom Himmel herab neben ihm ins Gras. Als sie auftraf, stand Nordwind da.

»Oh!« rief Diamant freudig. »Warst du die Sternschnuppe?«

»Ja, mein Kind.«

»Dann hast du mich nach dir rufen hören?«

»Ja.«

»So hoch oben?«

»Ja, ich habe dich genau gehört.«

»Bring mich nach Hause.«

»Hast du schon genug von deinem alten Zuhause?«

»Ja, mehr als genug. Es ist überhaupt kein Zuhause mehr.«

»Das habe ich kommen sehen«, sagte Nordwind. »Alles, Träume und alles andere, hat eine Seele in sich, sonst ist es wertlos und wird uns ganz gleichgültig. Manchmal sind unsere Gedanken wertlos, weil sie keine Seele in sich haben. Sie kommen vom Verstand in unser Herz und nicht von unserem Herzen in den Verstand.«

»Aber wie kannst du das wissen, Nordwind? Du hast keinen Körper.«

»Wenn ich keinen hätte, würdest du nichts von mir wissen. Kein Wesen kann ein anderes ohne die Hilfe des

Körpers kennen. Aber ich mag nicht darüber sprechen. Es ist Zeit, daß du nach Hause kommst.«

Während sie das sagte, hob Nordwind Diamant hoch und trug ihn davon.

38
Hinter dem Nordwind

Danach habe ich Diamant ungefähr eine Woche lang nicht gesehen, und dann erzählte er mir, was ich euch jetzt erzählt habe. Wenn ich nicht schon gewußt hätte, daß manche Kinder tiefgründig metaphysisch sind, wäre ich wohl erstaunt gewesen, daß er solche Unterhaltungen, wie er sie nach seiner Aussage mit Nordwind geführt hatte, sogar wiedergeben konnte. Aber ich fürchte, wenn ich so viel über meinen Freund erzähle, könnten ihn die Leute für eines von diesen selbstgefälligen, überheblichen kleinen Ungeheuern halten, die immer versuchen, etwas Kluges zu sagen, und genau aufpassen, ob die Leute sie auch zu schätzen wissen. Wenn ein solches Kind stirbt, sollte besser kein dummes Buch darüber geschrieben werden, sondern es sollte ausgestopft werden wie einer von diesen schrecklichen großköpfigen Fischen, die man in Museen sieht. Aber Diamant zerbrach sich nie den Kopf darüber, was andere Leute über ihn dachten. Er tat nie so, als wüßte er etwas besser als andere. Die klügsten Dinge kamen dann heraus, wenn er jemanden bat, ihm bei irgendeiner Schwierigkeit zu helfen. Er war nicht einmal Nanny und Jim böse, weil sie ihn ein Dummerchen nannten. Er meinte, daß etwas daran sei, obwohl er nicht genau verstehen konnte, was. Aber ich vermute, daß der andere Name, den sie ihm gegeben hatten – Gottes Baby – seinen Teil dazu beitrug, ihn damit auszusöhnen.

Zu meinem Glück interessierte ich mich genausosehr für Metaphysik wie Diamant, und deshalb fühlte ich mich ganz und gar nicht in fremdem Fahrwasser, wenn er seine Unterhaltungen mit Nordwind wiedergab, obwohl ich ihnen gewiß nicht immer bis auf den Grund fühlen konnte und sogar überzeugt war, daß der Grund meilenweit entfernt sei.

»Meinen Sie, daß es alles Träume gewesen sein könnten, Sir?« fragte er besorgt.

»Das wage ich nicht zu sagen, Diamant«, antwortete ich. »Aber da ist zumindest eine Sache, die du glauben kannst: daß es eine noch bessere Liebe gibt als die von dem wunderbaren Wesen, das du Nordwind nennst. Selbst wenn sie ein Traum ist, könnte der Traum von einem solchen Wesen nicht zufällig zu dir kommen.«

»Ja, ich weiß«, erwiderte Diamant, »ich weiß.«

Dann war er still, aber ich gebe zu, daß er eher nachdenklich als befriedigt zu sein schien.

Als ich ihn das nächste Mal sah, war er blasser als sonst.

»Hast du deine Freundin wiedergesehen?« fragte ich.

»Ja«, antwortete er ernst.

»Hat sie dich mit hinausgenommen?«

»Nein. Sie hat nicht zu mir gesprochen. Ich wachte plötzlich auf, wie meistens, wenn ich sie sehe, und da lehnte sie gegen die Tür des großen Zimmers und saß genauso, wie ich sie auf ihrer eigenen Türschwelle habe sitzen sehen, so weiß wie Schnee, und ihre Augen waren so blau wie das Herz eines Eisbergs. Sie schaute mich an, aber sie bewegte sich nicht und sagte kein Wort.«

»Hattest du keine Angst?« fragte ich.

»Nein. Warum sollte ich das?« antwortete er. »Mir war nur ein wenig kalt.«

»Ist sie lange geblieben?«

»Das weiß ich nicht. Ich bin wieder eingeschlafen. Aber ich glaube, mir ist seither ziemlich kalt gewesen«, fügte er mit einem Lächeln hinzu.

Das gefiel mir nicht ganz, doch ich sagte nichts.

Vier Tage später machte ich wieder einen Besuch auf dem »Hügel«. Das Mädchen, das die Tür öffnete, sah ernst aus, aber mir kamen keine Befürchtungen. Als ich in das Besuchszimmer trat, sah ich, daß Frau Raymond geweint hatte.

»Haben Sie nichts gehört?« sagte sie auf meinen fragenden Blick hin.

»Ich habe nichts gehört«, antwortete ich.

»Heute morgen fanden wir unseren kleinen Diamant auf dem Boden der großen Dachkammer liegen, gerade hinter seiner eigenen Tür – fest schlafend, wie wir meinten. Doch als wir ihn hochnahmen, dachten wir nicht mehr, daß er schliefe. Wir sahen, daß …«

Hier brach die gutherzige Dame erneut in Tränen aus.

»Darf ich ihn ansehen?« fragte ich.

»Ja«, sagte sie weinend. »Sie kennen den Weg zur Turmspitze.«

Ich ging die gewundene Treppe hinauf und trat in sein Zimmer. Eine schöne Gestalt, so weiß und beinahe so klar wie Alabaster, lag auf dem Bett. Ich sah sofort, wie es stand. Sie dachten, daß er tot sei. Ich wußte, daß er hinter den Nordwind gegangen war.

Norma Klein

Norma Klein ist anders.
Sie schreibt über Dinge, über die man
nicht mit seinen Eltern spricht.
Offen und ehrlich.

Band 80144

Band 80145

Band 80189

Fischer Schatzinsel

Bücher für Kinder

fi 6029 / 1